L'ASSASSIN ROYAL **13**

Adieux et retrouvailles

W0332497

Du même auteur
aux Éditions J'ai lu

L'assassin royal :
1 – L'apprenti assassin, *J'ai lu* 5632
2 – L'assassin du roi, *J'ai lu* 6036
3 – La nef du crépuscule, *J'ai lu* 6117
4 – Le poison de la vengeance, *J'ai lu* 6268
5 – La voie magique, *J'ai lu* 6363
6 – La reine solitaire, *J'ai lu* 6489
7 – Le prophète blanc, *J'ai lu* 7361
8 – La secte maudite, *J'ai lu* 7513
9 – Les secrets de Castelcerf, *J'ai lu* 7629
10 – Serments et deuils, *J'ai lu* 7875
11 – Le dragon des glaces, *J'ai lu* 8173
12 – L'homme noir, *J'ai lu* 8397

Les aventuriers de la mer :
1 – Le vaisseau magique, *J'ai lu* 6736
2 – Le navire aux esclaves, *J'ai lu* 6863
3 – La conquête de la liberté, *J'ai lu* 6975
4 – Brumes et tempêtes, *J'ai lu* 7749
5 – Prisons d'eau et de bois, *J'ai lu* 8090
6 – L'éveil des eaux dormantes, *J'ai lu* 8334
7 – Le Seigneur des Trois Règnes, *J'ai lu* 8573
8 – Ombres et flammes, *J'ai lu* 8646
9 – Les marches du trône, *J'ai lu* 8842

Le soldat chamane :
1 – La déchirure, *J'ai lu* 8617
2 – Le cavalier rêveur, *J'ai lu* 8645
3 – Le fils rejeté, *J'ai lu* 8814
4 – La magie de la peur, *J'ai lu* 9044
5 – Le choix du soldat, *J'ai lu* 9195
6 – Le renégat, *J'ai lu* 9349
7 – Danse de terreur, *J'ai lu* 9456
8 – Racines, *J'ai lu* 9520

Les cités des anciens :
1 – Dragons et serpents, *J'ai lu 9756*
2 – Les eaux acides, *J'ai lu 9795*

Sous le nom de Megan Lindholm
Ki et Vandien :
1 – Le vol des harpies, *J'ai lu* 8203
2 – Les Ventchanteuses, *J'ai lu* 8445
3 – La porte du Limbreth, *J'ai lu* 8647
4 – Les roues du destin, *J'ai lu* 8799

ROBIN HOBB

L'ASSASSIN ROYAL **13**

Adieux et retrouvailles

Traduit de l'américain
par Arnaud Mousnier-Lompré

J'AI LU

Titre original :

FOOL'S FATE
(Dernière partie)
The Tawny Man - Livre III

© Robin Hobb, 2003

Pour la traduction française :
© Éditions Flammarion, département Pygmalion, 2006

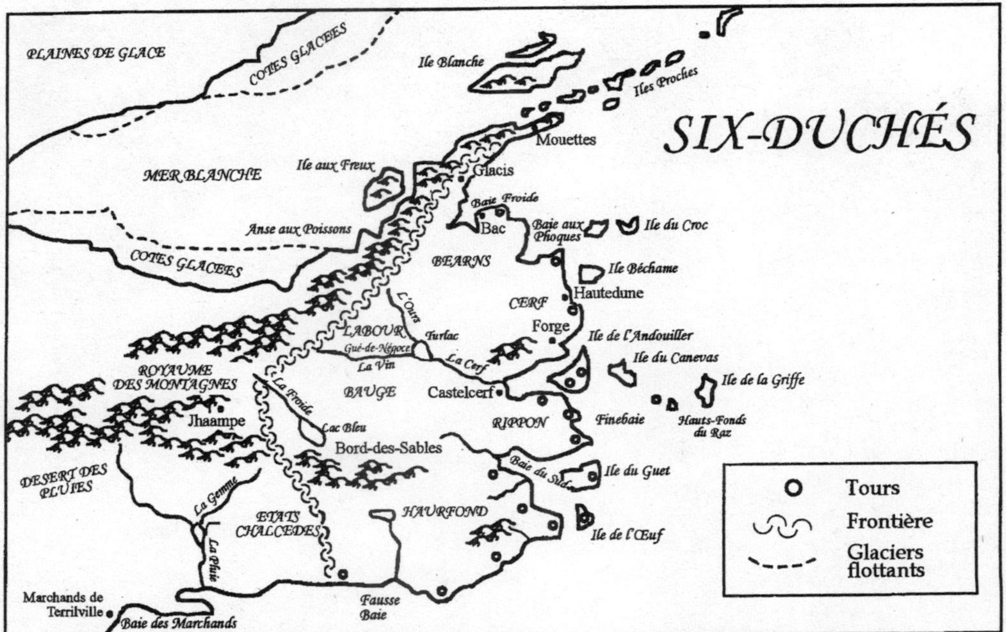
SIX-DUCHÉS
PLAINES DE GLACE
COTES GLACEES
Ile Blanche
Iles Proches
Mouettes
MER BLANCHE
Ile aux Freux
Glacis
Baie Froide
Bac
Baie aux Phoques
Ile du Croc
Anse aux Poissons
COTES GLACEES
BEARNS
Ile Béchame
Hautedune
CERF
L'Ours
LABOUR
Turlac
Forge
Ile de l'Andouiller
Gué-de-Négoce
La Vin
La Cerf
Ile du Canevas
ROYAUME DES MONTAGNES
La Froide
BAUGE
Castelcerf
Ile de la Griffe
Jhaampe
Lac Bleu
RIPPON
Finebaie
Hauts-Fonds du Raz
Bord-des-Sables
DESERT DES PLUIES
Baie du Sud
Ile du Guet
La Gemme
ETATS CHALCEDES
HAURFOND
Ile de l'Œuf
La Pluie
Tours
Frontière
Glaciers flottants
Marchands de Terrilville
Baie des Marchands
Fausse Baie

1
GUÉRISONS

La pratique chalcédienne qui consiste, pour un propriétaire, à marquer ses esclaves d'un tatouage particulier est née d'une mode en vogue dans la noblesse. À l'origine, elle ne concernait que les sujets les plus précieux, ceux qu'on prévoyait de garder toute leur vie ; cette coutume s'est généralisée, semble-t-il, lorsque sire Grart et sire Porte, puissants aristocrates de la cour chalcédienne, ont commencé à faire assaut de fortune. Bijoux, chevaux et esclaves servaient alors d'étalon à la richesse, et sire Grart a décidé de faire marquer de façon ostensible toutes ses montures et ses domestiques asservis, dont des colonnes entières l'escortaient lors de ses sorties. On raconte que le seigneur Porte, à l'imitation de son concurrent, entreprit alors d'acheter des centaines d'esclaves à bas prix, sans valeur particulière, comme des artisans ou des érudits, dans le seul but de les tatouer de son sceau et de les exhiber.

À cette époque, certains ouvriers et courtisanes assujettis obtenaient de leurs maîtres le droit d'accepter des emplois à l'extérieur, et, parfois, ces privilégiés gagnaient assez d'argent pour acheter leur liberté. On le comprendra, nombre de propriétaires mettaient quelque mauvaise volonté à se séparer de serviteurs d'un tel prix ; or, comme les tatouages ne s'effaçaient pas sans laisser de considérables cicatrices et que les documents d'émancipation falsifiés circulaient abondamment, les affranchis avaient du mal à faire la preuve de la légalité de leur statut. Les possesseurs d'esclaves ont alors tiré profit de cette situation en créant des « anneaux de liberté », onéreuses boucles d'oreilles d'or ou d'argent, souvent serties de pierres précieuses, au dessin particulier à chaque famille noble, qui indiquaient que tel esclave avait obtenu légitimement sa libération ; après avoir acheté son affranchissement, il lui fallait fréquemment des années de service encore pour payer le bijou prouvant qu'il avait acquis le loisir de se déplacer en Chalcède à son gré et sous sa propre caution.

Histoire des coutumes esclavagistes chalcédiennes, de GEAIREPU.

*

Les heures qui succèdent à une bataille me sont familières ; j'ai marché sur des terres gorgées de sang et enjambé des corps mutilés ; pourtant jamais je n'avais connu de combat dont la suite eût mieux illustré la futilité des conflits armés. Les guerriers pansaient les plaies qu'ils s'étaient infligées mutuellement, et les Outrîliens qui avaient dressé le fer contre nous demandaient aux envoyés du Hetgurd des nouvelles de leur famille et des propriétés de leur clan qu'ils n'avaient pas revues depuis des années. Ils évoquaient ces personnages de conte qui s'éveillent d'un sommeil enchanté et s'efforcent de retrouver leur existence disparue, de franchir l'abîme du temps perdu. On ne le voyait que trop, ils n'avaient pas oublié les actes qu'ils avaient commis au service de la Femme pâle ; je reconnus parmi eux un des gardes qui m'avaient traîné à ses pieds ; sous mon regard, il détourna vivement les yeux, et je n'insistai pas. Peottre m'avait déjà fourni le seul renseignement que je voulais.

Je traversai le camp que l'on désassemblait avec une hâte presque inconvenante. On installait déjà deux blessés graves, tous deux des forces de la Femme pâle, sur les traîneaux, et l'on démontait les tentes ; on bâtissait rapidement un tumulus de glace sous lequel gisaient trois cadavres, également d'anciens adversaires. Glasfeu avait dévoré celui de l'Aigle, le représentant du Hetgurd tombé lors de la résurrection du dragon ; lui devrait se passer de sépulture. Les deux autres hommes que nous avions perdus, Renard et Adroit, avaient été ensevelis dans l'effondrement de la fosse, et, de fait, les exhumer pour les inhumer à nouveau n'aurait rimé à rien. Je trouvais cet abandon de nos morts irrévérencieux, mais je percevais l'émotion qui le motivait : notre départ baignait dans une atmosphère d'urgence, comme si plus vite nous quitterions le glacier, plus vite la Femme pâle deviendrait une créature du passé. J'espérais qu'elle aussi restait enfouie dans l'immense tombeau affaissé.

Trame m'escortait et Umbre se portait à ma rencontre à pas pressés. On lui avait bandé le bras. « Par ici », me dit-il, et il me conduisit auprès de Burrich qui gisait dans la neige, Leste agenouillé à son côté. On n'avait pas tenté de le déplacer : sa position anormale trahissait une torsion effrayante et contre nature de sa colonne vertébrale. Je tombai à genoux devant lui, étonné de lui voir les yeux ouverts. Sa main s'agita faiblement sur la glace, comme une araignée mourante ; j'y glissai la mienne. Il respirait à petits coups, comme s'il se cachait de la douleur qui rôdait dans la partie inférieure de son corps. Il parvint à prononcer un mot : « Seul. »

Je me tournai vers Trame et Umbre, qui s'écartèrent en silence. Le regard de Burrich se porta vers Leste. L'enfant prit un air buté. Son père inspira un peu plus profondément ; une teinte étrange assombrissait le pourtour de sa bouche et de ses yeux. « Rien qu'un moment », murmura-t-il d'une voix rauque à son fils. Le jeune garçon inclina légèrement la tête puis s'éloigna.

« Burrich... », fis-je, mais il m'arrêta d'une crispation presque sèche de sa main sur la mienne.

Il rassembla ce qui lui restait de force et dit en reprenant son souffle entre chaque phrase : « Va à la maison. (Son ton se fit impérieux.) Occupe-toi d'eux. De Molly. Des garçons. » Je secouai la tête : il me demandait l'impossible ; sa main serra la mienne avec l'ombre de sa vigueur d'autrefois. « Si. Tu iras. Tu dois. Pour moi. » Nouvelle inspiration. Il plissa le front comme s'il prenait une décision grave. « Malta et Rousseau. Quand elle sera en chaleur. Pas Brutal. Rousseau. » Il leva le doigt comme pour m'interdire de discuter, puis il inspira plus profondément. « Bien voulu voir le poulain. » Il cligna lentement les yeux, puis fit avec difficulté : « Leste.

— Leste ! », criai-je ; l'enfant qui faisait les cent pas non loin leva la tête et se précipita pour nous rejoindre.

Avant qu'il n'arrive, Burrich dit avec une trace de sourire sur les lèvres : « J'étais l'homme qu'il lui fallait. » Il reprit son souffle et murmura encore :

« Mais c'est toi qu'elle aurait choisi. Si tu étais revenu. »

Puis Leste se jeta à genoux près de son père et je lui cédai la place. Umbre et Trame avaient apporté une berne épaisse, et le second expliqua : « Nous allons essayer de creuser la neige en dessous de vous et d'y glisser la couverture pour pouvoir vous transporter jusqu'au traîneau. Le prince a déjà envoyé l'oiseau qui doit indiquer aux bateaux de venir nous ramener à Zylig.

— Sans importance », répondit Burrich. Ses paupières tombèrent tandis que sa main se refermait sur celle de son fils. Peu après, je la vis s'ouvrir mollement.

« Profitez de ce qu'il est inconscient pour le déplacer », dis-je.

Et je mis la main à la pâte pour déblayer la neige puis insérer la couverture dans l'espace dégagé. Malgré toute notre délicatesse, Burrich gémit quand nous le soulevâmes, et il s'affaiblit un peu plus à mon Vif. Je me tus mais Leste dut le sentir comme moi ; les mots étaient inutiles. Nous le déposâmes sur le traîneau à côté des deux autres blessés, puis, alors que nous nous apprêtions à prendre le chemin du retour, je scrutai le ciel limpide mais ne vis nul signe des dragons.

« Ils ne nous ont même pas dit merci », remarquai-je à l'intention de Trame.

Il haussa les épaules en silence et nous partîmes.

Je passai le reste de la journée à marcher à côté de Burrich chaque fois que mon tour finissait de tirer le traîneau. Leste se plaçait de façon à toujours voir son père, mais je ne crois pas qu'il rouvrît les yeux une seule fois. Lourd restait assis à l'arrière du véhicule, emmitouflé dans une couverture, les yeux dans le vague ; chaudement emmaillotées, Kossi et Oerttre occupaient l'autre traîneau, que

Peottre tractait en fredonnant tout bas et qu'escortaient Devoir et la narcheska. Comme ils nous précédaient, je n'entendais pas ce qu'Elliania disait à sa mère, mais je le devinais. Le regard de la femme, quand il se posait sur Devoir, avait une expression un peu moins réprobatrice, mais il restait surtout fixé sur sa fille, empreint de fierté. Les hommes survivants du Hetgurd avançaient en tête pour sonder la neige. Trame puis Umbre vinrent marcher quelque temps à mes côtés ; il n'y avait rien à dire et nous ne dîmes rien.

Je fis le compte de nos pertes ; je n'y tenais pas particulièrement, mais je ne pouvais pas m'en empêcher. Mon prince était venu avec douze hommes, plus Leste et Lourd ; le Hetgurd avait envoyé six observateurs. Vingt personnes en tout, auxquelles s'ajoutaient le fou et Burrich. Vingt-deux. La Femme pâle avait tué Heste, Crible et le fou, Burrich mourait du coup que lui avait porté le dragon de pierre, l'Aigle avait péri sous le déluge de glace provoqué par l'explosion d'Umbre, Renard et Adroit étaient morts eux aussi. Nous regagnerions Zylig à seize, à condition qu'il ne fût pas arrivé malheur à Perdrot et Rossée sur la grève. Je poussai un long soupir. Nous ramenions tout de même la mère et la sœur de la narcheska, et huit Outrîliens retrouveraient leurs foyers, huit hommes dont leurs familles avaient fait le deuil depuis longtemps. Je cherchai en moi un sentiment de satisfaction, même minime, mais en vain ; cette dernière bataille de la guerre des Pirates rouges, malgré sa brièveté, était celle qui m'avait coûté le plus cher.

Au soir grisaillant, Peottre ordonna la halte, et nous montâmes le camp sans échanger guère de paroles. Avec deux tentes, nous dressâmes un abri afin de protéger les blessés sans avoir à les déplacer de leur traîneau ; les deux anciens guerriers de la Femme pâle pouvaient parler et se restaurer, mais Burrich restait sans connaissance. J'apportai à Leste de quoi boire et manger puis m'installai près de lui, mais je sentis au bout d'un moment qu'il souhaitait demeurer seul avec son père et j'allai flâner sous les étoiles.

La nuit, il n'y a pas de véritable obscurité dans ces régions, et l'on ne voit que les astres les plus brillants dans le ciel. Il faisait froid et le vent incessant accumulait la neige contre nos toiles protectrices. Je n'avais envie d'aller nulle part ni de rien faire. Umbre et le prince se serraient dans la tente de la narcheska avec la famille de Peottre, heureux et victorieux, émotions qui me restaient totalement étrangères. Les hommes du Hetgurd et les Outrîliens à la personnalité retrouvée s'étaient rassemblés de leur côté ; je passai près d'un petit feu où la Chouette effaçait tranquillement à l'aide d'un fer rouge le tatouage à motif de dragon et de serpent de l'avant-bras d'un ancien adversaire. Le vent m'apporta l'odeur de la chair grillée tandis que l'homme gémissait puis poussait un hurlement de souffrance. Le clan de Vif, de Devoir, moins Leste, s'était lui aussi entassé dans une petite tente ; j'entendis la basse de la voix de Trame et aperçus le reflet d'un œil félin qui jetait un regard à l'extérieur. Tous partageaient sans doute le triomphe de Devoir : ils avaient libéré le dragon et il avait gagné l'estime de la narcheska.

Longuemèche était assis seul devant une flambée à l'entrée d'une tente obscure. D'où tirait-il l'eau-de-vie dont je humais l'arôme ? Je faillis poursuivre mon chemin après lui avoir adressé un signe de tête, mais un je-ne-sais-quoi dans son expression me dit que ma place se trouvait à son côté ce soir-là. Je m'accroupis, tendis les mains à la chaleur du feu et le saluai. « Capitaine.

— Capitaine de quoi ? », rétorqua-t-il. Il fit rouler sa tête avec un craquement audible puis soupira. « Heste, Crible, Adroit... Tous les hommes qui m'accompagnaient sont morts et, moi, j'ai survécu ; belle réussite, pour un officier.

— J'ai survécu moi aussi », fis-je observer.

Il hocha la tête, puis, d'un mouvement du menton, il désigna la tente derrière lui. « Votre simplet roupille là-dedans. Il avait l'air un peu perdu, alors je l'ai pris en charge.

— Merci. » Le remords me saisit un instant, puis je m'interrogeai : aurais-je dû quitter Burrich pour m'occuper de Lourd ? Non, sans doute Longuemèche avait-il eu besoin lui-même de veiller sur quelqu'un. Il fouilla dans ses poches puis me tendit un flacon d'eau-de-vie ; c'était une flasque de soldat, éraflée, bosselée, sa réserve personnelle d'alcool, et, à titre de présent, à traiter avec respect. J'avalai une rasade frugale et la lui rendis.

« Condoléances pour votre ami, sire Doré.

— Merci.

— Vous vous connaissiez depuis longtemps ?

— Depuis l'enfance.

— Ah bon ? Quelle tristesse !

— Oui.

— J'espère que l'autre garce aura mis du temps à crever. Crible et Heste étaient des types bien.

— Oui. » Mais avait-elle seulement péri ? Et, si elle avait survécu, présentait-elle encore un danger pour nous ? Elle avait tout perdu, dragon, Paincru et serviteurs forgisés ; elle possédait l'Art, certes, mais je ne voyais pas de quelle façon elle pourrait l'employer contre nous. Si elle vivait encore, elle se trouvait aussi seule que moi. Pendant un long moment, je me demandai ce que j'espérais le plus : qu'elle était morte ou bien que, toujours en vie, elle souffrait le martyre ? Finalement, j'eus ma réponse : je m'en fichais ; je tombais de fatigue.

Quelque temps après, Longuemèche reprit : « C'est vraiment vous ? Vous êtes bien le bâtard de Chevalerie ?

— Oui. »

Il hocha lentement la tête comme si cela expliquait bien des choses. « Vous êtes plus dur à tuer que le chiendent, fit-il à mi-voix.

— Je vais me coucher.

— Dormez bien », dit-il, et nous partîmes ensemble d'un rire amer.

J'allai chercher mon paquetage avec mes affaires de couchage et les portai dans la tente du capitaine. Lourd s'agita légèrement quand j'installai mon lit le long du sien. « J'ai froid, marmonna-t-il.

— Moi aussi. Je vais me coucher dos à dos avec toi ; ça nous réchauffera. »

Je m'allongeai sous mes couvertures mais le sommeil me fuit, chassé par les vaines questions qui tournaient dans ma tête. Quel sort la Femme pâle avait-elle infligé au fou ? Comment l'avait-elle tué ? Était-il complètement forgisé quand elle l'avait achevé ? Si le dragon l'avait entièrement bu, avait-il éprouvé une ultime souffrance à la mort de la créature de pierre ? Interrogations stupides, stupides !

Lourd se tourna pesamment contre moi. « Je ne la trouve pas, dit-il à mi-voix.

— Qui ça ? » demandai-je vivement. La Femme pâle envahissait toutes mes pensées.

« Ortie. Je ne la trouve pas. »

Ma conscience me poignit soudain. Je n'avais pas songé à contacter ma propre fille alors que l'homme qui l'avait élevée était en train de mourir !

« Je crois qu'elle a peur de dormir, reprit Lourd.

— Ma foi ; je ne l'en condamne pas. » Les condamnations, je les réservais pour moi-même.

« On va rentrer chez nous maintenant ?

— Oui.

— Mais on n'a pas tué le dragon.

— Non, c'est vrai. »

Suivit un long silence ; j'espérai qu'il s'était rendormi, mais il demanda dans un murmure : « On va rentrer en bateau ? »

Je poussai un soupir. Alors que je croyais avoir touché le fond, sa préoccupation puérile parvenait à m'accabler davantage. Je m'efforçai d'éprouver de la compassion pour lui, mais j'eus du mal. « Il n'y a pas d'autre moyen, Lourd, tu le sais bien.

— J'ai pas envie.

— Je ne te le reproche pas.

— Moi non plus, je ne t'en veux pas. » Il soupira lui aussi, se tut un moment et reprit : « Alors c'était ça, notre aventure. Et le prince et la princesse se marient, ils vivent heureux et ils ont beaucoup d'enfants qui illuminent leur vieillesse. »

Il avait dû entendre cette dernière phrase mille fois : elle servait en général aux ménestrels à clore les contes héroïques.

« Peut-être, répondis-je sans m'engager. Peut-être.

— Et nous, qu'est-ce qui nous arrive ? »

Longuemèche entra et se mit sans bruit à préparer son lit. À en juger par ses gestes ralentis, il avait dû faire un sort à son eau-de-vie.

« Nous, nous reprenons le cours de notre existence, Lourd. Tu vas retourner à Castelcerf servir le prince, et, quand il deviendra roi, tu resteras près de lui. » Je m'efforçai de me rapprocher de sa vision d'un dénouement heureux. « Et tu auras une belle vie, avec des gâteaux roses au sucre et de nouveaux habits chaque fois que tu en auras besoin.

— Et Ortie, enchaîna-t-il d'un ton réjoui. Elle est au château ; elle va m'apprendre à faire de beaux rêves – enfin, c'est ce qu'elle a dit avant toutes les histoires avec les dragons.

— Vraiment ? Tant mieux. »

Là-dessus, il se prépara à se rendormir, et, peu de temps après, sa respiration prit le rythme lent du sommeil. Je fermai les yeux en songeant que, peut-être, Ortie pourrait m'apprendre, à moi aussi, à faire de beaux rêves ; mais trouverais-je un jour le courage de me présenter devant elle ? Non, je ne voulais pas y penser pour l'instant, car il fallait alors que je m'imagine aussi en train de lui révéler l'état de Burrich.

« Et vous, quels projets avez-vous, sire FitzChevalerie ? » La question de Longuemèche tombait comme du ciel.

« Vous parlez d'un autre, répondis-je à mi-voix. Moi, je vais rentrer aux Six-Duchés et poursuivre ma vie de Tom Blaireau.

— J'ai l'impression que pas mal de gens connaissent votre secret aujourd'hui.

— Ils savent tenir leur langue, à mon avis, et ils la tiendront à la demande du prince Devoir. »

Il s'agita sous ses couvertures. « Certains n'obéiraient à cet ordre que s'il venait de sire FitzChevalerie lui-même. »

Je ne pus m'empêcher d'éclater de rire, puis répondis en m'efforçant de réprimer mon hilarité : « Sire FitzChevalerie leur serait extrêmement reconnaissant de s'y plier.

— Très bien ; mais c'est quand même du gâchis. Vous méritez mieux. Tenez, la gloire, les hommes qui savent vos exploits et les saluent à leur juste valeur... Vous n'avez pas envie que vos actions restent gravées dans les mémoires ? »

Je n'eus pas à réfléchir longtemps. Qui ne s'est pas essayé à ce petit jeu, tard le soir, le regard plongé dans un feu mourant ? J'avais parcouru si souvent cette route des possibles que j'en connaissais tous les carrefours et attrapoires. « Je préférerais qu'on oublie les actes que j'ai commis – et je donnerais tout ce que je possède pour oublier les gestes que le devoir me dictait et que je n'ai pas accomplis. »

Et la conversation s'acheva là.

Le sommeil me saisit sans doute car j'en émergeai à l'heure grise qui annonce l'aube. Je quittai discrètement mes couvertures pour ne pas déranger Lourd et me rendis tout droit au chevet de Burrich. Leste dormait, roulé en boule à côté de lui, la main dans la sienne. Mon Vif me disait que le maître des écuries s'éloignait de nous ; il allait mourir.

Je pénétrai dans la tente d'Umbre et Devoir et les réveillai. « J'ai besoin de vous », leur dis-je. Le prince me regarda d'un œil embrumé par-dessus ses couvertures ; le vieux conseiller se redressa lentement sur son lit, averti par mon ton qu'il s'agissait d'une affaire grave.

« En quoi ?

— Je veux que le clan tente de guérir Burrich. » Comme ils restaient sans répondre, j'ajoutai : « Tout de suite, avant qu'on ne puisse plus le rattraper.

— Tout le monde va comprendre que Lourd et toi tenez des rôles plus importants qu'il n'y paraît, observa Umbre. Je me garde d'intervenir sur ma blessure justement à cause de cela ; naturellement, mon estafilade n'a rien à voir avec la gravité de l'état de Burrich.

— De toute manière, tous mes secrets paraissaient s'éventer sur cette île. Si je dois en supporter les conséquences, autant que ça en vaille la peine, au nom de ceux que j'ai perdus. J'aimerais renvoyer Leste à Molly accompagné de son père.

— L'époux de sa mère, fit Umbre à mi-voix.

— Croyez-vous que je ne le sache pas, que j'ignore ce que cela entraîne ?

— Allez réveiller Lourd, dit le prince en rejetant ses couvertures. Vous souhaitez agir vite, mais je vous conseille de lui donner un bon petit-déjeuner avant que nous nous mettions au travail ; il ne peut pas se concentrer quand il a faim, et il n'est pas au mieux de sa forme le matin. Aussi, qu'il ait au moins le ventre plein.

— Ne vaudrait-il pas mieux bien réfléchir avant de... »

Devoir interrompit le vieil assassin : « Fitz ne m'a jamais rien demandé jusqu'ici. Je compte accéder à sa prière, sire Umbre, et sans attendre – du moins, le plus vite possible ; dès que Lourd se sera restauré. » Il entreprit de s'habiller ; avec un grognement de douleur, le vieillard quitta son lit.

« Je vous signale que j'avais déjà réfléchi à la solution que propose Fitz. Tout le monde à part moi aurait-il oublié que Chevalerie a fermé Burrich à l'Art ? fit-il d'un ton las.

— Nous pouvons toujours essayer », répliqua Devoir avec entêtement.

Et nous essayâmes. La préparation du repas de Lourd me parut interminable, et, tandis qu'il le consommait avec soin et minutie, comme à son habitude, je m'efforçai d'expliquer notre intention à Leste ; je redoutais de lui laisser trop d'espoir mais, en même temps, je tenais à ce qu'il comprenne les risques de l'entreprise. Si la réparation de l'organisme brisé de Burrich puisait excessivement dans ses réserves et qu'il mourût, je ne voulais pas donner à l'enfant l'impression que nous l'avions tué par témérité.

Je m'attendais à éprouver des difficultés à exposer clairement mon projet, mais j'eus beaucoup plus de mal à obtenir de Leste qu'il prît le temps de m'écouter. Je lui demandai de m'accompagner à l'écart, en retrait de l'Ours qui soignait les Outrîliens blessés, mais il refusa de quitter le chevet de son père, fût-ce un instant, et je me résignai à lui parler sur place. Dès que j'évoquai l'éventualité d'une intervention du prince pour guérir Burrich par la magie des Loinvoyant, il manifesta un enthousiasme si avide que mes mises en garde et mes rappels d'un échec possible restèrent sans doute lettre morte. Il avait l'air d'un naufragé, avec ses cernes noirs et ses yeux caves de chagrin ; s'il avait dormi, le sommeil ne l'avait pas revigoré. Je lui demandai s'il avait mangé, et il secoua la tête comme si cette seule perspective l'épuisait.

« Quand allez-vous commencer ? fit-il d'un ton pressant pour la troisième fois, et je rendis les armes.

— Dès que le reste du clan arrivera », dis-je ; au même instant, Umbre écarta le rabat de la tente improvisée que nous avions érigée au-dessus du traîneau et entra, Devoir et Lourd sur les talons. Le nombre de personnes qui s'entassaient désormais sous la construction menaçait de la jeter à terre, et, avec un geste d'impatience, le prince proposa : « Démontons cet abri ; il nous gênera plus qu'il ne nous protégera pendant l'opération. »

Pendant que Leste se mordillait la lèvre avec fébrilité, Longuemèche et moi abattîmes la toile puis l'empaquetâmes. Le temps que nous achevions notre tâche, la rumeur de notre entreprise avait circulé dans le camp et tous se rassemblaient pour y assister. Je n'appréciais guère l'idée d'œuvrer en public et encore moins de révéler l'étroitesse de ma relation avec le prince, mais je n'y pouvais rien.

Nous nous réunîmes autour de Burrich. En vain, j'exhortai Leste à me laisser sa place pour que je puisse poser les mains sur son père, et, pour finir, Trame l'entraîna un peu plus loin ; il resta derrière le garçon, les bras serrés sur lui comme sur un enfant beaucoup plus jeune dans une étreinte rassurante qui mêlait à la fois Vif et contact physique ; je lui adressai un regard de remerciement, et il répondit par un hochement de tête qui m'enjoignait de me mettre au travail.

Umbre, Devoir et Lourd se donnèrent la main comme s'ils s'apprêtaient à quelque farandole enfantine. Parcouru d'un frisson d'angoisse à la perspective de ce que nous allions tenter, je m'efforçai de ne pas prêter attention à la curiosité avide des spectateurs ; Nielle, le ménestrel, ouvrait grand les yeux, tendu ; les Outrîliens, tant ceux du Hetgurd que les rescapés, nous observaient avec méfiance. Peottre se tenait un peu en retrait, ses nièces et sa sœur près de lui, l'air grave et attentif.

Quand j'avais quelques années de plus que Leste, j'avais essayé, sur la suggestion de Burrich, de puiser de l'énergie en lui comme mon père autrefois. J'avais échoué, mais pas seulement parce que j'ignorais comment m'y prendre : Chevalerie avait employé Burrich comme servant du roi, source de vigueur pour ses opérations d'Art ; toutefois, l'homme ainsi utilisé devient aussi un canal qui permet d'accéder à l'utilisateur, si bien que le prince l'avait fermé aux autres artiseurs afin que nul ne pût l'attaquer ni l'espionner par ce biais. Aujourd'hui, je devais appliquer toute ma force et celle du clan de Devoir à la barrière dressée par mon père dans l'espoir de l'enfoncer et de pénétrer dans l'âme de Burrich.

Je tendis une main et Lourd la prit ; je posai l'autre sur la poitrine du mourant. Mon Vif m'apprenait qu'il ne restait plus dans son corps qu'à contrecœur ; l'animal qu'il habitait était blessé au-delà de toute possibilité de guérison. Si son organisme eût été un cheval, Burrich l'eût déjà achevé. J'écartai cette pensée démoralisante, tâchai de faire taire mon Vif et de donner à ma magie royale le pointu d'une épée, puis je fis le vide dans mon esprit en n'y laissant que ma conscience d'Art et cherchai un point où transpercer le rempart qui murait le père de Leste.

Je n'en trouvai pas. Je sentais le clan qui flottait autour de moi, impatient, prêt à agir, mais je ne voyais nulle part où exercer cette ardeur. Je percevais la présence de Burrich, mais je glissais sur sa surface, incapable de la pénétrer. Je ne savais pas comment mon père l'avait fermé ni comment le rouvrir ; j'ignore combien de temps je m'acharnai en vain à pratiquer une brèche dans ses murailles ; je me souviens seulement que Lourd finit par lâcher ma main pour essuyer sa paume moite sur son pourpoint. « Il est trop difficile, déclara-t-il. On va s'occuper plutôt de celui-là. »

Et, sans consulter personne, il se pencha par-dessus Burrich pour poser la main sur l'épaule d'un des Outrîliens blessés. Je n'avais plus de contact physique avec Lourd, et pourtant je perçus aussitôt l'homme dans son entièreté. Il était resté l'esclave de la Femme pâle pendant un nombre d'années indéterminé ; il s'inquiétait de son fils – avait-il prospéré dans sa maison maternelle ? – et aussi des trois de sa sœur ; il avait promis de leur apprendre à manier l'épée ; quelqu'un l'avait-il fait à sa place ?

Ces questions le tourmentaient autant que sa blessure, une grande coupure que lui avait infligée l'Ours, qui lui avait ouvert la poitrine et entaillé le muscle du bras. Il avait perdu beaucoup de sang et n'avait plus guère de forces ; s'il trouvait l'énergie de survivre, son organisme finirait par se remettre. Tout à coup, et contradictoirement, sa chair se mit à se ressouder. Il poussa un hurlement de souffrance et crispa la main sur la plaie qui se refermait. Comme un vêtement déchiré qui se raccommode seul, les fibres tranchées se tendirent les unes vers les autres ; les fragments morts ou irréparables s'expulsèrent d'eux-mêmes. Avec une sorte d'horreur, je vis les excroissances qui le défiguraient fondre et disparaître. Par bonheur, nous avions affaire à un gaillard robuste, doté de solides réserves que son organisme brûlait à présent sans retenue.

Il se dressa soudain sur son lit, arracha ses pansements imprégnés de sang coagulé et les jeta loin de lui. Il y eut un hoquet de surprise général : régénérée, sa peau luisait, non du brillant uni du tissu cicatriciel, mais du lustre sain d'un corps d'enfant, bande pâle et imberbe en travers de son torse basané. Il contempla sa peau toute neuve, les yeux écarquillés, puis, avec un éclat de rire guttural où perçait la stupéfaction, il s'assena un coup de poing sur la poitrine comme pour se convaincre de sa guérison. L'instant suivant, il sautait de son lit et s'en allait cabrioler pieds nus dans la neige, puis revenait aussitôt, soulevait Lourd et le faisait tournoyer avant de reposer le petit homme ahuri sur ses jambes courtaudes. En outrîlien, il le remercia en lui donnant le titre de « Mains d'Eda », expression dont le sens me demeura obscur ; l'Ours le comprit, lui, car il se rendit promptement au chevet de l'autre blessé puis, rejetant ses couvertures, indiqua à Lourd de le rejoindre.

Le simple d'esprit ne nous adressa pas un regard ; quant à moi, j'avais bien d'autres préoccupations. Je ne quittais pas des yeux Leste qui me dévisageait avec une expression devenue à la fois vide et désespérée. Je lui tendis la main dans un geste futile, mais il avala sa salive et se dirigea, non vers moi, mais vers Burrich. Il se rassit près de son père et prit sa main dont les ongles s'assombrissaient ; puis il leva vers moi des yeux interrogateurs.

« Je regrette, dis-je alors que le second Outrîlien se relevait guéri et qu'éclataient des exclamations d'étonnement. Il est fermé. Mon père a condamné son esprit pour empêcher les autres artiseurs d'avoir accès à lui ; je ne peux pas entrer en lui pour l'aider. »

Il se détourna, les traits empreints d'une déception qui confinait à la haine – une haine qui ne paraissait pas spécialement tournée vers moi, mais plutôt vers l'instant, vers ceux qui se relevaient guéris et ceux qui s'en réjouissaient. Trame s'était écarté de lui pour le laisser digérer sa colère ; je ne vis aucun intérêt à tenter de lui parler pour le moment.

Apparemment, Lourd avait attrapé le tour de main pour guérir par l'Art, et, sous la conduite discrète de Devoir, il alla s'occuper des deux hommes qui, la veille, avaient effacé au cautère les tatouages de la Femme pâle ; bientôt, une peau lisse et claire remplaça le tissu suintant et cloqué. Alors, d'objet de dédain, il passa soudain aux yeux des Outrîliens à celui de leur plus haute considération et devint l'incarnation des Mains d'Eda. J'entendis l'Ours implorer le pardon du prince Devoir pour l'irrespect dont ils avaient fait preuve à l'égard de son serviteur ; ils ne savaient pas qu'il possédait le don d'Eda, mais mesuraient désormais la valeur que lui accordait le prince et la raison pour laquelle il l'emmenait au combat. Voir Lourd s'illuminer de leur estime autant qu'il avait souffert de leur mépris me fit grincer des dents ; curieusement, je me sentais trahi qu'il pût si vite oublier leur façon de le rejeter. Pourtant, et sans en méconnaître le paradoxe, je me réjouissais aussi qu'il en fût capable, et je regrettais presque de ne pas jouir de sa simplicité d'esprit qui lui permettait de croire que l'expression des gens correspondait à leur pensée.

Umbre s'approcha de moi par-derrière et posa une main légère sur mon épaule. Je tournai la tête vers lui avec un soupir, pensant qu'il voulait me confier une mission, mais le vieillard passa le bras autour de mon cou, m'étreignit et murmura à mon oreille : « Je suis navré, mon garçon ; nous avons agi au mieux de nos possibilités. Et je suis navré aussi pour la mort du fou ; nous avions nos points de désaccord, lui et moi, mais ce qu'il a fait pour Subtil, nul autre n'y serait parvenu, de même que pour Kettricken. Nous nous opposions cette dernière fois mais, crois-moi, je n'avais pas oublié les précédentes. Et, en fin de compte, il a gagné la partie. » Il lança un regard vers le ciel comme s'il pensait y voir les dragons. « Il a gagné, mais il nous laisse nous débrouiller avec sa victoire ; les conséquences s'en révéleront sûrement aussi imprévisibles qu'il l'était lui-même – et cela l'amuserait sans doute beaucoup.

— Il avait prédit qu'il mourrait sur cette île. Je ne l'ai jamais vraiment cru, sans quoi je n'aurais pas retenu certains de mes propos. » Je soupirai, brusquement accablé par la futilité de pareilles réflexions et par le poids de toutes les résolutions que je n'avais pas tenues. Je cherchai en moi une pensée ou une émotion qui eût un sens, mais je ne trouvai rien ; l'absence du fou m'emplissait entièrement et ne laissait de place à rien d'autre.

Nous poursuivîmes notre trajet ce jour-là, et la plupart de la troupe était d'humeur radieuse. Burrich occupait seul le traîneau désormais, silencieux et inerte, et il s'affaiblissait à mesure que passaient les heures. Leste l'escortait d'un côté, moi de l'autre, et nous ne parlions pas. Lors des pauses, je faisais couler un filet d'eau entre les lèvres de son père ; chaque fois, il l'avalait. Malgré tout, je le savais à l'agonie, et je ne le cachais pas à son fils.

La nuit venue, nous fîmes halte et préparâmes le repas. Lourd ne manquait plus d'amis prêts à pourvoir à ses besoins, et ces marques d'attention l'enchantaient. Pour ma part, je m'efforçais de ne pas me sentir abandonné : depuis le début du voyage, je formais des vœux fervents pour être débarrassé de sa responsabilité, et, à présent qu'on m'en déchargeait, je regrettais le dérivatif qu'elle me fournissait. Trame apporta de quoi manger à Leste et me fit signe d'interrompre ma veillée pour aller me reposer ; mais, comme je m'éloignais de Burrich et de son fils, la nuit me sembla plus froide tout à coup.

Je m'arrêtai près du feu de Longuemèche où il me fit profiter des derniers potins du groupe. Certains des Outrîliens que nous avions libérés se trouvaient au service de la Femme pâle depuis l'époque de la guerre des Pirates rouges ; ils étaient des centaines à l'origine, mais elle en avait nourri impitoyablement ses dragons. Tout d'abord installée sur la grève proche de la carrière, elle avait commencé à craindre, après la défaite, les représailles des Outrîliens ; or, depuis le début, elle avait résolu d'anéantir Glasfeu, et la légende affirmait que, sous le glacier, existaient depuis des générations des salles et des tunnels. Elle avait attendu que la marée basse annuelle ouvre le passage périlleux qui y menait, et, une fois à l'intérieur, ses hommes avaient taillé le plafond de glace afin de créer une issue accessible quasiment à chaque reflux de la mer. Elle avait détruit son village côtier et ordonné à ses esclaves d'emporter le plus grand des deux dragons de pierre pour le reconstituer dans l'immense salle de son palais souterrain – tâche prodigieuse, mais la Femme pâle n'avait compté ni le temps ni les vies humaines.

Elle avait résidé là depuis la fin de la guerre en extorquant des tributs des clans qui la craignaient encore ou espéraient revoir leurs membres qu'elle gardait prisonniers. Elle les forçait à de cruels marchés : en échange d'une cargaison de vivres, elle pouvait rendre une dépouille ou promettre de ne jamais relâcher un otage afin d'épargner l'humiliation à sa famille. Je demandai à Longuemèche si, à son avis, l'emplacement de sa tanière était de notoriété publique dans les îles d'Outre-mer ; il eut un geste négatif. « J'ai l'impression que les gens en éprouvaient de la honte ; aucun de ceux qui payaient les prébendes ne voulait en parler. » Je hochai la tête ; dans le clan du Narval, rares, sans doute, étaient ceux qui connaissaient le sort exact d'Oerttre et de Kossi : on savait seulement qu'elles avaient disparu. Je n'ignorais pas qu'on pouvait parfaitement dissimuler même les secrets les plus énormes.

La Femme pâle avait donc bâti son royaume grâce à des mains-d'œuvre de guerriers à demi forgisés ; quand l'un d'eux se blessait, devenait trop vieux ou indocile, elle le donnait au dragon. De nombreuses vies avaient ainsi fini dans la pierre, victimes de sa volonté futile de l'éveiller. Nous étions arrivés alors que sa puissance déclinait ; au lieu de centaines d'esclaves, elle ne disposait plus que de quelques dizaines d'hommes et de femmes : son dragon et les travaux forcés avaient décimé leurs rangs.

Elle avait aussi essayé de tuer Glasfeu, mais n'avait jamais réussi qu'à le tourmenter : elle craignait de le dégager de la glace qui l'emprisonnait et n'avait découvert aucun moyen efficace de percer l'armure de ses écailles et de sa peau épaisse. La peur et la haine qu'il lui inspirait n'étaient un mystère pour aucun de ses serviteurs.

« Je ne comprends toujours pas, fis-je à mi-voix pendant que nous contemplions les flammèches mourantes de son petit feu. Pourquoi se pliaient-ils à ses ordres ? Comment parvenait-elle à se faire obéir par des forgisés ? Ceux à qui j'ai eu affaire en Cerf ne montraient nulle allégeance à quiconque.

— Je n'en sais rien. J'ai servi pendant la guerre des Pirates rouges et je vois ce que vous voulez dire. Les hommes à qui j'ai parlé ne gardent que des souvenirs imprécis du temps qu'a duré leur soumission, des souvenirs de souffrance, sans plaisir, sans odeur, sans goût ; ils obéissaient parce que c'était plus facile que s'insurger. On jetait les rebelles en pâture au dragon. Je pense qu'il s'agit ici d'un usage plus raffiné de la forgisation que ce que nous avons connu dans les Six-Duchés. Un Outrîlien m'a expliqué que, quand elle l'a dépouillé de tout sentiment d'affection et de loyauté pour son clan et sa famille, elle est restée la seule qu'il pouvait servir – et il l'a servie, bien qu'il se dégoûte maintenant en songeant aux actes qu'il a commis en son nom. »

En quittant Longuemèche pour retourner auprès de Burrich, j'aperçus le prince Devoir et la narcheska entre les tentes ; ils se tenaient debout, les mains enlacées, la tête penchée l'un vers l'autre. Comment la mère d'Elliania prenait-elle leur prochain mariage ? Cette union devait lui apparaître comme une alliance soudaine et incompréhensible avec un ennemi de toujours ; l'accepterait-elle quand elle apprendrait que sa fille devrait quitter sa maison maternelle pour régner sur une contrée lointaine ? Et Ellianía elle-même, qu'en pensait-elle ? Elle venait à peine de retrouver sa mère et sa sœur ; se résoudrait-elle à les abandonner si vite pour se rendre aux Six-Duchés ?

Je trouvai Trame en compagnie de Leste et Burrich ; vieilli par le chagrin, l'enfant avait l'air presque adulte. Sans un mot, je m'assis près d'eux sur le bord du traîneau ; on avait bricolé un abri pour le protéger du vent nocturne, et une chandelle l'illuminait. Malgré les couvertures entassées sur lui, Burrich avait les mains glacées.

D'une voix où ne perçait nul espoir, Leste me demanda : « Vous ne pourriez pas essayer encore ? Les autres... ils ont guéri tout de suite, et maintenant ils bavardent, ils rient avec leurs amis autour du feu. Pourquoi ne pouvez-vous pas soigner mon père ? »

Je le lui avais déjà expliqué ; je le lui expliquai à nouveau. « Parce que Chevalerie l'a fermé à l'Art il y a longtemps. Savais-tu que ton père a secondé le prince Chevalerie ? Qu'il a joué auprès de lui le rôle de servant du roi pour lui fournir une réserve d'énergie quand il employait sa magie ? »

Il secoua la tête, les yeux pleins de regret. « Je ne le connais guère autrement que comme mon père. C'est un homme réservé ; il ne nous a jamais parlé de son enfance comme maman nous raconte des histoires sur Bourg-de-Castelcerf et son propre père. Il m'a appris à m'occuper des chevaux, à les soigner, mais c'était avant que... » Il s'interrompit, puis reprit avec un effort : « Avant qu'il découvre que j'avais le Vif. Comme lui. De ce jour, il a tout fait pour me tenir à l'écart des écuries et des animaux, et je n'ai plus eu l'occasion de passer beaucoup de temps avec lui. Il ne mentionnait guère le Vif, sinon pour m'interdire de communiquer d'esprit à esprit avec aucune bête.

— Il avait à peu près la même attitude avec moi quand j'étais petit », dis-je. Je me grattai la nuque, soudain las et saisi d'incertitude. Qu'est-ce qui m'appartenait et qu'est-ce qui appartenait à Burrich ? « Lorsque j'ai grandi, il m'a parlé davantage, il a éclairé ma lanterne sur différents sujets ; je pense qu'il t'en aurait révélé plus sur lui-même à mesure que tu mûrissais. »

Je marquai une pause ; la main de Burrich dans la mienne, je me demandai s'il m'aurait pardonné ce que je m'apprêtais à faire ou s'il m'en aurait remercié. « Je me rappelle la première fois où j'ai vu ton père ; je devais avoir dans les cinq ans, je crois. Un des hommes de Vérité m'a conduit dans la salle de réfectoire des soldats, dans les vieux casernements d'Œil-de-Lune. Le prince Chevalerie et la majorité de sa garde étaient absents, mais ton père ne les avait pas suivis, car il se remettait encore de sa blessure au genou, celle qui le fait boiter ; il l'avait reçue en s'interposant entre un sanglier et mon père que l'animal allait éventrer de ses défenses. Bref, Burrich se trouvait dans une cuisine remplie de gardes, jeune homme plein de fougue, sombre, violent, le regard dur, et voilà qu'on me confiait brusquement à lui, sans nous prévenir ni l'un ni l'autre. Tu imagines la scène ? Aujourd'hui encore, je me demande ce qu'il a bien pu penser quand le soldat m'a posé sur la table devant lui en lui annonçant que j'étais le bâtard de Chevalerie et qu'il allait devoir s'occuper de moi. »

Leste ne put empêcher un petit sourire d'étirer lentement ses lèvres, et la nuit s'étendit doucement autour de nous tandis que je continuais d'évoquer le jeune homme impétueux qui m'avait élevé. Trame resta quelque temps avec nous, et j'ignore à quel moment il s'éclipsa. Quand la chandelle se mit à couler, nous nous allongeâmes de part et d'autre de Burrich pour lui tenir chaud et je poursuivis mes réminiscences dans le noir jusqu'à ce que Leste s'endormît. J'eus l'impression que ma perception de Burrich par mon Vif avait regagné en vigueur, mais peut-être cela tenait-il seulement au fait que je me remémorais la place qu'il avait occupée dans mon existence ; comme je me rappelais les épisodes où il m'avait dispensé ses encouragements et imposé son autorité, distribué punitions et compliments, je me rendais compte qu'à ces moments-là il avait dû rogner sur sa vie pour s'occuper de celle d'un petit garçon, et je prenais conscience, avec un sentiment d'humilité, que ma dépendance à sa personne avait sans doute façonné son existence autant qu'elle avait influencé la mienne.

Le lendemain matin, quand je lui donnai à boire, ses paupières battirent vaguement, puis, l'espace d'un instant, il me regarda avec l'expression accablée d'un prisonnier. « Merci », chuchota-t-il d'une voix sifflante, mais je ne crois pas que ce fût pour l'eau. « Papa ? » fit Leste avec empressement ; mais son père avait de nouveau perdu connaissance.

Nous progressâmes rapidement ce jour-là, si bien qu'au soir tombant nous décidâmes de poursuivre notre route pour tenter de quitter le glacier avant la nuit. Cette idée suscita l'enthousiasme général, car nous étions tous las de camper sur la glace, mais la distance à parcourir se révéla plus grande que prévu. Nous continuâmes de marcher et finîmes par dépasser la fatigue pour nous embourber dans ce marécage où l'on refuse avec entêtement de reconnaître qu'on s'est trompé.

Il faisait nuit noire quand nous arrivâmes aux abords de la grève. Nous aperçûmes le spectacle réconfortant de feux de guet, et, avant que j'eusse le temps, l'esprit noyé dans la brume de l'épuisement, de songer qu'un seul foyer aurait dû suffire pour deux gardes, le « Qui vive ? » de Perdrot retentit dans l'obscurité. Le prince Devoir y répondit, et nous entendîmes plusieurs voix pousser des exclamations de joie ; toutefois, nul parmi nous n'était préparé au cri de bienvenue que Crible nous lança. Je me le rappelai tel que je l'avais vu la dernière fois et je sentis les poils se hérisser sur ma nuque ; un instant, l'espoir irrationnel naquit en moi de retrouver le fou au milieu des hommes qui nous attendaient, puis les paroles de Peottre me revinrent et la peine me submergea.

Nous parvînmes dans les derniers au bivouac sur la grève, et déjà on s'y accueillait, l'on y échangeait des nouvelles et des récits dans un brouhaha indescriptible. Il s'en fallut de près d'une heure avant que je parvinsse à obtenir un compte rendu cohérent des événements. Crible et plusieurs rescapés outrîliens du palais de glace se trouvaient là ; ils avaient recouvré leurs esprits sans doute au moment de la mort du dragon. Le jeune garde et ses compagnons de cellule avaient été tirés de leur geôle par un soldat de la Femme pâle qui venait lui-même de récupérer sa personnalité ; ils avaient joint leurs forces pour chercher une issue, d'où Crible avait réussi à les conduire jusqu'à la plage. Ils ignoraient tous la raison pour laquelle ils avaient soudain repris leurs sens, et nous passâmes le reste de la nuit à combler cette lacune.

Umbre me fit mander dans sa tente le lendemain afin que j'écoute le témoignage complet de Crible au prince et à lui-même. Les soldats de la Femme pâle les avaient capturés, Heste et lui, car ils avaient commis l'erreur de surprendre des hommes en train de sortir par une issue secrète du royaume souterrain, et il ne fallait surtout pas qu'ils puissent rapporter cette information au prince. Le jeune garde était incapable d'expliquer de façon rationnelle comment on l'avait forgisé ; le dragon y jouait un rôle, mais, chaque fois qu'il essayait d'aborder ce sujet, il se mettait à trembler si violemment qu'il devait s'interrompre. Pour finir, et à mon grand soulagement, Umbre renonça à lui arracher ce renseignement ; en vérité, mieux valait qu'il restât perdu à jamais, me semblait-il.

Crible se montra stupéfait d'apprendre que le fou et moi l'avions aperçu dans sa prison. Il affirma qu'il ne me reprochait pas de l'y avoir laissé, que, si j'avais forcé la porte, il m'aurait certainement attaqué pour s'emparer de mes vêtements ; pourtant je lus dans ses yeux une humiliation si grande d'avoir été vu en pareil état que, j'en eus la certitude, notre amitié n'y résisterait pas. Quant à moi, je ne pensais pas réussir à entretenir une relation naturelle avec un homme que j'avais abandonné à la mort.

Redeviendrait-il un jour le jeune homme insouciant qu'il avait été ? Il avait jeté un regard dans un recoin obscur de lui-même, et il devrait vivre jusqu'à la fin de ses jours avec ce souvenir. Il avoua devant nous avoir tué Heste. Il n'avait plus de chemise, car il en avait utilisé les lambeaux pour s'emmailloter les mains afin de se protéger du froid, et il se rappelait le soin avec lequel il avait projeté d'assassiner son camarade blessé puis de détrousser son cadavre pendant que les autres forgisés dormaient. Il gardait aussi le souvenir de la Femme pâle leur expliquant qu'il s'agissait d'une sorte d'épreuve : ceux qui survivraient à deux semaines d'emprisonnement gagneraient la liberté de la servir et des repas à heures régulières. Il nous raconta cela avec un sourire de dément, les dents serrées comme pour s'empêcher de vomir, et il ajouta qu'alors il n'imaginait pas meilleur sort que la servir et manger selon des horaires ponctuels.

Deux des Outrîliens revenus avec lui appartenaient au clan du Narval ; disparus depuis longtemps et présumés morts, ils s'étaient vu accueillir avec une joie sans bornes par Peottre. Depuis plus d'une décennie, la Femme pâle s'en prenait à leur clan, dont elle avait décimé la population masculine avant de le réduire au désespoir en s'emparant de la narcheska régnante et de sa fille cadette. Le retour de ces guerriers ne fit qu'accroître le statut de héros dont jouissait le prince auprès des membres du Narval.

Quand Umbre finit d'interroger le jeune garde, je posai les trois questions qui me brûlaient les lèvres ; je n'obtins que des réponses décevantes. Crible n'avait pas vu le fou, ni pendant sa captivité ni lors de son évasion ; il n'avait pas vu la Femme pâle, pas même son cadavre, après sa libération.

« Mais je ne crois pas qu'il faille s'inquiéter : celui qui m'a tiré de ma geôle, Revke, a assisté à sa fin. Elle est devenue tout à coup à moitié folle ; elle s'est mise à crier que tout le monde la trahissait, tout le monde, et que seul son dragon pouvait encore lui permettre de remporter la victoire. Elle a dû ordonner qu'on amène au moins vingt hommes, et, l'un après l'autre, on les a plaqués de force contre la sculpture avant de les égorger ; d'après Revke, la pierre buvait le sang. Mais ça n'a pas suffi à la satisfaire ; furieuse, elle a hurlé qu'ils devaient disparaître complètement dans le dragon, qu'il ne s'éveillerait que si quelqu'un s'y fondait entièrement. »

Nous le regardions, figés sur place, et il nous dévisagea tour à tour d'un air perplexe. « Je ne parle pas très bien outrîlien. Je sais que ça paraît insensé : comment quelqu'un aurait-il pu entrer dans le dragon ? Mais c'est ce que j'ai cru comprendre de ce que disait Revke ; je me suis peut-être trompé.

— Non ; je pense au contraire que tu as parfaitement compris. Continue, le priai-je.

— Pour finir, elle a donné l'ordre de livrer Paincru au dragon. D'après Revke, ceux qui ont délivré le vieux guerrier de ses fers ont sous-estimé sa force et sa haine de la Femme pâle ; ils l'ont saisi, l'ont entraîné vers la créature de pierre tandis qu'il freinait des quatre fers. Tout à coup, il les a pris à contre-pied : il s'est précipité en avant, sur la Femme pâle, l'a attrapée par les poignets et s'est mis à rire aux éclats en hurlant qu'ils allaient se fondre ensemble dans le dragon et s'envoler pour assurer la victoire des îles d'Outre-mer, que c'était la seule façon de l'emporter. Puis il a reculé vers la statue en tirant la femme qui se débattait en criant de terreur. Et là... » Il s'interrompit à nouveau. « Je me contente de vous répéter ce que Revke m'a raconté. Ça ne rime à rien, mais...

— Poursuivez ! coupa Umbre d'une voix rauque.

— Paincru a pénétré dans le dragon. Il s'y est comme immergé, sans lâcher la Femme pâle qu'il continuait à entraîner à sa suite.

— Elle s'est fondue au dragon ? m'exclamai-je.

— Non, pas complètement. Paincru a disparu en l'entraînant avec lui, si bien qu'elle s'est retrouvée plongée dans la pierre jusqu'aux poignets. Elle hurlait à ses gardes de l'aider, et finalement deux d'entre eux l'ont prise à bras-le-corps et tirée en arrière ; mais... mais ses mains n'existaient plus. Elles étaient restées dans le dragon. »

Le prince crispait le poing contre ses lèvres, et je m'aperçus que je tremblais. « Est-ce tout ? » demanda Umbre. Comment parvenait-il à conserver son calme ?

« Pratiquement. On aurait dit qu'elle avait l'extrémité des bras brûlée ; pas une goutte de sang, rien que des moignons cautérisés, à en croire Revke. Elle les regardait, comme pétrifiée, et, pendant ce temps, le dragon s'est animé ; quand il a commencé à bouger, il a levé la tête trop haut et d'énormes morceaux du plafond ont dégringolé. Tout le monde s'est sauvé, à la fois pour échapper aux blocs de glace et par peur du monstre. Revke se cachait toujours quand il est redevenu lui-même tout à coup. » Crible se tut soudain puis reprit avec réticence : « Je ne peux pas vous expliquer ce que j'ai ressenti. J'étais dans ma cellule, j'essayais de ne pas m'endormir, sinon les autres allaient me tuer ; et puis j'ai baissé les yeux sur Heste qui gisait, mort, par terre, et brusquement sa disparition m'a touché parce que c'était mon ami. » Il secoua la tête et il acheva dans un murmure : « Alors je me suis rappelé que je l'avais tué.

— Vous n'étiez pas responsable, dit le prince à mi-voix.

— Mais je l'avais tué quand même, de mes propres mains ; je... »

Je l'interrompis avant qu'il eût le temps de songer davantage à son geste. « Et comment es-tu sorti ? »

Il parut presque reconnaissant de ma question. « Revke nous a ouvert la porte et nous a fait traverser tout le palais. C'est comme un immense dédale de glace. Finalement, nous sommes sortis par une espèce de fissure dans la paroi qui s'ouvrait dans le flanc du glacier. Là, plus personne ne savait quoi faire ; les autres ne connaissaient pas d'autre abri où se réfugier ; mais j'ai aperçu la mer au loin et je leur ai dit que, si nous nous dirigions vers elle puis suivions la côte, nous finirions obligatoirement par atteindre le camp, même s'il fallait effectuer tout le tour de l'île. Nous avons eu de la chance : nous avons pris le trajet le plus court et nous sommes arrivés avant vous. »

Il me restait une dernière question à poser, mais il y répondit avant que j'eusse le temps d'ouvrir la bouche. « Tu sais comme le vent souffle la nuit, Tom ; la neige qu'il soulève a dû effacer nos traces à l'heure qu'il est, et, même si j'en avais envie, je ne retrouverais sans doute pas la route que nous avons suivie. » Il respira profondément puis ajouta avec réticence : « Un des Outrîliens serait peut-être d'accord pour tenter le coup – mais pas moi, jamais. Je ne veux pas y retourner, ni même m'en rapprocher.

— Nul ne vous le demandera », lui assura Umbre, et il avait raison ; je n'insistai pas.

L'aube pointait quand je rejoignis Burrich et Leste. L'enfant dormait à côté de son père dont une main pendait hors de ses couvertures ; en la replaçant au chaud, je m'aperçus qu'elle était serrée sur une boucle d'oreille en bois que je reconnus : le fou l'avait sculptée et, je le savais, je trouverais à l'intérieur le clou d'affranchissement que la grand-mère de Burrich avait gagné au prix de dures épreuves. S'il avait trouvé la force de la décrocher de son lobe, il fallait qu'il y attachât beaucoup d'importance, et il me sembla deviner son intention.

Devoir avait lâché le pigeon qui regagnerait Zylig afin d'annoncer au Hetgurd l'achèvement de notre quête ; néanmoins, quelques jours s'écouleraient avant que les navires viennent nous chercher. Entretemps, nos maigres réserves de vivres devraient alimenter un large groupe, perspective peu réjouissante, mais que nul, je pense, ne prit au tragique après ce que nous venions de vivre.

Je m'isolai un moment avec Leste, assis près de son père qui continuait à décliner, et je lui narrai l'histoire du clou d'oreille tout en m'évertuant à extraire l'objet de son écrin de bois. Finalement, vaincu par la complexité du travail du fou, je dus briser l'enveloppe pour mettre au jour le bijou bleu et argent, aussi scintillant qu'à l'instant où Patience me l'avait montré pour la première fois ; et, comme elle alors, je me servis de son extrémité pointue pour percer l'oreille de Leste afin qu'il pût le porter. Je fis preuve d'un peu plus de douceur qu'elle : j'utilisai de la neige comme insensibilisant avant de procéder à l'opération. « Ne l'enlève jamais, lui dis-je ; et rappelle-toi toujours ton père, tel qu'il était.

— Je le promets », répondit-il à voix basse. Il palpa le clou d'une main prudente ; je gardais un souvenir vif de son poids au bout de mon oreille douloureuse. Puis il essuya le sang qui maculait ses doigts sur son pantalon et reprit : « Je regrette de l'avoir tirée, maintenant ; si je l'avais encore, je vous la donnerais.

— Quoi donc ?

— La flèche dont sire Doré m'avait fait cadeau. Je la trouvais laide, mais je l'avais acceptée par politesse ; et puis, alors que toutes les autres ricochaient sur le dragon, celle-là a traversé sa carapace. Je n'avais jamais rien vu de pareil.

— Comme tout le monde, je pense.

— Sauf sire Doré, peut-être. Il m'avait dit que c'était un vilain bout de bois, mais qu'il me rendrait peut-être bien service en cas de besoin. Il avait parlé de lui-même comme d'un prophète, ce soir-là. Avait-il prévu que la flèche grise tuerait le dragon, à votre avis ? »

Je réussis à sourire. « Même de son vivant, je ne savais jamais s'il avait vraiment connu les événements à l'avance ou bien s'il remaniait habilement ses propos après coup pour le faire croire. Dans le cas présent, toutefois, il semble avoir eu raison.

— Oui. Mais avez-vous vu mon père ? Avez-vous vu ce qu'il a fait ? Il a arrêté net le monstre ! Trame dit qu'il n'a jamais senti une telle puissance, une force capable de *repousser* un dragon ! » Il me regarda dans les yeux et me mit au défi de l'interrompre. « D'après lui, elle se transmet parfois dans certaines familles du Lignage, et j'en hériterai peut-être si j'emploie ma magie avec discipline et discernement. »

Je pris le menton de l'enfant dans ma main ; je sentis le froid du clou d'oreille au bout de mon pouce. « Espérons-le. Notre monde a bien besoin d'une force telle que tu la décris. »

La tête de Longuemèche apparut à l'entrée de notre abri. « Le prince Devoir vous demande, Tom, fit-il d'un ton d'excuse.

— J'arrive », répondis-je. Je me tournai vers Leste. « Ça ne te dérange pas ?

— Allez-y. Nous ne pouvons rien, ni vous ni moi, à part le veiller.

— Je reviendrai », promis-je, puis je sortis pour suivre le commandant de la garde.

La tente du prince était bondée. Il s'y trouvait en compagnie d'Umbre, Lourd, Peottre, Oerttre, Kossi et la narcheska. La lèvre inférieure de Lourd saillait plus qu'à l'habitude et je le sentis mécontent. Elliania, assise par terre, me tournait le dos, une couverture serrée sur ses épaules. Je saluai chacun puis attendis la suite.

Ce fut Devoir qui prit la parole. « Nous avons un petit problème avec les tatouages de la narcheska. Elle voudrait les voir disparaître, mais Lourd n'arrive à rien par l'Art ; Umbre croit que, comme vous avez effacé vos propres cicatrices, vous pourriez peut-être mieux réussir.

— Une cicatrice et un tatouage se comparent difficilement, dis-je, mais je veux bien essayer. »

Le prince se pencha sur la jeune fille. « Ellianiа ? Acceptez-vous de les lui montrer ? »

Elle ne répondit pas. Elle resta assise, le dos très droit, tandis que la réprobation se peignait sur les traits de sa mère. Enfin, lentement, sans un mot, elle courba le cou et laissa la couverture tomber de ses épaules. Je m'agenouillai puis levai la lampe pour mieux y voir ; alors mes mâchoires se crispèrent et je compris pourquoi on avait pensé à moi.

La beauté luisante des serpents et des dragons avait disparu. Les tatouages s'enfonçaient en creux dans la peau qu'ils tiraient comme si on les y avait gravés au fer rouge – ultime geste de vengeance de la Femme pâle, sans doute. « Ils lui font encore mal de temps en temps, murmura le prince.

— Je m'interroge, dis-je ; peut-être Lourd échoue-t-il à guérir la narcheska parce que ces marquages ne sont pas récents. Aider l'organisme à effectuer une opération déjà en cours, c'est une chose ; mais il s'agit ici de lésions anciennes, et le corps les a acceptées.

— Pourtant, les vôtres se sont résorbées quand nous vous avons remis en état, fit observer le prince.

— Elles ne sont pas à elle, intervint Lourd d'un ton lugubre. Je ne veux pas y toucher. »

Sans chercher à percer le sens de ce commentaire sibyllin, je répondis à Devoir : « À mon sens, le fou m'a rétabli tel qu'il m'avait toujours vu : intact. » Je n'avais nulle envie de m'étendre sur ce sujet, et tous le comprirent, je pense.

D'une voix à peine tremblante, Elliania déclara : « Alors, effacez-les au cautère et guérissez les brûlures ! Peu importe les moyens, je veux seulement qu'on m'enlève ces tatouages. Je refuse de porter les marques de cette femme sur moi !

— Non ! s'exclama le prince d'un ton horrifié.

— Attendez, je vous prie, dis-je. Laissez-moi essayer. » J'approchai la main de la narcheska puis interrompis mon geste. « Puis-je vous toucher ? »

Elle courba le cou encore davantage et je vis ses muscles se raidir, puis elle hocha la tête. Peottre nous dominait de toute sa taille, les bras croisés sur la poitrine. Je levai les yeux, croisai son regard, puis m'assis par terre derrière la jeune fille et posai délicatement les paumes sur son dos. Il me fallut toute ma volonté pour les y maintenir : ma peau percevait la chaleur d'un jeune corps, mais mon Art sentait des dragons et des serpents se tordre sous mes doigts. « Il n'y a pas que de l'encre dans ces tatouages », dis-je, sans parvenir à analyser ce que je captais.

Avec un effort, Elliania répondit : « Elle fabriquait ses encres à partir de son propre sang, afin que ses dessins lui appartiennent et lui obéissent toujours.

— Elle est mauvaise », fit Lourd d'un ton sinistre.

La jeune fille m'avait fourni le renseignement qui me manquait. Malgré tout, la tâche fut éreintante ; je ne connaissais pas bien Elliania et Lourd répugnait à poser la main sur elle. Il nous prêta son énergie, mais il fallut extirper chaque image séparément, détail par détail. La mère et la sœur de la narcheska nous observaient en silence ; Peottre resta un moment, sortit faire un tour, revint puis ressortit. Je le comprenais ; j'aurais préféré moi aussi ne pas devoir assister à la scène. Une encre à l'odeur pestilentielle suintait, contrainte et forcée, par les pores de la malheureuse qui, pour couronner le tout, souffrait le martyre. Elle serrait les dents et martelait le sol à coups de poing en retenant ses cris ; ses longs cheveux noirs, rabattus en avant pour ne pas nous gêner, s'engluaient de sueur. Devoir, assis devant elle, la tenait par les épaules tandis que je suivais laborieusement du doigt chaque dessin en exhortant sa peau à rejeter la souillure de la Femme pâle. Comme j'œuvrais ainsi, je revis soudain le dos du fou, semblablement marqué de façon exquise et cruelle, et je remerciai les dieux qu'il eût subi ce sort avant que la Femme pâle eût acquis et perverti la maîtrise de l'Art. Je ne comprenais pas pourquoi les tatouages d'Elliania résistaient ainsi à nos efforts. Quand la dernière patte griffue finit de s'effacer, je n'avais plus de forces, mais le dos de la narcheska était redevenu lisse et uni.

« Voilà », dis-je, épuisé, et je remontai la couverture sur ses épaules. Elle poussa un soupir qui évoquait un sanglot, et Devoir la prit dans ses bras avec douceur.

« Merci, me murmura-t-il ; puis il s'adressa à Elliania : Tout est fini ; elle ne peut plus vous faire de mal. »

L'espace d'un instant, je me demandai avec inquiétude s'il avait raison ; mais, avant que je pusse exprimer mes doutes, un cri que nous attendions tous retentit soudain à l'extérieur : « Voiles en vue ! Deux voiles ! L'une bat pavillon du Sanglier, l'autre de l'Ours ! »

2

PORTES

Plus je me plonge dans les affaires et les accointances de sire et dame Omble, plus je me convaincs du bien-fondé de vos soupçons. S'ils ont accepté l'« invitation » que Sa Majesté a lancée à la jeune damoiselle Sydel de passer quelque temps à la cour de Castelcerf, ils l'ont fait de mauvaise grâce et sans empressement, et le père a manifesté en l'occurrence une sécheresse de cœur plus âpre que la mère : elle s'est montrée scandalisée qu'il laisse partir sa fille sans une seule toilette convenable pour une fête ou un bal, ni même pour une journée ordinaire à la cour. En outre, la rente qu'il lui alloue ne suffirait pas à une fille de laiterie. Il espère, selon moi, qu'elle détonnera tant chez la reine qu'on finira par la renvoyer chez elle.

Méfiez-vous de la femme qu'il lui a choisie comme servante ; je suggère qu'on découvre un grief quelconque contre cette Opale et qu'on la chasse de Castelcerf au plus vite. Veillez à ce que son chat gris s'en aille avec elle.

Sydel, pour elle, ne paraît guère coupable que d'être jeune et volage. Pour ces raisons, je ne pense pas qu'elle sache ses parents membres déclarés des Pie et encore moins qu'elle soit au courant de leurs complots.

Rapport d'espionnage anonyme

*

Des marées favorables avaient porté les bateaux jusqu'à nous plus tôt que prévu ; mais, si nous nous étonnâmes de leur arrivée précoce, leurs équipages restèrent effarés de notre nombre, et les embarcations qu'ils mirent à la mer pour se rendre à terre débordaient de passagers pressés d'apprendre ce qui s'était passé. Tant de nos hommes se précipitèrent à leur rencontre que les barques furent littéralement soulevées et transportées à sec avant que personne pût en descendre ! Il s'ensuivit un vacarme qui évoquait celui d'une bataille, car chacun voulait raconter son histoire à sa façon aux visiteurs stupéfaits, au milieu des rires, de coups amicaux sur la poitrine et de grandes claques sur les épaules. Au-dessus de ce joyeux tohu-bohu éclatait la voix rugissante d'Arkon Sangrépée qui partageait le triomphe du clan du Narval ; en revanche, ses retrouvailles avec Oerttre prirent un tour plus retenu et formaliste que je ne m'y attendais : père d'Elliania, il n'avait néanmoins jamais épousé officiellement sa mère, et Kossi n'était pas sa fille. Il se réjouit donc de leur retour en ami, non en père ni en époux, et sa satisfaction sembla plutôt celle d'un guerrier heureux de la victoire d'un allié.

Je devais apprendre plus tard que la narcheska lui avait fait miroiter de somptueux gains en matière de récoltes, de commerce et autres avantages ; les terres du clan du Sanglier étaient caillouteuses et escarpées, parfaites pour y pâturer des porcs mais impropres au labour et à la moisson.

Sangrépée devait subvenir aux besoins de huit jeunes nièces, et la victoire du Narval assurerait la prospérité de ces enfants du Sanglier.

Mais je ne voyais alors que les manifestations d'allégresse autour de Leste et moi, et notre peine en paraissait aggravée. Pis encore, la veille, j'avais pris une résolution que je sentais si juste que rien, je le savais, ne pourrait m'en détourner. Aussi, pendant qu'au-dehors on poussait des cris de joie et qu'on haussait la voix pour raconter son histoire plus fort que son voisin, je m'entretins discrètement avec l'enfant dans la pénombre de la toile qui protégeait Burrich gisant.

« Je ne repars pas avec vous. Sauras-tu t'occuper de ton père sans moi ?

— Si je... Comment ça, vous ne repartez pas avec nous ? Et que voulez-vous faire d'autre ?

— Rester ici. Il faut que je retourne au glacier, Leste ; je veux chercher un moyen de pénétrer dans le palais souterrain, au moins pour retrouver la dépouille de mon ami et la brûler. Il avait horreur du froid ; il n'aurait pas aimé demeurer à jamais enfoui dans la glace.

— Et qu'espérez-vous d'autre ? Vous ne me dites pas tout. »

Je marquai une pause, envisageai d'inventer un mensonge puis repoussai cette idée. J'avais assez menti pour toute ma vie. « J'espère découvrir le cadavre de la Femme pâle, la voir morte, avoir la certitude qu'elle a payé tout ce qu'elle nous a fait subir ; et, si je la trouve vivante, j'espère la tuer. »

Telle était la promesse simple à laquelle je m'engageais. La tenir n'irait sûrement pas sans difficultés, mais je ne voyais pas quelle autre consolation m'accorder.

« On ne vous reconnaît plus quand vous parlez

ainsi », fit Leste d'une voix étouffée. Il se rapprocha de moi. « Vous avez le regard d'un loup. »

Je secouai la tête et souris – du moins, je retroussai les lèvres. « Non. Un loup ne perd pas son temps à essayer de se venger ; or, il s'agit précisément de ça : d'une vengeance, purement et simplement. Quand les gens ont l'air le plus méchant, ce n'est pas leur côté animal que tu vois, mais la sauvagerie dont seuls les humains sont capables ; quand je me montre fidèle à ma famille, là, tu vois le loup. »

Du bout du doigt, il toucha son clou d'oreille, puis il plissa le front et demanda : « Voulez-vous que je reste avec vous ? Vous ne devriez pas affronter seul cette épreuve ; et, comme vous l'avez constaté, je n'ai pas menti : je sais me servir d'un arc.

— En effet ; mais d'autres devoirs t'appellent, plus pressants. Burrich n'a aucune chance de survivre s'il demeure ici ; ramène-le à Zylig. Vous y trouverez peut-être des guérisseurs efficaces ; à tout le moins, il bénéficiera d'une chambre chauffée, de repas convenables et d'un lit propre.

— Mon père va mourir, FitzChevalerie. Cessons de feindre de croire le contraire. »

Ah, quel pouvoir renferment les noms ! Je baissai les bras. « Tu as raison, Leste ; mais il n'est pas obligé de mourir dans le froid, sous un morceau de toile qui bat au vent. Nous pouvons au moins lui éviter cela. »

Le jeune garçon se gratta le crâne. « Je veux exécuter la volonté de mon père, et je crois qu'il me dirait de rester avec vous, que je vous serais plus utile qu'à lui. »

Je réfléchis. « Peut-être ; mais, à mon avis, ta mère te tiendrait un autre discours. Il ne faut pas le quitter, voilà ce que je pense ; qui sait s'il ne va pas reprendre conscience avant la fin ? Les mots qu'il te confiera peut-être pourraient se révéler précieux. Non, Leste, accompagne-le. Reste auprès de lui, pour moi. »

Sans répondre, il hocha la tête.

Tandis que nous parlions, on démontait le camp et on le chargeait à bord des navires. Leste parut stupéfait quand les Outrîliens vinrent les chercher, Burrich et lui ; l'Ours s'approcha, s'inclina gravement devant lui et lui demanda de lui accorder l'honneur de les transporter, son père et lui, sur le bateau du Hetgurd. Il les qualifia de « tueurs de démon », et, à son expression, je pense que Leste comprit alors avec saisissement qu'on l'avait laissé seul à son deuil non par négligence, mais par respect. Le chant du barde, la Chouette, les accompagna pendant qu'ils embarquaient, et, bien qu'il déformât les mots selon les licences de sa profession, c'est la gorge nouée mais avec orgueil que j'écoutai louer l'homme qui avait jeté le dragon-démon à genoux et l'enfant qui l'avait abattu pour libérer les otages de la Femme pâle. J'observai que Trame empruntait la même embarcation qu'eux ; il voyagerait donc avec Leste, et cela me rassura. Je ne voulais pas que l'enfant demeurât seul parmi des inconnus, même empreints de déférence, à la mort de son père ; or je craignais que Burrich ne survécût pas jusqu'à Zylig.

Le prince surgit tout à coup près de moi et me demanda sur quel bateau j'embarquerais. « Vous serez le bienvenu à bord des deux, mais vous n'aurez guère de place quel que soit votre choix ; les Outrîliens n'avaient pas prévu de ramener autant de monde et nous allons nous retrouver serrés comme harengs en caque. Umbre, dans sa grande sagesse, a décidé de me séparer de la narcheska, si bien que je voyagerai sur le navire de l'Ours ; lui-même s'installera à bord de celui du Sanglier avec Peottre, sa sœur et sa nièce, car il espère faire progresser encore les ultimes négociations de notre alliance pendant le trajet. »

J'avais le cœur gros mais je ne pus m'empêcher de sourire. « Vous employez toujours le terme d'alliance ? J'ai plutôt l'impression qu'il s'agit d'un mariage à présent. Auriez-vous donné quelque motif à Umbre de juger préférable de vous tenir à l'écart l'un de l'autre, Elliania et vous, durant notre retour à Zylig ? »

Il haussa les sourcils et plissa les coins de sa bouche. « Moi, non ! Mais Elliania s'est proclamée satisfaite par le résultat de son défi, convaincue que j'étais digne d'elle, et elle a déclaré qu'elle me considérait désormais comme son époux. Sa mère n'avait pas l'air absolument ravie, mais Peottre a refusé de s'opposer à la décision de sa nièce. Umbre a essayé d'expliquer à Elliania que je devais d'abord m'engager auprès d'elle dans ma "maison maternelle", mais elle n'a rien voulu entendre et a riposté : "De quel droit un homme oserait-il se dresser contre la volonté d'une femme en cette affaire ?"

— J'aurais aimé entendre sa réponse à pareille question !

— Il a répondu : "En vérité, ma dame, je l'ignore. Mais la volonté de la reine est que son fils ne partage pas votre couche tant que vous n'aurez pas annoncé, devant ses nobles et elle-même, que vous le jugez digne de vous."

— Et elle a accepté ce décret ?

— Pas de bonne grâce. » À l'évidence, l'impatience de sa future épouse flattait le prince. « Mais Umbre m'a arraché la promesse de me conduire avec réserve, alors qu'Elliania ne me facilite pas les choses. Bref ! Je voyagerai donc à bord de l'Ours et elle à bord du Sanglier, avec Umbre et sans doute Lourd, car les Outrîliens le portent désormais aux nues avec ses Mains d'Eda. Alors, lequel choisissez-vous ? Venez sur l'Ours ; vous y serez avec Burrich, Leste et moi.

— Je n'embarquerai sur aucun des deux, mais je me réjouis d'apprendre que vous accompagnerez Leste ; il vit une période difficile, et il la supportera peut-être mieux entouré d'amis.

— Comment ça, sur aucun des deux ? »

Il était temps d'annoncer officiellement ma décision. « Je reste ici, Devoir. Je dois essayer de retrouver le corps du fou. »

Il cilla, pesa ma déclaration, et, faisant preuve d'une compréhension qui me réchauffa le cœur, il accepta mon choix sans autre forme de procès. « Alors, je demeurerai avec vous ; et il vous faudra aussi quelques hommes si vous voulez creuser un tunnel jusqu'aux salles souterraines. »

Il ne discutait pas ma résolution et me proposait de retarder l'heure de son propre triomphe pour m'assister ; j'en fus touché. « Non. Partez ; vous avez une narcheska à épouser et une alliance à bâtir. Je n'aurai besoin de personne, car j'espère trouver l'issue par laquelle Crible et les autres se sont échappés.

— Vous êtes comme le fou qui court après la lune, Fitz ; vous ne parviendrez jamais à la localiser. J'ai écouté le compte rendu de Crible avec autant d'attention que vous. »

L'expression me fit sourire. « Je crois que j'y arriverai ; je puis me montrer très entêté dans ce genre de cas. Je vous demande seulement de me laisser les vivres et les vêtements chauds dont vous pouvez vous dispenser ; il me faudra peut-être un peu de temps pour mener à bien mon entreprise. »

Il hésita tout à coup. « Seigneur FitzChevalerie, pardonnez-moi, mais vous allez peut-être vous exposer à de grands risques pour rien. Sire Doré n'est plus en état d'éprouver ni froid ni faim, et vous n'avez guère de chances de retrouver cette fameuse issue, encore moins sa dépouille. Je ne crois pas avisé de vous autoriser à vous lancer dans cette opération. »

Sans tenir compte de cette dernière phrase, je répondis : « Voici un autre argument : votre situation est déjà bien assez compliquée ; inutile d'y ajouter la résurrection du seigneur FitzChevalerie. Je vous conseille de prendre votre clan de Vif à part et de lui faire jurer le secret à mon sujet. Je me suis déjà entendu avec Longuemèche, et je pense que Crible se taira lui aussi ; tous les autres ont péri.

— Mais... les Outrîliens connaissent votre identité ; ils vous ont entendu désigner par ce nom.

— Qui ne signifie rien pour eux. Ils ne se le rappelleront pas plus que je ne me rappelle celui de l'Ours ou de l'Aigle ; ils ne garderont le souvenir que du dément qui a voulu rester sur l'île. »

Il jeta les bras au ciel dans un geste de désespoir. « Et nous y revoici ! Combien de temps votre séjour durera-t-il ? Jusqu'à ce que vous mouriez de faim ? Jusqu'à ce que votre entreprise vous apparaisse aussi vaine que la mienne ? »

Je réfléchis rapidement. « Laissez-moi quinze jours, puis envoyez un bateau me chercher. Si je ne parviens à rien en deux semaines, j'abandonne et je rentre.

— Je n'aime pas ça », fit-il en marmonnant. Je crus qu'il allait discuter mais il déclara : « Quinze jours, pas un de plus. Je n'attendrai pas que vous me préveniez, donc inutile de m'artiser pour m'extorquer du temps supplémentaire. Dans quinze jours, un navire mouillera devant cette grève, et, que vous ayez réussi ou échoué, vous y embarquerez. Et maintenant, dépêchons-nous avant qu'on n'ait chargé toutes les provisions à fond de cale ! »

Mais cette crainte se révéla sans fondement : les équipages vidaient au contraire les bateaux afin de faire de la place pour les passagers imprévus. Umbre maugréa et maudit mon entêtement, mais il dut finalement plier, car je refusais de changer d'avis et chacun voulait profiter de la marée pour quitter les lieux.

Malgré ma résolution, j'éprouvai un sentiment extrêmement étrange à me tenir seul sur la plage et à regarder les navires s'éloigner. Derrière moi s'entassait un matériel hétéroclite ; je disposais de tentes et de traîneaux plus qu'il n'en fallait pour un seul homme, et d'une réserve de vivres suffisante quoique gastronomiquement sans intérêt. Entre le moment où les bateaux disparurent et celui où la nuit tomba, je fis le tri dans ce bric-à-brac et rangeai ce dont je pensais avoir besoin dans mon vieux sac à dos usagé : vêtements de rechange, autant de provisions que je jugeais nécessaires et les plumes que j'avais ramassées sur la plage des Autres. Longuemèche m'avait fourni une épée de bonne qualité, celle d'Adroit, je crois, ainsi que son couteau personnel. Je gardai la tente et les affaires de couchage du fou que j'installai pour la nuit, ainsi que son matériel de cuisine, autant parce qu'ils lui avaient appartenu qu'à cause de leur faible poids. Je m'aperçus avec amusement qu'Umbre m'avait laissé un tonnelet de sa poudre explosive ; comme s'il s'imaginait que j'allais y toucher ! Je n'avais pas encore recouvré toute mon acuité auditive. Pourtant, j'en plaçai finalement un pot dans mon paquetage.

J'allumai une bonne flambée pour la nuit. Le bois apporté par la mer n'abondait pas sur la grève, mais je n'avais que moi à réchauffer et je m'autorisai ce petit plaisir. Je m'attendais à éprouver la sérénité que l'isolement me procure habituellement : même au plus noir de mes ruminations, la solitude et la nature me réconfortent toujours. Mais je ne ressentis rien de tel ce soir-là. Le bourdonnement incessant du dragon submergé ne me laissait pas oublier la perversité de la Femme pâle. J'aurais voulu qu'il y eût un moyen de le faire taire, de purifier la statue maléfique pour qu'elle ne fût plus qu'honnête pierre. Je me préparai une solide portion de gruau auquel je mélangeai une généreuse quantité du sucre d'orge que Devoir m'avait laissé.

J'avalais ma première bouchée quand j'entendis des pas derrière moi. M'étranglant à demi, je me dressai d'un bond en tirant mon épée. Lourd pénétra dans le cercle de lumière de mon feu avec un sourire penaud. « J'ai faim. »

Je vacillai, sidéré. « Mais que fais-tu ici ? Tu devrais être sur le bateau qui te ramène à Zylig !

— Non, pas de bateau. Je peux manger ?

— Comment t'es-tu débrouillé pour ne pas embarquer ? Umbre est-il au courant ? Ou le prince ? Lourd, tu ne peux pas rester ! J'ai du travail, des tâches importantes à accomplir ! Je n'ai pas le temps de m'occuper de toi.

— Ils ne sont pas au courant, et je m'occuperai de moi tout seul ! » fit-il d'un ton offensé. Je l'avais fâché. Comme pour prouver son affirmation, il se dirigea vers la cargaison abandonnée, la fouilla et finit par trouver un bol. Je demeurai assis, les yeux plongés dans les flammes, avec le sentiment que le destin anéantissait mes plans. Lourd revint près de mon feu et s'installa sur une pierre en face de moi ; tout en écopant plus de la moitié du gruau de la casserole, il reprit : « Ça a été facile ; j'ai juste envoyé *"avec Umbre, avec Umbre"* au prince, et *“avec le prince, avec le prince”* à Umbre ; ils m’ont cru et ils sont montés dans les bateaux.

— Et personne d’autre n’a remarqué ton absence ? demandai-je, sceptique.

— Bah ! Les autres, je leur ai dit *“ne me vois pas, ne me vois pas”*. Ce n’était pas compliqué. » Il se remit à manger en savourant tranquillement son repas. À l’évidence, il tirait fierté de son astuce. Entre deux bouchées, il demanda : « Et toi, tu t’es servi de quel tour pour ne pas partir ?

— D’aucun ; je suis resté parce que j’avais – et que j’ai toujours – une tâche à accomplir. On revient me chercher dans deux semaines. » Je me pris la tête à deux mains. « Lourd, tu me joues une mauvaise farce. Tu ne l’as pas fait exprès, je le sais, mais c’est grave. Que vais-je faire de toi ? Qu’avais-tu prévu, une fois seul sur l’île ? »

Il haussa les épaules et répondit, la bouche pleine : « De ne pas monter dans un bateau ; voilà ce que j’avais prévu. Et toi ?

— De marcher longtemps, jusqu’au palais de glace ; de tuer la Femme pâle si je tombais sur elle ; et de rapporter la dépouille de sire Doré si je la retrouvais.

— D’accord. Ça me va. » Il se pencha pour examiner le fond de la casserole. « Tu vas manger ce qui reste ?

— Apparemment, non. » J’avais perdu l’appétit en même temps que tout espoir de tranquillité. Je le regardai se restaurer en songeant que j’avais deux options. Je ne pouvais pas l’abandonner sur la plage pour me mettre en quête de la Femme pâle ; c’eût été comme laisser un enfant à ses propres moyens. Donc, ou bien je restais avec lui sur la grève pendant quinze jours en attendant le bateau que m’avait promis Devoir, je l’y embarquais et je reprenais le cours de ma mission ; l’automne aurait déjà gagné l'île et la neige qui tombait du ciel s'ajouterait à celle que soufflait le vent pour effacer toute trace ; ou bien je l'emmenais, je supportais sa lenteur exaspérante et je l'exposais au danger – sans parler d'exhiber devant lui une partie très intime de ma vie. Je ne voulais pas de sa présence quand je retrouverais le corps du fou ; je tenais à la solitude, j'en avais besoin, pour ce moment.

Oui, mais il était là, et il ne pouvait pas se débrouiller sans moi. Sans que ma volonté intervînt, je revis soudain l'expression de Burrich quand on m'avait confié, enfant, à lui. Il avait connu cette situation, et mon tour venait à présent. J'observai le petit homme qui raclait le fond de gruau et léchait la cuiller collante.

« Lourd, ce sera dur : nous devrons nous lever tôt demain matin et marcher vite. Nous allons remonter dans le froid, sans beaucoup de bois pour faire du feu et en mangeant toujours la même chose. Es-tu sûr de vouloir m'accompagner ? »

J'ignore pourquoi je lui laissais le choix.

Il haussa les épaules. « Ça vaut mieux que le bateau.

— Mais tu finiras par être obligé d'en prendre un. Quand celui qui doit m'emmener arrivera, je quitterai l'île.

— Non, pas de bateau, fit-il d'un ton qui coupait court à toute polémique. On va dormir dans la jolie tente ?

— Il faut avertir Umbre et le prince que tu es ici. »

Il se renfrogna et je craignis qu'il ne se servît de l'Art pour me détourner de ce projet, mais, quand je les contactai, il participa à la communication, ravi du bon tour qu'il leur avait joué. Je perçus leur agacement à son égard et leur compassion pour moi, mais ils ne proposèrent pas de faire demi-tour ; c'eût d'ailleurs été impossible : on ne remet pas à plus tard des nouvelles comme celles qu'ils rapportaient, et aucun des deux navires ne pouvait retarder son arrivée au port. Le Hetgurd aurait jugé inacceptable l'absence du prince ou de la narcheska. Non, ils devaient poursuivre leur route. Umbre offrit d'envoyer un bâtiment nous prendre dès qu'ils mouilleraient à Zylig, mais je lui demandai d'attendre que nous les artisions pour nous déclarer prêts à rentrer. *Pas en bateau,* ajouta Lourd, et nul ne se sentit le courage de discuter. À bout de fatigue et d'ennui, il me suivrait quand je partirais, j'en avais la conviction ; comment pourrait-il vouloir rester seul sur l'île ?

Puis, comme la nuit avançait, je songeai que sa présence m'était peut-être bénéfique par certains aspects. Quand je me couchai dans la tente du fou, Lourd me parut un intrus, aussi déplacé qu'une vache à un bal des moissons ; pourtant, sans lui, je le sais, j'aurais sombré dans une profonde mélancolie et ruminé les malheurs qui m'accablaient. Il m'empêchait de me concentrer sur mon but, il m'exaspérait, mais il me tenait aussi compagnie ; m'occuper de lui ne me laissait pas le temps d'examiner mes peines de trop près. Je lui préparai un paquetage adapté à sa robustesse, composé surtout de vêtements chauds et de vivres, sachant qu'il n'abandonnerait pas les victuailles. Mais, alors que je m'allongeais pour la nuit, je commençai à redouter la journée du lendemain où je devrais le traîner derrière moi.

« Tu vas dormir ? demanda Lourd comme je tirais mes couvertures par-dessus ma tête.

— Oui.

— J'aime bien cette tente. Elle est jolie.

— Oui.

— Ça me rappelle la roulotte quand j'étais petit. Ma maman la décorait avec des belles couleurs, des rubans et des perles partout. »

Je me tus en espérant qu'il finirait par s'assoupir.

« Ortie aussi, elle aime les jolies choses. »

Ortie ! Une vague de remords me submergea. Je l'avais exposée au danger, j'avais failli la perdre, et, depuis, je n'avais pas essayé une seule fois de la contacter. J'eus honte des risques que je lui avais fait courir, je rougis de n'avoir pas été celui qui l'avait sauvée ; et, même si j'avais eu le courage d'implorer son pardon, je n'aurais pas eu celui de lui annoncer que son père se mourait. Je m'en sentais obscurément responsable ; sans moi, Burrich serait-il venu ? Aurait-il défié le dragon ? Je pris alors la mesure de ma lâcheté : je n'hésitais pas à partir, l'épée à la main, à la recherche de la Femme pâle pour la tuer, mais je n'osais pas affronter ma propre fille que j'avais traitée de façon indigne. « Va-t-elle bien ? demandai-je d'un ton brusque.

— À peu près. Je vais lui montrer la tente cette nuit, d'accord ? Ça lui plaira.

— Sûrement. » J'hésitai puis franchis un nouveau pas. « A-t-elle toujours peur de s'endormir ?

— Non... si. Enfin, pas quand je suis là. Je lui ai promis de ne plus la laisser tomber dans le trou, de la surveiller et d'empêcher qu'il lui arrive du mal. J'entre le premier dans le sommeil et puis elle me rejoint. »

On eût cru un rendez-vous dans une taverne, comme si « le sommeil » était un établissement ou un village le long de la route où ils se retrouvaient. Je devais faire un effort intellectuel pour comprendre le sens qu'il donnait aux mots pourtant simples qu'il employait. « Bon, il faut que je dorme ; Ortie doit attendre que je vienne la chercher.

— Lourd, dis-lui... Non. Je suis content ; je suis content que tu puisses l'accompagner. »

Il se dressa sur un coude et déclara gravement : « Tout ira bien, Tom ; elle va retrouver sa musique ; je l'aiderai. » Il poussa un long soupir fatigué. « Elle a une nouvelle amie.

— Vraiment ?

— Mmh-mmh. Sydel ; elle vient de la campagne, elle se sent seule, elle pleure beaucoup et elle n'a pas les vêtements qu'il faut. Alors elle est amie avec Ortie. »

J'en apprenais beaucoup plus que je ne l'aurais voulu. Ma fille avait peur de dormir, peur de la nuit, de la solitude, et elle se liait avec une Pie reniée par ses parents ; j'eus subitement la certitude que Heur nageait dans une félicité semblable, et l'accablement me saisit. Je tâchai de trouver quelque satisfaction dans l'idée que Kettricken avait tiré Sydel d'un ostracisme qu'elle ne méritait pas, mais j'eus du mal.

La flamme de la petite chaufferette à huile du fou se mit à vaciller puis s'éteignit. L'obscurité, ou ce qui en tient lieu l'été dans la région du monde où nous séjournions, étendit sa main sur notre tente. Allongé sous mes couvertures, j'écoutais la respiration de Lourd, le bruissement des vagues sur la grève et le troublant murmure du dragon disloqué sous les eaux. Je fermai les yeux mais ne pus m'endormir, inquiet à la fois, je crois, de rencontrer Ortie et de ne pas la rencontrer ; au bout d'un moment, je finis par avoir le sentiment que le sommeil s'ancrait bel et bien dans une réalité géographique et que j'en avais oublié le chemin.

Pourtant, je dus m'assoupir, car la lumière de l'aube avivant les couleurs de la tente du fou me réveilla. J'avais dormi plus longtemps que prévu, et Lourd restait au pays des rêves. Je sortis, me soulageai puis rapportai de l'eau du ruisseau glacé ; mon compagnon ne commença de réagir qu'en sentant l'odeur du gruau en train de cuire. Alors il se redressa sur son lit, s'étira d'un air heureux et m'apprit qu'il avait passé la nuit à chasser les papillons avec Ortie et qu'elle lui avait confectionné un chapeau avec les insectes colorés qui s'étaient dispersés juste avant qu'il n'émerge du sommeil. Ses jolies sottises m'égayèrent, bien qu'elles fissent un contraste frappant avec mes projets.

J'essayai de l'obliger à se presser, sans grand résultat. Il alla se promener sur la plage tandis que je démontais la tente et la fixais sur mon sac à dos, puis je dus le persuader d'endosser son paquetage et de me suivre ; nous nous mîmes en route le long de la mer dans la direction d'où Crible et son groupe étaient arrivés. J'avais écouté attentivement le récit du jeune garde : ils avaient longé la grève pendant deux jours ; j'espérais, en les imitant puis en cherchant leurs traces pour retrouver l'itinéraire qui les avait conduits au bord de l'eau, remonter jusqu'à la crevasse par où ils avaient quitté le royaume de la Femme pâle.

Toutefois, j'avais compté sans la présence de Lourd. Tout d'abord, il se montra de bonne humeur, examinant les flaques laissées par la marée, ramassant des bouts de bois, des plumes et des algues ; naturellement, il se mouilla les pieds, maugréa, puis se plaignit bientôt d'avoir faim. Je portais un sac avec du pain de voyage et du poisson salé en prévision de cette éventualité ; il s'attendait à mieux, mais, quand je lui expliquai clairement que j'avais l'intention de poursuivre ma route quelle que fût sa décision, il accepta sa ration et la mâchonna tout en marchant.

Nous ne manquions pas d'eau douce : elle coulait en ruisselets qui entaillaient la plage ou humectaient la roche des falaises. Je surveillais le niveau de la mer, car je ne tenais pas à me trouver bloqué par la marée montante sur une portion de la grève dépourvue d'issue. Mais les vagues ne montaient guère, et j'eus même la bonne surprise de découvrir des empreintes de pas au-dessus de la ligne de hautes eaux ; ces traces du passage de Crible me ragaillardirent et nous continuâmes notre route.

La nuit approchant, nous fîmes provision des rares morceaux de bois qui parsemaient la grève, dressâmes notre tente à l'écart de la ligne de marée et allumâmes un feu. Si je n'avais pas eu le cœur si triste, j'aurais passé une agréable soirée, car le croissant de la lune brillait dans le ciel et Lourd avait sorti son flûtiau ; c'était la première fois que je pouvais m'abandonner complètement à ses deux musiques, car je percevais aussi nettement sa mélodie d'Art que les notes aiguës de son mirliton. Celle-là se composait du souffle incessant du vent, des cris des oiseaux de mer et du bruissement des vagues sur la plage, entrelacée du son du flûtiau qui s'y glissait comme un fil de couleur vive dans une tapisserie. En contact avec son esprit, je comprenais sa musique ; sans l'Art, je n'eusse entendu sans doute qu'une pénible succession de notes sans queue ni tête.

Nous mangeâmes simplement, d'une soupe de poisson séché additionnée d'algues fraîches prélevées sur la grève et de pain de voyage. Pour ne pas me montrer méchant, je la décrirai seulement comme nourrissante ; Lourd l'avala par faim plus que par plaisir. « J'aimerais bien des gâteaux de la cuisine », fit-il d'un ton de regret pendant que je récurais la casserole avec une poignée de sable.

« Il faudra attendre notre retour à Castelcerf – en bateau.

— Non ; pas le bateau.

— Lourd, il n'y a pas d'autre moyen de repartir.

— Peut-être qu'en marchant assez longtemps on arriverait chez nous ?

— Non, Lourd ; Aslevjal est une île ; la mer l'entoure complètement. Nous ne pouvons pas rentrer chez nous à pied. Tôt ou tard, il faudra prendre le bateau.

— Non. »

Et nous en revenions toujours au même point ; il montrait une grande faculté de compréhension, mais il se heurtait toujours à ce sujet qu'il était incapable ou qu'il refusait d'accepter. J'abandonnai la question et nous allâmes nous coucher. Comme la veille, je le vis glisser dans le sommeil sans plus d'effort qu'un nageur dans l'eau ; je n'avais pas eu le courage de lui parler d'Ortie. Que pensait-elle de mon absence ? L'avait-elle seulement remarquée ? Je fermai les yeux et m'endormis à mon tour.

À la fin de notre deuxième journée de marche, Lourd s'ennuyait, lassé de la monotonie du trajet. Par deux fois, il m'avait laissé prendre tant d'avance que j'avais pratiquement disparu à sa vue ; il avait alors couru sur le sable humide pour me rattraper et m'avait demandé, hors d'haleine, pourquoi nous nous pressions à ce point. Je n'avais trouvé aucune réponse satisfaisante à lui fournir. À la vérité, j'obéissais au sentiment d'une nécessité urgente, d'un acte que je devais accomplir, avant l'achèvement duquel je ne connaîtrais pas la paix. Quand je me représentais le fou gisant, inerte, dans le palais glacé, la douleur que j'éprouvais me portait au bord de l'évanouissement. Je savais que je ne me pénétrerais vraiment de l'idée de sa mort qu'en voyant sa dépouille ; j'étais comme un homme au pied gangrené qui sait devoir en passer par l'amputation avant que son organisme puisse entamer sa convalescence. Je me hâtais vers ma souffrance.

La nuit nous surprit sur une section étroite de la grève qui longeait une falaise festonnée de glaçons et ruisselante d'eau. Je jugeai la place suffisante pour installer le camp ; nous n'aurions rien à craindre tant qu'une tempête ne ferait pas monter les vagues. Nous dressâmes la tente, maintenue sur le sable par des pierres, allumâmes notre feu et mangeâmes notre triste provende.

La lune avait gagné en éclat et nous restâmes un moment assis sous les étoiles à contempler la mer ; je profitai de ce répit pour m'interroger : Comment allait Heur ? Avait-il surmonté sa dangereuse affection pour Svanja ou avait-il complètement succombé ? Je pouvais seulement espérer qu'il avait su garder la tête froide. Je poussai un soupir d'inquiétude, et Lourd, compatissant, me demanda : « Tu as mal au ventre ?

— Non, pas exactement. Je me tourmente pour Heur, mon fils que j'ai laissé à Bourg-de-Castelcerf.

— Ah ! » Il ne parut guère intéressé. Puis, comme s'il avait longtemps réfléchi à la question, il ajouta : « Tu es toujours ailleurs ; tu ne fais jamais la musique là où tu es. »

Je le regardai, interloqué, puis je baissai la garde que je maintenais constamment dressée contre sa mélodie d'Art. Quand elle pénétra en moi, j'eus la même sensation que lorsque, au crépuscule, j'absorbais la nuit par les yeux et que l'heure était propice à la chasse. Je me laissai aller à l'instant, à la jouissance du présent, au loup en moi, comme je ne m'y étais pas abandonné depuis trop longtemps. Je n'entendais jusque-là que le bruit de l'eau et du vent léger ; je perçus désormais le chuchotis du sable et de la neige déplacés par la brise, et, au fond de la terre, les lents craquements gémissants du glacier qui recouvrait l'île ; je sentis soudain l'odeur salée de l'océan, celle, plus âcre, du kelp échoué sur la plage, et l'haleine froide de la vieille neige.

J'avais l'impression d'ouvrir une porte qui donnait sur une époque révolue. Je lançai un coup d'œil à Lourd et je le vis tout à coup aussi complet et normal que moi dans ce décor, car il s'y livrait entièrement : assis près de moi à jouir de la nuit, il ne manquait de rien. Un sourire détendit mes lèvres. « Tu aurais fait un bon loup », lui dis-je.

Et, quand je m'endormis ce soir-là, Ortie me rejoignit. Il me fallut quelque temps pour m'apercevoir de sa présence, car elle se tenait à la limite de mon rêve, les cheveux soulevés par le vent tandis qu'elle regardait par la fenêtre de ma chambre d'enfant à Castelcerf. Quand je la remarquai enfin, elle franchit l'ouverture et prit pied sur ma plage en disant simplement : « Eh bien, nous voici ensemble. »

Toutes les excuses, les explications, les justifications que j'avais préparées se bousculèrent soudain sur mes lèvres. Ortie prit place sur le sable à côté de moi et se mit à contempler la mer ; la brise agitait ses mèches comme le pelage d'un loup. Son immobilité contrastait tant avec les propos confus qui s'entrechoquaient en moi qu'une révélation s'imposa soudain à moi : je vis l'individu fatigant que j'étais, toujours en train d'obscurcir l'air d'une grêle de mots et d'inquiétudes. Je me rendis compte que je me tenais assis à côté d'Ortie, la queue soigneusement rabattue sur les pattes de devant. Je dis : « J'avais promis à Œil-de-Nuit de te raconter des histoires sur lui, et je ne l'ai pas fait. »

Un fil de silence se tissa entre nous et elle répondit enfin. « J'aimerais bien en entendre une cette nuit. »

Alors je lui parlai d'un louveteau maladroit, au museau camus, qui bondissait haut pour retomber sur d'infortunées souris, de la façon dont nous avions appris à nous fier l'un à l'autre, à chasser et à penser à l'unisson. Ortie m'écouta, et, à la fin de certaines anecdotes, elle pencha la tête et déclara : « Je crois que je m'en souviens. »

Quand je m'éveillai, l'aube filtrait par les animaux lumineux qui cabriolaient sur les parois de la tente, et, l'espace d'un instant, j'oubliai le poids de l'amertume et de la peine pour ne voir qu'un dragon bleu et brillant, les ailes déployées, bercé par le vent, tandis qu'en dessous de lui des serpents rouges et violets ondoyaient dans l'eau. Peu à peu, je pris conscience des ronflements de Lourd et du clapotis des vagues tout près de notre abri. Alarmé, je me précipitai pour soulever le rabat et constatai avec soulagement que la marée descendait ; je dormais pendant que se présentait le vrai danger, la montée de la mer à moins de deux pas de nous.

Je sortis à quatre pattes, me redressai et m'étirai en contemplant l'étendue écumeuse ; j'éprouvais un curieux sentiment de paix. Ma douloureuse mission m'attendait toujours, mais je m'étais réapproprié une partie de ma vie que je pensais perdue, définitivement abîmée. Je m'éloignai un peu pour me soulager et pris presque plaisir au contact froid et dur du sable humide sous mes pieds nus ; mais, quand je revins, ma sérénité vola en éclats.

Enfoncé de biais dans la plage, à quelques pouces du rabat de la tente, se trouvait le pot de miel du fou.

Je le reconnus aussitôt et me rappelai sa disparition la première nuit après notre débarquement, alors que je l'avais laissé dehors. Je parcourus vivement du regard la grève puis le surplomb rocheux en quête d'un intrus, mais en vain. Je m'approchai du pot de miel à pas comptés, comme s'il risquait de me mordre, sans cesser de chercher une trace, même infime, de l'inconnu qui nous avait discrètement rendu visite pendant la nuit ; mais la marée avait lissé la plage. L'Homme noir m'échappait encore une fois.

Enfin, je ramassai le petit récipient et j'ôtai son bouchon, en m'attendant à je ne sais quoi ; je le trouvai complètement vide, sans la moindre trace de l'onctuosité sucrée qu'il contenait. Je rentrai dans la tente et le rangeai soigneusement au côté des autres affaires du fou tout en m'interrogeant sur la signification de ma découverte. Un moment, j'envisageai d'en avertir Umbre et Devoir, mais préférai finalement la taire pour le présent.

Je ne glanai que peu de bois ce matin-là, et Lourd et moi dûmes nous contenter de poisson séché et d'eau froide pour tout petit-déjeuner. Les vivres qui m'avaient paru plus que suffisants pour un seul homme fondaient à vue d'œil. Je pris une grande inspiration et m'efforçai de réagir en loup : pour l'instant, il faisait beau, il y avait assez à manger pour la journée ; j'avais de quoi continuer mon périple. Inutile de pleurer sur mon sort. Lourd se montra plein d'entrain jusqu'à ce qu'il me vît démonter la tente ; alors il me reprocha d'un ton geignard de vouloir passer mes journées à marcher le long de la plage. Je me mordis la langue pour me retenir de rétorquer que personne ne l'avait obligé à rester sur l'île et à lier son destin au mien, et je répondis que nous n'avions plus guère de chemin à parcourir. Ces mots parurent le ragaillardir ; j'avais omis de préciser que je comptais chercher d'éventuelles traces laissées par Crible et ses compagnons lors de leur arrivée sur la grève. Le jeune garde avait parlé d'une falaise, et j'espérais, si des empreintes de leur passage existaient, que le vent et les marées ne les avaient pas encore effacées.

Nous entamâmes donc notre lente progression ; je savourais la fraîcheur du jour et l'aspect toujours changeant de la mer tout en examinant du coin de l'œil l'escarpement que nous longions ; toutefois le signe que je repérai soudain n'était certainement pas du fait de Crible ni de ses camarades. Gravé de frais dans la pierre, sans que la pluie ni les embruns eussent eu le temps de l'adoucir, comme un message dont le sens ne laissait pas de doute, un dragon grossièrement dessiné dansait au-dessus d'un serpent à l'échine arquée. Les surplombant, une flèche pointait vers le haut.

Celui ou celle qui avait tracé ces marques avait apparemment choisi une voie d'ascension sans difficulté pour parvenir en haut de l'à-pic ; néanmoins, je m'y engageai le premier, sans mon paquetage, tandis que Lourd restait tranquillement sur la plage. Au sommet de la falaise battue par le vent, je découvris une fine couche de terre, à laquelle s'accrochaient des touffes d'herbe obstinées au milieu d'une mousse qui crissait sous mes pas ; une espèce de prairie rase s'étendait au-delà, où se mêlaient des graminées, des cailloux encroûtés de lichen et des buissons accablés. J'avais gravi l'escarpement un couteau entre les dents, mais personne, ni ami ni ennemi, ne m'attendait ; seuls m'accueillirent la plaine aride et l'haleine froide du glacier tapi au loin.

Je redescendis pour chercher d'abord nos sacs puis Lourd. Il ne se débrouilla pas trop mal, malgré sa petite stature et son embonpoint, et nous nous trouvâmes enfin au sommet côte à côte. « Voilà ! fit-il quand il eut repris son souffle. Et maintenant ?

— Je ne sais pas. » Je parcourus les environs du regard, en supposant qu'on n'avait pas laissé à notre intention un signe aussi clair pour nous abandonner un peu plus loin. Il me fallut quelque temps pour repérer le suivant ; on n'avait pas cherché à le dissimuler, je pense, mais, par sa nature, il n'était guère visible. Il s'agissait d'un alignement de petits galets, une extrémité tournée vers la plage, l'autre vers l'intérieur de l'île.

Je tendis à Lourd son paquetage et endossai le mien. « Viens, dis-je au petit homme. Nous allons par là. » Je pointai le doigt.

Du regard, il suivit la direction de mon index, puis il secoua la tête d'un air déçu. « Non. Pour quoi faire ? Là-bas, il n'y a que de l'herbe, et après de la neige. »

Comment lui expliquer simplement ma décision ? Il avait raison : au loin, la plaine d'herbe courte laissait la place à la neige, puis à la haute silhouette du glacier. Au-delà, un versant rocheux brillait, enveloppé de givre. « En tout cas, moi, j'y vais », déclarai-je, et je joignis le geste à la parole. Je ne forçai pas l'allure, mais je ne me retournai pas ; en revanche, je tendis l'oreille et le Vif : il me suivait, quoique à contrecœur. Je ralentis le pas pour lui permettre de me rattraper, et, quand il fut à ma hauteur, je dis avec entrain : « Vois-tu, Lourd, je crois bien qu'aujourd'hui nous allons trouver les réponses à certaines de nos questions.

— Quelles questions ?

— Qui est l'Homme noir, par exemple. »

Il prit l'air buté. « Je m'en fiche.

— Eh bien, au moins, il fait beau, et nous ne marchons plus sur la plage.

— Non, on marche vers la neige. »

Il avait raison, et nous en atteignîmes bientôt la limite. Là, nous découvrîmes, parfaitement visibles,

les empreintes de l'Homme noir qui allaient et venaient. Sans un mot, je les suivis, Lourd sur les talons. Peu après, il me fit observer : « On n'enfonce pas de bâtons dans la neige ; on risque de tomber à travers.

— Tant que nous suivons ces traces, il n'y a pas de danger, je pense, répondis-je. Nous ne sommes pas encore sur le glacier. »

En début d'après-midi, nous parvînmes devant une barre rocheuse, après avoir franchi une étendue venteuse de neige et de glace. Haute et rébarbative, elle défiait les bourrasques ; le gel y avait suspendu des colonnes scintillantes et ouvert des fissures. À son pied, les empreintes tournaient vers l'ouest et se poursuivaient ; nous les imitâmes. La nuit grisaillait le ciel et je continuais obstinément, en donnant à Lourd des bâtonnets de poisson séché quand il se plaignait de la faim ; néanmoins, comme le crépuscule s'assombrissait, la fatigue eut raison de ma curiosité, et nous finîmes par nous arrêter. Penaud, je me tournai vers Lourd. « Ma foi, je me trompais. Nous allons dresser la tente, d'accord ? »

Sa lèvre inférieure saillit, surmontée de sa langue, et il fronça ses sourcils proéminents d'un air déçu. « Il faut vraiment ? »

Je parcourus les alentours du regard sans savoir quoi lui proposer d'autre. « Que voudrais-tu faire ?

— Aller là-bas » s'exclama-t-il en tendant un index courtaud. Je suivis des yeux la direction qu'il indiquait et un hoquet de surprise bloqua mon souffle.

Uniquement préoccupé des traces, je n'avais pas observé attentivement l'escarpement rocheux. Devant nous, à mi-hauteur du versant, une large crevasse était fermée par une porte en bois gris, et on avait comblé les interstices restants avec des pierres de tailles variées. Par l'ouverture entrebâillée filtrait la lueur jaune d'un feu. La grotte était occupée.

Avec une énergie renouvelée, nous suivîmes les empreintes jusqu'au moment où elles repartirent soudain en arrière pour emprunter un chemin escarpé qui montait à l'oblique le long de la paroi ; parler de « chemin » est d'ailleurs exagéré, car nous dûmes avancer l'un derrière l'autre tandis que nos sacs cognaient sans cesse contre la roche. Néanmoins, il s'agissait d'un sentier fréquenté, nettoyé des cailloux et de la glace susceptibles de faire trébucher le voyageur. On avait cassé et déblayé les ruisselets d'eau gelée qui avaient tenté de le traverser, et ce travail paraissait récent.

Malgré ces signes d'hospitalité, ce n'est pas sans émoi que je parvins enfin devant la porte, fabriquée à partir de morceaux de bois flotté corroyés à la main et laborieusement chevillés ensemble. Son entrebâillement laissait échapper une douce chaleur et une odeur de cuisine, mais, bien qu'il n'y eût guère de place sur le seuil, j'hésitai à la pousser. Pas Lourd : il me bouscula et ouvrit la porte. « Ohé ! lança-t-il d'un ton plein d'espoir. On est là et on a froid !

— Entrez, je vous prie », répondit-on d'une voix grave et agréable. Elle accentuait les mots de façon étrange et présentait un timbre rauque comme si elle n'avait pas servi depuis longtemps, mais on y sentait une chaleur évidente. Lourd obéit avec empressement, et je l'imitai plus lentement.

Par contraste avec la pénombre du dehors, l'éclat du feu dans l'âtre m'aveugla, et, tout d'abord, je ne distinguai qu'une silhouette assise dans un fauteuil de bois devant les flammes. Puis l'Homme noir se leva sans hâte et se tourna vers nous. Lourd eut un hoquet de saisissement, puis, à mon grand étonnement, il se reprit aussitôt et retrouva ses manières pour déclarer d'un ton circonspect : « Bonsoir, grand-père. »

L'Homme noir sourit. Ses dents usées paraissaient jaunes comme de l'os au milieu de son visage noir comme la nuit ; des rides auréolaient sa bouche et ses yeux se nichaient tout au fond de leurs orbites, pareils à des disques d'ébène brillants. Quand il parla, il me fallut un moment pour m'habituer à son outrîlien mal prononcé. « Je ne sais pas combien de temps je suis ici, mais je sais ça : c'est la première fois que quelqu'un entre et m'appelle "grand-père". »

Il se redressa sans effort apparent, le dos parfaitement droit ; pourtant, tout en lui disait le grand âge, et ses gestes avaient la lenteur gracieuse de qui cherche à se protéger des chocs. Il désigna une petite table de la main. « Je reçois des invités pas souvent, mais j'offre mon hospitalité malgré ce qui manque. S'il vous plaît, j'ai fait du repas. Venez. »

Lourd n'eut pas une hésitation : d'un mouvement d'épaules, il laissa sans regret glisser son paquetage jusqu'à terre. « Nous vous remercions », dis-je tout en me débarrassant du mien avec plus de délicatesse ; je rangeai les deux sacs côte à côte contre un mur. Mes yeux s'étaient accoutumés à la lumière du feu, et j'ignore s'il faut décrire la résidence de notre hôte comme une grotte ou une large fissure ; je ne discernais pas le plafond, et je supposai que la fumée s'y accumulait sans trouver d'issue par le haut. Le mobilier simple mais d'excellente facture manifestait l'art et l'application d'un homme qui a eu tout le temps d'apprendre sa technique et de la mettre en œuvre : il y avait un châlit dans un angle, un garde-manger, un seau, une barrique et un tapis tissé ; certains objets, fortunes de mer, provenaient manifestement de la plage, tandis que d'autres avaient été fabriqués à l'évidence à partir des maigres moyens qu'offrait l'île, et tous indiquaient un long séjour.

L'homme qui nous recevait avait une taille comparable à la mienne et un teint d'un noir aussi profond que celui du fou avait été blanc autrefois. Il ne nous demanda pas nos noms, ne nous donna pas le sien, mais remplit de soupe trois bols de pierre qu'il avait mis à chauffer près du feu. Il se montra tout d'abord peu bavard ; nous parlions en outrîlien, qui n'était la langue maternelle d'aucun d'entre nous. Lourd employait celle des Six-Duchés mais parvenait à se faire comprendre ; l'Homme noir et moi nous efforcions d'établir une communication claire autour de la table basse, installés sur des coussins faits d'une enveloppe de roseaux tissés et garnis d'herbe sèche. Quel plaisir de pouvoir s'asseoir ! Nous mangions avec des cuillers sculptées dans de l'os ; il y avait du poisson dans la soupe, mais du poisson frais, tout comme d'ailleurs les tubercules bouillis et les rares légumes qui l'épaississaient. Après un interminable régime à base de rations séchées ou saumurées, nous avions l'impression d'un mets de roi. Je restai surpris quand il déposa une galette de pain sur la table, et il eut un sourire de connivence en voyant mon regard.

« Elle avait ça dans sa dépense ; je l'ai pris, dit-il d'un ton où ne perçait nul remords. Ce qui me manquait, je l'ai pris, et parfois plus. » Il soupira. « Et maintenant c'est fait. Plus simple sera ma vie. La vôtre, plus seule, je crois. »

J'eus tout à coup le sentiment de participer à une conversation commencée depuis longtemps, où nous savions tous deux, sans avoir besoin de l'exprimer, pourquoi nous nous trouvions réunis. Aussi me bornai-je à déclarer : « Je dois retourner le chercher. Il avait horreur du froid ; je ne peux pas laisser sa dépouille ici. Et je dois également m'assurer que tout est bien fini – qu'elle est bien morte. »

Il opina gravement, acceptant l'inévitable. « Votre chemin ; et ce chemin vous devez suivre.

— Voulez-vous m'aider, dans ce cas ? »

Il secoua la tête, non avec regret mais par obéissance à l'inéluctable. « Votre chemin, répéta-t-il. Le chemin du Changeur appartient seulement à vous. »

M'entendre appeler ainsi fit courir un frisson glacé le long de mon dos. Néanmoins, je ne lâchai pas prise. « Mais j'ignore comment accéder dans son palais. Vous connaissez sûrement une issue, puisque je vous y ai vu ; ne pouvez-vous au moins me l'indiquer ?

— Le chemin vous trouvera, m'assura-t-il avec un sourire. Dans le noir il ne peut pas se cacher. »

Lourd leva son bol vide. « Ah ! C'était bon !

— Encore, alors ?

— Oui, s'il vous plaît ! » s'exclama le petit homme, et il poussa un grand soupir de bonheur tandis que l'autre le servait à nouveau. Il mangea sa seconde portion moins goulûment. Sans rien dire, l'Homme noir se leva pour mettre à chauffer de l'eau dans une vieille bouilloire cabossée. Il ajouta du combustible dans le feu, et le bois flotté s'embrasa en laissant échapper de temps en temps des flammèches aux couleurs inattendues. Notre hôte s'approcha d'une étagère et examina soigneusement trois petites boîtes en bois. Je me dressai en hâte et allai ouvrir mon paquetage.

« Je vous en prie, permettez-nous d'apporter notre contribution au repas. J'ai ici des herbes à tisane. »

Quand il se retourna, je compris que je ne m'étais pas trompé : il avait l'expression qu'aurait eue un autre à qui j'aurais offert de l'or et des bijoux. Sans hésiter, j'ouvris un des petits paquets du fou et le lui tendis. Il se pencha pour le humer, puis il ferma les yeux tandis qu'un sourire de pure béatitude s'épanouissait sur son visage.

« Un cœur généreux vous avez ! fit-il. Un souvenir de fleurs grandit. Rien ne réveille les souvenirs comme le parfum.

— S'il vous plaît, gardez tout, pour en profiter », lui dis-je, et ses yeux noirs brillèrent au milieu de son visage radieux.

Il prépara la tisane avec un luxe de précautions, réduisant les herbes en poussière puis les mettant à infuser dans un récipient méticuleusement fermé. Quand il ôta le couvercle et que la vapeur aromatisée s'éleva, il éclata d'un rire ravi, et, comme devant un enfant heureux, Lourd et moi nous joignîmes par pur plaisir à sa gaieté. Il y avait chez lui une spontanéité charmante qui m'interdisait de me concentrer sur mes préoccupations. Il servit la tisane, et nous la bûmes à petites gorgées pour en savourer à la fois la fragrance et le goût ; quand nous eûmes vidé nos tasses, Lourd bâillait à s'en décrocher la mâchoire et augmentait par contagion ma propre fatigue.

« Dormir là, dit notre hôte en indiquant son lit à Lourd.

— Je vous en prie, non ; nous avons nos affaires de couchage. Ne vous croyez pas obligé de nous céder votre lit, répondis-je, mais il tapota l'épaule de mon compagnon et désigna de nouveau sa couche.

— Vous serez bien. À l'abri et doux les rêves. Reposez bien. »

Il n'en fallait pas davantage à Lourd. Il avait déjà ôté ses bottes ; il s'assit sur le châlit et j'entendis le craquement d'un sommier de corde, puis il souleva la courtepointe, se glissa dessous et ferma les yeux ; je crois qu'il s'endormit aussitôt.

J'avais commencé à installer notre literie près du feu, dont une couverture, fabriquée par les Anciens, appartenait au fou. Le vieil homme l'examina attentivement, en frottant d'un air de regret le tissu fin entre son pouce et son index. « Si bon vous êtes, si bon ! » dit-il. Il tourna vers moi un regard presque attristé. « Votre chemin attend. Que la fortune soit bienveillante pour vous et la nuit douce. » Puis il s'inclina, manifestement en signe d'adieu.

Ahuri, je jetai un coup d'œil à sa porte puis ramenai les yeux sur lui. Il hocha lentement la tête. « Je veillerai la garde », m'assura-t-il en indiquant Lourd.

Je continuai à le dévisager, toujours égaré. Il ouvrit la bouche pour parler puis se ravisa, et je devinai l'effort qu'il faisait pour organiser sa pensée en termes compréhensibles pour moi. Il posa ses mains sur ses joues puis me montra ses paumes noires. « Avant, j'étais le Blanc ; le Prophète. » Il sourit en me voyant écarquiller les yeux, mais la tristesse réapparut aussitôt dans son regard obscur. « J'ai raté. Avec ceux d'autrefois, je suis venu ici. Nous étions les derniers, nous savions ; les autres cités étaient vides et mortes. Mais j'avais vu une chance encore, petite, que tout revient comme avant. Quand le dragon est venu, d'abord j'ai eu l'espoir. Mais il était plein de tristesse, malade comme d'une maladie. Il s'est enterré dans la glace. J'ai essayé, j'ai parlé avec lui, supplié... encouragé, mais il s'est détourné pour chercher la mort ; et moi je n'avais plus rien, plus d'espoir. Rien qu'attendre. Pendant très longtemps, je n'ai rien eu, je ne voyais rien. L'avenir devenait noir et les chances devenaient plus petites. » Il joignit les mains, creusa légèrement les paumes et plaça un œil contre l'ouverture pour me montrer à quel point ses visions s'étaient réduites, puis il me regarda ; mon air hébété dut le décevoir, car il secoua la tête et, avec un effort visible, poursuivit : « Une seule vision il me reste. Je vois... non ! J'aperçois tout petit ce qui peut être. Pas certain, même pas, mais une chance : un autre peut venir, avec un autre Catalyseur. » Il tendit la main vers moi et la ferma en un poing où seule subsistait une minuscule trouée. « Il y a peut-être une toute petite chance, très petite, très pas probable ; mais elle existe. » Il posa sur moi un regard ardent.

J'acquiesçai de la tête sans pourtant avoir la certitude de tout comprendre : avais-je affaire à un Prophète blanc qui avait échoué ? Mais qui avait tout de même prévu notre apparition, au fou et à moi ?

Conforté par mon signe, il reprit : « Elle est venue. D'abord j'ai pensé : "C'est elle !" Et elle amène son Catalyseur. J'ai l'espoir de nouveau. Elle dit elle cherche le dragon, et je suis stupide : je montre le chemin. Alors elle trahit : elle essaie tuer Glasfeu. Je suis en colère mais elle est plus forte. Elle me chasse et je dois fuir par un chemin qu'elle ne connaît pas. Elle croit je suis mort et elle prend tout. Je reviens et ici je fais une maison pour moi ; ce côté de l'île, ses hommes viennent pas. Mais je vis et je sais elle est fausse ; je veux mettre elle par terre. Mais faire les changements n'est pas mon rôle. Et mon Catalyseur... » Sa voix devint soudain rauque et il poursuivit avec difficulté : « Elle est morte. Morte depuis beaucoup d'années. Qui pourrait croire la mort dure tellement plus longtemps que la vie ? Alors je reste seul, et je ne pouvais pas faire les changements qu'il fallait. Je pouvais faire qu'attendre. Encore, j'ai attendu ; j'ai espéré. Et puis je l'ai vu, pas blanc mais or. Étonné j'étais. Et puis vous venez après lui. Lui, je reconnais tout de suite ; vous, quand vous laissez le cadeau pour moi. Mon cœur... » Il se toucha la poitrine puis leva les mains au ciel avec un sourire béat. « Je voulais aider très fort, mais je ne peux pas être le Changeur. Très limité ce que j'ai droit de faire, où tout tombe par terre. Vous comprenez ?

— Je crois, répondis-je lentement. Vous n'avez pas le droit d'opérer de modifications ; vous étiez le Prophète blanc de votre époque, non le Changeur.

— Oui, oui, ça c'est ! » Il sourit. « Et cette époque pas la mienne ; mais la vôtre, pour faire le Changeur, et la sienne, pour voir le chemin et guider vous. Vous avez fait ça, et le nouveau chemin est trouvé. Il paie le prix. » Dans sa voix, je sentis, non de la peine, mais l'acceptation de l'inévitable. J'inclinai la tête.

Il me tapota l'épaule et je levai les yeux vers lui. Son sourire était celui des très vieilles gens. « Et nous avançons encore, fit-il avec confiance. Vers une nouvelle époque ! Des chemins nouveaux, derrière toutes les visions. Ce temps je n'ai jamais vu, ni elle, elle qui m'a trompé ; elle n'a jamais vu ça. Seulement votre Prophète il a vu ce chemin ! Le nouveau chemin, après le retour des dragons. » Il poussa tout à coup un grand soupir. « Haut était le prix pour vous, mais il est payé. Allez. Cherchez ce qui reste de lui. Le laisser ici... » Le vieil homme secoua la tête. « Ça ne doit pas être. » Il fit un geste. « Changeur, allez. Même maintenant, je n'ose pas être le faiseur de changements. Tant que vous vivez, c'est vous seulement. Partez. » Il désigna mon sac et la porte puis sourit.

Puis, sans ajouter un mot, il s'assit avec précaution sur le lit du fou et s'étendit devant le feu.

J'éprouvais un étrange tiraillement : d'un côté, j'étais épuisé, et l'Homme noir, à l'instar du fou, créait autour de lui un îlot de paix ; de l'autre, précisément à cause de cette comparaison, je ressentais la nécessité urgente de clore l'histoire. J'aurais aimé avoir su à l'avance que j'allais repartir ; j'aurais prévenu Lourd. Pourtant, j'ignore pourquoi, je ne pensais pas qu'il s'inquiéterait en ne me trouvant pas à son réveil.

Il me paraissait inévitable de devoir quitter mon hôte. Je renfilai ma tenue d'extérieur encore froide puis rendossai mon paquetage ; une dernière fois, je parcourus des yeux le minuscule logement de l'Homme noir et ne pus m'empêcher de lui comparer la splendeur du palais glacé de la Femme pâle ; alors, avec un brutal serrement de cœur, je songeai que le corps de mon ami y gisait encore. Je sortis sans bruit dans la grisaille obscure de la nuit et refermai la porte derrière moi.

3

CATALYSEUR

Le long d'un bras mort du fleuve, non loin de la cité du désert des Pluies, on trouve d'énormes fûts de ce qu'on appelle ici « bois-sorcier ». Le marin m'a expliqué qu'il s'agit d'une sorte de cocon sécrété par les serpents au cours du processus de leur transformation en dragons. On prête de grandes vertus magiques à ce prétendu « bois » ; les objets fabriqués dans ce matériau peuvent s'éveiller peu à peu à la vie – et c'est, dit-on, l'élément constitutif des vivenefs des Marchands de Terrilville ; réduit en poussière et échangé entre amants, il leur permettrait de partager leurs rêves ; ingéré en plus grande quantité, il deviendrait toxique. Quand je lui ai demandé pourquoi on laissait sans protection un produit aussi précieux au bord d'un fleuve, le marin m'a répondu que Tintaglia, le dragon femelle, et sa portée le gardaient comme un véritable trésor ; de fait, m'a-t-il dit, une simple écharde de ce bois vaudrait qu'on risque sa vie. J'ai bien tenté de lui graisser la patte afin qu'il m'en procure un échantillon, mais j'ai essuyé un échec total.

Rapport d'espionnage anonyme
à Umbre Tombetoile.

*

L'Homme noir avait raison : la nuit la plus obscure n'aurait pu me dissimuler mon chemin.

Néanmoins, suivre l'étroit sentier à flanc de falaise dans la pénombre n'en resta pas moins une gageure. Pendant mon séjour dans la grotte, de lents ruisselets d'eau l'avaient traversé pour former des serpents de glace sous mes pas, et je faillis tomber par deux fois ; parvenu en bas, je suivis des yeux le parcours que je venais d'achever et m'étonnai d'avoir réussi à le suivre sans accident.

C'est là que je vis mon chemin, ou du moins son point de départ. Plus haut le long de la falaise, passé la porte de l'Homme noir, une lueur très pâle émanait de la roche vernie de glace. J'avais déjà vu cet horrible éclat, et un frisson d'angoisse me parcourut ; avec un soupir, je repris l'ascension du sentier escarpé.

Même de jour, l'entreprise eût été périlleuse. Le bref repos dont j'avais joui chez l'Homme noir avait sapé plus qu'il n'avait restauré mon énergie, et je m'imaginai plusieurs fois retournant dans sa caverne chaude et accueillante pour y dormir jusqu'au matin – mais comme un désir qui resterait inassouvi plutôt que comme une véritable possibilité. À présent que j'approchais du but, j'éprouvais une soudaine répugnance à y faire face. Le temps qui m'en séparait instaurait jusque-là une légère distance entre ma douleur et moi-même, mais je savais que, cette nuit, j'allais affronter mon deuil et en supporter tout l'impact. Avec une impatience paradoxale, je souhaitais que tout fût déjà terminé.

Quand je parvins enfin à la fissure d'où irradiait la terne luisance, je la découvris à peine assez large pour y pénétrer : l'eau qui ruisselait lentement le long de l'escarpement la refermait peu à peu en gelant. Sans doute l'Homme noir devait-il y monter chaque jour pour la maintenir ouverte.

À l'aide de mon couteau, je cassai le rideau de glace jusqu'à dégager un passage assez grand pour m'y faufiler avec mon sac à dos. Une fois à l'intérieur, je dus me placer de biais pour progresser vers la lumière pâle et traîner mon paquetage derrière moi ; la crevasse s'élargit très lentement, et, quand je me retournai, le chemin que je venais de parcourir ne me parut guère prometteur : on eût juré qu'il s'achevait en cul-de-sac. Le passage se rétrécit puis tourna légèrement avant de déboucher sur un couloir en pierre taillée. Un des globes de la Femme pâle y brillait ; c'était sa lumière diffuse qui m'avait conduit jusque-là.

Je jetai des coups d'œil prudents à droite et à gauche avant de m'y aventurer. Rien n'y bougeait ; dans le silence, je percevais le bruit de gouttes d'eau qui tombaient au loin et jusqu'aux grincements étouffés du glacier qui se déplaçait. Mon Vif me disait qu'il n'y avait pas âme qui vive, mais, dans ce palais glacé, cela ne me rassurait guère : quelle garantie avais-je que tous les forgisés avaient repris leurs sens ? Je levai le nez et humai l'air à la façon d'un loup, mais ne captai que l'odeur de la glace et de faibles traces de fumée. Je restai un moment indécis sur la direction à prendre puis, sans réfléchir, choisis la gauche. Avant de me mettre en route, je fis une légère marque à hauteur d'yeux sur le mur près de la fissure, affirmant par ce petit geste que je comptais ressortir.

Et, de nouveau, j'arpentai les couloirs froids du domaine de la Femme pâle. Tous semblables dans leur austérité, ils suscitaient chez moi une affreuse impression à la fois de déjà-vu et d'absolue étrangeté ; ils me rappelaient un lieu que j'avais visité, sans que je puisse mettre le doigt sur un souvenir précis. Dans ce royaume souterrain, rien ne me permettait de mesurer le passage du temps ; l'éclat des globes restait uniforme, sans nulle variation. Au bout d'un moment, je me surpris à me déplacer à pas de loup et à négocier chaque tournant avec prudence ; j'avais le sentiment d'explorer une tombe, et cela ne tenait pas seulement au fait que je cherchais le corps du fou. Peut-être seuls les mouvements de l'air dans les tunnels glacés en étaient-ils responsables, mais il me semblait entendre constamment un faible murmure à peine audible.

Divers indices montraient que la zone de la forteresse glacée où je me déplaçais ne servait plus depuis longtemps ; la plupart des salles qui ouvraient sur le couloir ne recelaient aucun mobilier ; des rebuts jonchaient le pavé poussiéreux de l'une d'elles : une chaussette trouée, une flèche brisée, un bout de couverture en lambeaux et un bol ébréché. Dans une autre, de petits cubes de pierre de mémoire gisaient éparpillés, manifestement jetés du haut des longues étagères étroites fixées aux murs. Qui avait occupé ces pièces ? Et à quelle époque ? Avaient-elles servi de retraite aux équipages des Pirates rouges entre deux attaques ? Ou bien, si j'en croyais l'Homme noir, d'autres les avaient-ils bâties et habitées ? À l'œil, j'estimais la date de leur construction bien antérieure à la guerre avec les îles d'Outre-mer. En haut des murs, hors de portée des vandales occasionnels, des vestiges de bas-reliefs laissaient voir un visage de femme étroit, un dragon en plein vol, un roi mince et de haute taille ; il ne restait de ces œuvres que des fragments, et je me demandais si la Femme pâle avait ordonné leur destruction ou si, tout simplement, les forgisés avaient passé le temps en effaçant toute trace de beauté. L'évidence mit un moment à m'apparaître, mais je finis par me poser la question : souhaitait-elle éradiquer toute preuve que ces habitations avaient appartenu jadis aux Anciens ? S'agissait-il des êtres que l'Homme noir désignait comme « ceux d'autrefois » et qu'il avait vus périr dans ces mêmes pièces ?

Le couloir de pierre que je suivais se prolongeait par un autre, taillé à même le glacier, et, en un seul pas, je passai de la roche noire à la glace bleue. Une dizaine d'enjambées encore et j'entrai par une porte sculptée dans une immense salle voûtée ; des motifs de plantes grimpantes et fleuries décoraient les énormes piliers de glace qu'on avait laissés pour soutenir le plafond bleuté. Le temps avait adouci leurs contours et les eaux de fonte obscurci leur dessin, mais leur grâce demeurait. Je me trouvais dans un parc pétrifié, baigné d'une lumière crépusculaire par une grosse lune enchâssée dans le plafond, où des globes plus petits semblaient des constellations. On eût logé deux jardins comme celui des Femmes à Castelcerf dans cette salle manifestement conçue dans un esprit d'élégance et de beauté ; mais les parties basses, les fontaines de glace aux formes fantastiques et les bancs ornementaux montraient partout des signes de dégradation où l'on sentait la colère et la malveillance plutôt que le désœuvrement. Dressé sur un pilier translucide, seul restait d'un dragon le corps ; on lui avait brisé les ailes et fracassé la tête ; une forte odeur de vieille urine l'environnait et des dégoulinades jaunes en corrodaient le piédestal, comme s'il n'avait pas suffi de détruire la représentation de la créature.

Je traversai les jardins de glace et découvris un escalier en colimaçon qui s'enfonçait dans les profondeurs. Jadis, sans doute y avait-on taillé des marches, voire une balustrade, mais le temps et un lent processus de fonte avaient transformé les degrés en pente irrégulière et traîtresse. Je tombai à plusieurs reprises et m'usai les ongles sur les parois à freiner mes glissades en me mordant la joue pour supporter les chocs sans crier : les déprédations de la salle m'avaient rappelé la haine dont était capable la Femme pâle, et je craignais qu'elle ne rôdât encore dans le labyrinthe figé dans le froid. J'arrivai au bas de ma descente, endolori et découragé ; je préférai ne pas songer à la manière dont je m'y prendrais pour remonter.

Un large couloir s'éloignait tout droit pour se perdre dans des lointains bleutés ; à intervalles réguliers, des globes illuminaient des niches vides pratiquées dans les murs. Dans l'une, je remarquai deux pieds surmontés de jambes tronquées ; dans une autre, la base d'un vase. Ainsi, à une époque, elles avaient abrité des sculptures, et le passage que je suivais formait une sorte de galerie. Un tunnel fonctionnel, dépourvu de tout ornement, s'ouvrit d'un côté, et je l'empruntai, presque soulagé de laisser derrière moi l'exposition de beauté brisée. J'y marchai pendant ce qui me parut une éternité ; il descendait en pente douce. À l'intersection suivante, je pris à droite, car il me semblait savoir où je me trouvais.

Je me trompais. J'avais pénétré dans un dédale de glace aux carrefours innombrables ; des portes s'alignaient le long de certains couloirs, mais le froid les avait bloquées et nulle fenêtre ne perçait les murs. J'inscrivis une marque à chaque croisement, mais ne tardai pas à me demander si je retrouverais jamais mon chemin. Je tâchai toujours de suivre le passage le plus large ou qui montrait des traces de fréquentation récente ; ces derniers signes devinrent plus évidents à mesure que je m'enfonçais dans la cité de glace – car j'avais désormais la certitude qu'il s'agissait bien d'une ville. Je me demande, rétrospectivement, si les Anciens avaient simplement accepté l'invasion de la glace qu'ils avaient ensuite façonnée à leur convenance, ou bien s'ils avaient d'abord construit en employant la pierre de l'île, puis étendu leur territoire en creusant le glacier. Plus je progressais par les tunnels et les salles où avaient résidé la Femme pâle et ses forgisés, plus j'avais le sentiment de m'éloigner de la grâce et de la beauté des Anciens pour m'embourber dans la crasse et les instincts destructeurs de l'homme, et j'avais honte de mes semblables.

Les indices d'habitation récente apparurent : des seaux de toilette pleins traînaient dans les coins des casernements, ou de ce qui y ressemblait fort, des peaux de couchage jonchaient le sol au milieu des déchets habituels d'une salle de garde ; néanmoins, je ne vis aucune des affaires que les soldats conservent en général dans leurs dortoirs : dés, pions, amulettes porte-bonheur offertes par les bonnes amies, chemises pliées avec soin en prévision d'une soirée à la taverne. Les salles trahissaient une existence dure, sans plaisir et sans humanité ; une existence de forgisés. J'éprouvai un soudain élan de pitié pour ceux qui avaient perdu des années de leur vie au service de la Femme pâle.

Plus qu'à ma mémoire, je dus à la chance de parvenir finalement dans la salle du trône. Quand je vis la double porte, une vague d'angoisse me submergea ; c'était là que j'avais vu le fou pour la dernière fois ; s'y trouverait-il toujours, gisant à terre, au milieu de ses chaînes ? À cette perspective, le vertige me saisit et les ténèbres commencèrent à se refermer sur moi. Je m'arrêtai pour respirer profondément en attendant que passe l'étourdissement, puis, par un effort de volonté, je me remis en route.

Par un des battants entrebâillés, une coulée de neige et de glace peu épaisse avait pénétré dans le couloir. À cette vue, mon cœur manqua un battement : ma quête allait-elle s'interrompre là, bloquée par l'effondrement de l'immense salle et l'avalanche qui s'était ensuivie ? La neige formait une rampe qui menait derrière les portes ; les jours et les nuits passés depuis l'éboulement l'avaient saisie dans une poigne glacée qui l'avait pétrifiée, et le tiers supérieur de l'entrée demeurait dégagé. J'escaladai la pente glissante, jetai un coup d'œil dans la salle et restai un moment les yeux écarquillés dans le jour bleuâtre.

Lorsque le plafond avait cédé, une avalanche de glace et de neige avait comblé le milieu de l'espace mais laissé le pourtour à peu près libre. La lumière provenait des rares globes qui avaient échappé à la destruction, et qui, pris sous l'amoncellement central, diffusaient une lueur indécise. Combien de temps ces lanternes étranges continueraient-elles à briller ? Devaient-elles leur magie à la Femme pâle ou bien fallait-il y voir un vestige de l'occupation des Anciens ?

Avec la prudence d'un rat explorant une pièce inconnue, je longeai les murs, là où l'éboulis présentait la plus faible épaisseur, et me frayai un chemin tant bien que mal parmi blocs et moraines en redoutant de trouver ma route barrée ; mais je parvins finalement au trône et pus contempler les ruines de la grande salle.

À bout de course, l'effondrement avait épargné la zone ; le siège royal était renversé et brisé, bien que la vague de glace ne l'eût pas atteint, et je supposai qu'il devait ces dégâts au réveil du dragon de pierre. Apparemment, la créature était sortie par le plafond fracturé ; les cadavres de deux hommes gisaient à demi ensevelis en haut de la coulée ; peut-être s'agissait-il des guerriers que Devoir avaient affrontés, ou peut-être le dragon les avait-il simplement piétinés en se lançant à l'attaque. Je ne vis pas trace de la Femme pâle ; j'espérai qu'elle avait subi le même sort que les deux combattants.

Les globes enfouis dispensaient un éclat sourd et indistinct ; dans les ombres bleutées, je contournai le trône effondré en tâchant de me rappeler l'emplacement précis où l'on avait enchaîné le fou au dragon. Il me paraissait impossible désormais que la créature eût présenté les dimensions énormes que mes souvenirs lui prêtaient. Je cherchai en vain des fers brisés ou la dépouille de mon ami ; pour finir, je grimpai sur un monticule de glace et, de là, scrutai les alentours.

Aussitôt, je repérai une tache aux couleurs et aux motifs familiers. Le ventre noué, je m'en approchai lentement puis m'arrêtai, toute peine noyée par l'horreur et l'incrédulité. Malgré la couche de givre qui les couvrait, je reconnaissais les dessins. Enfin, je m'agenouillai, mais je ne sais plus si je voulais mieux voir ou bien si mes jambes se dérobèrent sous moi.

Dans les plis soulignés de rouge, des dragons et des serpents se mêlaient et se bousculaient. Je ne touchai pas le tableau ; je n'aurais d'ailleurs pas eu le courage, mais, quand bien même l'aurais-je trouvé, ce n'était pas nécessaire pour le savoir soudé dans le sol. Encore imprégné de chaleur corporelle, il s'était enfoncé dans la glace qui l'avait emprisonné.

On avait écorché le fou pour le dépecer du tatouage qui ornait son dos.

Je restai à genoux devant le carré de peau comme un homme en prière. À l'évidence, il avait fallu procéder avec lenteur et délicatesse pour l'arracher intact ; il s'était plissé en tombant, mais il s'agissait manifestement d'un pan d'un seul tenant, découpé des épaules à la taille. Il n'avait pas dû être facile de le décoller, et je préférais ne pas songer à la façon dont on avait dû immobiliser le fou ni qui avait amoureusement manié le couteau ; une nouvelle pensée écarta cette atroce image : ce n'était pas par esprit de revanche que la Femme pâle avait tué ainsi le fou, lorsqu'elle avait compris que je la bravais et réveillais le dragon ; non, elle avait agi par pur plaisir, à loisir, sans doute dès l'instant où l'on m'avait entraîné hors de la salle. Le lambeau froissé, saisi dans la glace, évoquait une chemise sale négligemment jetée dans un coin. Je ne pouvais en détourner les yeux ; je ne pouvais m'empêcher d'imaginer chaque instant de sa lente agonie. Il avait vu cette scène à l'avance, cette mort qu'il avait redouté d'affronter. Combien de fois lui avais-je assuré que je donnerais ma vie avant qu'on ne lui arrache la sienne ? Et pourtant, j'étais agenouillé là, bien vivant.

Quand je revins à moi, du temps avait passé. Je n'avais pas perdu connaissance, j'ignore où mes pensées s'étaient égarées, mais j'avais l'impression d'émerger d'une période de ténèbres absolues. Je me relevai avec raideur. Je n'avais pas l'intention d'essayer de dégager l'affreux trophée de sa gangue pour l'emporter : loin de faire partie du fou, il représentait au contraire la marque cruelle que la Femme pâle lui avait imposée, rappel éternel qu'un jour il devrait la retrouver et lui rendre ce qu'elle avait tatoué sur sa peau. Je le laissai là, figé pour toujours dans la glace. Ma haine devenait de plus en plus noire, ma peine de plus en plus profonde, et je sus soudain avec une conviction absolue où reposait la dépouille de mon ami.

En me redressant, j'aperçus du coin de l'œil le reflet grisé d'un objet arrondi, non loin de la peau du fou. Je m'en approchai, m'agenouillai puis dégageai de la main une couche de givre pour découvrir un morceau de la couronne aux Coqs maculé de sang ; une pierre précieuse, dans l'orbite sculptée d'un oiseau, me fit un clin d'œil. Je pris le fragment ; il nous avait appartenu, au fou et à moi, et je tenais à l'emporter.

Je quittai la salle en ruine et m'engageai dans des couloirs aussi glacés que mon cœur ; où que je me tourne, ils se ressemblaient tous, et je n'arrivais pas à tenir assez la bride à mes émotions pour me rappeler le chemin qu'on avait emprunté pour me traîner jusqu'à la Femme pâle, encore moins la direction du cachot où l'on m'avait enfermé. Je compris alors que je devais d'abord retrouver le premier passage par lequel le fou et moi étions entrés.

Il y fallut le reste de la nuit et sans doute davantage. J'errai à l'aventure jusqu'au point où je ne sentis même plus la fatigue. Le froid m'étreignait et je tendais l'oreille pour capter des bruits imaginaires ; je ne voyais trace de vie nulle part. Pour finir, lorsque les yeux commencèrent à me faire mal à force de rester ouverts, je décidai de me reposer. Je calai mon paquetage dans l'angle d'une petite pièce où l'on avait entreposé du bois, m'assis dessus et m'adossai au mur ; l'épée à la main, je posai le front sur les genoux et dormis par à-coups jusqu'à ce que mes cauchemars me réveillent complètement et m'obligent à reprendre mon chemin.

Enfin, je parvins à la chambre à coucher de la Femme pâle ; des stalactites de glace pendaient de ses braseros. Là, les globes dispensaient une vive lumière et je pus contempler la pièce dans tous ses détails, les sculptures somptueuses des armoires à vêtements, la table élégante où elle posait son miroir et ses brosses, ses bijoux scintillants pendus aux branches d'un présentoir argenté. Quelqu'un, dans sa fuite, s'était peut-être livré au pillage, car des habits épars jonchaient le sol devant une des penderies ouverte ; mais pourquoi n'avait-on pas pris les bijoux ? Les fourrures superbes du lit luisaient de givre. Je ne m'attardai pas ; je n'avais nulle envie d'examiner de près les fers fixés au mur derrière le lit ni les marques sanglantes qu'elles encadraient sur la paroi.

Une autre porte bâillait à la suite de celle de la chambre ; j'y jetai un coup d'œil en passant puis m'arrêtai et y pénétrai. Une table trônait au centre de la pièce et des casiers à manuscrits couvraient les murs, pleins de parchemins rangés avec soin, roulés et noués à la façon des Six-Duchés. Je m'en approchai ; je savais ce que j'avais découvert, et pourtant je restais étrangement insensible. Je tirai un document au hasard et l'ouvris ; je ne m'étais pas trompé. Signé de maître Boiscoudé, il traitait des règles de conduite des candidats à la formation, qui interdisaient formellement les farces où intervenait l'emploi de l'Art. Je le laissai tomber par terre et en choisis un autre. Plus récent, il présentait l'écriture ronde et penchée de Sollicité ; les lettres dansèrent devant mes yeux embués de larmes, et je le lâchai à son tour. Je levai le regard pour en parcourir la salle ; j'avais devant moi la bibliothèque d'Art qui avait disparu de Castelcerf, secrètement vendue par Royal pour financer son train de vie fastueux à Gué-de-Négoce. Des marchands aux ordres de la Femme pâle et de Kébal Paincru avaient acheté au jeune prince les textes qui renfermaient tout notre savoir sur le don des Loinvoyant ; notre héritage avait vogué vers le nord jusque chez les Outrîliens pour finir dans la pièce où je me trouvais, où la Femme pâle avait appris comment retourner notre magie contre nous et créer un dragon de pierre. Umbre aurait donné un de ses yeux pour un seul après-midi au milieu de ces manuscrits ; cette connaissance retrouvée constituait un trésor inestimable. Mais, si fabuleux qu'il fût, il ne m'aurait pas donné ce que je désirais le plus au monde : la possibilité de changer le passé. Je secouai la tête et sortis sans me retourner.

Je finis par découvrir les geôles où avaient croupi la mère et la sœur de la narcheska. Peottre en avait laissé les portes ouvertes lorsqu'il les avait emmenées. La cellule voisine me réservait un spectacle beaucoup plus sinistre : trois cadavres étendus au sol. Ces hommes avaient-ils péri encore forgisés, en se battant entre eux, ou bien la mort du dragon leur avait-elle rendu leur personnalité, et avaient-ils succombé au froid et à la faim en pleine possession de leur raison ?

Le cachot de Crible et d'Heste était ouvert lui aussi ; le second gisait face contre terre, dépouillé de ses vêtements. Je fis un effort pour scruter ses traits ; le froid et la vie enfuie avaient noirci son teint, mais je reconnus le jeune homme que j'avais côtoyé. Après une courte hésitation, je le saisis par les épaules et, non sans mal, le soulevai du sol ; la tâche n'avait rien d'agréable car il adhérait fermement à la glace. Je le traînai jusqu'à la cellule de la mère de la narcheska et le déposai sur le lit de bois, puis je ramassai, ainsi que dans la geôle voisine, tout ce qui pouvait brûler, vieux châlits et feurre ; j'entassai ce combustible autour de lui puis y versai la moitié du flacon d'huile que j'avais apporté pour la crémation du fou. Il fallut un peu de temps avant qu'un fétu s'embrasât, mais, dès lors, les flammes s'élancèrent avidement sur le bois et la paille. J'attendis qu'un rideau de feu se fût levé autour du corps, puis je coupai une mèche de mes cheveux et la jetai dans le bûcher funéraire, cadeau d'adieu traditionnel à un camarade tombé dans les Six-Duchés. « Tu n'es pas mort en vain, Heste ; non, pas en vain », dis-je ; mais, comme je m'en allais en le laissant dans son brasier, je me demandai si nous avions réellement vaincu ; seul le temps nous le dirait, et je n'eusse pas encore osé affirmer que la libération du dragon représentait une victoire pour l'humanité.

Il ne restait plus qu'un cachot, tout au bout du couloir – naturellement : la Femme pâle avait dû y placer son prisonnier en signe de suprême dégradation, d'ultime raillerie et de triomphe. Dans la cellule jonchée de détritus et d'excréments humains, près d'un tas d'immondices, je trouvai mon ami.

Il vivait encore quand on l'y avait déposé ; elle devait tenir à le savoir conscient de cette dernière indignité. Il avait gagné en rampant le coin le moins souillé, et là, pelotonné, emmitouflé dans une toile de sac crasseuse, il était mort. Pour mon fou que j'avais toujours connu si soucieux de son hygiène, agoniser dans les ordures et la saleté n'avait pu qu'ajouter à son supplice. Avait-on jeté sur lui le bout de tissu qui l'enveloppait ou bien l'avait-il tiré à lui avant de mourir roulé en boule sur le sol glacé ? Je l'ignorais ; peut-être ceux qui l'avaient relégué dans cette geôle l'avaient-ils empaqueté ainsi afin de faciliter son transport. Du sang et d'autres humeurs avaient imbibé la trame grossière et rude, collée par le froid à son corps ramassé. Il avait ramené ses genoux contre lui, plaqué son menton contre sa poitrine, et une expression de souffrance déformait ses traits figés. Sa chevelure brillante pendait en mèches inégales, imprégnée de sang coagulé par endroits.

Je n'avais pas prémédité mon geste ; je posai la main sur son front plissé par le froid puis rassemblai tout mon Art et le tendis vers lui. Je ne rencontrai que silence et immobilité. Je plaçai mes paumes sur ses joues et forçai la voie ; j'explorai son cadavre en empruntant les passages obstrués où la vie coulait naguère sans effort, et je tentai de le guérir, de le ranimer. Cours ! commandai-je à son sang, et vis ! commandai-je à sa chair.

Mais son organisme était resté inactif trop longtemps. À contrecœur, je constatai ce que savent tous les chasseurs : dès l'instant de la mort, la décomposition commence. Les éléments infimes qui composent la matière charnelle entament la descente qui mène à la pourriture, se décrochent les uns des autres afin d'avoir la liberté de se transmuter. Son sang s'était épaissi, sa peau qui maintenait le monde à l'extérieur jouait à présent le rôle d'un sac qui retenait ses viscères en désagrégation. Haletant, je bandai ma volonté pour y insuffler la vie, mais autant chercher à ouvrir une porte dont la rouille a scellé les gonds. Les pièces qui travaillaient séparément jusque-là composaient, agglomérées, une entité immobile ; la fonction était devenue inertie. D'autres forces agissaient désormais à désassembler les parties les plus petites, à les fractionner comme la meule réduit le grain en farine ; tous les liens qui les unissaient se défaisaient. Pourtant, je m'acharnai ; je m'efforçai de l'obliger à bouger le bras ; je m'évertuai à forcer ses poumons à s'emplir d'air.

Qu'est-ce que tu fais ?

La question venait de Lourd, vaguement agacé que j'eusse interrompu son sommeil, et j'éprouvai soudain une joie sans bornes à le sentir présent. *Lourd, je l'ai trouvé, le fou, mon ami, sire Doré ! Je l'ai trouvé ! Aide-moi à le guérir ; je t'en supplie, prête-moi ton énergie !*

Somnolent, il acquiesça à ma requête. *D'accord, je vais essayer.* Je perçus un grand bâillement qu'il ne chercha pas à dissimuler. *Où est-il ?*

Ici ! Ici ! Par l'Art, j'indiquai le corps immobile devant moi.

Où ça ?

Ici, voyons ! Juste sous mes mains, Lourd !

Je ne vois personne.

Mais si ! Je le touche, là. Je t'en prie, Lourd ! Puis, dans mon désespoir, je projetai plus loin ma supplique. *Devoir, Umbre, par pitié, prêtez-moi votre force et votre Art pour le guérir ! je vous en prie !*

Qui est blessé ? Lourd ? Le vieil assassin avait réagi aussitôt, affolé.

Non, moi, je vais bien. Il veut guérir quelqu'un qui n'est pas là.

Mais si ! j'ai trouvé le fou, Umbre. S'il vous plaît, vous m'avez ressuscité tous ensemble. Par pitié, aidez-moi à le guérir, aidez-moi à le ramener !

Devoir intervint d'un ton apaisant : *Fitz, nous sommes tous là et vous savez que nous le ferons pour vous. La distance risque de nous compliquer la tâche, mais nous essaierons. Montrez-le-nous.*

Il est ici ! Ici, j'ai la main sur lui ! Une impatience rageuse me saisit soudain ; pourquoi étaient-ils si obtus ? Pourquoi ne voulaient-ils pas m'aider ?

Je ne le sens pas, dit Devoir après un long silence. *Touchez-le.*

Mais je le touche ! Je me penchai et passai mes bras autour de son corps roulé en boule. *Je le tiens contre moi. Je vous en prie, aidez-moi à le guérir !*

Ça ? Ce n'est pas quelqu'un. Le ton de Lourd

trahissait une perplexité manifeste. *On ne peut pas guérir un tas de boue.*

La fureur m'envahit. *Ce n'est pas un tas de boue !*

Tout va bien, Lourd, ne t'inquiète pas, fit Devoir avec douceur. *Tu n'as rien dit de mal. Tu ne parlais pas méchamment.* Puis il s'adressa à moi : *Fitz, je regrette profondément, mais il est mort ; et Lourd a raison, même s'il l'exprime sans délicatesse : son organisme se transforme en... en autre chose. Je ne le perçois plus comme un corps vivant, mais comme...* Il s'interrompit, incapable de prononcer les mots qui lui venaient. Charogne, pourriture, viande en décomposition. Boue.

Aussi posément que s'il me rappelait une leçon que j'aurais dû savoir par cœur, Umbre enchaîna : *La guérison est une fonction du vivant, Fitz. L'Art peut l'accélérer, mais c'est la chair qui l'accomplit – à condition qu'elle demeure en vie. Tu ne tiens pas le fou entre tes bras, Fitz, mais une enveloppe vide. Tu ne peux pas plus la ramener à la vie que tu ne peux animer une pierre. Tu ne peux pas la ressusciter.*

Pragmatique, Lourd ajouta : *Et puis, même si tu arrivais à la refaire marcher, il n'y a personne à mettre dedans.*

Je pris conscience en cet instant, je crois, de la réalité de ce qu'ils me disaient : le cadavre qui n'était plus son corps, la disparition de son esprit.

Un très long moment s'écoula, me sembla-t-il, puis Umbre dit à mi-voix : *Fitz, que fais-tu ?*

Rien. je reste assis là, et je constate mon échec. Comme toujours. Comme avec Burrich. Il est mort, n'est-ce pas ?

Je crus voir l'accablement se peindre sur le visage du vieillard. Je l'imaginai en train de déclarer avec un soupir que je persistais à faire un grand tas de tous mes deuils et toutes mes souffrances et à vouloir les affronter tous à la fois. *Oui, il est mort, avec son fils près de lui, et Trame. Nous lui avons tous rendu hommage : nous avons mis les navires en panne afin de nous trouver ensemble quand on a laissé aller sa dépouille à la mer – comme tu dois laisser aller le fou.*

Je ne tenais pas à accepter ce conseil ni même à en discuter ; on ne perd pas facilement les habitudes de toute une vie, aussi détournai-je l'attention d'Umbre. *J'ai trouvé les manuscrits d'Art, la bibliothèque disparue. Elle est ici, dans la place forte de la Femme pâle – quoique ce palais, je pense, ne lui appartînt pas. Mes observations me donnent à croire que les Anciens l'occupaient avant elle.*

La réponse d'Umbre me surprit. *Plus tard, Fitz. Nous aurons tout le temps de songer à récupérer ces documents. Pour le moment, écoute-moi : honore ton ami comme tu l'entends et rends-lui sa liberté, puis hâtez-vous, Lourd et toi, de regagner la plage. Je vais revenir à bord du bateau que je vous ai envoyé. J'ai mal jugé l'importance de la mission que tu te donnais ; tu ne dois pas affronter seul une telle peine.*

Mais il se trompait. Le chagrin crée sa propre solitude, et il me fallait la supporter, je le savais. Je biaisai, unique façon de l'obliger à demeurer à l'écart. *Nous attendrons le bateau sur la grève ; inutile que vous rebroussiez chemin. Il ne nous arrivera rien, j'y veillerai ; mais, pour l'instant, j'aimerais un peu de tranquillité – si ça ne vous dérange pas.*

Pas le bateau ! intervint Lourd d'un ton résolu. *Jamais. Non, j'aime mieux rester ici pour toujours !*

Lourd ne t'accompagne pas ? Umbre parut inquiet tout à coup.

Non. Il vous fournira toutes les explications. j'ai encore une tâche à mener à bien, Umbre. Merci ; merci à tous de vos efforts. Et je dressai mes murailles pour me couper d'eux. Je sentis Devoir tenter de me contacter, mais même sa délicatesse m'était intolérable pour l'instant ; je me fermai tandis que Lourd évoquait d'un ton ensommeillé la succulente cuisine de l'Homme noir. Avant la clôture complète de mes remparts, je perçus un effleurement léger qui aurait pu provenir d'Ortie tentant de me consoler.

Mais rien ne pouvait me consoler et je refusais de l'exposer à ma douleur ; elle en aurait elle-même son lot bien assez tôt. J'achevai de dresser mes murailles ; il était temps de m'occuper de la mort.

J'arrachai le corps du fou de la glace, où il laissa le contour de son cadavre ramassé et une poignée de mèches d'or. Je le sentais rigide et froid entre mes bras ; il paraissait peser moins que dans la vie, comme si l'envol de son esprit l'avait dépouillé de la plus grande partie de lui-même.

Je le serrai contre moi, sa chevelure brillante et engluée de sang séché sous mon menton, le tissu râpeux sous mes doigts, et je m'engageai, creux et vide comme un arbre foudroyé, dans les couloirs gelés. Nous passâmes devant la cellule où Heste continuait de brûler ; la fumée de sa chair qui rampait au plafond imprégnait l'air immobile d'une odeur de viande cuite. J'aurais pu lui adjoindre la dépouille du fou, mais cette idée ne me plaisait pas ; mon ami devait disparaître seul, en un dernier adieu qui ne concernait que nous deux. Je poursuivis mon chemin.

Au bout de quelque temps, je m'aperçus que je m'adressais à lui tout haut. « Où ? Où veux-tu que cela ait lieu ? Je pourrais te déposer sur le lit de la

Femme pâle et te brûler au milieu de ses richesses amoncelées... Le souhaiterais-tu ? Ou bien te sentirais-tu souillé du contact avec ce qui lui appartenait ? Où désirerais-je, moi, qu'on dresse mon bûcher ? Sous le ciel de la nuit, je crois, pour laisser monter mes étincelles dans les étoiles. Aimerais-tu cela ? Ou préférerais-tu la tente des Anciens, avec tes affaires autour de toi, dans l'intimité qui t'a toujours été si chère ? Pourquoi n'en avons-nous jamais parlé ? Entre amis, ce sont pourtant des choses qu'on devrait savoir. Mais, tout compte fait, est-ce bien important ? Le passé reste le passé, la cendre reste la cendre... Néanmoins, il me conviendrait mieux, je pense, de livrer ta fumée au vent nocturne ; te moquerais-tu de cette pensée ? Dieux, comme je voudrais que tu puisses encore te moquer de moi !

— Comme c'est émouvant ! »

La légère raillerie, le petit tranchant ironique, le timbre si semblable au sien firent manquer un battement à mon cœur, qui repartit en cognant dans ma poitrine. Je resserrai mes murailles d'Art, mais ne perçus aucun assaut. Je me retournai avec un rictus de haine ; elle se tenait dans l'encadrement de la porte de sa chambre, vêtue d'hermine blanche ponctuée de petites pointes noires ; le manteau la cachait complètement, des épaules jusqu'aux pieds. Pourtant, malgré ces atours somptueux, elle paraissait hagarde ; la sculpture parfaite de ses traits s'était enfoncée, tendue sur ses os, et ses cheveux blancs hirsutes, en mèches raides et entortillées, formaient comme une auréole de paille sèche autour de son visage. Ses yeux délavés avaient un aspect terne, comme ceux d'un poisson mort.

Debout devant elle, je serrai fort le fou contre moi. Il était mort, je le savais, et elle ne pouvait plus lui faire de mal, mais cela ne m'empêcha pas de reculer dans un mouvement défensif – comme si j'avais jamais pu le protéger d'elle !

Elle leva le menton et dénuda ainsi la colonne blanche de son cou. « Lâche ce cadavre, dit-elle, et viens me tuer. »

Peut-être fut-ce le fait de l'entendre exprimer mon instinct premier qui me fit rejeter cette idée. « Non », répondis-je, et je n'eus soudain plus qu'une envie : qu'on me laisse seul. La mort que je tenais dans mes bras ne regardait que moi, et cette femme était la dernière que je voulais voir assister à mes adieux et se réjouir de ma douleur. « Allez-vous-en », repris-je, sans reconnaître ma voix dans le grondement sourd qui sortit de ma gorge.

Elle éclata d'un rire qui évoquait des glaçons se fracassant au sol. « Que je m'en aille ? C'est tout ? Que je m'en aille ? Ah, FitzChevalerie Loinvoyant, la terrible vengeance que tu m'infliges ! Les ménestrels la chanteront encore dans des siècles ! "Alors il se dressa, son bien-aimé dans les bras, et il dit à leur ennemie : Allez-vous-en !" » Elle partit à nouveau d'un rire monocorde, pareil au bruit d'une avalanche de cailloux, qui se tarit devant mon absence de réaction. Elle me regarda fixement, un instant l'air égaré, manifestement persuadée que j'allais lâcher mon ami pour m'en prendre à elle. Elle pencha la tête de côté, toujours sans me quitter des yeux, puis, après un moment de silence, déclara d'une voix plus basse : « Ah, je comprends ! Tu n'as pas encore déballé mon petit cadeau ; tu n'as pas encore vu tout ce que je lui ai fait. Attends de voir ses mains, ses doigts si habiles et gracieux ! Et aussi sa langue et ses dents, sa bouche d'où s'échappaient tous ces traits d'esprit qui t'amusaient si fort ! C'est mon présent pour toi,

FitzChevalerie, afin que tu regrettes éternellement de m'avoir rejetée avec tant de dédain. » Elle s'interrompit puis reprit, comme pour me rafraîchir la mémoire : « Allons, Fitz, c'est maintenant que tu me promets de me tuer si je te suis. »

Les mots mêmes que je m'apprêtais à prononcer. Je les ravalai aussitôt ; elle les avait rendus creux et puérils – ou peut-être m'avait-elle fait prendre conscience qu'ils étaient creux et puérils. Je déplaçai le poids mon fardeau dans mes bras, me détournai et m'éloignai. Je tenais mes murailles d'Art fermement dressées, mais, si elle tenta un assaut, sa subtilité m'empêcha de le percevoir. Je me sentais vulnérable, dos à elle, et j'avoue que j'avais envie de prendre mes jambes à mon cou. Je m'interrogeais : pourquoi ne l'avais-je pas tuée ? La réponse paraissait trop simple pour être vraie : je ne voulais pas que la dépouille du fou repose sur le sol de son palais pendant que je l'exécutais ; en outre, je me refusais à obéir à ses attentes.

« Il t'a appelé ! me lança-t-elle d'une voix chantante. Il se croyait sur le point de mourir, j'imagine. Naturellement, il se trompait ; je suis plus douée que ça ! Mais, persuadé que la douleur allait le tuer, il t'a appelé. "Bien-Aimé ! Bien-Aimé !" » Elle imitait à la perfection la voix du fou au supplice, au point que je sentis les poils se hérisser sur ma nuque comme s'il s'adressait à moi par-delà la tombe ; malgré moi, je ralentis le pas, serrai le corps de mon ami plus fort contre moi, inclinai la tête plus près de la sienne ; je m'aperçus avec horreur que les propos de la Femme pâle me tiraient des larmes. J'aurais dû la tuer. Pourquoi ne la tuais-je pas ?

« Il parlait de toi, n'est-ce pas ? Oui, bien sûr, même si tu ne le sais peut-être pas. Tu ne connais sans doute pas les coutumes de son peuple d'origine, l'échange des noms en signe des liens que les gens forment pour la vie ? L'as-tu jamais appelé par ton nom pour lui montrer qu'il t'était aussi cher que ta propre existence ? Eh bien ? Ou ta lâcheté t'en a-t-elle empêché, dis-moi ? »

L'envie de la tuer m'étreignait ; mais j'aurais dû pour cela poser le fou à terre et je m'y refusais. Elle ne réussirait pas à m'obliger à l'abandonner encore une fois ; je ne le poserais pas et je ne me retournerais pas vers elle. Je courbai les épaules sous la grêle de ses exclamations et poursuivis mon chemin.

« Dis-moi ! Dis-moi ! Dis-moi ! »

Je m'attendais à ce que sa voix diminue à mesure que je m'éloignais, mais elle la poussa davantage et elle continua de me jeter sa question avec une fureur et une haine croissantes ; je compris au bout d'un moment qu'elle me suivait. Ses cris répétés avaient pris la tonalité rauque des corbeaux qui s'invitent mutuellement au festin royal d'un champ de bataille. « Dis-moi ! Dis-moi ! Dis-moi ! »

Même quand je l'entendis se mettre à courir derrière moi et sus qu'elle allait m'attaquer, je ne pus me résoudre à lâcher le corps du fou. Je me retournai de trois quarts et opposai l'épaule à son assaut exaspéré. Elle n'avait pas dû prévoir cette réaction, espérant peut-être que je l'affronterais l'épée au clair ; elle voulut s'arrêter mais le sol glacé la trahit et elle me heurta de plein fouet. Le choc me propulsa contre le mur, mais, par miracle, je réussis à garder le fou dans mes bras et à conserver mon équilibre ; pas elle. Elle s'abattit sur le flanc et poussa un cri de douleur d'une voix râpeuse. Je l'observai, surpris, en me demandant comment une simple chute pouvait lui causer pareille souffrance ; puis, comme elle s'efforçait de se relever, je vis ce qu'elle m'avait caché jusque-là.

Crible n'avait pas menti. Ses bras s'achevaient par des moignons noircis et fripés dont elle essayait vainement de se servir pour se remettre sur pied ; elle ne parvenait pas à se redresser ni à les dissimuler sous son manteau. Je plantai mon regard dans ses yeux délavés et déclarai avec froideur : « C'est vous qui êtes lâche. À l'instant décisif, vous n'avez pas pu renoncer à vous-même pour réaliser votre vision du monde. Vous n'avez pas eu son courage ; lui a accepté le prix que lui imposait le destin ; il a subi son supplice et sa mort de son plein gré, et il a gagné. Il a triomphé ; vous avez échoué. »

Elle laissa échapper une exclamation, mi-hurlement, mi-glapissement, empreinte de haine et de rage, et en frappa mes murailles d'Art sans parvenir à les rompre. Tirait-elle naguère de Kébal Paincru sa puissance dans cette magie ? Elle poursuivit ses efforts pour se relever, mais son long manteau la gênait, car ses genoux reposaient sur l'ourlet. Les pieux noirs de ses bras ne lui étaient d'aucune utilité : du coude au poignet, racornis, ils s'effilaient pour s'achever par une extrémité pointue et carbonisée. On distinguait les vestiges des os de l'avant-bras, mais plus rien ne restait de la main ni des doigts, engloutis par le dragon avant qu'elle ne réussît à s'arracher à son emprise. Je me remémorai la façon dont Vérité puis Caudron avaient disparu, fondus dans la créature qu'ils avaient sculptée avec amour pour le bien de leur peuple. Alors je lui tournai le dos à nouveau et m'éloignai.

« Halte ! » cria-t-elle. Il y avait de l'indignation dans sa voix. « Tu dois me tuer ici ! Je l'ai vu cent fois dans mes cauchemars ! Tu dois me tuer ici, maintenant ! C'était mon sort si j'échouais. Je le redoutais, mais je l'exige à présent ! Mes visions ne m'ont jamais trompée. Le destin te commande de me tuer. »

Sans même prendre le temps de réfléchir, je lançai par-dessus mon épaule : « Je suis le Catalyseur ; je change les événements. D'ailleurs, nous vivons désormais dans le monde qu'avait choisi le fou ; c'est dans son avenir que j'avance, et, dans sa vision de l'avenir, je vous abandonne. Vous mourez seule, lentement. »

Dix pas encore, puis elle lança un hurlement qui dura jusqu'à ce qu'elle perde le souffle ; alors je n'entendis plus que ses halètements. Je continuai de m'éloigner.

« Tu restes le Catalyseur ! me cria-t-elle d'une voix suraiguë où ne perçaient plus que l'hébétude et le désespoir. Si tu refuses de me tuer, reviens et sers-toi de ton Art pour me guérir. Je serai en tout ta servante ! Tu pourras faire de moi ce que tu voudras et je pourrai t'enseigner ce que j'ai appris dans les manuscrits d'Art ! Tu détiens le pouvoir d'employer cette magie ! Rends-moi mes mains et je te montrerai la voie qui conduit à la grandeur ; tu deviendras le roi légitime des Six-Duchés, des îles d'Outre-mer, des Rivages maudits tout entiers ! Tout ce que tu désireras ! Je réaliserai tous tes rêves si tu acceptes de revenir ! »

Mon rêve, je le tenais dans mes bras, et il était mort. Je poursuivis ma route.

J'entendis les raclements des moignons de ses bras rabougris sur la glace ; l'image me vint d'un scarabée qui tente désespérément de s'échapper d'une cuvette. Je ne me retournai pas ; fugitivement, je me demandai si elle avait jamais prévu cette scène, si elle avait jamais eu la vision de mon dos en train de s'éloigner. Non, me répondis-je avec une brusque certitude. L'Homme noir me l'avait dit : je marchais dans le monde du fou désormais, dans l'avenir qu'il avait créé. Elle ne voyait plus rien, ne pouvait plus rien prédire ; ce temps n'était pas le sien mais celui qu'avait choisi le fou.

Je ne me considère pas comme quelqu'un de cruel ; pourtant, jamais je n'ai pu éprouver le moindre remords quant à ma décision. J'entendis la Femme pâle pousser un grand cri, comme un animal du fond d'un piège, mais je ne jetai pas un regard en arrière. Je tournai un angle du couloir et continuai de suivre le chemin qui m'avait conduit jusque-là.

Je souffrais indiciblement de la fatigue, du froid et de la faim ; néanmoins, rien de tout cela ne me consumait autant que mon chagrin. À un moment, les larmes me montèrent aux yeux ; elles tombèrent sur la chevelure dorée du fou et brouillèrent le dédale bleuté des tunnels. Dans mon hébétude, je dus manquer une des marques que j'avais gravées dans les murs ; quand je m'en rendis compte, je fis demi-tour mais me retrouvai dans un couloir qui ne m'évoquait rien. Parvenu au pied d'un escalier de glace érodée, je tentai de le gravir mais, encombré par mon fardeau, j'échouai. Je revins à nouveau sur mes pas et poursuivis ma route, complètement perdu.

Plus tard, j'étendis mon manteau par terre et dormis, un bras protecteur sur le corps gelé du fou. À mon réveil, je fouillai mon paquetage et en tirai un morceau de pain de voyage que je mangeai ; je me désaltérai à ma gourde puis j'humectai le coin de mon vêtement et m'en servis pour débarbouiller un peu le visage crispé de mon ami, couvert de sang et de crasse ; hélas, je ne pus effacer la souffrance qui marquait ses traits. Je me redressai, le pris dans mes bras et me remis en chemin sans aucun point de repère dans la lumière pâle et invariable. Peut-être une légère pointe de folie s'était-elle emparée de moi.

Je pénétrai dans un couloir dont une paroi était de glace, l'autre de pierre. J'aurais dû revenir sur mes pas mais, comme un papillon attiré par la lumière, j'empruntai le passage à la pente ascendante ; il me conduisit à des marches taillées dans le roc, que je gravis. L'éclat bleuâtre des globes ne changeait jamais, ni plus vif ni plus terne, si bien que je portais le corps du fou dans un dédale sinueux d'escaliers peu escarpés qui montaient sans cesse dans un monde où le temps n'existait pas. Je fis une pause sur un palier pour reprendre mon souffle et remarquai là une porte en bois trop sec et devenu cassant. Je l'ouvris dans l'espoir de trouver du combustible pour le bûcher funéraire.

Si je doutais encore que ce domaine frigide eût un jour appartenu aux Anciens, la salle qui s'offrit à mes yeux dissipa mes dernières incertitudes. J'avais déjà vu des meubles semblables alors que je déambulais d'un pas mal assuré dans les rues désertes de la cité près du fleuve, et j'avais déjà vu une carte semblable, bien que celle-ci parût représenter un monde entier plutôt qu'une ville et ses environs. Elle reposait sur une table au milieu de la pièce, ronde mais non plate ni dessinée sur du papier ; archipels, côtes, pointes de vague, tout avait été sculpté en relief ; de minuscules rangées de montagnes saillaient et la mer avait un aspect froissé ; des cours d'eau brillants traversaient en lacet des prairies pour se jeter dans l'océan.

Une île, sans nul doute Aslevjal, en occupait le centre exact, et d'autres parsemaient les eaux alentour ; au sud-ouest, je reconnus les rivages des Six-Duchés et distinguai quelques erreurs subtiles dans le détail. Au nord s'étendait une terre dont j'ignorais le nom, et, de l'autre côté d'une vaste étendue d'eau, une côte là où la tradition affirmait que seul régnait l'océan. De petites pierres précieuses piquetaient la carte, apparemment au hasard, chacune accompagnée d'une rune ; certaines paraissaient luire d'un éclat intérieur. L'une d'elles, blanche, scintillait sur Aslevjal ; quatre autres, disposées en un minuscule carré, illuminaient l'embouchure de la Cerf. J'en repérai ainsi une poignée dans les Six-Duchés, certaines brillantes, d'autres ternes, davantage au royaume des Montagnes, et toute une succession le long du fleuve du désert des Pluies, bien que nombre d'entre elles fussent éteintes. Je hochai lentement la tête à part moi ; oui, évidemment.

J'avais vaguement conscience de la douleur dans mes bras et mon dos ; pourtant, il ne me vint pas à l'esprit que je pusse me décharger de mon fardeau et me reposer un moment : aussi inévitable que le coucher du soleil, une porte donnant sur un autre escalier m'attirait dans un angle de la salle. Je la franchis ; le colimaçon était plus étroit que le précédent et les degrés plus raides ; je m'y engageai lentement, tâtonnant du pied pour trouver chaque marche. La lumière se mit à changer peu à peu : l'éclat bleuâtre s'effaça pour laisser la place à la lumière incertaine du véritable jour. Enfin j'émergeai dans la salle d'une tour ceinte de fenêtres vitrées ; un des panneaux de verre présentait une lézarde, et du givre les recouvrait tous. À la forme du plafond, je devinai un toit en flèche prolongé d'avancées protectrices. Je collai l'œil à la fissure de la vitre, mais ne distinguai que de la neige soufflée par le vent et rien d'autre.

Au centre de la pièce se dressait un pilier d'Art. Les runes gravées sur ses flancs présentaient la même netteté qu'au jour de leur exécution. J'en fis lentement le tour jusqu'à ce que je repère le glyphe que j'attendais ; je hochai la tête, serrai le fou contre moi et murmurai dans ses cheveux collés de sang : « Eh bien, rentrons. »

Je tendis la main, paume en avant, et nous pénétrâmes dans la colonne.

J'ignore si l'usage récent que j'avais fait de l'Art m'avait rendu plus expert ou bien si le pilier opérait mieux que d'autres que j'avais traversés ; en tout cas, le fou dans mes bras, je passai de l'hiver à l'été, d'une tour de pierre aux vestiges d'une vaste place de marché. Tout autour d'elle, un bourdonnement estival montait de la forêt qui en avait grignoté les abords. Je fis deux pas encore puis tombai à genoux, à la fois épuisé et soulagé. En ce lieu, il ne me parut plus blasphématoire de déposer mon ami sur la pierre et la terre propres ; je m'assis lourdement à son côté et repris mon souffle. Pendant un long moment, le silence régna, seulement interrompu par le chant des oiseaux et le fredonnement des insectes tout à leurs tâches. Je suivis des yeux la route envahie d'herbe, semblable à un tunnel à travers la verdure des bois, qui me mènerait, si je l'empruntais, au jardin de Pierre où dormaient les dragons des Anciens ; puis je levai les yeux vers le pilier au sommet duquel, jadis, un fou adolescent s'était juché et que j'avais vu transformé en jeune femme au teint blanc et au front ceint d'une couronne ornée de coqs. « Ici, c'est bien, dis-je à mi-voix. Je suis content que nous y revenions. » Je m'adossai à la colonne, fermai les yeux et m'endormis.

Il fallut du temps pour que la chaleur de l'après-midi s'infiltre en moi. À mon réveil, j'avais trop chaud ; le corps du fou dégelait et s'amollissait au soleil. J'ôtai mes vêtements hivernaux comme je me fusse défait d'une mue et ne gardai que ma tunique et mes chausses. À présent que nous nous trouvions sur la place, seuls et ensemble, tout sentiment d'urgence m'abandonna : il y avait du temps ici, du temps qui n'appartenait qu'à nous, du temps pour accomplir convenablement la tâche que je m'étais fixée.

Je remplis ma gourde à la rivière où nous avions bu autrefois, puis je lavai le visage du fou, doucement, essuyai le sang sur ses lèvres et rabattis ses cheveux sur son oreille à demi arrachée. Quand il se fut assez réchauffé, je décollai la toile à sac de sa chair à vif, et je restai d'abord assommé d'horreur devant le spectacle qui s'offrit à moi. Oui, elle avait raison : je regrettais de lui avoir tourné le dos et de ne pas lui avoir infligé la mort lente et pénible qu'elle méritait. Mais, tandis que je redressais autant que possible les membres raides et marqués par les tortures puis en nettoyais la crasse et le sang coagulé avec des poignées de feuilles et d'herbe propre, toute haine s'épancha de moi. C'était mon fou qui gisait devant moi, et, si je n'avais pu le sauver, je pouvais lui faire quitter cette vie avec dignité.

Il s'était roulé en boule autour de son dernier trésor, et ses mains inertes tenaient toujours la couronne aux coqs. Je retirai délicatement le cercle de bois gris d'entre ses doigts aux ongles arrachés. Ses bourreaux avaient cassé la parure, sans doute pendant qu'ils le battaient à mort, mais il l'avait réparée avant de mourir ; quand je vis par quel moyen, en se servant en guise de colle de son propre sang qui, en séchant, avait lié les fragments, l'émotion me suffoqua. Il manquait un morceau ; cela avait-il rendu sa mort plus douloureuse encore ?

Lentement, je tirai de ma bourse l'éclat de bois que j'avais trouvé dans la salle du trône ; il suffisait de le rajouter pour clore le cercle. J'en trempai les bords dans le sang qui se fluidifiait en dégelant et le joignis aux autres pour compléter la couronne ; sous l'effet de l'humidité, le bois enfla et remplit les interstices si bien qu'on eût dit la parure intacte. J'ignorais la nature exacte de ce trésor, mais, quelle que fût la signification que le fou lui prêtait, il le porterait pour abandonner notre monde.

J'allai casser des rameaux de conifères et ramasser des branches mortes, des brindilles et de l'herbe sèches pour le bûcher ; le soir approchait avant que j'eusse achevé de le bâtir. Quand il fut prêt, j'y étendis mon manteau. Le firmament bleu marine luisait et l'été semblait retenir son souffle dans l'attente des premières étoiles ; les étincelles du brasier monteraient à leur rencontre. Je pris le fou dans mes bras et le déposai sur mon manteau ; par expérience, je savais que le bois de résineux s'enflammerait aisément et le consumerait. Le cœur lourd, je m'assis sur le pavé à côté de lui, la couronne aux coqs sur les genoux ; il ne lui manquait qu'un détail pour qu'elle fût complète.

Je pris dans mon sac à dos un paquet enveloppé de tissu que je déroulai délicatement ; puis, une par une, je déposai devant moi les plumes découvertes sur la plage des Autres, en m'émerveillant chaque fois de leur facture et de leur extraordinaire finesse d'exécution. Malgré les distances qu'elles avaient parcourues avec moi, elles demeuraient intactes. Mais pourquoi avoir choisi un bois aussi terne pour créer une œuvre aussi raffinée ? Cela me dépassait ; il avait aussi peu d'éclat et d'intérêt que celui de la flèche que le fou avait donnée à Leste.

Il me fallut un petit moment pour enficher chaque plume à la place qui lui revenait : en effet, je ne l'avais pas remarqué, mais l'extrémité de chacune présentait une fine encoche, qui ne lui permettait de s'enfoncer correctement que dans le trou correspondant. Alors que je fixais la dernière, j'eus l'impression qu'une onde colorée balayait la parure. Peut-être ne s'agissait-il que d'un arc-en-ciel fugitivement déployé dans les larmes qui perlaient à mes yeux ; je les essuyai d'un geste impatient. Il était temps d'en finir.

La couronne émettait un murmure inquiétant dans ma main, comme une mouche prisonnière d'un poing. Que tenais-je donc entre mes doigts ? Quelle puissante magie des Anciens se tenait enfermée dans cet objet, et n'en sortirait plus jamais à cause de la mort du fou ? L'espace d'un instant, j'examinai les têtes de coq sculptées qui ornaient son pourtour : ou bien le fou n'avait jamais trouvé le temps de les peindre en concordance avec nos souvenirs, ou bien la peinture n'avait pas tenu. Des écailles de couleur demeuraient dans les plus profonds recoins ; de petites pierres précieuses scintillaient au creux de deux orbites ; les autres yeux étaient vides et inexpressifs. Des sutures noires marquaient les cassures qu'avait subies le cercle de bois et que le fou avait réparées avec son propre sang. De l'index, je tapotai prudemment une des fractures pour en éprouver la solidité. Elle résista, et, tout à coup, l'image de mon fou vivant me revint à l'esprit, si complète et poignante que je me sentis comme éventré de chagrin.

Je m'assis lourdement sur le bûcher à côté de lui. La rigidité qui vient aux cadavres l'avait maintenu dans sa position défensive, replié sur lui-même, et je n'y avais rien pu faire. Je regrettais aussi de ne pouvoir effacer avant son départ la terreur et la souffrance qui creusaient ses traits. Je repoussai ses cheveux d'or de son visage ambré. « Oh, Bien-Aimé ! » m'exclamai-je. Je me penchai pour baiser son front ; je compris alors soudain la justesse de la tradition étrangère, et je lui donnai mon nom : en brûlant son corps, je me tuerais moi-même, je le savais. L'homme que j'avais été ne survivrait pas à sa disparition. « Adieu, FitzChevalerie Loinvoyant. » Je pris la couronne afin d'en ceindre sa tête, et j'eus tout à coup l'impression que toute mon existence n'avait servi qu'à me conduire à cet instant. Quelle cruauté que le courant le plus puissant de mon existence me mène à cette mort et à ce chagrin absolus ! Mais il ne me restait plus d'autre choix ; il est certaines choses qu'on ne peut changer. L'heure avait sonné de couronner le fou du roi et de le laisser partir.

J'interrompis mon geste.

J'interrompis mon geste et, ce faisant, j'eus le sentiment de me dresser seul contre le sort, de défier le cours du temps. Je savais ce que le destin attendait de moi : je devais ceindre le front du fou puis verser l'huile sur le bûcher ; une étincelle, deux tout au plus, suffiraient à embraser le bois sec de l'été. Mon ami se consumerait entièrement et sa fumée s'envolerait avec le vent du pays au-delà du royaume des Montagnes. Alors je m'en retournerais, par le pilier, sur Aslevjal ; j'irais chercher Lourd, nous regagnerions la petite baie où le bateau de retour s'en viendrait nous embarquer. C'était juste, c'était inévitable, c'était la voie que le monde tout entier souhaitait emprunter. La vie continuerait sans le fou parce qu'il avait péri ; tout cela m'apparaissait avec clarté, comme si je connaissais depuis toujours la fin de l'histoire.

Il était mort. Rien ne pouvait changer cela.

Mais j'étais, moi, le Changeur.

Je me redressai brusquement. Je levai la couronne bourdonnante et la brandis au ciel. « NON ! » hurlai-je. J'ignore à qui je m'adressais. « Non ! Faites que ça se passe autrement ! Pas ainsi ! Prenez ce que vous voulez de moi, mais que tout ne s'achève pas ainsi ! Qu'il prenne ma vie et me donne sa mort. Qu'il devienne moi et moi lui. Je prends sa mort ! Vous m'entendez ? Je prends sa mort pour moi ! »

Je présentai la couronne au soleil. À travers les larmes que je versais, elle brillait d'un éclat iridescent et les plumes semblaient ondoyer doucement dans la brise estivale. Alors, avec un effort presque physique, je l'arrachai au cours prédestiné du temps et l'enfonçai brutalement sur ma propre tête. Le monde se mit à tournoyer autour de moi ; je m'étendis sur le bûcher funéraire, pris mon ami dans mes bras et m'abandonnai à l'inconnu.

4

LA PLUME ET LE STYLE

C'était la petite fille la plus fortunée du monde, car non seulement elle avait un père noble, de nombreuses robes de soie et tant de colliers que même une dizaine de fillettes n'auraient pu les porter tous à la fois, mais elle possédait aussi un coffret de bois gris, taillé dans un cocon de dragon. Et, dedans, réduits en fine poussière, se trouvaient enfermés tous les souvenirs heureux de la princesse la plus sage qui eût jamais vécu. Ainsi, chaque fois qu'elle se sentait triste, il lui suffisait d'ouvrir son coffret, de priser un peu de souvenirs, et atchoum ! elle retrouvait toute sa joie d'enfant.

Vieux conte jamaillien

*

Je manquai une marche dans le noir. Cette embardée inattendue me fit cet effet.

« Le sang est mémoire. » Une voix murmura cette phrase à mon oreille, j'en suis sûr.

« Le sang est notre identité, renchérit une jeune femme. Le sang garde notre identité. C'est par le sang qu'on se souviendra de nous. Oignez-en bien le bois. »

Quelqu'un, une vieille à demi édentée, éclata de rire. « Répétez ça six fois de suite le plus vite possible ! » caqueta-t-elle. Et elle se lança : « Oignez-en bien le bois. Oignez-en bien le bois. Oignez-en bien le bois. Oignez-en bien le bois. Oignez-en bien le bois. Oignez-en bien le bois. »

Les autres rirent à leur tour, amusés par sa langue agile. « Eh bien, à vous maintenant ! fit-elle d'un ton de défi.

— Oignez-en bien le bois », dis-je, docile.

Mais ce n'était pas moi.

Il y avait cinq autres personnes en moi qui regardaient par mes yeux, qui passaient ma langue sur mes dents, qui grattaient ma barbe de mes ongles sales, qui respiraient par mon souffle et savouraient l'odeur de la forêt dans l'air nocturne, qui secouaient ma chevelure, vivants à nouveau.

Cinq poètes, cinq jongleurs ; cinq conteurs ; cinq ménestrels pleins de tours et de jeux de mots, de bonds et de pirouettes, heureux de leur délivrance, étirant mes membres, assouplissant ma voix, et se disputant déjà mon attention.

« Que désires-tu ? Une chanson d'anniversaire ? J'en ai pléthore à ma disposition et il ne présente aucune difficulté, absolument aucune, d'en adapter une au nom du destinataire !

— Massacre ! Massacre éhonté que ce tronçonnage et ce rafistolage de vieilles dépouilles, ce rhabillage de squelettes ! Laisse-moi ta voix et j'entonnerai un chant qui donnera du cœur au ventre à tes guerriers et fera trembler tes vierges d'un nouvel appétit de luxure ! » C'était un homme, et il emplissait mes poumons jusqu'à l'éclatement pour rugir ses paroles. Chaque intervention, chaque voix provenaient de ma gorge. Ils se servaient de moi comme d'un pantin, d'un mirliton dont ils pouvaient jouer à loisir.

« La luxure s'arrête à une brève humidité, un jaillissement suivi d'éclaboussures ! » répliqua dédaigneusement une jeune femme, qui se rappelait les taches de rousseur sur l'arête de son nez. J'éprouvai une étrange impression à entendre son timbre flûté sortir de ma bouche. « C'est une chanson d'amour que tu veux, n'est-ce pas ? Un air sans âge, plus vieux que les montagnes arasées et plus neuf qu'une graine qui se déploie dans un terreau nourrissant. Voilà la description de l'amour.

— Bonne chance ! » fit un autre d'un ton accablé. Ses propos se teintaient d'un mépris de petit-maître. « Écoutez : Tra la la la la la... Oh, non, il n'y a rien à en tirer ! Il a les cordes vocales d'un marinier et la souplesse d'une bûche. Le plus beau chant du monde ressemblera à un croassement de corbeau au sortir de cette gorge, et je gage qu'il n'a jamais exécuté un saut de mains de sa vie. Qui est cet individu et comment a-t-il trouvé notre trésor ?

— Des ménestrels ! fis-je en gémissant. Des ménestrels, des acrobates et des bardes ! Ah, fou, tu ne pouvais choisir que ce trésor-là : un groupe de saltimbanques. Quel secours puis-je en espérer ? » Et j'enfouis mon visage dans mes mains. Je sentis sous mes doigts le bois rude de la couronne ; je voulus l'ôter, mais elle resta obstinément en place, resserrée sur mon front.

« Nous venons d'arriver, dit la vieille édentée d'un ton plaintif ; nous n'avons pas l'intention de partir déjà. Nous représentons un présent superbe, somptueux, qu'on accorde seulement à ceux qui ont le plus diverti le roi ; nous formons un chœur de voix venu de tous les âges, un arc-en-ciel d'histoire. Pourquoi nous refuserais-tu ? Quel genre d'artiste es-tu ?

— Je ne suis pas un artiste. » Je poussai un grand soupir. L'espace d'un instant, je repris conscience de ma présence physique : je me tenais debout à côté du bûcher funéraire. Je n'avais aucun souvenir d'en être descendu. La nuit étendait ses ténèbres et les insectes s'exerçaient à striduler ; dans l'air fraîchissant, je perçus le riche arôme des feuilles en décomposition. La dépouille du fou y ajoutait sa note douceâtre de putréfaction. Toute sa vie, Œil-de-Nuit l'avait appelé le Sans-odeur ; aujourd'hui, dans la mort, il sentait. Je n'en éprouvai nul écœurement : il restait assez du loup en moi pour qu'un effluve demeurât simplement un effluve. Mais le passage d'un état à l'autre m'accablait, car il constituait la preuve irréfutable que sa dépouille retournait à la terre et au cycle général de la décomposition et de la renaissance. J'aurais voulu m'arrêter sur cette idée pour en tirer quelque consolation, mais l'impatience des cinq parasites ne me permettait pas de rester en place ; ils me firent lentement tourner en rond, lever les bras, éprouver l'élasticité des muscles de mes pieds, remplir mes poumons. Je les sentais humer, goûter, écouter avidement la nuit, savourer le contact de l'air de la forêt sur mon visage. Ils étaient affamés de vie.

« Quel secours te faut-il ? » me demanda la jeune femme aux taches de rousseur, et je la perçus douée de compassion, d'une oreille attentive et, derrière, à peine dissimulée, de la fringale insatiable des ménestrels pour le récit du malheur des autres. Elle souhaitait retrouver aussi cet aspect de l'existence ; je n'avais pas envie de le partager.

« Non. Allez-vous-en ; vous ne pouvez rien pour moi. » Puis j'expliquai malgré moi : « Mon ami est mort et je veux le ramener à la vie. Un ménestrel peut-il m'y aider ? »

L'espace d'un instant, ils observèrent un silence respectueux tandis que je contemplais le corps du fou ; puis la femme aux taches de son demanda timidement : « Il est bien mort, tu en as la certitude ?

— Oui, intervint l'homme à la voix retentissante, qui ajouta : Je puis composer une ballade qui conservera vivace son souvenir d'ici mille ans. Je ne connais pas d'autre moyen par lequel les mortels ordinaires peuvent transcender la chair ; donne-moi ce que tu te rappelles de lui et je m'y mets ! »

La vieille se montra plus pragmatique : « Si nous savions comment vaincre la mort, resterions-nous dans notre situation, simples plumes d'une parure de fou ? Nous avons de la chance de conserver ce peu de vie ; dommage que ton ami n'eût pas joui de l'amitié d'un dragon, sans quoi lui aussi bénéficierait peut-être de la même faveur.

— Mais qu'êtes-vous donc ? demandai-je.

— Des chansons confites, conservées afin que, dans l'hiver de notre mort, vous puissiez encore goûter au fruité de nos étés. » Le jeune fat se gargarisait tant de son image qu'il la gâchait complètement.

« Quelqu'un d'autre, par pitié ! fis-je quand il se tut.

— Nous avions la faveur de dragons », déclara une femme d'un ton posé. Elle n'avait pas encore parlé ; plus rauque que chez la plupart de ses semblables, sa voix évoquait un étang calme et profond ; je l'entendis dans ma tête en même temps que ma gorge en formait les sons. « Je vivais près du fleuve de sable noir, dans un bourg du nom de Junket ; un jour, je suis allée chercher de l'eau et c'est là que j'ai rencontré mon dragon, une femelle. Elle touchait à peine au bout de son premier été tandis que j'entamais le printemps de mes années. Elle brillait de mille nuances de vert et ses yeux ressemblaient à de grands creusets d'or fondu ; elle se tenait au milieu du fleuve, dans le courant tumultueux. Soudain elle s'est tournée vers moi ; mon cœur a plongé dans le tourbillon de ses yeux et n'en a jamais émergé. J'ai dû m'adresser à elle en chantant ; la seule parole n'eût pas suffi. Elle m'avait charmée, et je l'ai charmée à mon tour par mon chant. Je suis restée sa ménestrelle et son barde toute ma vie. Et, à la fin de mes jours, elle est venue m'offrir le présent que seul un des siens peut donner : un éclat de bois qui provenait d'un cocon de dragon... Sais-tu de quoi je parle ? As-tu connaissance de ces berceaux qu'ils tissent afin qu'y dorment les serpents avant d'en renaître sous forme de dragons ? Parfois, l'un d'eux ne survit pas à cette étape et meurt dans son sommeil entre serpent et dragon. Le bois du cocon ne s'érode qu'avec lenteur, et les dragons interdisent aux hommes d'y toucher sauf avec leur permission ; mais, à moi, la belle Ailes-de-Fumée en avait apporté un morceau. Elle m'a dit de le tremper dans mon sang puis de l'en oindre du bout des doigts afin de bien l'en imprégner, tout en gardant à l'esprit l'image d'une plume.

« Je n'ignorais pas la valeur d'un tel cadeau. Rares sont les bardes qui se le voient accorder, même ceux qui ont bien servi leur dragon ; il signifiait que je prendrais place dans la couronne des ménestrels afin que mes chansons, mes récits, ma pensée perdurent bien après ma mort. Cette parure appartient au souverain de toutes les Terres du Fleuve ; lui seul décide qui peut porter la couronne et emprunter la voix de ménestrels disparus. C'est un grand honneur, car seul un dragon peut décider qui s'incarnera en plume et seul le souverain peut octroyer le droit de coiffer le cercle de bois. Oui, un grand honneur ! Ah, comme je m'agrippais à ma plume en mourant... car je suis morte, comme ton ami. Quel dommage qu'il n'ait pas joui de la faveur d'un dragon pour bénéficier lui aussi du même présent ! »

L'ironie de la situation me terrassa. « Il aurait dû en bénéficier ; il a péri pour réveiller un dragon, le dernier mâle de son espèce, afin que Glasfeu puisse s'envoler, s'accoupler avec Tintaglia, la dernière femelle, et repeupler notre terre de dragons. »

Le silence qui s'ensuivit me dit leur stupéfaction. « Eh bien, voilà une histoire qui vaut qu'on la raconte ! Donne-nous tes souvenirs et chacun de nous écrira une ballade, car pareil événement en renferme assurément une vingtaine au moins ! » s'écria la vieille, amollissant ma bouche.

« Mais je ne veux pas de ballade ! Je veux le fou tel qu'il était, vivant et en bonne santé !

— Quand on est mort, on est mort, rétorqua l'homme à la voix sonore, mais avec douceur. Si tu souhaites nous ouvrir ta mémoire, nous te créerons des chansons ; même avec ta voix, elles perdureront, car les vrais ménestrels t'entendront les chanter et voudront les interpréter correctement. Veux-tu cela ?

— Non. Je t'en prie, Fitz, non. Laisse ; que tout soit fini. »

Le murmure avait effleuré mes sens, guère plus fort qu'un souffle. Je frémis, saisi d'un espoir et d'un effroi éperdus.

« Fou... », chuchotai-je en formant le vœu fervent d'obtenir une réponse.

Mais ce fut une cacophonie de pensées enchevêtrées que j'entendis soudain, une dizaine de questions simultanées et incompréhensibles posées par les cinq ménestrels. Pour finir, l'homme à la voix mugissante perça le vacarme.

« Il est ici, avec nous ! Dans la couronne ! Il a introduit son sang dans la couronne ! »

Mais, du fou, nulle réaction. Je me fis son porte-parole. « Elle était brisée ; il l'a recollée à l'aide de son sang.

— Brisée ? » La vieille paraissait épouvantée. « Mais nous aurions tous disparu à jamais !

— Il ne peut pas rester ! Il n'a pas été choisi. En outre, la couronne nous appartient à tous ; s'il s'en empare, nous ne pourrons plus nous exprimer, sinon par son biais. » Le jeune homme était indigné de cette brutale annexion de son territoire.

« Il doit partir, conclut le ménestrel à la voix retentissante. Nous regrettons fort, mais il doit partir. Il n'est ni juste ni approprié qu'il demeure parmi nous.

— Il n'a pas été choisi.

— Il n'a pas été invité.

— Il n'est pas le bienvenu. »

Ils ne me laissèrent pas le temps d'émettre une opinion : la couronne se resserra brusquement sur mon front. J'ignorais à quelle manœuvre se livraient les ménestrels, mais ils paraissaient m'avoir quitté pour se retirer dans la coiffe ; pour le présent, je restais seul maître de mon corps. Je tentai d'ôter la parure mais ne pus glisser ne fût-ce qu'un ongle entre le bois et ma peau ; avec horreur, je me rendis compte qu'elle se fondait, se dissolvait en moi comme un clan d'Art dans un dragon de pierre. « Non ! » hurlai-je. Je secouai la tête en tous sens en essayant d'arracher la couronne, mais en vain ; pis, je ne sentais plus un cercle de bois sous mes doigts, mais un bandeau de chair. Malade d'épouvante, je tâtai les plumes, et elles se courbèrent souplement comme le panache d'un jeune coq ; j'étais au bord de la nausée.

Tremblant, je retournai au bûcher et m'assis pesamment à côté de mon ami. Je ne sentais nulle dissension dans la couronne, mais au contraire un effort concerté des cinq ménestrels. Le fou ne résistait pas ; il ignorait totalement comment accomplir ce qu'ils exigeaient. Je n'avais plus voix au chapitre ; j'avais l'impression d'assister de loin à une querelle de marché, à un conflit dans lequel je n'avais aucune part. Ils allaient l'expulser de la parure, et alors il ne serait plus, définitivement ; je ne pouvais rien pour l'empêcher.

Je le pris dans mes bras et le serrai contre moi. À la rigidité avait succédé la détente ; sa main tomba mollement de côté, et je la saisis par le poignet pour la ramener sur sa poitrine. La voir pendre inerte éveilla soudain un très vieux souvenir ; le front plissé, je m'efforçai de l'exhumer complètement. Il ne provenait pas de ma mémoire, mais de celle d'Œil-de-Nuit, et il le voyait par son regard de loup. La lumière était celle de la chasse et les couleurs éteintes. Pourtant, je participais à la scène, d'une façon que je ne comprenais pas. Et brusquement tout me revint.

Le Gris, Umbre, s'appuie sur le manche d'une pelle, et son haleine blanchit dans l'air froid. Il se tient à quelque distance de nous afin de ne pas nous effaroucher : Cœur de la Meute est assis au bord de ma tombe ; ses pieds pendent dans le trou au-dessus de mon cercueil défoncé. Il tient mon cadavre dans ses bras et il en agite la main dans ma direction pour inviter le loup à s'approcher. Son Vif est puissant, et Œil-de-Nuit ne trouve pas la volonté de lui désobéir. Cœur de la Meute s'adresse à nous en un flot régulier de mots apaisants.

« Reviens là-dedans. Ça t'appartient, Changeur. Retournes-y. »

Œil-de-Nuit retrousse les babines et gronde. Nous savons reconnaître la mort ; ce corps est mort. C'est une charogne impropre à faire un repas convenable. Œil-de-Nuit transmet le message à Cœur de la Meute. « Ça sent mauvais. C'est de la viande gâtée, nous n'en voulons pas. Il y a meilleur à manger près de l'étang.

— Approchez », commande Burrich. À cet instant, je le perçois à la fois comme Burrich et Cœur de la Meute ; je me décale du point de vue du loup pour me placer dans mon souvenir humain de la scène. Depuis longtemps, je me doutais que j'avais bel et bien péri, malgré l'assurance d'Umbre que ses poisons avaient seulement provoqué un décès apparent : trop endommagé, mon organisme ne pouvait pas supporter la plus petite dose de produit toxique. Dans ma mémoire, mon flair de loup détecte impitoyablement la vérité : ce corps est mort. Mais le Vif aiguisé du loup m'apprend aussi ce que je n'avais jamais soupçonné : Cœur de la Meute ne se contente pas de tenir ma chair dans ses bras ; il l'a préparée à me recevoir, et elle est prête à se remettre à fonctionner s'il réussit à m'y attirer. Le murmure d'Œil-de-Nuit qui cherche à me dissuader effleure mes sens.

Le Vif et non l'Art ! Burrich avait employé le Vif ! Mais il possédait dans cette magie une puissance bien supérieure à la mienne, et une sagesse encore beaucoup plus grande. Je caressai le visage à présent amolli du fou en m'efforçant de me superposer à lui, mais je ne parvins pas à m'introduire dans son corps ; il n'avait pas le Vif. La différence résidait-elle là ? Je l'ignorais ; pourtant, je savais qu'il existait un moyen, un lieu où, autrefois, nous avions établi un lien, lui et moi. Il m'avait extrait du loup pour me réintroduire dans mon corps. J'exposai mon poignet à la clarté indécise de la lune et distinguai l'ombre de ses traces de doigts. Je pris sa main broyée dans la mienne ; on en avait arraché trois ongles. Je repoussai de mon esprit le supplice qu'il avait dû endurer et plaçai soigneusement le bout de ses doigts fuselés et délicats sur les empreintes qu'il avait laissées sur ma peau ; alors je cherchai le mince fil d'Art qui s'était tissé entre nous de nombreuses années plus tôt.

Et je le trouvai, arachnéen mais bien là. Je rassemblai mon courage, sachant que je m'apprêtais à plonger dans la mort elle-même ; néanmoins, rien ne m'en empêcherait. Ne venais-je pas de me proclamer prêt à échanger ma vie contre la sienne ? Je sentais les ménestrels qui le chassaient de la couronne et le poussaient dans ma chair, mais je n'avais pas le temps de lui expliquer mon objectif. Je pris mon souffle et me laissai ruisseler le long du lien d'Art, abandonnant mon corps au réveil de sa conscience pour pénétrer dans le sien.

Pendant une fraction de seconde, mes perceptions se dédoublèrent. Le fou occupait ma chair et voyait par mes yeux ; il les baissa avec épouvante sur son cadavre qui gisait dans mes bras. Il leva la main pour toucher mon menton hérissé de chaume. « Bien-Aimé ! fit-il d'un ton accablé. Oh, Bien-Aimé, qu'as-tu fait ?

— Tout va bien, répondis-je à mi-voix. Si j'échoue, prends ma vie et vis-la ; j'accepte ta mort de grand cœur. » Puis, comme une pierre qui s'enfonce dans la vase, je me laissai choir dans la chair inerte du fou.

Je me retrouvai dans un organisme mort, et mort depuis plusieurs jours.

Il n'y restait plus de vie, et ce n'était donc plus un corps ; aussi inanimé qu'une pierre, il se réduisait en ses composants essentiels et retournait à la terre. Mon Art ignorait quoi faire de pareille situation ; je repoussai l'envie de l'employer, d'appeler Lourd, Umbre et Devoir à la rescousse : ils m'obligeraient seulement à réintégrer ma propre enveloppe physique pour me sauver.

Le Vif permet de percevoir la vie qui nous entoure, la trame, le réseau qui nous relie à toute créature vivante. Certaines, ardentes et complexes, grandes bêtes pleines de vigueur, attiraient immanquablement mon attention ; les arbres, les végétaux se manifestaient avec plus de discrétion, mais participaient de façon plus fondamentale à la perpétuation de la vie que les êtres doués de mouvement. Ils constituaient la chaîne sur laquelle le monde se tisse, et, sans eux, nos fils s'emmêleraient et nous tomberions. Pourtant, jamais ou presque je n'avais arrêté mes regards sur eux, sinon en passant, pour observer le vert fantôme d'existence des très vieux arbres. Mais au-delà, en dessous de tout cela s'écoulait une vie encore plus nébuleuse.

La mort.

La mort, point d'intersection de la trame qui nous relie tous, n'était pas la mort. Dans ce nœud coulant qui se resserrait, la vie, loin de disparaître, se reformait. Le cadavre du fou était le théâtre d'une orgie vitale, un chaudron bouillonnant où se préparait la renaissance. Chaque élément qui, joint aux autres, faisait de son corps un organisme vivant restait présent. Mais parviendrais-je à le persuader de reprendre sa place d'origine plutôt que d'adopter les formes simples auxquelles il revenait peu à peu ?

Privé de mon souffle, de ma voix, de mes sens, je m'abandonnai. J'eus un peu l'impression de pénétrer dans le fleuve d'Art, car le courant de la mort tiraillait et arrachait les fibres de la chair du fou, emportait des bribes de lui pour les employer ailleurs. Je restai fasciné devant cette dispersion ordonnée, ce tri et cette réorganisation, comme devant une partie de Cailloux jouée par des participants de talent. Les éléments se déplaçaient selon un motif précis ; j'essayai d'en ramener un à sa position de départ, mais il m'échappa et rejoignit ses semblables.

C'est toujours le même jeu et, encore une fois, tu ne le vois pas. Il ne s'agit pas de chasseurs individuels, mais d'une meute. Ne t'oppose pas à la volonté des individus ; ils sont trop nombreux, tu ne pourras pas les arrêter. Dirige-les, utilise-les ; le nouveau qu'ils fabriquent, remets-le à la place de l'ancien.

Je reconnus la sagacité du loup. Rolf le Noir m'avait prévenu, et il avait raison : le loup demeurait avec moi, non tel qu'il était autrefois, mais tel que nous étions autrefois. Cette nuit-là, je me servis de sa vision du monde, de sa conscience claire et simple que, quand on mange de la viande, on mange de la vie autant que de la chair. L'équilibre élégant entre le prédateur et la proie s'appliquait à ma tâche actuelle autant qu'à nos chasses de jadis. La mort alimente la vie ; ce que l'organisme dissocie, elle le réunit ensuite.

Il ne s'agissait pas de guérir par l'Art, mais d'accompagner, de guider les changements, d'orienter les éléments pour qu'ils reprennent la disposition que je gardais en mémoire. Je ne possédais certainement pas la compétence de Burrich dans cette entreprise de restauration ; de temps en temps, les flux que j'avais corrigés s'inversaient, et je devais à nouveau les convaincre de bâtir au lieu de détruire. En outre, le fou n'était pas complètement humain, et, cette nuit-là, je pris toute la mesure de sa nature étrangère. Je croyais l'avoir connu ; au cours de ces heures que je passai à le reconstruire, je le compris et l'acceptai différent. Ce fut en soi une révélation ; j'avais toujours cru nos ressemblances plus nombreuses que nos disparités ; je me trompais complètement. On pouvait le dire humain autant qu'on pouvait me dire loup.

Je poursuivis ma tâche après que j'eus senti le sang recommencer à circuler dans ses veines, et je perçus peu à peu que je pouvais remplir de nouveau ses poumons d'air. Certaines parties s'étaient réparées par le fait même de leur reconstruction : il avait deux côtes brisées ; les moignons d'os avaient retrouvé leurs morceaux manquants et entamé une lente soudure. Des fils de chair arachnéens refermaient ses plaies les plus graves, mais je restais dépourvu là où la chair, l'os ou l'ongle manquait. Délicatement, je déclenchai le processus par lequel il se guérirait lui-même ; je n'osai pas accélérer à l'excès sa reconstruction : il avait déjà consumé les réserves de son organisme. Je fis seulement repousser de la peau de son dos pour lui éviter l'atroce baiser de l'air sur la chair à nu, et, doucement, je réunis les deux lambeaux de la langue fendue dans le sens de la longueur. Il lui manquait deux dents, mais je n'y pouvais rien. Une fois assuré que j'avais fait tout mon possible, je lui fis prendre une grande inspiration et ouvrir les yeux.

La nuit s'acheminait vers l'aube ; les étoiles les moins brillantes avaient déjà cédé devant la lente progression du jour. Un oiseau avait entonné son chant matinal ; un autre le défia. Un insecte volant passa en bourdonnant près de mon oreille. Plus lentement, je pris conscience de mon corps. Le sang circulait en moi et je sentais le goût de l'air qui glissait dans mes poumons. C'était bon. Il y avait de la douleur, beaucoup de douleur ; mais elle est le messager de l'organisme, le signal qui avertit d'une anomalie à corriger ; elle dit qu'on est toujours vivant. J'écoutai ce message avec béatitude, et, pendant un long moment, je me satisfis de ce bonheur.

Enfin, je battis des paupières et tournai la tête. Quelqu'un me tenait dans ses bras ; celui qui passait sous mon dos à vif faisait comme une cinglure écarlate de souffrance, mais je n'avais pas la force de m'en écarter. Je levai le visage et vis mes propres traits ; je n'eus pas la même impression qu'en me regardant dans une glace. Je paraissais plus vieux que je ne le croyais. Il avait ôté la couronne, mais elle avait laissé sur mon front un bandeau en relief et enflammé. J'avais les yeux clos et des larmes roulaient sur mes joues. Pourquoi pleurais-je ? Comment pouvait-on pleurer par une aube si belle ? Au prix d'un immense effort, je portai lentement une main jusqu'à mon menton. Mes yeux s'ouvrirent aussitôt et je les observai avec étonnement : je ne les savais pas si noirs ni capables de s'écarquiller tant. Je les baissai pour me contempler, incrédule. « Fitz ? » L'inflexion était celle du fou, mais la voix rauque m'appartenait.

Je souris. « Bien-Aimé. »

Ses bras se refermèrent sur moi convulsivement. Je me raidis sous l'effet de la souffrance, mais il ne parut pas s'en rendre compte ; les sanglots l'ébranlaient tout entier. « Je ne comprends pas ! lança-t-il au ciel d'un ton plaintif. Je ne comprends pas. » Il parcourut les alentours du regard, et sur mon visage s'inscrivirent une peur et une indécision éperdues. « Je n'ai jamais vu ce moment. Je suis hors de mon temps, au-delà de ma fin. Que s'est-il passé ? Que nous est-il arrivé ? »

J'essayai de bouger mais je n'avais aucune force.

Je me détournai quelque temps de ses pleurs pendant que j'évaluais mon état : j'avais subi de nombreux dégâts, mais mon organisme travaillait à les réparer. Je me sentais terriblement fragile. Je pris mon souffle et murmurai : « La peau de mon dos vient de repousser et reste sensible. »

Il aspira une goulée d'air en hoquetant puis, la respiration hachée, s'exclama : « Mais je suis mort ! J'occupais ce corps que je tiens et elle m'a découpé la peau du dos ! Je suis mort. » Sa voix se brisa sur ces derniers mots. « Je m'en souviens ; je suis mort.

— C'était ton tour de mourir, acquiesçai-je ; et le mien de te ressusciter.

— Mais comment ? Où sommes-nous ? Non, je le sais, mais à quelle époque ? Comment pouvons-nous nous trouver ici, vivants ? Comment est-ce possible ?

— Calme-toi. » J'avais la voix du fou ; je tentai d'imiter son ton amusé, et j'y parvins presque. « Tout va bien. »

Je tendis la main vers son poignet, et le bout de mes doigts se plaça de lui-même où il fallait. Un instant, nous restâmes les yeux dans les yeux tandis que nous fusionnions. Un seul être : nous ne formions qu'un seul être depuis toujours ; Œil-de-Nuit l'avait dit, il y avait bien longtemps. Quel bonheur dans ce sentiment de complétude ! Je me servis de notre force pour me redresser et appuyer son front contre le mien. Je ne fermai pas ses yeux et nos regards se plantèrent l'un dans l'autre. Je sentis mon souffle effrayé sur ses lèvres. « Reprends ton corps », ordonnai-je à mi-voix, et nous nous transvasâmes ; mais, l'espace d'une seconde, nous avions été un. Les frontières avaient disparu entre nous pendant notre jonction. « Aucune limite », avait-il déclaré un jour, et je compris soudain le sens de cette phrase :

nulle démarcation entre nous. Lentement je me retirai de lui. Je m'étirai le dos puis regardai le fou dans mes bras ; un bref moment, il me dévisagea, l'œil limpide, et ses traits n'exprimèrent qu'un étonnement émerveillé. Puis la douleur de son organisme meurtri exigea son attention ; il ferma étroitement les paupières avec une grimace de souffrance. « Pardon », murmurai-je, et je le déposai doucement sur le manteau. Les rameaux de résineux de son bûcher funéraire lui faisaient désormais un matelas. « Tu ne possédais pas les réserves nécessaires pour que je puisse te remettre complètement en état. Peut-être, d'ici un ou deux jours... »

Mais il dormait déjà. Je rabattis un coin du manteau sur ses yeux pour l'abriter du soleil levant, puis je humai l'air et songeai que l'heure était propice à la chasse.

J'y passai la matinée et rapportai une couple de lapins et quelques légumes. Le fou n'avait pas bougé. Je vidai le gibier, le suspendis à s'égoutter de son sang, puis je dressai la tente à l'ombre ; je retrouvai la robe des Anciens qu'il m'avait donnée naguère et l'étendis à l'intérieur, après quoi j'allai voir le fou. Il dormait toujours ; j'observais que des insectes piqueurs avaient déjà commencé à s'attaquer à lui ; en outre, le soleil tapait de plus en plus fort sur sa peau sensible. Je devais le déplacer.

« Bien-Aimé », fis-je à mi-voix. Il ne réagit pas. Je continuai à lui parler néanmoins, car il arrive parfois qu'on ait conscience de ce qui se passe autour de soi-même quand on dort. « Je vais te transporter. Ça va peut-être faire mal. »

Pas de réponse. Je glissai les avant-bras sous le manteau et le soulevai aussi délicatement que possible ; il poussa un cri inarticulé puis se mit à se contorsionner pour échapper à la douleur. Il ouvrit les yeux alors que nous traversions l'ancienne place en direction de la tente ; il me regarda sans me voir, sans me reconnaître, sans se réveiller vraiment. « Par pitié, fit-il, implorant, par pitié, arrête ! Ne me fais plus mal. Je t'en supplie.

— Tu n'as plus rien à craindre, dis-je d'un ton rassurant. C'est fini ; c'est terminé.

— Pitié ! » cria-t-il.

Je dus m'agenouiller pour lui faire passer l'entrée de la tente, et il eut un hurlement strident quand le tissu effleura son dos. Je l'allongeai avec un luxe de douceur. « Ici, tu seras à l'abri du soleil et des insectes », lui dis-je. Je ne pense pas qu'il m'entendit.

« Pitié, assez ! Je ferai ce que tu voudras, mais arrête. Arrête.

— C'est fini, répétai-je. Tu n'as plus rien à craindre.

— Pitié... » Ses paupières se refermèrent en papillotant et il cessa de s'agiter. Pas un instant il ne s'était complètement réveillé.

Je sortis ; il me fallait prendre de la distance. Ce qu'il avait subi me mettait le cœur au bord des lèvres et suscitait d'atroces souvenirs chez moi. J'avais connu la torture ; Royal employait des méthodes grossières mais efficaces. Toutefois, je disposais alors d'un mince bouclier qui avait manqué au fou : je savais que, tant que je résistais, tant que je refusais de livrer la preuve que j'avais le Vif, mon bourreau ne pouvait pas me tuer ; ainsi, j'avais supporté les coups et les privations sans donner à Royal ce qu'il désirait, sans quoi il m'aurait assassiné sans le moindre scrupule et avec la bénédiction des ducs du royaume. Et, quand j'avais senti que j'arrivais au bout de mon rouleau, je l'avais privé de ma mort en avalant du poison plutôt que le laisser me briser.

Mais le fou, lui, n'avait pas de secret derrière lequel s'abriter ; la Femme pâle ne voulait rien de lui sinon sa souffrance. À quelles supplications, à quelles promesses l'avait-elle forcé avant de rire de sa capitulation et de lui infliger de nouveaux tourments ? Je préférais ne pas le savoir ; je préférais ne pas le savoir tout en éprouvant de la honte à fuir ainsi son calvaire. En refusant de reconnaître son martyre, pouvais-je feindre qu'il n'avait pas existé ?

Je m'absorbe dans de petites tâches quand je souhaite esquiver certaines questions qui me gênent. Je remplis donc mon outre d'eau fraîche à la rivière, récupérai du bois du bûcher pour préparer un feu, puis, une fois qu'il flamba bien, mis un lapin à rôtir sur une broche et l'autre à mijoter dans une casserole. Je ramassai ensuite mes vêtements d'hiver que j'avais ôtés en arrivant, les dépoussiérai puis les étendis sur des buissons pour les aérer. Je trouvai alors la couronne aux coqs là où le fou l'avait jetée, apparemment par dépit ou rancœur. Je la rapportai au camp et la déposai dans la tente, près de l'entrée, puis je redescendis à la rivière, fis ma toilette en me frottant avec des prêles et nouai mes cheveux mouillés en queue de guerrier. J'entrais pourtant mal dans la peau du personnage ; me sentirais-je mieux si j'avais tué la Femme pâle ? Et si je retournais l'achever puis rapportais sa tête au fou ?

J'aurais sans doute mis cette idée à exécution si j'avais pensé que cela pût m'apaiser.

Je retirai le ragoût du feu pour le laisser refroidir et dégustai le lapin rôti. Rien n'égale la saveur de la viande fraîche quand on n'en a pas mangé depuis longtemps ; elle était succulente, saignante près de l'os. Je mangeai à la façon d'un loup, en m'immergeant dans l'instant et dans la sensation.

Mais, le dernier fémur rongé et jeté aux flammes, je dus faire face à la soirée qui m'attendait.

J'emportai la casserole de ragoût sous la tente. Le fou ne dormait plus ; allongé sur le ventre, il regardait fixement un angle de l'abri. La lumière rasante de la fin d'après-midi traversait les panneaux de tissu et le couvrait de mouchetures colorées. Avant même d'entrer, je le savais réveillé : maintenant que notre lien d'Art s'était renoué, je ne pouvais pas l'ignorer. Je parvenais à bloquer en grande partie la douleur physique qu'il ressentait, mais j'avais plus de mal à repousser son angoisse.

« Je t'apporte à manger », dis-je.

Il ne répondit pas, et, au bout d'un moment, je repris : « Fou, il faut te restaurer ; j'ai aussi de l'eau fraîche pour te désaltérer. »

J'attendis encore, en vain. « Je peux préparer de la tisane, si tu veux. »

Finalement, j'allai chercher une chope et la remplis de bouillon. « Bois ceci et je cesserai de t'importuner – mais seulement si tu bois. »

Les criquets stridulaient dans le crépuscule. « Bien-Aimé, je ne plaisante pas. Je ne te laisserai pas tranquille tant que tu n'auras bu au moins cette chope. »

Il répondit enfin, d'une voix monocorde et sans me regarder. « Pourrais-tu ne pas m'appeler ainsi ?

— Quoi ? Bien-Aimé ? » demandai-je, perplexe.

Son visage se crispa à ce mot. « Oui. »

Je m'assis, la chope de bouillon tiède entre les mains, puis, après un moment de silence, je dis d'un ton gourmé : « Si c'est ce que tu souhaites, fou. Mais je ne m'en irai quand même pas tant que tu n'auras pas bu. »

Je le vis bouger dans la pénombre ; il tourna la tête vers moi puis tendit la main. « Elle se servait de ce nom pour se moquer de moi, murmura-t-il.

— Ah ! »

Il s'empara de la chope à gestes malhabiles, en s'efforçant de préserver de tout contact l'extrémité lacérée de ses doigts. Il se dressa sur un coude avec effort, en vacillant de douleur ; j'aurais voulu l'aider, mais, le connaissant, je préférai m'abstenir de le lui proposer. Il avala le bouillon en deux longues gorgées puis me rendit le récipient d'une main tremblante. Je le pris et il s'étendit de nouveau sur le ventre. Comme je ne m'en allais pas, il me fit remarquer d'un ton las : « J'ai bu. »

Je ressortis avec la casserole et la chope ; il faisait nuit. J'allongeai le bouillon avec un peu d'eau et le mis à mijoter près du feu jusqu'au matin. Je m'assis, le regard perdu dans les flammes, envahi de souvenirs auxquels je ne voulais pas songer, et me mordillai l'ongle du pouce jusqu'au moment où j'attaquai la chair d'un coup de dent mal placé. Je fis la grimace, puis, les yeux perdus dans la nuit, je secouai la tête. Autrefois, j'avais eu la ressource de me retirer dans mon esprit de loup, où humiliation et dégradation ne signifiaient rien, où j'avais pu conserver ma dignité et rester maître de ma vie. Le fou, lui, n'avait nulle part où se réfugier.

J'avais eu Burrich et sa présence familière, apaisante ; j'avais pu m'isoler, trouver la paix en compagnie du loup. Je songeai à Œil-de-Nuit, me levai et partis chasser.

Je n'eus pas autant de chance que la première nuit : je revins au camp après le lever du soleil, sans gibier, mais avec une pleine chemise de prunes bien mûres. Le fou avait disparu ; une bouilloire pleine de tisane restait au chaud près du feu. Je réprimai une brusque envie de l'appeler et pris patience, ou du moins ce qui en tenait lieu, jusqu'à ce que je le visse remonter le chemin qui menait à la rivière. Il portait la robe des Anciens et ses cheveux mouillés étaient plaqués sur sa tête ; il claudiquait sans grâce, avec de brusques embardées, les épaules voûtées. Non sans mal, je me retins de me porter à sa rencontre. Quand il arriva enfin devant moi, je lui dis : « J'ai trouvé des prunes. »

D'un air grave, il en prit une et y mordit. « C'est sucré », fit-il, comme s'il s'en étonnait, puis, avec la prudence d'un vieillard, il s'assit par terre ; je vis qu'il se passait la langue sur les dents et je tressaillis en même temps que lui quand il découvrit la brèche laissée par celles qui manquaient. « Raconte-moi tout », demanda-t-il à mi-voix.

Je commençai par le moment où les gardes m'avaient jeté dans la neige, hors du domaine de la Femme pâle, et je lui fis un compte rendu aussi détaillé que si j'avais eu Umbre devant moi, en train de m'écouter en hochant la tête. Il changea peu à peu d'expression quand j'abordai le chapitre des dragons, et il se redressa lentement ; je sentis le lien d'Art s'intensifier entre nous lorsqu'il voulut sonder mon cœur pour confirmer ce qu'il entendait, comme si les mots seuls ne suffisaient pas à le convaincre. De plein gré, je m'ouvris à lui pour lui permettre de partager ce que j'avais vécu ce jour-là, et, quand je lui dis que Glasfeu et Tintaglia s'étaient accouplés en vol puis avaient disparu, un sanglot lui échappa ; pourtant, c'est l'œil sec qu'il me demanda, comme s'il ne parvenait pas à y croire : « Alors... nous avons triomphé ? Elle a échoué ? Il y aura de nouveau des dragons dans le ciel de ce monde ?

— Naturellement, répondis-je, avant de prendre conscience qu'il ne pouvait pas le savoir. Nous vivons ton avenir à présent ; nous suivons le chemin que tu nous as ouvert. »

Un sanglot le suffoqua de nouveau. Il se leva avec raideur, fit quelques pas mesurés puis se retourna vers moi, une profonde angoisse dans le regard. « Mais... je suis aveugle ici. Je n'ai jamais prévu ça ; toujours, dans toutes mes visions, en cas de victoire, je la payais de ma vie. Je mourais toujours. »

Il pencha lentement la tête de côté et fit, comme s'il avait besoin que je le lui confirme : « Je suis bien mort, n'est-ce pas ?

— Oui, répondis-je gravement ; mais je ne pus empêcher un sourire malicieux d'étirer mes lèvres. Toutefois, ainsi que je te l'ai dit à Castelcerf, je suis le Catalyseur ; le Changeur. »

Il demeura figé comme une statue, et, quand le jour se fit en lui, j'eus l'impression de voir un dragon de pierre s'animer peu à peu ; la vie se répandit en lui, il se mit à trembler, et, cette fois, je n'eus pas peur de prendre son bras pour l'aider à se rasseoir. « La suite, me pressa-t-il d'une voix hachée. Raconte-moi la suite. »

Et je lui narrai donc le reste de cette journée pendant que nous nous partagions les prunes, la tisane, et finissions le bouillon de lapin de la veille. Je lui appris ce que je savais de l'Homme noir, et ses yeux s'agrandirent ; j'évoquai la recherche de sa dépouille et, à contrecœur, l'état dans lequel je l'avais trouvée. Il détourna le visage, et je sentis notre lien d'Art se réduire, comme s'il avait voulu disparaître à mes yeux. Néanmoins, je poursuivis mon récit, et je lui parlai de ma rencontre avec la Femme pâle. Il m'écouta en se frottant les bras, puis demanda avec un tremblement dans la voix : « Elle vit donc toujours ? Elle n'est pas morte ?

— Je ne l'ai pas tuée, avouai-je.

— Pourquoi ? s'exclama-t-il avec une incrédulité stridente. Pourquoi ne l'as-tu pas tuée, Fitz ? Pourquoi ? »

Interloqué par cette sortie, je me sentis soudain stupide et répondis sur la défensive : « Je l'ignore. Peut-être parce qu'elle l'exigeait. » L'idée me parut ridicule, mais je l'exposai tout de même : « L'Homme noir et la Femme pâle m'avaient désigné comme le Catalyseur de notre époque, celui qui change le monde. Je ne voulais rien modifier de celui que tu avais créé. »

Nous restâmes silencieux un long moment. Il se balançait un peu d'avant en arrière et haletait légèrement. Il parut se calmer enfin, à moins que l'hébétude ne le gagnât, puis, avec un effort qu'il s'efforça de dissimuler, il déclara : « Tu as sans doute bien fait, Fitz. Je ne te reproche rien. »

Peut-être ces paroles étaient-elles sincères, mais, sur l'instant, je crois que nous eûmes du mal, l'un comme l'autre, à nous en convaincre. L'éclat de son triomphe en fut terni et un petit mur impalpable se dressa entre nous. Je poursuivis néanmoins mon récit, et, quand je racontai notre passage par un pilier d'Art que j'avais découvert dans le palais de glace, il se pétrifia. « Je n'avais jamais vu ça, avoua-t-il avec une note d'effarement dans la voix ; je ne l'avais même jamais imaginé. »

Mon récit touchait à sa fin. Quand j'en arrivai à la couronne aux coqs et à ma surprise en découvrant qu'il s'agissait, non de quelque talisman puissant, mais d'un simple réceptacle qui renfermait cinq poètes figés dans le temps, il haussa les épaules, comme pour s'excuser d'avoir désiré un objet aussi frivole. « Ce n'est pas pour moi que je le voulais », murmura-t-il.

J'attendis qu'il précise sa pensée, puis, comme il se taisait, j'abandonnai le sujet. Même lorsque j'eus achevé mon compte rendu et qu'il put mesurer l'étendue de sa victoire, il observa un mutisme insolite ; on eût cru que son triomphe remontait à des années et non à quelques jours à peine. Sa façon de l'accepter lui donnait l'aspect d'un résultat inévitable au lieu de l'issue incertaine d'une bataille acharnée.

Le soir s'était discrètement installé. J'avais fini ma narration, mais le fou ne faisait pas mine de me raconter à son tour ce qu'il avait vécu, et je ne m'y attendais d'ailleurs pas ; néanmoins, le silence qui tomba entre nous s'en chargea. Il me dit son humiliation, et sa stupéfaction d'avoir honte de ce qu'autrui lui infligeait. Je ne le comprenais que trop bien ; je savais aussi que, si je tentais de lui faire part de ma compassion, j'aurais l'air condescendant. Les intervalles entre nos échanges duraient trop longtemps ; les petites phrases que nous prononcions, moi pour annoncer que j'allais chercher du bois pour le feu, lui pour observer qu'il appréciait d'entendre les stridulations des insectes après les nuits qu'aucun bruit vivant n'interrompait sur le glacier, semblaient flotter comme des bulles isolées dans le vide qui nous séparait.

Pour finir, il déclara qu'il allait se coucher. Il rentra dans la tente pendant que j'exécutais les petites tâches habituelles d'un bivouac au noir tombé : je couvris le feu afin que les braises survivent jusqu'au matin puis rangeai nos affaires de cuisine, et c'est seulement alors que je découvris mon manteau soigneusement plié par terre devant notre abri. Je le pris et installai mon lit près du foyer. Il avait du mal à se remettre et besoin de solitude, je le concevais ; néanmoins, son geste me blessa, surtout parce que je l'aurais voulu mieux rétabli qu'il ne l'était.

Il faisait nuit noire et je dormais à poings fermés quand un cri perçant jaillit de la tente. Je me redressai, le cœur battant, et ma main se porta aussitôt vers l'épée posée à côté de moi ; mais, avant que je pusse la tirer du fourreau, le fou surgit, l'air terrifié, les cheveux en bataille. Sa respiration affolée l'ébranlait de la tête aux pieds, et il s'efforçait de reprendre son souffle, la bouche grande ouverte.

« Que se passe-t-il ? » lançai-je brusquement, et il sursauta avec un mouvement de recul. Puis il parut revenir à lui et reconnaître ma silhouette sur le fond de braises.

« Rien, rien. Un cauchemar. » Puis il croisa les bras, les mains crispées sur les coudes, se courba en avant et se mit à se balancer légèrement comme si une douleur terrible lui rongeait les entrailles. Au bout d'un moment, il reprit : « Je rêvais qu'elle avait traversé le pilier ; je me suis réveillé et j'ai cru la voir debout devant moi dans la tente.

— À mon avis, elle ignore tout des piliers d'Art et de leur fonctionnement », répondis-je pour le rassurer ; mais mon ton manquait de conviction, et j'aurais voulu ravaler mes paroles.

Il ne dit mot et, frissonnant dans l'air frais de la nuit, se dirigea vers le feu. Sans rien lui demander, j'y rajoutai du bois ; il resta immobile, les bras serrés sur la poitrine, et regarda les flammes renaître puis s'emparer du combustible. Enfin il déclara d'un ton d'excuse : « Je ne peux pas retourner là-bas cette nuit. Je ne peux pas. »

Sans répondre, je dépliai mon manteau pour augmenter sa surface. Avec la prudence d'un chat, il s'approcha ; à mouvements maladroits, il s'assit puis s'allongea entre le feu et moi. Sans bouger, j'attendis qu'il se détendît. Les flammes émettaient comme un marmonnement doux et, malgré moi, je sentais mes paupières s'alourdir. Je commençais à glisser dans le sommeil quand sa voix murmurante me réveilla.

« S'en remet-on jamais ? As-tu réussi à t'en relever ? » Je sentis dans sa question la ferveur avec laquelle il souhaitait un lendemain dont cette ombre fût absente.

Jamais vérité n'avait été plus pénible à dire. « Non, on ne s'en remet pas ; je n'y suis pas arrivé et tu n'y arriveras pas. Mais on continue à vivre. Ça devient une partie de soi, comme n'importe quelle autre cicatrice. Ton existence se poursuivra. »

Cette nuit-là, alors que nous dormions dos à dos sous les étoiles, sur mon vieux manteau, je le sentis trembler violemment, puis sursauter et lutter dans son sommeil. Je me tournai vers lui ; des larmes roulaient, brillantes, sur ses joues, et il s'agitait en criant : « Par pitié, arrête ! Arrête ! Tout ce que tu voudras, tout, mais arrête, je t'en supplie, par pitié ! »

Je le saisis par l'épaule ; il poussa un hurlement perçant et, un instant, il se débattit frénétiquement. Puis il se réveilla, hors d'haleine ; je le lâchai, et il s'écarta de moi aussitôt. À quatre pattes, il s'éloigna sur le pavé de la place, fit halte à la lisière de la forêt où, la tête pendante comme un chien malade, il s'efforça de vomir, d'expulser les paroles de lâche qu'il avait prononcées. Je le laissai seul.

Quand il revint, debout, je lui tendis mon outre. Il se rinça la bouche, cracha, puis but et détourna le visage, le regard plongé dans la nuit comme s'il espérait y repérer les parties de lui-même qu'il avait perdues. Je n'intervins pas. Enfin, sans un mot, il se rassit sur le manteau près de moi, puis se coucha, mais sur le flanc, roulé en boule et dos à moi, agité de tremblements convulsifs. Je soupirai.

Je m'allongeai à côté de lui, me rapprochai peu à peu, puis, malgré sa résistance, l'obligeai doucement à se retourner vers moi et le pris gauchement par les bras. Il pleurait sans bruit ; du pouce, j'essuyai ses larmes. En prenant garde de ne pas toucher son dos à vif, je l'attirai à moi, posai le menton sur sa tête et le serrai contre moi. Je baisai délicatement le sommet de son crâne. « Dors, fou, dis-je d'un ton bourru à la mesure de ma gêne. Je suis là ; tu n'as rien à craindre. » Il leva les mains et j'eus peur qu'il ne me repoussât ; mais non : il saisit le devant de ma chemise et se blottit contre moi.

Toute la nuit, je le tins dans mes bras comme mon enfant ou mon amant, aussi tendrement que s'il se fût agi de moi-même, blessé et seul au monde. Je le tins pendant qu'il pleurait, et continuai de le tenir quand ses larmes se tarirent, en le laissant tirer tout le réconfort qu'il voulait de ma chaleur et de ma force. Jamais je ne me suis senti diminué dans ma virilité de cette décision.

5

SAINS ET SAUFS

J'écris cette lettre de ma propre main, et je vous implore d'excuser ma plume qui trace les caractères des Six-Duchés à la montagnarde. Notre estimé scribe Geairepu prépare en ce moment une missive officielle, mais, par le parchemin que vous lisez, je désirais m'adresser à vous de veuve à veuve et de femme à femme, et vous dire que je ne m'y trompe pas : nul octroi de propriété, nul titre ne peut alléger la peine que vous supportez.

Votre époux a passé la plus grande partie de sa vie au service de la couronne Loinvoyant, et, en vérité, on aurait dû reconnaître depuis longtemps son dévouement à ses souverains ; on aurait dû le chanter dans tous les châteaux du royaume. C'est uniquement parce qu'il a risqué sa vie que j'ai survécu lors de cette terrible nuit où Royal, l'Usurpateur, s'est dressé contre nous. Modeste, il avait demandé que ses hauts faits demeurent ignorés, et il me semble cruel que le Trône des Six-Duchés se rappelle tout ce qu'il lui doit aujourd'hui seulement, alors qu'il a péri à notre service.

Je cherchais parmi les terres de la Couronne celles qui récompenseraient convenablement les sacrifices de Burrich quand un courrier est arrivé, envoyé par dame Patience. Les mauvaises nouvelles voyagent apparemment très vite, car on lui avait déjà appris le décès de votre époux ; elle m'écrivait qu'il comptait parmi les amis les plus chers de feu le prince Chevalerie et que son seigneur aurait certainement souhaité confier son domaine de Flétribois à l'intendance de votre famille. Le titre de ces propriétés vous sera remis au plus tôt et appartiendra définitivement à vous-même et à tous les vôtres.

Lettre de la reine Kettricken
à Molly Chandelière, épouse de Burrich.

*

« J'ai rêvé que j'étais toi. » Il parlait tout bas, le regard perdu dans les flammes.

« Vraiment ?

— Et que tu étais moi.

— Voilà qui est plaisant.

— Ne fais pas ça, dit-il d'un ton d'avertissement.

— Quoi donc ? fis-je, l'air innocent.

— Ne joue pas à moi. » Il s'agita sur notre lit improvisé. La nuit étendait sa voûte au-dessus de nous, et une brise tiède soufflait. De ses doigts fins, il écarta ses mèches dorées de son visage ; la lueur mourante du feu dissimulait presque les meurtrissures qui s'effaçaient de ses traits, mais ses pommettes restaient trop saillantes.

J'avais envie de lui répondre que quelqu'un devait bien reprendre son rôle puisqu'il y avait complètement renoncé ; mais je préférai demander : « Pourquoi ?

— Ça m'effraie. » Il poussa un grand soupir. « Depuis combien de temps séjournons-nous ici ? »

C'était la troisième fois de la nuit qu'il me réveillait ; j'en avais pris l'habitude : il ne dormait pas bien, ce qui ne m'étonnait pas. À l'époque où je me remettais de mon enfermement dans les cachots de Royal, je m'en souvenais, j'avais fini par ne plus dormir que le jour et quand je savais Burrich à côté de moi, prêt à me protéger. Dans certaines situations, il est rassurant de sentir la lumière du soleil à travers ses paupières fermées, et bavarder à mi-voix sous les étoiles vaut le meilleur sommeil, si fatigué qu'on soit. Je m'efforçai de calculer le temps écoulé depuis que j'avais traversé le pilier avec son cadavre dans les bras, et j'y éprouvai une curieuse difficulté ; les nuits interrompues et les journées mouchetées de soleil semblaient se multiplier. « Cinq jours, ou quatre nuits, suivant la façon de compter. Ne t'en inquiète pas ; tu restes très faible. Je préfère ne pas essayer de retraverser le pilier tant que tu n'as pas retrouvé davantage de vigueur.

— Je préfère ne pas essayer de retraverser le pilier du tout.

— Hum ! » Je hochai la tête. « Mais il faudra y passer quand même ; je ne peux pas laisser Lourd à la garde de l'Homme noir éternellement ; et puis j'ai promis à Umbre que nous attendrions le bateau sur la grève, prêts à embarquer. Il devrait arriver d'ici.., cinq jours – enfin, je pense. » J'avais perdu toute notion du temps dans le labyrinthe de glace ; pourtant, j'avais beau faire, je ne parvenais pas à m'en soucier. J'avais bloqué tout contact d'Art avec le clan depuis l'échec de notre tentative de guérison ; à plusieurs reprises, j'avais perçu comme un vague grattement à ma porte, mais j'avais fait la sourde oreille. On s'inquiétait sans doute pour moi. Tout haut, afin de mieux me convaincre, je conclus : « J'ai une vie qui m'attend.

— Pas moi. » Le fou en paraissait satisfait, et j'y puisai un certain encouragement ; par moments encore, il se figeait, l'air de chercher à percevoir des avenirs désormais muets, et je me demandais ce qu'il éprouvait alors. Il avait passé sa vie entière à s'efforcer d'orienter le temps vers la voie qu'il considérait comme la meilleure ; il y était parvenu : nous vivions dans le monde qu'il avait créé. Je crois qu'il oscillait entre la joie d'exister en ce temps auquel il avait donné le jour et l'angoisse du rôle qu'il avait à y jouer – du moins lorsqu'il y songeait. Parfois, il restait assis sans bouger, courbé sur ses mains abîmées, et il contemplait fixement le sol devant lui. Son regard devenait lointain, sa respiration si lente et courte qu'elle gonflait à peine sa poitrine ; je savais, quand je le voyais ainsi, qu'il essayait de trouver un sens à des événements qui en étaient intrinsèquement dépourvus. Je ne me donnais pas la peine de chercher à l'en détourner ; en revanche, je tâchais de présenter les jours à venir sous un aspect optimiste.

« En effet ; rien ni personne ne t'attend, tu n'as à te charger d'aucun fardeau, à reprendre aucun harnais : tu es mort. Quelle délivrance ! Plus personne ne te demande de devenir roi ni prophète. »

Il se dressa sur un coude. « Tu parles d'expérience. » Il s'exprimait d'un air pensif, sans tenir compte du ton plaisant que j'avais adopté.

Je lui adressai un sourire malicieux. « En effet. »

Avec précaution, il se rallongea, les yeux au ciel. Il ne m'avait pas rendu mon sourire. Je suivis son regard : les étoiles commençaient à disparaître. Je roulai sur le côté puis me levai souplement. « L'heure de la chasse approche ; l'aube arrive. Te crois-tu assez fort pour m'accompagner ? »

Il ne répondit pas tout de suite ; enfin, il secoua la tête. « En toute franchise, non. Jamais je n'ai été aussi épuisé de ma vie. Que m'as-tu fait ? Je ne me suis jamais senti aussi faible et endolori. »

On ne t'a jamais tué à force de torture non plus. Je rejetai cette réponse peu diplomatique. « Il te faudra du temps pour te rétablir, voilà tout. Si tu avais un peu plus de chair sur les os, je pourrais me servir de l'Art pour te soigner.

— Non. » L'interdiction était catégorique. Je n'insistai pas.

« En tout cas, j'en ai assez des rations de voyage outrîliennes, et, de toute manière, il ne nous en reste plus guère. Un peu de viande fraîche te ferait du bien, et ce n'est pas en paressant comme un lézard que je t'en rapporterai. Si tu la veux cuite, tâche de relancer le feu avant mon retour.

— D'accord », fit-il à mi-voix.

Je me montrai piètre chasseur ce matin-là. Distrait par le souci que me causait le fou, je faillis marcher sur un lapin, et il parvint néanmoins à m'échapper quand je me jetai sur lui. Par chance, il y avait du poisson dans la rivière, gros, argenté et facile à attraper à la main. Je revins aux premières lumières du jour, trempé jusqu'aux épaules, avec quatre prises ; nous les mangeâmes sous le soleil qui montait, puis j'insistai pour que nous nous rendions au cours d'eau nous nettoyer les mains et la figure de la graisse au goût de fumée qui les maculait. Le ventre plein, j'aurais volontiers entamé une sieste, mais le fou avait la mine pensive ; assis près du feu, il tisonnait les braises d'un air absent. Au troisième soupir qu'il poussa, je me retournai sur le dos et demandai : « Qu'y a-t-il ?

— Je ne peux pas repartir sur Aslevjal.

— L'ennui, c'est que tu ne peux pas rester ici non plus. Pour l'instant, on y vit assez agréablement, mais, crois-moi, l'hiver y est rude.

— Et tu parles d'expérience. »

Je souris. « Je me trouvais quelques vallées plus loin ; mais, en effet, là encore, je parle d'expérience.

— Pour la première fois de ma vie, avoua-t-il, j'ignore quoi faire. Tu m'as transporté dans un temps qui s'étend par-delà ma mort ; chaque matin, quand je me réveille, j'éprouve une impression de stupéfaction. Je n'ai aucune idée de ce qui va m'arriver, de la façon d'employer mon existence. Je me sens comme une barque dont on aurait tranché l'amarre et qui voguerait sans personne à la barre.

— Et qu'y a-t-il de si terrible à cela ? Vogue un moment à l'aventure, repose-toi, reprends des forces. La plupart d'entre nous rêvons de pouvoir nous payer ce luxe. »

Nouveau soupir. « J'ignore comment m'y prendre. Jamais je n'ai eu pareille impression, et je ne suis même pas capable de te dire si je la trouve agréable ou déplaisante. Je ne sais absolument pas quoi faire de cette existence que tu m'as donnée.

— Ma foi, tu pourrais sans doute passer le reste de l'été ici, à condition d'apprendre à pêcher et à chasser un peu ; mais tu ne peux pas te cacher éternellement de ta vie et de tes amis. Un jour ou l'autre, il faudra que tu les affrontes. »

Il faillit sourire. « Et c'est un homme que tout le monde a cru mort pendant plus de dix ans qui me dit ça ! Mais peut-être devrais-je t'imiter, trouver une chaumine et vivre en ermite une ou deux décennies, puis revenir sous une nouvelle identité. »

J'eus un petit rire. « Ainsi, dans une dizaine d'années, je pourrai te débusquer de ta tanière ; évidemment, je serai devenu un vieux barbon d'ici là.

— Mais pas moi », répondit-il à voix basse. Il planta son regard dans le mien, l'air grave.

Je préférai m'écarter de cette troublante perspective ; je n'avais nulle envie de m'appesantir sur ce genre de sujet. J'aurais bien assez de difficultés à affronter à mon retour, la mort de Burrich, Leste, Ortie, Heur, et puis, tôt ou tard, Molly, la veuve de Burrich, ses enfants désormais orphelins – toutes complications dont je ne voulais pas et dont je n'avais pas la première idée de la façon de les aborder. Il était beaucoup plus facile de ne pas y penser ; je les chassai de mes préoccupations, et réussis sans doute mieux que le fou à oublier le monde qui m'attendait, car j'avais acquis de la pratique. Pendant les deux jours qui suivirent, nous vécûmes comme des loups, dans l'instant présent ; nous avions de la viande, de l'eau, et le temps se maintenait au beau ; les lapins foisonnaient et il restait du pain de voyage dans mon sac, si bien que nous mangions à notre faim. Le fou poursuivait sa convalescence et, bien qu'il ne rît jamais, il paraissait parfois se détendre. Je connaissais bien son besoin d'intimité, mais la langueur qui se mêlait désormais à sa façon de m'éviter m'emplissait de tristesse. Mes tentatives de plaisanterie n'éveillaient aucun écho chez lui, pas même un froncement de sourcils ni la plus petite expression de dédain. Il avait toujours fait preuve d'une si grande vivacité d'esprit pour relever l'aspect humoristique des situations les plus dramatiques que, malgré sa présence, il me manquait. Néanmoins, il recouvrait ses forces et mettait moins de prudence dans ses mouvements ; je me répétais qu'il allait mieux et qu'on ne pouvait espérer davantage. Pourtant, l'impatience me gagnait, et, quand il déclara un matin : « Je me sens assez vigoureux », je ne discutai pas.

Notre départ demanda peu de préparatifs. Je voulus démonter sa tente mais il secoua la tête avec une sorte de frénésie et dit d'une voix rauque : « Non, laisse-la ! Laisse-la. » Je restai étonné. Certes, il n'y avait plus dormi depuis son premier cauchemar et avait préféré se blottir entre le feu et moi, mais je pensais qu'il désirerait l'emporter ; toutefois, je ne disputai pas sa décision. De fait, comme je regardais une dernière fois le tissu fin dont la brise légère faisait ondoyer les dragons et les serpents, je ne pus songer qu'au grand pan de peau arraché à son dos et figé dans la glace. Je me détournai avec un frisson d'horreur.

Je ramassai au passage la couronne aux coqs qui gisait par terre. Elle avait recouvré sa texture de bois, si tant est qu'elle eût changé ailleurs que dans mon imagination, et les plumes gris argent s'y dressaient, alignées avec raideur. Je la sentais toujours bourdonner dans ma main. Je la levai pour la montrer au fou et demandai : « Et ceci ? Ce cercle de ménestrels ? Tiens-tu à le garder ou préfères-tu le laisser au sommet du pilier en souvenir de celle qui l'a porté jadis ? »

Il me lança un coup d'œil étrange puis répondit doucement : « Je te l'ai dit : je ne le voulais pas pour moi ; il s'agissait de l'enjeu d'un marché que j'ai conclu il y a longtemps. » Il me dévisagea attentivement et reprit avec un léger hochement de tête : « Et il est temps que je l'honore. »

Ainsi, au lieu de nous rendre droit à la colonne d'Art, nous empruntâmes à nouveau le sentier indistinct qui passait sous les hautes frondaisons des arbres, franchissait la rivière et débouchait sur le jardin de Pierre. Le trajet fut aussi long que je me le rappelais, et de petits cousins nous attaquèrent dès que nous pénétrâmes dans l'ombre. Le fou ne dit rien mais pressa le pas. Des oiseaux voletaient dans les branches et leur ombre croisait notre chemin. La forêt grouillait de vie.

Je me souvenais de mon ébahissement la première fois que j'avais entrevu les dragons endormis sous les arbres ; j'avais été terrifié, littéralement frappé d'un effroi mystique. Depuis, j'avais marché parmi eux à plusieurs reprises, je les avais même vus s'animer et s'envoler pour combattre les Pirates rouges, mais leur vue ne cessait pas de me stupéfier. Je tendis mon Vif et les trouvai, semblables à des bassins vert sombre de vie en suspension sous l'ombre des arbres.

Là se reposaient tous les dragons sculptés qui avaient émergé de leur sommeil pour défendre les Six-Duchés contre les Pirates rouges ; c'est là que nous les avions découverts, que nous les avions réveillés par le sang, le Vif et l'Art, et qu'ils étaient revenus une fois l'année de combats achevée. Je les avais désignés alors sous le nom de dragons et je les désignai encore ainsi par habitude, mais tous ne se présentaient pas sous l'aspect qu'évoque ce terme, et certains rappelaient d'autres bêtes fantastiques ou héraldiques. Des plantes grimpantes envahissaient les énormes sculptures, et le sanglier ailé portait en guise de coiffe les feuilles de l'année précédente. Pierre pour l'œil mais vivants à mon Vif, ils foisonnaient de couleurs et de détails. Je percevais la vie qui vibrait au fond de la roche mais n'avais aucun moyen de l'amener à la surface.

Je déambulais aujourd'hui parmi eux moins ignorant qu'à l'époque où je les avais découverts, et je pensais même pouvoir distinguer ceux que des Anciens avaient créés des œuvres des clans des Six-Duchés ; par exemple, sans risque de me tromper, j'attribuais à l'un de ceux-ci le cerf ailé, tandis que, dans le cas de ceux qui arboraient une forme plus proche du dragon classique, je penchais pour une création des Anciens. Je me rendis tout d'abord, naturellement, auprès de

Vérité-le-dragon. Je savais la futilité de chercher à le tirer du rêve de pierre dans lequel il gisait et me contentai d'ôter ma chemise pour épousseter les débris forestiers de son front écailleux, de son échine musculeuse et de ses ailes repliées. Il luisait d'un éclat bleu de Cerf sous les mouchetures de soleil quand j'eus fini de nettoyer le grand corps de celui qui avait été mon roi. Après les épreuves que j'avais traversées, la créature endormie m'apparaissait sereine, et j'espérais que ce n'était pas seulement une impression.

Le fou, évidemment, avait dirigé ses pas vers la Fille-au-dragon. Comme je m'approchais, je le vis debout devant elle, la couronne dans une main, l'autre posée sur le garrot de la monture ; j'observai que ses doigts enduits d'Art touchaient la sculpture. Il ne disait rien et regardait, le visage figé, la jeune femme à cheval sur le dragon. Elle possédait une beauté à couper le souffle : ses cheveux, plus dorés que ceux du fou, tombaient sur ses épaules en boucles lâches et caressantes ; elle portait sur sa peau crémeuse un pourpoint vert chasse, mais ses jambes et ses pieds étaient nus. Elle montait une bête encore plus splendide, aux écailles brillantes et vertes comme des émeraudes foncées, à l'élégance détendue d'un marguet endormi. La dernière fois que j'avais vu la jeune femme, elle reposait sur son encolure, les bras passés autour de son col souple ; à présent, elle se tenait assise, le dos droit. Les yeux fermés, elle levait le visage comme si elle pouvait sentir les rayons vagabonds du soleil sur sa joue, et un imperceptible sourire flottait sur ses lèvres. Les plantes écrasées sous les pattes de son coursier indiquaient un vol récent : elle avait porté le fou jusqu'à l'île d'Aslevjal puis était revenue se replonger dans le sommeil au milieu de ses semblables.

Je croyais marcher sans bruit, mais, comme j'approchais, le fou tourna la tête vers moi. « Te rappelles-tu le soir où nous avons tenté de la libérer ?

Je courbais le cou. J'éprouvais encore comme de la honte d'avoir été un jour si jeune et si impétueux.

« Je le regrette encore aujourd'hui. » J'avais établi un contact d'Art avec elle, pensant que cela suffirait à la délivrer ; mais je n'avais réussi qu'à l'éveiller à la conscience de son tourment.

Il hocha lentement la tête. « Mais la seconde fois où tu l'as touchée ? T'en souviens-tu ? »

Un grand soupir m'échappa. Cette nuit-là, je m'étais déplacé par l'Art et j'avais vu Molly prendre Burrich pour compagnon. Plus tard, j'avais séjourné dans l'enveloppe physique de Vérité, car il avait emprunté la mienne pour engendrer un fils, pour donner Devoir à la reine Kettricken. J'ignorais son intention ; prisonnier du corps perclus de douleurs d'un vieillard, j'avais erré dans la carrière de pierre de mémoire en compagnie d'Œil-de-Nuit, jusqu'au moment où nous avions surpris le fou à sa tâche défendue. Il avait taillé la pierre tout autour des pattes du dragon dans l'espoir de permettre à la créature de se dégager. Quelle tristesse j'avais ressentie pour lui, tant il avait pris à cœur le sort de ce couple ! Je savais ce qu'il fallait pour éveiller un dragon : pas seulement le travail manuel d'un homme, mais le don de sa vie et de ses souvenirs, de ses amours, de ses souffrances et de ses joies. Aussi avais-je plaqué les mains de Vérité, argentées d'Art, sur la chair de roc de la Fille-au-dragon et y avais-je déversé tout le malheur et le chagrin de ma courte existence pour qu'elle en absorbe la substance vitale. J'avais jeté au dragon mon abandon par mes parents aux soins d'inconnus, les tourments que m'avait infligés Galen et les tortures que j'avais subies dans les cachots de Royal. J'avais confié ces souvenirs au dragon afin qu'il s'en façonne ; je lui avais livré la solitude dont j'avais souffert enfant et le désespoir aux arêtes aiguës de mon arrivée à Œil-de-Lune ; je les lui avais donnés de grand cœur, et j'avais senti ma douleur s'apaiser tandis que le monde perdait un peu de ses couleurs et que mon amour pour lui s'affadissait légèrement. J'aurais poursuivi cet épanchement bien davantage si le loup ne m'en avait empêché ; Œil-de-Nuit m'avait tancé vertement en déclarant qu'il n'avait nul désir de se retrouver lié à un forgisé. À l'époque, je n'avais pas saisi ce qu'il voulait dire ; mais, maintenant que j'avais vu les guerriers au service de la Femme pâle, il me semblait mieux comprendre.

Je croyais deviner aussi ce que mijotait le fou et la raison de sa présence devant le dragon. « Ne fais pas ça ! » lançai-je. Il tourna de nouveau la tête vers moi, surpris. « Je le sais, tu songes à te débarrasser du souvenir de tes tortures dans cette sculpture. La Fille-au-dragon l'aspirerait et le garderait en elle, où il ne pourrait plus t'assaillir. Ça marcherait, je parle en connaissance de cause. Mais j'ai dû payer le prix pour la rémission de mes souffrances, fou. Quand tu estompes la douleur et que tu te caches d'elle... » Les mots me manquèrent ; je ne voulais pas donner l'impression de pleurer sur mon sort.

« Tu estompes aussi tes joies. » Il acheva ma phrase avec simplicité. Il se détourna de moi, les lèvres pincées ; pesait-il le pour et le contre ? Déciderait-il de se défaire de ses terreurs nocturnes aux dépens du bonheur chaque matin ravivé de voir un nouveau jour se lever ? « J'ai constaté cet effet chez toi par la suite, dit-il, et j'en ai conçu des remords. Si je n'avais pas entrepris de dégager la Fille-au-dragon, tu n'aurais jamais accompli ce geste, et j'aurais voulu réparer. Des années plus tard, quand je t'ai rendu visite chez toi, dans ta chaumine, je songeais : “Il a certainement guéri depuis ; il s'est sûrement rétabli.” » Il reporta son regard sur moi. « Mais non ; tu avais seulement... cessé d'évoluer – sous certains aspects. Tu avais vieilli et mûri, sans doute, mais tu n'avais rien fait de ton propre chef pour rentrer dans le courant de la vie ; sans ton loup, c'eût été encore pire, à mon avis. Tu vivais comme une souris dans un mur, en te nourrissant des miettes d'affection qu'Astérie te jetait ; elle-même s'était aperçue de ton état, et pourtant elle a le cuir épais ! Elle t'a amené Heur et tu l'as adopté ; mais, si elle n'était pas venue le déposer sur le pas de ta porte, aurais-tu cherché à partager ton existence avec quelqu'un ? » Il se pencha vers moi. « Même après ton retour à Castelcerf, à ton monde d'autrefois, tu t'en es tenu à l'écart, malgré tous mes efforts. Manoire, par exemple ; tu n'étais même plus capable d'établir une relation avec un cheval. »

Je restais pétrifié sur place. Ses paroles étaient douloureuses à entendre, mais vraies. « Ce qui est fait est fait, dis-je finalement. Je ne puis que te prévenir désormais : si tu avais l'intention de m'imiter, abstiens-t'en. Le jeu n'en vaut pas la chandelle. »

Il soupira. « Je reconnais y avoir songé, y avoir aspiré. Je t'avoue même que ce n'est pas la première fois que je reviens voir la Fille-au-dragon avec l'envie de lui donner mes souvenirs. Elle les prendrait, je le sais, comme elle a pris les tiens. Mais... d'une certaine façon... même si je n'ai jamais vu cet avenir, j'ai l'impression qu'il devait advenir. Fitz, te rappelles-tu son histoire ? »

Je réfléchis un instant. « D'après ce que m'avait raconté Vérité, elle appartenait à un clan qui avait créé un dragon. Son nom me revient : Sel ; je l'ai appris le soir où je lui ai donné mes souvenirs. Mais elle a refusé de disparaître dans la sculpture ; elle a essayé de demeurer partie intégrante du clan tout en conservant son individualité, de n'être que la jeune femme à cheval sur le dragon, et, par là même, elle a condamné le groupe entier. Elle a trop gardé d'elle-même et la sculpture n'a pas reçu assez de vie pour s'animer ; elle a failli s'éveiller, mais elle est restée engluée dans la pierre – jusqu'au moment où tu l'as libérée.

— Où nous l'avons libérée », corrigea-t-il. Après un long silence, il reprit : « Pour moi, j'ai l'impression de l'écho d'un rêve. Sel était le chef du clan, qui portait donc le nom de clan de Sel. Mais, à l'achèvement de la sculpture du dragon, c'est Réalder qui s'est montrée disposée à lui donner vie ; aussi, au moment où l'on a cru qu'il allait s'éveiller, on l'a annoncé comme le dragon de Réalder. » Il posa sur moi un regard serein. « Tu l'as vue, coiffée de la couronne aux coqs, honneur rarement accordé, surtout à une étrangère. Mais elle avait parcouru une longue route pour trouver son Catalyseur, et, comme moi, elle avait adopté le rôle d'artiste, bouffon, ménestrel, acrobate. » Il secoua la tête. « En cet instant, lors de ce bref songe au sommet du pilier, nos personnalités se sont superposées ; j'étais, comme je suis aujourd'hui, un Prophète blanc, et, dominant la foule, j'annonçais l'éveil du dragon de Réalder au peuple de la cité des Anciens – mais non sans regret, car je savais que mon Catalyseur allait accomplir ce jour-là ce que le destin lui imposait depuis toujours : il allait se fondre dans un dragon afin de pouvoir, des années plus tard, opérer un changement essentiel. » Il s'interrompit avec un sourire doux-amer, le premier que je voyais depuis des jours. « Quelle terrible douleur elle a dû éprouver en constatant que la créature restait engluée, sans parvenir à s'animer complètement, à cause des réticences de Sel ! Elle a sans doute cru avoir échoué elle aussi. Pourtant, si Réalder n'avait pas sculpté ce dragon, si son éveil n'avait pas avorté, si nous ne l'avions pas découvert toujours prisonnier de la carrière... que se serait-il passé, FitzChevalerie Loinvoyant ? Tu as jeté un regard très loin dans le temps, ce jour-là, sur un Prophète blanc qui faisait le bouffon tout en haut d'un pilier d'Art. As-tu vu tout cela ? »

Je clignai lentement les yeux avec le sentiment de sortir d'un rêve, ou peut-être d'y replonger. En l'écoutant, j'avais senti frémir en moi des souvenirs que je ne pouvais pas avoir.

« Je vais remettre la couronne aux coqs au dragon de Réalder ; c'est le prix qu'il m'a réclamé la première fois que j'ai volé sur son dos. Il a déclaré vouloir porter pour toujours la couronne qui coiffait le Prophète blanc le jour où sa bien-aimée lui a dit adieu juste avant qu'il ne se dissolve dans la sculpture.

— Le prix de quoi ? » demandai-je, mais il ne me répondit pas ; il passa son poignet dans le cercle de bois puis entreprit une prudente ascension du dragon. J'observai avec chagrin la raideur et la circonspection de ses mouvements ; j'avais presque l'impression de sentir moi-même les tiraillements de la peau toute neuve de son dos. Mais je me retins de lui offrir mon aide ; ce geste n'aurait fait que nous gêner davantage. Une fois sur la croupe de la créature, il chercha son équilibre puis, à deux mains, il posa la couronne sur la tête de la jeune femme. Un instant, elle garda son aspect de bois argenté, puis le dragon lui infusa des couleurs : elle prit l'éclat de l'or, les têtes de coqs qui l'ornaient devinrent rouges et les pierres précieuses de leurs yeux étincelèrent. Les plumes elles-mêmes acquirent le luisant des vraies plumes et perdirent leur rigidité pour s'agiter doucement comme de véritables rémiges de coq.

Les joues de la jeune femme rosirent davantage, puis une inspiration parut soulever sa poitrine. Je restai pétrifié de stupéfaction. Soudain ses yeux s'ouvrirent, verts comme les écailles de son dragon. Sans m'accorder la moindre attention, elle se tourna vers le fou qui se tenait toujours derrière elle sur l'échine de sa monture, tendit la main et lui prit le menton, les yeux plantés dans les siens. Il se pencha, captif de son regard. Alors, elle passa la main derrière sa nuque et attira sa bouche contre la sienne.

Elle l'embrassa avec fougue, et, spectateur involontaire, je fus témoin de la passion que lui inspirait ce qu'elle avait partagé avec lui. Pourtant, on n'eût pas dit un baiser de reconnaissance, et, comme il se prolongeait, il me sembla que le fou l'eût rompu s'il l'avait pu : il se raidit et les muscles de son cou commencèrent à saillir. Loin de serrer la jeune femme dans ses bras, il ouvrit les mains dans une attitude défensive puis crispa les poings contre sa poitrine. Le baiser se poursuivit, et je craignis de voir le fou se fondre dans la Fille-au-dragon, ou bien se changer en pierre dans son étreinte. J'avais peur de ce qu'il donnait et plus encore de ce qu'elle prenait. N'avait-il pas écouté ce que je lui avais dit ? Pourquoi n'avait-il pas tenu compte de ma mise en garde ?

Tout à coup, aussi brusquement qu'elle s'était animée, elle le relâcha. Comme si elle ne lui prêtait plus le moindre intérêt, elle se détourna de lui et offrit de nouveau son visage au soleil. Je crus la voir pousser un soupir, puis elle ferma les yeux et se figea peu à peu. La couronne aux coqs scintillante faisait désormais partie intégrante de la Fille-au-dragon.

Mais le fou, délivré de cette étreinte dont il ne voulait pas, glissait mollement de côté. À demi-inconscient, il dégringola du dragon, et j'eus tout juste le temps de le rattraper avant qu'il ne rouvre, dans sa chute, ses plaies à peine closes. Néanmoins, il poussa un grand cri quand mes bras se refermèrent sur lui, et je le sentis parcouru de violents frissons, comme un homme saisi d'un accès de fièvre. Il tourna vers moi un regard qui ne voyait rien et s'exclama d'une voix pitoyable : « C'est trop ! Tu es trop humain, Fitz. Je ne suis pas fait pour supporter une pareille charge. Enlève-la-moi, prends-la, sans quoi j'en mourrai !

— Que je prenne quoi ? » demandai-je, affolé.

Le souffle court, il répondit : « Ta peine. Ta vie. »

Et, tandis que je restais pétrifié, sans comprendre, il approcha ses lèvres des miennes.

Je pense qu'il voulait agir avec douceur, mais j'eus plus l'impression d'une attaque de serpent que d'un tendre baiser quand sa bouche se colla à la mienne et que le venin de la douleur s'écoula en moi. Si son amour ne s'était pas mêlé à l'angoisse déchirante qu'il me rendait, je crois qu'humain ou non j'aurais succombé. C'était un baiser où je me tordais dans les flammes, un torrent de souvenirs que je ne pouvais plus refuser à présent qu'ils avaient commencé à se déverser. C'est une torture pour un homme d'âge mûr de revivre toute la passion dont est capable un adolescent ; le cœur devient fragile avec le temps, et le mien faillit finir broyé sous cet assaut.

Je ployais sous une tempête d'émotion. Je n'avais pas oublié ma mère, jamais ; je l'avais enfermée à double tour dans un recoin de mon cœur sans jamais accepter de lui ouvrir la porte, mais elle demeurait en moi, avec ses longs cheveux d'or au parfum de souci. Je me rappelais également ma grand-mère, elle aussi d'origine montagnarde, et mon grand-père, simple garde resté trop longtemps en garnison à Œil-de-Lune et qui avait adopté les coutumes des Montagnes. Tout me revint en un éclair, et je me remémorai ma mère qui m'appelait dans les pâtures où, malgré mes cinq ans, je participais déjà à la surveillance des bêtes. « Keppet, Keppet », lançait sa voix claire, et je me précipitais à sa rencontre, pieds nus sur l'herbe humide.

Et Molly... comment avais-je pu chasser de ma mémoire son odeur, son goût de miel et de simples, son rire carillonnant après que je l'avais pourchassée sur la plage, ses mollets nus fouettés par sa jupe rouge, le contact de ses cheveux dans mes mains, ses lourdes mèches qui s'accrochaient à la peau rêche de mes paumes ? Elle avait les yeux sombres, mais ils brillaient de l'éclat des chandelles quand je la regardais en lui faisant l'amour dans sa chambre, tout en haut du château de Castelcerf, à l'étage des domestiques ; je croyais que cette lumière n'appartiendrait jamais qu'à moi seul.

Et Burrich ! Il avait rempli auprès de moi, aussi bien qu'il le pouvait, le rôle de père, puis d'ami lorsque j'étais devenu assez grand pour travailler à ses côtés. Je comprenais qu'il pût s'être épris de Molly alors qu'il me pensait mort, mais j'éprouvais en même temps un sentiment d'outrage et une peine démesurés, irrationnels, à l'idée qu'il eût osé prendre pour épouse la mère de ma fille. Par ignorance, par passion, il m'avait volé la femme de ma vie et mon enfant.

Les coups pleuvaient sur moi sans interruption comme sur une masse de fer battue sur l'enclume de la mémoire. Je languis à nouveau dans les cachots de Royal ; je sentis l'odeur de la paille pourrie sur le sol, le froid de la pierre contre mes lèvres éclatées et mes pommettes tuméfiées, alors que je gisais par terre et appelais la mort de mes vœux afin qu'il ne pût plus me faire de mal, écho cruel de la correction que Galen m'avait infligée des années plus tôt, sur la tour dont on désignait le sommet sous le nom de « jardin de la Reine ». Il m'avait attaqué à fois physiquement et par l'Art, et, pour parachever son œuvre, il avait estropié ma magie en m'implantant profondément dans l'esprit que je n'y possédais aucun talent et ferais mieux de mourir plutôt que poursuivre une existence qui jetait l'opprobre sur ma famille. Il m'avait laissé le souvenir ineffaçable du moment où j'avais failli me suicider.

Le temps ne s'était pas écoulé, tout se produisait à l'instant même et me laissait l'âme écorchée, exposée à un vent chargé de sel.

Je revins à l'été, à l'éclat décroissant du soleil. Les ombres s'approfondissaient sous les arbres. Je gisais sur le terreau de la forêt, le visage enfoui dans les mains, au-delà des larmes. Le fou, assis près de moi dans l'herbe et les feuilles mortes, me caressait le dos comme si j'étais un petit enfant et chantait une chanson douce et répétitive dans sa langue d'autrefois. Peu à peu, elle retint mon attention et ma respiration convulsive s'apaisa. Quand j'eus cessé de trembler, il murmura : « Tout va bien, Fitz ; tu es redevenu complet. Cette fois, quand nous rentrerons, tu retrouveras ton ancienne vie, toute ton ancienne vie. »

Au bout d'un moment, je constatai que mon souffle me revenait. Lentement, je me relevai, avec des gestes si prudents que le fou me prit le bras pour me soutenir ; toutefois, ce n'était pas le manque de force qui ralentissait mes mouvements, mais la stupeur, l'abasourdissement de celui à qui l'on vient de rendre la vue. Le contour de chaque feuille se détachait avec netteté, et là les nervures, et la découpe dentelée en forme de cœur qu'y avaient laissée des insectes. Des oiseaux s'appelaient et se répondaient dans les frondaisons, et ils submergeaient mon Vif avec une telle acuité que je n'arrivais pas à écouter les questions que le fou me posait à mi-voix. Le soleil crevait la voûte des feuillages et tombait en traits d'or parmi les arbres ; des grains de pollen jetaient de brefs éclats dans ses rayons. Nous parvînmes au ruisseau et je m'agenouillai pour boire son eau froide et douce ; mais, comme je me penchais, les rides qui se formaient au-dessus des pierres captèrent soudain mon attention et m'entraînèrent dans la pénombre claire du monde en dessous de la surface mouvante. Le limon se déposait en motifs stratifiés sur les galets, et des plantes aquatiques ondulaient dans le courant ; un saumoneau argenté plongea à travers elles pour disparaître sous une feuille marron. Je le poussai du doigt et ne pus m'empêcher d'éclater de rire en le regardant s'enfuir comme une flèche. Je me tournai vers le fou pour voir s'il avait assisté à la scène et m'aperçus qu'il m'observait avec une expression empreinte d'affection mais aussi de gravité. Il posa la main sur ma tête, comme un père qui bénit son enfant, et dit : « Si je considère tout ce qui m'est arrivé comme une chaîne ininterrompue qui m'amène ici, près de toi à genoux devant ce ruisseau, vivant et complet... alors le prix n'était pas trop élevé. Te voir redevenu entier m'aide à guérir. »

Il avait raison. Il ne manquait plus rien de moi.

Nous ne quittâmes pas la place au milieu de la forêt ce soir-là ; je fis un nouveau feu et nous passâmes la plus grande partie de la nuit à le contempler. De la même façon que j'eusse trié des manuscrits ou rangé des simples pour Umbre, je passai en revue les années écoulées depuis que j'avais renoncé à la moitié de ma vie et en réorganisai les souvenirs : demi-passions, relations où je n'avais rien investi ni rien reçu en retour, retraites, esquives, replis... Allongé entre les flammes et moi, le fou feignait de dormir, mais je savais qu'il veillait avec moi. À l'aube approchant, il me demanda : « Ai-je mal fait ?

— Non, répondis-je à mi-voix. Ce mal, je me le suis fait il y a longtemps ; tu m'as engagé sur la voie qui me permettra de le réparer. » J'ignorais comment je m'y prendrais, mais j'y parviendrais.

Le matin venu, j'éparpillai les cendres du feu sur la place, puis nous laissâmes la tente des Anciens battre au vent et prîmes la fuite devant les signes précurseurs d'un orage d'été. Nous nous partageâmes mes vêtements chauds puis, ses doigts sur mon poignet, liés par l'Art, nous pénétrâmes dans le pilier.

Nous sortîmes dans la salle au sommet de la tour de glace de la Femme pâle. Suffoquant, le fou réussit à faire deux pas en chancelant avant de tomber à genoux ; la traversée du pilier m'affecta moins durement, bien que je souffrisse un moment de vertige, mais, presque aussitôt, le froid m'assaillit. J'aidai mon compagnon à se relever. Il parcourut les aîtres d'un œil stupéfait en se frottant les bras pour se défendre de l'air glacial. Je lui laissai un peu de temps pour se remettre et examiner les vitres bordées de givre, le panorama enneigé, le pilier d'Art qui écrasait la pièce, puis je lui dis doucement : « Allons-y. »

Nous descendîmes l'escalier et fîmes une halte dans la salle de la carte. Il observa le monde qui s'y trouvait représenté ; ses longs doigts errèrent sur la mer ondoyante puis allèrent s'arrêter au-dessus de Cerf. Sans y toucher, il désigna les quatre petits joyaux près de Castelcerf. « Ces points... ils indiquent des piliers d'Art ?

— Je pense, oui, répondis-je. Ceux-là doivent figurer les Pierres Témoins. »

D'une caresse pleine de regret, il suivit de l'index la côte d'une contrée loin au sud-est de Castelcerf. Nulle escarboucle n'y brillait. Il secoua la tête. « Plus aucun de ceux qui me connaissaient n'y vit ; faut-il que je sois stupide pour y avoir seulement songé !

— Il n'est jamais stupide de penser à rentrer chez soi, dis-je. Si j'en priais Kettricken, elle...

— Non, non, non, murmura-t-il. Il s'agissait d'une lubie passagère, Fitz. Je ne peux pas retourner là-bas. »

Quand il eut fini d'examiner la carte, nous reprîmes l'escalier pour descendre dans l'éclat bleu pâle du labyrinthe. J'avais l'impression de m'enfoncer dans un cauchemar familier ; à mesure que nous avancions, le fou tremblait de plus en plus violemment et blêmissait, et le froid n'en était pas seul responsable. Les meurtrissures encore violacées de son visage ressortaient comme les marques de l'emprise de la Femme pâle sur nous. Je tentai de chercher une issue en ne suivant que les couloirs de pierre, mais en vain. Comme nous allions de salle en salle, je me laissai séduire par la beauté du palais, tout en m'inquiétant du mutisme et de la fatigue croissants du fou. Peut-être avions-nous commis une erreur de jugement ; peut-être n'était-il pas prêt à revenir sur les lieux de son martyre.

À l'étage que nous parcourions, la plupart des salles paraissaient avoir échappé aux actes de vandalisme et aux déprédations que j'avais constatés ailleurs. Amoureusement sculptés, des motifs forestiers, floraux et animaux décoraient les linteaux de pierre et se retrouvaient dans les frises qui ornaient les pièces, étrangères et exotiques, trop pastel ou trop sombres pour mon goût d'habitant des Six-Duchés. Les personnages étirés présentaient des yeux aux couleurs fantaisistes et des marques insolites sur le visage ; ils rappelaient Selden, le Marchand de Terrilville, avec ses excroissances anormales et ses traits écailleux. J'en fis la réflexion au fou, et il acquiesça de la tête. Plus tard, alors que nous suivions un nouveau couloir de pierre, il me demanda : « As-tu déjà vu un rosier blanc qui voisine depuis plusieurs années avec un rouge ?

— Sans doute, répondis-je en songeant aux jardins de Castelcerf. Pourquoi ? »

Il eut un bref sourire qui ressemblait à un tic nerveux. « À mon avis, tu les as regardés sans vraiment les voir. Après des années de promiscuité, il se produit un échange dont les effets se manifestent le plus visiblement sur les roses blanches, car elles prennent un ton rosé ou présentent de fines veinules rouges sur le blanc jusque-là immaculé de leurs pétales. Ce phénomène s'explique par un transfert mutuel de l'essence même des deux plantes. »

Je l'observai du coin de l'œil : son esprit battait-il la campagne et devais-je m'inquiéter ? Il secoua la tête. « Un peu de patience ; laisse-moi t'expliquer. Hommes et dragons peuvent vivre côte à côte, mais, sur une longue période, ils exercent une influence les uns sur les autres ; les Anciens présentent les stigmates d'une fréquentation intime des dragons pendant des générations. » Il prit une expression un peu triste et ajouta : « Les modifications ne sont pas toujours positives ; parfois, en cas d'exposition excessive, les enfants meurent peu après la naissance ou voient leur espérance de vie très réduite. Certains, guère nombreux, jouissent au contraire d'une durée d'existence accrue, aux dépens de leur fertilité. Les Anciens vivaient longtemps, mais ils étaient peu féconds, et leurs enfants rares et précieux.

— Et, par nos actions, nous avons réintroduit les dragons dans le monde, où ils pourront induire à nouveau ces transformations chez les humains ? fis-je.

— Oui, en effet. » Cette perspective paraissait le laisser impavide. « L'homme apprendra ce que coûte de vivre à proximité de ces créatures. Certains accepteront volontiers de payer ce prix, et les Anciens réapparaîtront. »

Nous marchâmes un moment en silence, puis une nouvelle question me vint. « Et les dragons eux-mêmes ? Nous côtoyer ne les affecte-t-il pas aussi ? »

Il se tut longtemps ; enfin il répondit : « Si, je pense ; mais ils considèrent leurs rejetons modifiés comme une honte et les exilent. Tu as visité l'île des Autres. »

Cette dernière phrase me laissa confondu et je ne trouvai rien à dire. Encore une fois, nous arrivâmes à un croisement d'où partaient trois couloirs, un de glace, deux de pierre ; au hasard, je choisis l'un de ces derniers. Tandis que nous poursuivions notre progression, je m'efforçai de concilier l'image que le fou présentait des Anciens avec celle que je gardais de mes rencontres avec eux.

« Je croyais les Anciens semblables à des dieux ou presque, déclarai-je pour finir ; beaucoup plus élevés que les humains intellectuellement et spirituellement. C'est ainsi que je les ai perçus quand je me suis trouvé en leur présence, fou. »

Il me lança un regard intrigué.

« Dans le courant d'Art, j'ai croisé des êtres désincarnés doués d'une grande puissance mentale. »

Il releva soudain la tête ; je m'arrêtai à côté de lui et tendis l'oreille. Il se tourna vers moi, les yeux agrandis de peur. Je portai la main à l'épée, et nous restâmes ainsi figés quelques instants. Je n'entendis rien. « Ne t'inquiète pas, lui dis-je. Les mouvements de l'air dans ces passages donnent l'impression d'un murmure lointain. »

Il acquiesça de la tête, mais il lui fallut plusieurs minutes pour retrouver une respiration régulière ; alors il reprit : « Je pense que l'Art constitue un vestige d'une époque lointaine, la dernière trace d'un lien établi entre les dragons et les hommes, d'un talent acquis afin de communiquer entre eux. Je ne comprends pas de quoi tu parles quand tu évoques le courant d'Art, mais peut-être cette capacité permet-elle de se passer d'un corps physique. Tu m'as démontré qu'il s'agissait d'une magie beaucoup plus puissante que je ne l'imaginais ; peut-être est-elle née chez les humains de leur fréquentation prolongée des dragons et a-t-elle survécu, si bien qu'après la disparition de ces derniers, les descendants des Anciens ont conservé cette aptitude et l'ont transmise à leurs enfants. Certains n'en ont hérité qu'une parcelle ; chez d'autres... (il m'adressa un regard en coin) le sang des Anciens est resté plus vigoureux. »

Comme je ne répondais pas, il demanda d'un ton presque moqueur : « Tu n'arrives pas à l'avouer tout haut, n'est-ce pas ? Pas même à moi.

— Je pense que tu fais erreur. Si tu avais raison, ne le saurais-je pas, ne le sentirais-je pas ? Tu prétends que je descends, par Eda sait quel miracle, des Anciens ; cela signifierait, en un sens, que je suis en partie dragon. »

Il éclata de rire. Je ne l'avais pas entendu exprimer ainsi sa joie depuis si longtemps que je me réjouis, bien qu'il s'esclaffât à mes dépens. « Il n'y a que toi pour présenter les choses ainsi, Fitz ! Non. Je ne veux pas dire que tu es en partie dragon, mais qu'à un moment l'essence de ces créatures s'est mêlée à ta lignée familiale. Un de tes ancêtres a peut-être "respiré le souffle du dragon", selon la formule des vieux contes ; et tu es le dépositaire de cette rencontre. »

Nous poursuivîmes notre chemin ; le frottement de nos semelles sur le pavage éveillait des échos insolites, et, à plusieurs reprises, le fou jeta des regards par-dessus son épaule. « Comme un chaton à queue longue issu d'une dynastie de chats à queue courte ? demandai-je.

— On peut voir ça sous cet angle. »

Je hochai lentement la tête. « Ça expliquerait l'apparition de l'Art là où on ne l'attend pas – même chez les Outrîliens, semble-t-il.

— Tiens ? Qu'est-ce que cela ? »

Il avait toujours eu la vue plus perçante que moi. Ses doigts fuselés suivaient une marque gravée dans le mur. Incapable d'en croire mes yeux, je m'approchai pour l'examiner et reconnus l'une des miennes. « C'est le chemin qui nous ramène chez nous », dis-je.

6

LA TÊTE DU DRAGON

Et la sombre Oerttre, mère de tous, leva les yeux, grave et résolue, et secoua la tête.

« Cela ne se peut, dit-elle. Nous ne sommes pas tenues par une promesse que des hommes ont faite.

Mon aînée doit rester ici pour me succéder. De femme à femme notre autorité doit se transmettre.

Vous voulez prendre notre narcheska pour reine ?
Des trésors dont nous accepterions de nous démettre

Elle serait le dernier, si grand soit votre exploit.
De fait, montrez-moi comment vous avez rempli

Les termes de votre serment. Par votre sang vous avez juré de revenir une fois son désir accompli.

Ô prince Loinvoyant, rappelez-vous votre propos orgueilleux

De poser devant l'âtre de notre maison la tête de Glasfeu. »

La tête du dragon, de NIELLE BRUANT

*

Nous suivîmes mes marques dans le labyrinthe des Anciens et émergeâmes, au sortir de la crevasse dans la paroi, sous un ciel éclatant. L'air vif nous saupoudrait de cristaux de glace qui rendaient glissant le sentier escarpé ; la luminosité du jour me faisait larmoyer. Le fou passa devant moi pour emprunter le raidillon ; là, fouetté par le vent et le froid, il ne put dissimuler sa faiblesse, et je pestai tout bas contre ma propre stupidité : il était épuisé. La deuxième fois qu'il glissa, je le saisis fermement par le col et l'aidai ainsi à conserver son équilibre jusqu'à la porte de l'Homme noir. « Frappe », lui dis-je, mais il leva vers moi un regard trouble, hébété de fatigue ; je tendis alors le bras et cognai moi-même du poing sur le bois.

Le battant s'ouvrit aussitôt, à croire qu'on nous attendait. Pourtant, le fou demeura pétrifié, les yeux écarquillés devant l'Homme noir qui nous souriait. « Il a froid et il est éreinté », fis-je en guise d'excuse, et, d'une poussée dans le dos, je le fis entrer. Je le suivis, refermai derrière moi puis me retournai avec soulagement vers la grotte accueillante. Je battis des paupières en attendant de m'habituer à la pénombre au sortir de l'éclat du jour ; je distinguai d'abord la petite cheminée, puis découvris l'Homme noir et le fou qui se dévisageaient mutuellement d'un air de totale incrédulité.

« Il était mort, me dit notre hôte d'un ton catégorique. Il était mort. » Il ouvrait de grands yeux.

« En effet, acquiesçai-je. Mais je suis le Catalyseur ; je modifie les événements. »

À cet instant, Lourd bondit de la pierre d'âtre et me serra dans ses petits bras en dansant comme un ours nain et en criant : « Tu es revenu ! Tu es revenu ! Je croyais que tu ne reviendrais jamais ! Umbre a dit : “Le bateau arrive”, et j'ai dit : “Mais Fitz n'est pas là et je ne veux pas monter dans un bateau.” Alors il a dit : “Il arrive quand même.” Et il est arrivé, mais il n'y avait personne et il est reparti parce que j'ai dit : “Non, je ne veux pas rentrer tout seul et puis je ne veux pas monter dans un bateau, de toute façon !” » Il cessa de sautiller sur place et déclara avec un sourire satisfait : « Ou bien tu es mort, ou bien tu regretteras d'avoir survécu quand Umbre te passera un savon. C'est ce qu'il a dit, Devoir. Ah, et puis la tête du dragon ! J'ai oublié de te raconter ça. Ortie a réussi ! Elle a envoyé la tête du dragon à la maison maternelle et tout le monde a été drôlement étonné, sauf moi. Elle m'avait dit qu'elle pouvait y arriver, parler à Tintaglia et lui faire payer cher si elle n'obéissait pas. Alors elle a obéi, et maintenant tout va bien. »

Il avait prononcé ces dernières phrases avec tant de conviction qu'il me creva le cœur de répondre, devant son visage lunaire radieux : « Je crois que je n'ai pas compris la moitié de tes propos ; et j'ai l'impression que mon absence a duré davantage que je ne l'imaginais. Mais je suis content d'être revenu. » Je m'extirpai avec douceur de son étreinte. Un silence insolite régnait à l'autre bout de la pièce. L'Homme noir et le fou se regardaient sans rien dire, non avec hostilité, mais avec l'air de ne pas en croire leurs yeux. En les voyant ainsi face à face, je discernai entre eux une ressemblance, mais de celles qui proviennent d'une ascendance commune, non d'une proche parenté. Le premier, notre hôte prit la parole.

« Bienvenue, fit-il d'une voix défaillante.

— Je ne vous ai jamais vu, répondit le fou avec stupéfaction. Dans tous les avenirs que j'ai pu distinguer, dans tout ce qui pouvait advenir, je ne vous ai jamais vu. » Il se mit à trembler tout à coup, et je compris qu'il était à bout de forces. L'Homme noir parut s'en rendre compte lui aussi, car il approcha un coussin du feu et, à signes pressants, invita le fou à y prendre place. Mon ami s'effondra plus qu'il ne s'assit, et j'ôtai mon manteau de ses épaules en expliquant : « Le feu te réchauffera plus vite ainsi.

— Je ne souffre pas du froid à ce point, je crois, répondit-il d'un ton sans énergie. Je suis seulement... je suis en dehors de mon temps, Fitz ; je me sens comme un poisson hors de l'eau ou un oiseau sous la mer. J'ai dépassé mon existence et je marche désormais chaque jour à l'aveuglette sans savoir ce que le destin attend de moi. C'est dur ; c'est très difficile pour moi. » Sa voix mourut. Il leva des yeux implorants vers l'Homme noir, comme pour le supplier de l'aider ; il dodelinait de la tête.

Je ne savais que dire. Me reprochait-il d'avoir voulu prolonger sa vie ? Cette idée me poignit douloureusement, mais je me tus tandis que l'Homme noir cherchait ses mots. « Ça, je peux inculquer... » Il s'interrompit et un sourire apparut sur ses traits, lent comme un lever de soleil, puis il pencha la tête vers mon ami et prononça une phrase dans une langue que je ne connaissais pas.

Alors le fou s'ouvrit à lui comme une fleur s'ouvre à la lumière. Un sourire tremblant éclaira son visage et, d'un ton hésitant, il répondit dans la même langue. L'Homme noir poussa un grand cri de joie, dit quelque chose à toute vitesse en se désignant, puis, comme s'il se rappelait soudain ses manières, prit la bouilloire, une tasse et, avec un geste élégant, servit de la tisane au fou avant de la poser devant lui. Le fou le remercia avec profusion ; apparemment, il fallait de longues phrases pour exprimer les idées les plus simples. Je n'arrivais pas à relier la moindre syllabe à aucun parler que j'eusse entendu dans ma vie. La voix de mon ami s'affaiblit ; il reprit son souffle et acheva son discours.

Comme un adolescent, j'éprouvai un violent sentiment d'exclusion. Le fou parut le percevoir, car il se tourna lentement vers moi et repoussa d'une main tremblante des mèches de son visage. « Je n'ai pas entendu la langue de mon enfance depuis... ma foi, depuis que je suis parti de chez moi ; tu ne sais pas le bonheur que je ressens à l'entendre de nouveau. »

Lourd avait dû avertir Umbre et Devoir de mon retour, car je sentis alors de tels coups portés contre mes murailles d'Art que j'eusse pu croire à un assaut. À contrecœur, je convins qu'il était temps de leur ouvrir. Je pris la tasse de tisane que l'Homme noir m'avait servie, m'installai près du feu, puis, voyant le fou absorbé dans sa discussion avec notre hôte, acceptai de baisser mes remparts.

Dans une explosion de fureur, d'exaspération et de peur qui précéda toute pensée, Umbre me secoua comme un prunier et me roua de taloches comme si j'étais un jeune serviteur désobéissant. Quand il eut fini, je dus mettre un comble à son irritation en éclatant de rire, réaction qui réjouit fort Devoir.

Vous ne devez pas aller trop mal si vous pouvez rire ainsi ! Jamais je ne vous ai senti l'esprit aussi léger. Je perçus sa surprise et sa stupéfaction.

Umbre y fit écho aussitôt. *Qu'est-ce qui te prend ? Es-tu soûl ?*

Non : réconcilié avec moi-même, sain et sauf, tout comme le fou. Mais ça peut attendre ; tout va-t-il bien pour vous ? Le prince a-t-il gagné le cœur de sa belle ? Lourd m'a raconté une histoire échevelée à propos d'une tête de dragon déposée devant la cheminée de la maison maternelle ; est-elle vraie ? Qui a tué Glasfeu ?

Personne ; le dragon a déposé tout seul sa propre tête sur la pierre d'âtre. Mais, oui, tout semble réglé, répondit Umbre avec une satisfaction farouche. *Maintenant que nous te savons hors de danger, nous pouvons prendre la mer dès demain – du moins, si Devoir trouve le courage d'annoncer à sa promise qu'elle doit nous accompagner.*

Je lui laisse seulement le temps de s'assurer qu'elle n'obéit qu'à sa propre volonté, rétorqua Devoir sèchement.

Je ne comprends pas. Quelqu'un aurait-il l'obligeance de tout me raconter en commençant par le commencement ?

Umbre et Devoir me narrèrent donc par le menu, entre les commentaires excités de Lourd, la façon dont Ortie avait harcelé, tourmenté Tintaglia, semé le trouble dans ses rêves et ses heures d'éveil, bref, dont elle avait fait son siège pour qu'elle rétribue les humains chétifs qui avaient tant souffert afin de rendre la liberté à Glasfeu ; à son tour, la reine dragon avait forcé son mâle, comme un pigeon contraint sa femelle à gagner le nid, à se rendre à Zylig, où les deux immenses créatures s'étaient présentées au Hetgurd réuni, puis à Wuisling sur l'île de Mayle.

Là, ils avaient atterri devant la maison maternelle d'Elliania. À ce que je compris, la suite ne s'était pas déroulée sans quelques dégâts architecturaux, mais enfin le gigantesque Glasfeu avait pénétré dans le bâtiment et posé sans grâce, et très brièvement, sa tête sur les pierres d'âtre afin que fût complètement remplie la promesse de Devoir à la jeune fille.

Je croyais qu'Elliania s'était déclarée satisfaite, qu'elle considérait Devoir comme digne d'elle et fidèle à sa parole depuis qu'il avait participé au sauvetage de sa mère et de sa sœur. Je ne voyais pas la nécessité d'une pareille mise en scène.

Ah, ça, elle se montre en effet très satisfaite depuis quelques jours ! répondit Umbre d'un ton aigre, et j'eus dans l'idée que la vertu de Devoir n'avait pas résisté aux avances de la jeune fille. *En revanche, sa mère regimbe, au grand chagrin de Peottre. Avant même que nous ne mouillions à Zylig, Oerttre nous a annoncé qu'elle ne s'estimait pas engagée par un accord concernant sa fille passé entre hommes. Elle ne conçoit pas qu'Elliania quitte son foyer, fût-ce pour devenir reine des Six-Duchés ; elle a soulevé mille objections au contrat et conclu qu'étant elle-même vivante et par conséquent seule et unique narcheska il avait été arrêté sans autorisation valable. Elle renâcle à l'idée que Lestra hérite de son titre, car elle la juge inapte à lui succéder, et elle s'horrifie à la pensée que les enfants d'Elliania et de Devoir resteraient dans les Six-Duchés.*

À part nos fils, intervint le prince.

Exact, concéda Umbre. *Elle s'est montrée fort empressée de permettre à Devoir et Elliania de... enfin, de devenir... d'avoir...* Il ne trouvait pas de formule édulcorée pour exprimer sa pensée.

Devoir fut plus prosaïque. *Elle m'a autorisé à partager le lit d'Elliania ; elle paraissait indignée qu'on pût songer à s'opposer à la volonté de sa fille quant à celui avec qui elle souhaite coucher. Et la narcheska Oerttre a proposé que les enfants mâles ainsi conçus soient donnés aux Six-Duchés – à l'âge de sept ans.*

Comme par une entente tacite, ils se turent pour me laisser le temps de digérer cette clause. Elle était inacceptable ; aucun duc ne donnerait son aval à un héritier éduqué dans ces conditions.

Et maintenant que Glasfeu a permis à Devoir de triompher du défi d'Elliania ?

La narcheska Oerttre a été impressionnée. Il faut reconnaître qu'il est difficile de rester impavide quand une créature aussi monumentale traverse toute la maison pour poser sa tête sur la pierre d'âtre, surtout avec l'encadrement de la porte autour du cou. Le prince irradiait une satisfaction adolescente que je ne pouvais pas lui reprocher. *Je crois qu'elle n'a plus d'objections à présenter ; et, même si elle nourrit encore des réserves, les témoins du Hetgurd ont assisté à la scène en assez grand nombre pour les réduire au silence. Ils regardent désormais comme un honneur qu'Elliania s'en aille dans mon foyer pour « fonder une nouvelle maison maternelle », selon leurs propres termes.*

Comme si elle conquérait les Six-Duchés tout entiers en devenant reine ! fit Umbre d'un ton ronchon, où, néanmoins, je perçus aussi du soulagement. On pouvait prévoir des difficultés dans l'avenir, lorsque les us de sa terre natale se heurteraient aux nôtres ; si elle donnait le jour d'abord à un enfant mâle, sa famille s'offusquerait-elle qu'il ait la préséance sur ses sœurs en matière d'héritage ? J'écartai ces questions de mes pensées ; il serait temps de s'inquiéter des problèmes au moment où ils surgiraient.

Et comment a-t-on amené le dragon à se plier à cette mise en scène ?

Demande à Lourd ; apparemment, on doit ce résultat à Ortie et lui.

Mon sourire s'effaça. Il fallait que je sache. *Ortie est-elle au courant de la mort de Burrich ?*

La réponse d'Umbre fut grave et laconique. *Oui.*

À sa place, je n'aurais pas voulu qu'on me cache une pareille nouvelle, intervint Devoir d'un ton sévère ; je compris qu'il se justifiait autant aux yeux d'Umbre qu'aux miens. *J'ai donc agi de la façon qui me paraissait la plus convenable. En outre, il fallait aussi prévenir ma mère afin qu'elle pourvoie aux besoins de la famille de l'homme qui nous a servis si bien et si longtemps. Et enfin, quand je rencontrerai ma cousine en chair et en os, je veux pouvoir me présenter à elle sans cacher derrière mon dos un sac rempli de sales petits secrets.*

Derrière la dureté des mots, je sentis un désaccord entre Devoir et Umbre, et il ne me parut pas opportun d'avancer mon opinion personnelle. D'ailleurs, il était trop tard pour changer quoi que ce fût, et je tentai de réorienter la conversation. *Ainsi, le mariage va pouvoir avoir lieu sans que s'y opposent de nouveaux obstacles.*

En effet. Devoir a exigé que nous restions ici jusqu'à ce que nous ayons de tes nouvelles – ou que nous te déclarions définitivement disparu et envoyions secourir Lourd, que cette perspective n'enchantait pas, d'ailleurs. Mais maintenant que te voici revenu, nous allons dépêcher un bateau à votre rencontre sans plus tarder, et, dès votre arrivée parmi nous, nous pourrons rentrer chez nous.

Pas le bateau ! intervint Lourd.

Sans lui prêter attention, le prince répondit à Umbre : *Je ne considère pas le temps où nous avons attendu Fitz comme perdu. Il n'aurait pas été délicat d'arracher la narcheska à sa famille qu'elle venait de retrouver ; elle est restée trop longtemps séparée de sa mère et de sa sœur, et je me réjouis de les voir réunies. Et, quand son regard passe de sa sœur à moi... Fitz, elle me considère comme un héros. Les bardes outrîliens écrivent des ballades sur mon exploit.*

De très longues ballades, enchaîna Umbre, *qu'il nous faut écouter, le sourire aux lèvres, quasiment tous les soirs.*

Nous nous tûmes un moment pour savourer notre réussite : mon prince avait conquis sa future épousée, la paix régnerait entre les Six-Duchés et les îles d'Outre-mer. Devoir finit par reprendre : *Et j'étais heureux que vous ayez un peu de temps pour affronter votre deuil. Je vous présente mes condoléances, Fitz.*

Avec douceur, Umbre demanda : *As-tu réussi à retrouver la dépouille du fou ?*

Je tenais mon instant de triomphe. *J'ai retrouvé le fou vivant.*

Mais je le croyais mort ! La gravité de Devoir fondit devant sa stupeur.

Moi aussi, répondis-je, puis je décidai brusquement de ne pas fournir davantage d'explications. Afin de prévenir d'autres questions à propos du fou, je poursuivis : *Je regrette d'avoir manqué le bateau que vous aviez envoyé, mais ne vous donnez pas la peine d'en dépêcher un autre ; Lourd et moi emploierons pour retourner à Castelcerf un moyen plus simple qui ne l'obligera pas à mettre le pied sur un pont de navire.*

Leur abasourdissement, quand je leur révélai l'existence d'un pilier d'Art en état de fonctionnement, ne fut en rien comparable à la joie de Lourd d'apprendre qu'il pouvait rentrer sans passer par un navire. Il me saisit tout à coup par la taille, m'obligea à me lever et se mit à danser et se trémousser en me tenant les mains de façon si emportée que je perdis la concentration nécessaire pour artiser. Je l'agrippai par les épaules et me raidis pour mettre un terme à notre farandole, puis levai les yeux et vis l'Homme noir qui nous observait avec un amusement vaguement inquiet ; le fou, lui, paraissait trop épuisé pour manifester aucune surprise.

« Il vient de comprendre qu'il peut retourner chez lui grâce aux piliers d'Art, leur expliquai-je. Lourd déteste le bateau, et il se réjouit d'apprendre qu'en outre il ne nous faudra que quelques instants au lieu de plusieurs jours pour effectuer le trajet. »

L'Homme noir me regarda, apparemment égaré ; alors le fou prononça une phrase dans sa langue, sur quoi l'autre poussa un grand « Aaaah ! » de compréhension et hocha la tête d'un air entendu. Les éclaircissements fournis par le fou durent lui rappeler un incident, car il se lança dans un long monologue adressé à mon ami.

Lourd s'arrêta brusquement de s'agiter et parut tendre l'oreille. « Umbre dit : "Les manuscrits d'Art, rapporte les manuscrits d'Art." » Il se tut et fronça les sourcils, absorbé. « Mais pas tout de suite ! Ne rentre pas tout de suite, attends qu'il invente une bonne explication. Mais bientôt. Ortie commence à en avoir assez de tous ces messages. Tu y arriverais mieux qu'elle. »

J'avais fourni à Umbre matière à réflexion, et, à mon grand soulagement, il prit congé de la conversation pour s'y plonger. Devoir voulut me raconter comment Ortie avait persuadé Glasfeu d'offrir sa tête à la narcheska, mais Lourd, trop excité, gênait notre communication ; en outre, je percevais chez le prince une agitation qui me laissait penser qu'il avait plus intéressant à faire pour occuper son temps que bavarder avec moi. Je le libérai en l'exhortant gravement à la prudence, recommandation dont, j'en suis sûr, il ne tint aucun compte.

Revenant à la réalité, je vis le fou qui acquiesçait avec lassitude tandis que l'Homme noir discourait à n'en plus finir. Jamais je n'avais entendu pareil baragouin, sans un mot que je parvinsse à reconnaître. Lourd tint à me raconter son séjour en compagnie de notre hôte, avec force descriptions de repas, la colère et l'inquiétude d'Umbre à mon égard, et l'extraordinaire piste de glissade qu'il avait découverte non loin de la grotte. Je regardai sa figure lunaire qui rayonnait de bonheur ; quel merveilleux petit bonhomme ! Avec quelle équanimité il prenait ma réapparition, la résurrection du fou et notre proche retour chez nous sans emprunter un bateau ! La joie que lui procuraient ses glissades sur la neige était identique à celle qu'il éprouvait à me voir revenu. Je l'enviai de savoir si facilement accepter le changement et l'incertitude du lendemain.

Tandis qu'il babillait, j'essayai d'imaginer ce qui m'attendait dans les jours et semaines à venir. Nous allions retourner à Castelcerf, charge à moi d'y rapporter la bibliothèque d'Art ; d'avance, je tremblais à l'idée des nombreux trajets par pilier que cela entraînerait. Néanmoins, cette tâche me paraissait simple quand je songeais à celles qui lui succéderaient : me présenter à Ortie et révéler à Molly que je n'étais pas mort. Une vague de désespoir me submergea si brusquement que j'en eus le souffle coupé ; en me rendant mes souvenirs, le fou avait ramené mon cœur à l'instant où j'avais su que j'avais perdu Molly, avec toute ma détresse d'alors et tout mon amour pour elle. Je redoutais le moment de notre entrevue et les explications que je devrais fournir ; je redoutais aussi d'affronter sa peine pour son époux, mais je ne pouvais pas m'y dérober, je le savais : Burrich avait pris ma fille sous son aile à ma « mort » ; pouvais-je faire moins pour ses fils ? Mais ce ne serait pas facile ; rien ne serait facile. Pourtant, avec un petit tressautement du cœur, je m'aperçus que j'attendais cette confrontation avec impatience, parce que au-delà de notre chagrin pour la disparition de Burrich, j'en avais la conviction, il y aurait peut-être autre chose. Ce sentiment me paraissait superficiel et égoïste, mais il n'en existait pas moins, et, pour la première fois depuis des années, je voyais devant moi des ouvertures et des possibilités ; j'éprouvais tout à coup l'envie de changer, de vivre, de courir le risque d'essayer de reconquérir Molly.

Lourd me secouait par l'épaule. « Alors ? fit-il d'un air radieux. Tu veux y aller ?

— Oui », répondis-je à ma propre surprise, et je me rendis alors compte que je souriais et acquiesçais de la tête tandis qu'il me décrivait ses glissades sur la neige ; j'avais accepté de l'accompagner. Il exprimait un bonheur si grand que je n'avais pas le cœur de l'anéantir, et je m'apercevais soudain que, de fait, je n'avais rien de mieux à faire pour le moment. Un peu de repos serait bénéfique au fou, qui semblait d'ailleurs ravi de bavarder avec l'Homme noir. Nous nous emmitouflâmes chaudement et sortîmes ; à l'origine, je n'avais l'intention de n'effectuer qu'une ou deux glissades pour satisfaire Lourd, mais il avait trouvé une pente longue et lisse comme celles qu'utilisent les otaries pour se jeter à la mer, et aussi irrésistible. À force de s'en servir au cours des derniers jours, il l'avait aplanie à la perfection. Nous nous y lançâmes sur le ventre puis ensemble, sur mon manteau, en criant comme des enfants et sans nous soucier du froid ni de l'humidité.

C'était le plaisir du jeu, dans toute sa pureté et sa simplicité, un plaisir pour lequel je n'avais jusque-là jamais de temps, que je rejetais comme superflu et perturbateur des tâches routinières d'une vie bien rangée. Quand avais-je perdu de vue la joie de se divertir comme une fin en soi ? Je m'oubliai dans cette euphorie, et revins brutalement à la réalité en entendant appeler mon nom. Je venais d'arriver en bas de la pente, et, comme je me retournais pour répondre, Lourd me heurta par-derrière. Je fis la culbute et m'étalai dans la neige, sans grand dommage, avec le petit homme sur le dos. Je me relevai tant bien que mal et découvris le fou qui nous observait avec un amusement et une affection difficiles à supporter, car il s'y mêlait du regret. « Tu devrais essayer », lui dis-je, un peu gêné d'être surpris à cabrioler comme un gamin dans la première neige de l'année. Une fois debout, j'aidai Lourd à se redresser ; malgré la chute, il souriait d'une oreille à l'autre.

« Mon dos », répondit le fou à mi-voix, et je hochai la tête, brusquement ramené sur terre. Je le savais, son dos encore sensible et ses blessures à demi cicatrisées n'étaient pas seuls en cause ; son expérience ne lui avait pas laissé que des balafres et des raideurs physiques, et je me demandai combien de temps il faudrait à son esprit pour recouvrer toute sa souplesse.

« Tu te remettras », lui assurai-je, ainsi qu'à moi-même, en m'approchant de lui. J'aurais voulu en avoir une certitude mieux ancrée.

« Prilkop a préparé à manger, fit-il. Je venais vous prévenir que c'est prêt. Nous vous avons appelés depuis le pas de la porte, mais vous ne nous avez pas entendus. » Il se tut un instant. « La descente avait l'air aisée, mais j'ai vite déchanté ; maintenant, je redoute la remontée.

— Oui, c'est escarpé », acquiesçai-je. À la mention d'un repas, Lourd avait pris notre tête au petit trot. « Prilkop ?

— L'Homme noir ; il s'appelle ainsi. » Nous nous dirigions vers le raidillon à flanc de falaise ; le fou marchait à pas lourds, le souffle court. « Il lui a fallu un petit moment pour s'en souvenir ; il y avait longtemps qu'il n'avait plus parlé à personne, et encore plus qu'il n'avait pas employé notre langue maternelle.

— Vous en tirez autant de plaisir l'un que l'autre, dirait-on, fis-je en espérant ne pas paraître jaloux.

— Oui. » Il faillit sourire. « Il est parti de chez nous depuis si longtemps que, lorsque je lui ai raconté mes souvenirs d'enfance, il est resté stupéfait de tout ce qui avait changé ; nous nous demandons à présent à quoi ressemble ce que nous avons connu.

— Ma foi, il peut rentrer, maintenant, s'il en a envie ; plus aucune vision ne le retient ici, n'est-ce pas ?

— En effet. » Nous poursuivîmes un moment notre marche en silence, puis le fou murmura : « Fitz, rentrer chez soi, c'est retrouver des gens, non un lieu. Si tu retournes dans un pays d'où tout le monde a disparu, tu ne vois que cette absence. » Il posa la main sur mon bras et je m'arrêtai. « Laisse-moi reprendre ma respiration, me pria-t-il, puis il se contredit aussitôt en poursuivant d'un ton grave : C'est toi qui devrais rentrer chez toi tant que tu le peux encore, tant qu'il s'y trouve des gens qui te connaissent et se réjouiront de ton retour – et pas seulement à Castelcerf ; je pense aussi à Molly et à Patience.

— Je sais. J'ai l'intention d'aller les voir. » Je le regardai, intrigué, étonné qu'il eût pu croire le contraire.

De stupéfaction, son visage perdit presque toute expression. « Tu iras ? C'est vrai ?

— Naturellement.

— Tu ne plaisantes pas, dirait-on. » Il me dévisagea, et il me sembla voir une ombre de déception dans ses yeux ; mais soudain il saisit ma main entre les siennes et reprit : « Je suis heureux pour toi, Fitz, vraiment heureux ; tu répétais que tu irais, mais tu paraissais indécis. Je pensais que tu risquais de t'y refuser finalement.

— Mais que pourrais-je faire d'autre ? »

Il eut une hésitation comme s'il s'apprêtait à dire quelque chose puis se ravisait. Il eut un petit grognement. « Eh bien, dénicher une grotte pour y passer seul les dix ans à venir, par exemple.

— Quelle idée ! Rien ne s'arrangera si je me coupe du monde ; que... Ah ! »

Alors j'eus le plaisir de voir son sourire d'autrefois s'épanouir lentement sur ses traits. « Aide-moi à gravir le sentier », me pria-t-il, et je m'exécutai avec joie ; il s'appuya plus lourdement sur mon bras que je ne m'y attendais. Quand nous parvînmes dans l'abri de Prilkop, je le fis asseoir. « Vous avez de l'alcool ? De l'eau-de-vie ? » demandai-je à notre hôte ; d'une voix défaillante, le fou lui traduisit ma question, et il secoua négativement la tête ; il s'approcha de mon ami, l'examina, lui toucha le front et secoua de nouveau la tête.

« Je vais faire une tisane ; pour lui, une tisane remontante. »

Nous dînâmes ensemble puis passâmes la soirée à raconter des histoires. Apparemment, le fou et Prilkop avaient étanché leur soif de converser dans leur propre langue. J'improvisai une paillasse pour le fou et insistai pour qu'il s'allongeât près du feu, puis j'entrepris d'expliquer en détail à l'Homme noir les raisons de notre venue sur Aslevjal ; il m'écoutait avec attention en hochant la tête, les sourcils froncés, et, de temps en temps, le fou lui fournissait des éclaircissements sur des points qui lui restaient obscurs. Toutefois, mon ami demeurait le plus souvent étendu, les yeux clos mais l'oreille tendue ; quand il intervenait dans mon récit, je m'étonnais du jour sous lequel il présentait notre entreprise, car, à l'entendre, on eût cru que nous n'avions jamais eu d'autre objectif que réveiller Glasfeu et réintroduire les dragons dans le monde. Sans doute était-ce le cas de son point de vue, mais je trouvais étrange de voir exposer ma propre existence sous cet angle.

Il se fit tard, et Lourd avait sombré au pays des rêves longtemps avant que Prilkop ne nous souhaitât bonne nuit. L'espace d'un instant, j'éprouvai une curieuse impression d'ambivalence quand j'étalai mes couvertures à l'écart du fou. Il y avait amplement de quoi nous coucher tous dans la grotte ; il n'était plus nécessaire de nous serrer. Pourtant, j'avais dormi tant de nuits contre lui que je me demandai s'il ne voudrait pas me sentir près de lui pour le garder de ses terreurs nocturnes – mais je ne vis aucun moyen de lui poser la question. Aussi, la tête sur le bras, je le regardai dormir. Les traits relâchés par l'épuisement, il avait néanmoins le front plissé de douleur. Après ce qu'il avait enduré, je le savais, il aurait besoin de se tenir quelque temps en retrait, de s'isoler pour se retrouver. Cependant, égoïstement, je ne voulais pas qu'il s'éloigne de moi encore une fois ; non seulement mon amour pour Molly mais l'affection et le sentiment de grande intimité que j'éprouvais pour le fou avaient repris toute leur vigueur. Redevenir les meilleurs amis du monde, nous moquer de nos différences, jouir ensemble des bons moments et partager les épreuves avec optimisme, il représentait tout cela pour moi, et je me jurai de ne plus laisser ce bonheur me glisser entre les doigts. Avec Molly et lui, je rebâtirais mon existence telle qu'elle aurait dû être. Et Patience aussi, me dis-je, non sans étonnement ; je la ramènerais dans ma vie, sans souci du prix à payer.

Peut-être à cause de la présence de Lourd non loin de moi, ou bien parce que, pour la première fois depuis que je m'étais aventuré dans la forteresse de la Femme pâle, je plongeai dans un sommeil assez profond pour créer mes propres rêves, j'eus la visite d'Ortie – à moins que ce ne fût moi qui lui rendisse visite. Je me trouvais dans un espace baigné de crépuscule, qu'il me semblait reconnaître mais qui avait tant changé que je n'en avais nulle certitude. Des parterres de fleurs lumineuses éclairaient la pénombre ; invisible, une fontaine égrenait un carillon assourdi d'éclaboussures ; les senteurs vespérales des bouquets se mêlaient à la brise nocturne.

Seule sur un banc de pierre, Ortie, la tête appuyée contre le mur derrière elle, contemplait le firmament. Je tressaillis en la voyant : sa somptueuse chevelure avait été coupée ras, manifestation de deuil la plus ancienne des Six-Duchés, et rarement pratiquée par les femmes. J'allai m'asseoir sur le pavé devant elle sous ma forme de loup. Elle sortit de sa rêverie et me regarda.

« Tu sais que mon père est mort ?

— Oui. Je regrette. »

Ses doigts se mirent à jouer avec un pli de sa jupe noire. « Tu y as assisté ? demanda-t-elle au bout d'un moment.

— À sa mort, non ; à la blessure qui l'a causée, oui. »

Un bref silence s'installa entre nous. « Pourquoi éprouvé-je tant de gêne à m'en enquérir, dit-elle enfin, comme si ma curiosité était déplacée ? Le prince, je le sais, juge plus convenable d'éviter la question et de saluer seulement la vaillance et l'héroïsme de mon père. Mais ça ne me suffit pas ; je veux apprendre comment il a péri – ou plutôt comment il a été blessé. Je veux... j'ai besoin de connaître tous les détails ; on a jeté sa dépouille à la mer et je ne le reverrai plus jamais, ni mort ni vivant. Sais-tu l'effet que ça fait de t'entendre dire que ton père est mort, et rien de plus ?

— Oh oui, parfaitement ! Ça m'est arrivé aussi.

— Mais on a fini par te révéler ce qui s'était passé ?

— On m'a raconté le mensonge qu'on racontait à tout le monde. Non, on ne m'a jamais dévoilé les causes véritables de sa disparition.

— Je compatis », fit-elle avec une sincérité non feinte. Elle me regarda soudain avec curiosité. « Tu as changé, Fantôme-de-Loup. Tu... vibres, tu... comme quand on frappe une cloche. Quel est le terme ?

— Résonner », suggérai-je.

Elle acquiesça de la tête. « Je te perçois plus clairement, presque comme si tu étais réel.

— Mais je suis réel.

— Je veux dire : présent ici, avec moi. »

Je n'avais pas d'autre souhait. « Que désires-tu savoir ? »

Elle leva le menton. « Tout. C'était mon père.

— En effet. » Je devais en convenir. Je rassemblai mon courage : l'heure avait sonné. Tout à coup, une pensée traversa mon esprit et je demandai : « Où te trouves-tu en cet instant ? Es-tu éveillée ? »

Elle poussa un soupir. « Comme tu le vois : je suis dans le jardin de la Reine, au château de Castelcerf, dit-elle d'un air accablé. Sa Majesté m'a permis de retourner chez moi trois jours ; elle s'en est excusée auprès de ma mère et de moi, mais elle ne pouvait m'accorder plus de temps pour mon deuil. Depuis que j'apprends à maîtriser mes rêves, même mes nuits ne m'appartiennent plus ; je reste toujours à la disposition du trône Loinvoyant et je dois lui consacrer mon existence entière. »

Je choisis soigneusement mes mots. « En cela, tu es l'enfant de ton père. »

Elle s'enflamma brusquement et sa colère illumina le jardin. « Il a donné sa vie pour les Loinvoyant ! Et qu'a-t-il eu en retour ? Rien ! Si, un lopin de terre, maintenant qu'il est mort, un certain domaine de Flétribois dont je n'ai jamais entendu parler ; mais qu'ai-je à faire d'une propriété et d'un titre ? On me donne du « dame Ortie » aujourd'hui, comme si j'étais la fille d'un noble ; et, dans mon dos, on m'appelle dame Buisson-d'épines parce que je dis ce que je pense sans mâcher mes mots. Je me fiche de ce qu'on raconte sur moi ; dès que possible, je quitterai cette cour pour retourner chez moi, dans ma vraie maison, celle que mon père a bâtie, avec ses granges et ses pâtures. On peut bien me reprendre Flétribois et le démolir pierre par pierre, ça m'est égal ; je préférerais qu'on me rende mon père.

— Moi aussi ; néanmoins, tu as droit à la propriété de Flétribois davantage que quiconque. Burrich a servi le prince Chevalerie, dont ce domaine comptait parmi les préférés. Le recevoir fait quasiment de toi l'héritière de Chevalerie. » Et j'avais la certitude que c'était l'intention de Patience ; aussi capable que n'importe qui de calculer le nombre d'années et de mois, elle savait pertinemment que l'enfant de Molly était de moi, et la vieille femme avait fait en sorte qu'Ortie obtienne une partie des terres de son grand-père. Cette attention me réchauffa le cœur, et je compris soudain pourquoi Patience avait attendu la mort de Burrich pour donner le domaine à Ortie : elle respectait sa volonté de se présenter comme le père de la jeune fille et ne voulait rien faire qui pût remettre sa paternité en question. Aujourd'hui, ce don pouvait passer pour la récompense de la loyauté de Burrich et non pour un héritage transmis à une petite-fille. La subtilité de mon excentrique mère adoptive me ravirait toujours.

« Quand même, je préférerais retrouver mon père. » Elle renifla et détourna le visage vers l'obscurité puis poursuivit, la gorge serrée : « Alors, vas-tu me raconter ce qui lui est arrivé ?

— Oui ; mais j'essaie de savoir par où commencer. » Alors que je mettais en balance ma prudence et mon courage, je compris brusquement que mes sentiments ne devaient pas jouer dans ma décision. Quel choc pouvait supporter une jeune femme qui souffrait déjà de la solitude et d'un grand deuil ? Le moment était mal choisi pour modifier la perception de sa propre identité ; elle affrontait déjà bien assez de bouleversements. Qu'elle pleure tout son soûl, sans qu'à sa peine s'ajoutent les questions que ne manqueraient pas de soulever mes révélations.

« Ton père a reçu sa blessure dont il est décédé au service de la monarchie Loinvoyant, c'est exact. Pourtant, quand il a jeté à genoux un dragon de pierre par la seule force de sa volonté, il ne cherchait pas à protéger son prince mais son fils bienaimé que le monstre menaçait. »

Elle n'en croyait pas ses oreilles. « Leste ?

— Naturellement ; c'est à cause de lui qu'il est venu sur l'île : pour le ramener sain et sauf chez lui. Il ne croyait même pas à l'existence d'un vrai dragon.

— De nombreux points me restent obscurs ; tu parles de cette créature qu'ils ont affrontée comme d'un “dragon de pierre”. Qu'est-ce que ça veut dire ? »

Elle avait le droit de savoir ; aussi lui narrai-je le récit héroïque, où soufflait la magie maléfique de la Femme pâle, d'un homme, seul et à demi aveugle, venu s'opposer à un dragon pour l'amour de son fils rebelle ; je lui racontai aussi la façon dont Leste avait tenu ferme face à la charge du monstre et décoché la flèche qui l'avait tué ; puis j'évoquai sa fidélité inébranlable à son père agonisant ; j'exposai même l'histoire du clou d'oreille qu'il arborerait quand il reviendrait auprès de sa famille. Elle pleura pendant ma relation, et ses larmes noires se dissipèrent en tombant ; son jardin disparut, effacé par l'haleine froide du glacier, et, je le compris soudain, elle ressentait si vivement mon histoire qu'elle la vivait à travers moi. Quand je me tus, alors seulement le jardin renaquit doucement autour de nous, avec des fragrances plus nettes, comme si une averse venait de les amplifier. Un papillon de nuit passa près de nous en voletant.

« Mais quand Leste rentrera-t-il ? demanda-t-elle, inquiète. Ma mère souffre déjà bien assez de la mort de son mari ; elle ne devrait pas avoir en plus à se ronger les sangs pour son fils ! Pourquoi l'expédition tarde-t-elle tant alors qu'elle a rempli sa mission ?

— Leste sert son prince ; il reviendra en même temps que lui, lui assurai-je. Les négociations de mariage se poursuivent pour sceller l'amitié entre nos deux pays ; ces tractations prennent du temps.

— Mais qu'a-t-elle donc, cette fille ? s'exclama Ortie avec colère. N'a-t-elle que du vent dans la tête ou bien aucun sens de l'honneur ? Elle doit s'en tenir à la promesse qu'elle a faite ; elle l'a eue, sa tête de dragon sur sa pierre d'âtre ! Je m'en suis occupée moi-même !

— Je l'ai appris, en effet, dis-je avec quelque malice.

— J'étais folle de rage contre lui, reprit-elle sur le ton de la confidence ; je n'ai rien trouvé d'autre à faire.

— Tu en voulais à Glasfeu ?

— Non, voyons ! Au prince Devoir. Et que j'hésite, et que je m'interroge, et que je n'arrive pas à me décider ! Me voit-elle comme un ami, est-elle amoureuse de moi, je refuse de l'obliger à respecter un marché passé sous la contrainte, ma noblesse de cœur me l'interdit, et patati, et patata... Pourquoi ne dit-il pas simplement à cette capricieuse d'Outrîlienne : « J'ai payé l'octroi, maintenant je traverse le pont » ? Avec moi, il n'y aurait pas de discussion, je te le garantis ! » Son élan d'indignation mourut soudain et elle poursuivit : « J'espère que tu ne prends pas ma façon de parler pour un crime de lèse-majesté ; je ne veux pas me montrer irrévérencieuse, et je suis aussi fidèle à notre illustre prince que n'importe lequel de ses sujets. Mais, quand on communique avec quelqu'un d'esprit à esprit, on a du mal à ne pas oublier qu'on a affaire à un personnage d'un rang bien supérieur. Par moments, il me paraît aussi obtus que mes frères et j'ai envie de le secouer comme un prunier pour lui remettre les idées en place ! » Malgré ses protestations de loyauté à son souverain, elle parlait de lui comme d'un adolescent balourd.

« Alors, comment t'y es-tu prise ?

— Eh bien, les Outrîliens faisaient tout un tas d'histoires parce que le prince n'avait pas apporté la tête du dragon sur la pierre d'âtre de leur maison maternelle – comme si le sauvetage de la mère et de la sœur de la narcheska ne valait pas une grosse tête d'animal couverte de sang et puante devant leur cheminée ! » Je perçus l'effort qu'elle fit pour se dominer. « Note que je savais tout ça uniquement parce que je transmettais les messages du prince à la reine ; c'est moi qui dois me présenter devant elle chaque matin pour lui faire part des nouvelles qu'on lui envoie par mon biais ; s'imagine-t-il que c'est agréable ? Mais, un matin très tôt, alors que j'avais laissé Sa Majesté l'air grave et le cœur lourd parce que le mariage risquait de ne pas avoir lieu, j'ai songé tout à coup que je pouvais peut-être jouer un rôle dans l'affaire. À force de supporter les fanfaronnades et les menaces de Tintaglia, j'ai fini par bien la connaître ; aussi, tout comme elle s'introduisait dans mes rêves pour m'asticoter, je lui ai rendu la pareille, car, à aller et venir dans mon sommeil, elle avait laissé une sorte de chemin qui me permettait de remonter jusqu'à elle. Je ne sais pas si je me fais bien comprendre.

— Si, si ; mais je reste confondu qu'on ose "asticoter" une créature pareille.

— Bah, dans le monde du rêve, nous nous valons bien, tu t'en souviens peut-être. Ça m'étonnerait qu'elle prenne la peine de se rendre en chair et en os jusqu'ici pour piétiner une petite humaine de rien du tout. Et, au contraire de moi, elle aime dormir à poings fermés après qu'elle a mangé ou s'est accouplée ; j'ai donc choisi précisément ces périodes-là pour l'importuner.

— Et tu lui as demandé d'ordonner à Glasfeu de retourner sur l'île de Mayle pour poser la tête devant l'âtre de la narcheska ?

— Demandé ? Non. Je l'ai exigé. Comme elle refusait, je me suis moquée d'elle en déclarant que, malgré ce qu'il devait aux humains qui l'avaient sauvé, Glasfeu était trop mesquin pour reconnaître sa dette, et qu'elle-même n'osait pas l'obliger à lui obéir, car, bien qu'elle se prétende reine, elle le laissait la dominer ; et j'ai ajouté que son accouplement avait dû lui gâter la cervelle. Ça l'a mise dans une fureur noire, tu peux me croire.

— Mais comment savais-tu que tu obtiendrais ce résultat ?

— Je l'ignorais ; je bouillais de colère et j'ai simplement dit ce qui me passait par la tête. » Je la sentis soupirer. « C'est un défaut que j'ai, et qui ne me rend pas populaire à la cour : j'ai la langue trop agile ; mais c'est aussi, je pense, la meilleure façon de s'adresser à un dragon. Je lui ai déclaré que, si elle n'était pas capable de forcer Glasfeu à honorer ses dettes, elle ferait mieux d'arrêter de jouer les grandes dames. J'ai horreur des gens qui prennent tout le monde de haut alors qu'à la première égratignure on s'aperçoit qu'ils ne valent pas mieux que les autres. » Elle s'interrompit puis reprit. « Ça vaut pour les dragons aussi. Dans les légendes, on les décrit comme pleins de sagesse, ou doués d'une force colossale, ou... »

Je la coupai : « Ils possèdent une force colossale, je peux te le garantir !

— Peut-être. Mais Tintaglia, par certains côtés, elle... elle me ressemble ; il suffit de lui chatouiller l'amour-propre, de la dire incapable de quelque chose pour qu'elle se sente obligée de prouver le contraire. Elle joue les mouches du coche, voire carrément les brutes, si elle ne pense pas avoir à redouter de retour de bâton ; et, au simple prétexte qu'elle vit très longtemps et qu'elle est née avec tous les souvenirs de ses ancêtres, elle nous traite comme des moucherons ou des fourmis dont l'existence n'a aucune valeur.

— À t'entendre, j'ai l'impression que vous avez eu de longues conversations sur ce sujet. »

Elle hésita un instant. « C'est une créature intéressante. Je ne pense pas que j'oserai jamais la qualifier d'amie ; elle se croit... ou, plus exactement, à mon avis, elle croit que je lui dois fidélité et obéissance ou adoration, simplement parce que c'est un dragon. Mais comment considérer quelqu'un comme un ami si je sais que cette personne n'accorderait pas plus d'importance à ma mort que moi à celle d'un moustique dans la flamme d'une bougie ? Pfuit ! Oh, il est mort ! Dommage. Comme si je n'étais qu'un animal ! » Elle arracha une fleur d'un parterre proche avec l'air de vouloir la mettre en pièces.

J'avais tressailli à sa dernière phrase ; elle le perçut.

« Non, je parlais d'un insecte ou d'un poisson, pas d'un loup. » Puis, comme si cette idée lui traversait seulement l'esprit, elle déclara : « Tu n'es pas tel que je te vois dans ma tête ; je m'en rends compte à présent. Je sais que tu n'es pas un loup. Je ne te considère pas comme un simple animal. Tu m'en veux ? » Précipitamment, elle repiqua la fleur sur sa tige brisée.

Elle m'avait froissé, mais j'aurais été bien en peine de m'en expliquer le motif, et à elle à plus forte raison. « Ce n'est pas grave. Je sais ce que tu voulais dire.

— Et, quand tu rentreras avec les autres, j'aurai enfin l'occasion de te rencontrer et de te voir tel que tu es réellement ?

— Quand je rentrerai, nous nous rencontrerons très probablement.

— Mais comment te reconnaîtrai-je ?

— Je me présenterai.

— D'accord. » D'un ton hésitant, elle ajouta : « Tu m'as manqué pendant ton absence. J'avais envie de te parler quand on m'a appris la mort de mon père, mais je ne te trouvais pas ; où étais-tu ?

— Quelqu'un de très important pour moi avait des ennuis ; je suis allé l'aider. Mais tout est rentré dans l'ordre, et nous allons bientôt revenir.

— Quelqu'un d'important pour toi ? Ferai-je sa connaissance ?

— Bien sûr ; il te plaira, je pense.

— Qui es-tu ? »

La question me prit au dépourvu. Je ne tenais pas à lui révéler tout de suite mon identité de Fitz-Chevalerie ni de Tom Blaireau, et je répondis au débotté : « Quelqu'un qui connaissait ta mère avant qu'elle ne rencontre Burrich et ne l'épouse. »

Je ne m'attendais pas à sa réaction. « Tu es si âgé que ça ? fit-elle, abasourdie.

— Et je viens de prendre encore un coup de vieux, je crois », répondis-je en riant.

Mais, loin de partager ma gaieté, elle dit d'un ton guindé : « Alors je suppose qu'à ton retour tu fréquenteras plus ma mère que moi. »

Je n'avais pas prévu cette complication ; la jalousie vibrait dans ses pensées. Je m'efforçai de l'apaiser. « Ortie, je vous porte de l'affection à toutes les deux depuis longtemps, et je continuerai ainsi. »

Plus froidement encore, elle demanda : « Vas-tu essayer de prendre la place de mon père auprès d'elle ? »

Avec une impression de sottise et de maladresse, je cherchai une réponse, puis, par un effort de volonté, affrontai une vérité que j'avais toujours esquivée. « Ortie, ils ont vécu ensemble – combien ? seize ans ? Ils ont élevé ensemble sept enfants ; crois-tu que quiconque puisse remplacer Burrich auprès de ta mère ?

— Je voulais seulement que la situation soit claire », dit-elle, un peu radoucie. Puis elle me signifia mon congé : « Et maintenant je dois te chasser de mes rêves au cas où le prince souhaiterait me contacter ; presque tous les soirs, sire Umbre ou lui me donnent des messages à transmettre à la reine. Je n'ai plus beaucoup de temps à consacrer à mes songes personnels. Bonne nuit, Fantôme-de-Loup. »

Là-dessus, son jardin parfumé et son monde délicatement crépusculaire s'effacèrent, et je me retrouvai dans l'obscurité. Il me fallut quelques instants pour m'apercevoir que je ne dormais pas et qu'étendu par terre dans la grotte de l'Homme noir je contemplais les ombres à peine éclairées par les braises du feu. Je repensai à ma conversation avec Ortie et jugeai stupide de ma part de lui avoir laissé entendre que j'avais jadis aimé sa mère ; et comment avais-je pu ne pas prévoir que les enfants de Molly, Ortie comprise, me regarderaient comme un intrus dans leur famille ? Saisi d'un découragement accablant, j'envisageai de ne pas m'approcher d'eux et de rester totalement à l'écart.

Mais aussitôt émergea une résolution de fer : non, je ne refuserais pas d'affronter le gâchis de mon existence. J'aimais toujours Molly, et il n'était pas impossible qu'elle nourrît quelques sentiments pour moi ; et, même dans le cas contraire, j'avais promis à Burrich de veiller au bien-être de ses plus jeunes fils. On aurait besoin de moi dans ce foyer, aussi défavorablement qu'on m'y accueillît. Certes, je risquais l'échec, et Molly pouvait m'éconduire. Mais je n'acceptais pas de renoncer avant d'avoir essayé.

Je rentrais chez moi.

7

D'UNE PIERRE À L'AUTRE

Depuis des temps immémoriaux, les Pierres Témoins se dressent, inébranlables face aux tempêtes et aux tremblements de terre, sur la colline des Témoins près du château de Castelcerf. Nul document n'indique qui les a levées là. Certains leur prêtent l'âge des fondations mêmes de la citadelle ; d'autres les disent plus vieilles encore. Diverses traditions se sont développées autour d'elles ; les couples y viennent prêter leurs serments de mariage, car, selon la légende, qui profère un mensonge devant elles sera puni par les dieux eux-mêmes. On affirme aussi que si deux hommes se battent à leur pied pour trancher un différend, les pierres les regarderont et donneront la victoire à celui qui dit la vérité.

Il existe de semblables colonnes dressées partout dans les Six-Duchés et ailleurs, apparemment toutes taillées dans la même roche noire, et fixées solidement dans le sol afin de résister aux éléments. Certaines sont ornées de runes, d'autres présentent un aspect lisse, mais un examen minutieux révèle des traces de glyphes dégradés par les intempéries ou effacés à coups de burin.

Nous n'avons pas trouvé mention de ces piliers

dans les manuscrits d'Art que nous possédons, mais il est pratiquement sûr qu'ils servaient aux Anciens de moyen de déplacement rapide. Je joins au présent document une carte où figurent tous les piliers d'Art – ainsi que nous les avons baptisés – connus ; elle s'accompagne d'une légende qui indique précisément quelle rune correspond à quelle destination. Bien que certains piliers d'Art semblent au néophyte dénués de toute marque, l'artiseur expérimenté peut néanmoins les employer pour voyager ; toutefois, cela ne signifie nullement qu'il faille laisser les débutants les emprunter seuls ; au contraire, ils doivent toujours être escortés par un utilisateur chevronné, et ne se servir des pierres pour se déplacer qu'en cas d'absolue nécessité. L'expérience peut se révéler pénible pour le novice et mener à un épuisement total, voire, en cas d'abus, à la folie.

Des piliers d'Art, UMBRE TOMBÉTOILE

*

Le fragile processus de rétablissement du fou s'effondra aux premières heures du matin. J'ouvris les yeux en l'entendant sursauter et se débattre dans son sommeil, et, quand je voulus l'éveiller, je le trouvai chaud et ne pus le tirer de ses cauchemars. Je m'assis près de lui, lui pris la main et lui murmurai des propos apaisants afin de le conduire vers des rêves moins agités. Mal à l'aise, je sentais l'Homme noir qui, allongé sur son lit, nous observait en silence. Je ne voyais pas ses yeux, mais je les savais posés sur moi. Il nous mesurait du regard et j'ignorais pourquoi.

À l'aube approchante, Umbre frappa à mon esprit ; à contrecœur, je le laissai entrer. *Tu peux rentrer à présent. Voici l'histoire que tu raconteras : le prince et moi t'avons renvoyé avant tout le monde, avec Lourd, à bord d'un navire marchand, parce que Lourd ne supportait pas les conditions de vie et que tu devais rapporter le plus vite possible des informations importantes à la reine. On te croira, je pense, à condition que tu évites de donner trop de détails. je me réjouis d'avance de ton retour à Castelcerf ; Ortie fait du bon travail, mais nous devons nous montrer extrêmement prudents quant aux rapports que nous lui demandons de transmettre et prendre grand soin de ne pas outrepasser ses capacités. Il devient impératif que je dispose de quelqu'un sur place à qui je puisse confier sans risque les renseignements destinés à Sa Majesté.*

Impossible pour le moment, Umbre. Le fou vient de tomber malade ; il n'est pas en état de voyager.

Le vieillard se tut quelques instants. *Mais, d'après ce que tu disais, tu n'aurais pas à le transporter très loin – jusqu'au pilier d'Art seulement, d'où il arriverait directement à Castelcerf, au chaud, en sécurité, avec des guérisseurs pour s'occuper de lui.*

J'aimerais que ce soit aussi simple. Le chemin qui mène au pilier est très périlleux, et il fait froid ; en outre, le fou supporte difficilement les déplacements d'Art. je ne veux pas risquer de l'affaiblir encore ; il a déjà vécu de trop dures épreuves.

Je comprends. Je sentis Umbre réfléchir à ma déclaration. *À ton avis, sera-t-il remis d'ici demain ? je puis à la rigueur t'accorder un jour supplémentaire.*

Je pris un ton ferme. *Je n'en sais rien ; mais je lui laisserai tout le temps dont il aura besoin, Umbre. je refuse de le mettre en danger.*

Très bien. L'agacement se mêlait à l'acceptation dans sa pensée. *S'il le faut.*

Il le faut, répondis-je, catégorique. *Nous rentrerons quand le fou aura recouvré des forces ; pas avant.*

Quand le matin arriva, l'angoisse me rongeait ; je n'ignorais pas que nombre de ceux qui meurent de blessures reçues au combat succombent au bout de plusieurs jours aux fièvres, aux fluxions et à la gangrène. Le trajet jusqu'à la grotte avait contrarié sa convalescence et exigeait bien des jours de repos. Le fou dormit d'un sommeil lourd jusqu'en début d'après-midi, puis il s'éveilla, les yeux collés, hagard, et but plusieurs tasses d'eau à la file. Prilkop insista pour que nous l'installions sur son lit ; le fou parcourut entre nous deux la courte distance d'un pas chancelant puis s'effondra sur la paillasse de l'Homme noir, exténué, et sombra aussitôt dans l'inconscience. Son front était chaud sous ma main.

« Il souffre peut-être seulement d'une de ses phases de mue, dis-je à Prilkop. Je l'espère ; je préférerais ça à une infection. Il restera fiévreux et faible plusieurs jours, puis il se mettra à peler comme après un coup de soleil, et la nouvelle peau aura une teinte plus sombre. S'il s'agit de ça, nous ne pouvons pas faire grand-chose, sinon veiller à son confort et prendre notre mal en patience. »

Prilkop lui toucha les joues et me sourit. « Ça, je pense que c'est. À certains de nous ça arrive ; le mal-être passe. » Puis il ajouta en regardant le fou : « S'il n'y a que ça. » Il secoua la tête. « Les blessures à lui étaient nombreuses. »

Une question me vint et je la posai sans m'interroger sur sa bienséance. « Pourquoi avez-vous changé ? Pourquoi le fou change-t-il ? La Femme pâle est restée blanche, elle. »

Il écarta les mains en signe de perplexité. « J'ai pensé beaucoup de fois à ça. Peut-être, comme nous faisons le changement, nous changeons. Les autres prophètes qui restent blancs parlent souvent beaucoup, mais font peu. Lui et moi, dans notre jeunesse, beaucoup de changements nous avons prédits, puis nous sommes allés faire les changements ; alors, peut-être, nous avons changé nous en même temps.

— Mais la Femme pâle aussi a œuvré pour modifier le monde. »

Il sourit avec une satisfaction farouche. « Elle essaie et elle échoue. Nous gagnons et nous changeons. » Il inclina la tête de côté. « Peut-être. Je suis vieux et je pense comme ça. » Il jeta un coup d'œil au fou endormi et prit l'air songeur. « De repos il a besoin ; dormir et bien manger. Et calme. Vous et Lourd, allez pêcher ; du poisson frais fera du bien à lui. »

Je fis un geste de dénégation. « Je refuse de le quitter dans l'état où il est. »

Avec douceur, Prilkop posa la main sur mon épaule. « Vous le rendez agité ; il sent vous inquiet. Pour le repos de lui, vous allez dehors. »

Près de la cheminée, Lourd intervint. « On devrait rentrer chez nous. Je veux rentrer à la maison. »

Je sursautai en entendant le fou m'appeler d'une voix rauque : « Fitz. »

Je bondis aussitôt à son chevet, une tasse pleine d'eau à la main. Il se détourna quand je l'approchai, mais j'insistai et l'écartai seulement quand il me fit signe qu'il n'avait plus soif. « Désires-tu autre chose ? »

Ses yeux brillaient de fièvre. « Oui. Que tu retournes aux Six-Duchés.

— Il délire, dis-je à Prilkop ; je ne peux pas l'emmener dans cet état. »

Le fou prit une grande inspiration et déclara péniblement : « Non... Je ne délire pas. Emmène Lourd. Rentre. Laisse-moi ici. » Une quinte de toux le saisit, et, d'un geste, il me demanda de l'eau ; il but à petites gorgées puis respira encore une fois profondément. Je l'aidai à se rallonger dans ses couvertures.

« Il n'est pas question que je t'abandonne ainsi. Je resterai aussi longtemps qu'il le faudra. Ne t'inquiète de rien, tu me trouveras toujours près de toi.

— Non. » Il s'exprimait du ton irritable et las des malades. « Écoute-moi. Je dois rester, ici. Quelque temps, avec Prilkop. J'ai besoin de comprendre, où je suis, quand je suis... Fitz, lui peut m'aider. Je ne vais pas mourir, tu le sais ; je mue, c'est tout. Ce que je dois apprendre, je dois l'apprendre seul. Rester seul un moment. J'ai besoin de réfléchir seul. Tu comprends, je le sais. J'ai été toi. » Du bout de ses doigts amaigris, il se frotta les joues et le front ; la peau sèche se plissa puis se détacha en lambeaux qui laissèrent voir la nouvelle teinte, plus sombre, de son visage. Il tourna les yeux vers Prilkop. « Il doit partir, dit-il, comme si l'Homme noir pouvait m'obliger à m'en aller. On a besoin de lui chez lui ; et lui a besoin de rentrer chez lui. »

Je m'assis par terre près du lit. Je comprenais ; je me rappelais ma longue convalescence à la sortie des cachots de Royal, le désarroi qui me poignait. On sort humilié de la torture ; céder, hurler, supplier, promettre... Si l'on n'a pas vécu cela soi-même, peut-être est-on incapable de le pardonner à un autre. Le fou avait besoin de solitude pour revoir l'image qu'il avait de lui-même ; je n'aurais pas voulu que Burrich me posât mille questions ; je ne voulais même pas de sa sollicitude ni de sa prévenance. Instinctivement, il l'avait compris et m'avait laissé rester des journées entières assis, les yeux dans le vague, au milieu d'une prairie ou au sommet d'une colline. Accepter que j'étais un homme et non un loup avait été pénible ; accepter que j'étais toujours le même homme l'avait été encore davantage.

Le fou sortit une main émaciée de ses couvertures ; il me tapota gauchement l'épaule puis caressa ma barbe du bout des doigts. « Rentre, et profites-en pour te raser. » Il fit un effort pour sourire. « Laisse-moi me reposer, Fitz. Laisse-moi seulement me reposer.

— Très bien. » Je m'efforçai de repousser le sentiment qu'il me chassait. Je me tournai vers Lourd. « Dans ce cas, je te ramène à la maison. Habille-toi chaudement, mais inutile de préparer ton paquetage : nous serons à Castelcerf avant le matin.

— Et on aura chaud ? demanda-t-il avec une soudaine fébrilité. Et des bonnes choses à manger ? Du pain frais et du beurre, du lait et des pommes, des gâteaux et des raisins secs ? Du fromage et du jambon ? Cette nuit ?

— Je ferai mon possible. Apprête-toi, et avertis Umbre que nous revenons ce soir. Je dirai aux gardes de la porte que nous sommes rentrés plus tôt que prévu, par le premier bateau, parce que tu avais froid.

— C'est vrai, j'ai froid, acquiesça-t-il de tout cœur. Mais pas de bateau ; tu as promis. »

Je n'avais rien promis, mais j'opinai du bonnet. « Pas de bateau. Prépare-toi, Lourd. » Je me retournai vers le fou ; il avait fermé les yeux. Je murmurai : « Eh bien, tu as ce que tu voulais, comme d'habitude. J'emmène Lourd ; je resterai absent un jour, deux au plus. Mais ensuite je reviendrai et je rapporterai des vivres et du vin. Qu'est-ce qui te ferait plaisir ? Qu'aimerais-tu manger ?

— As-tu des abricots ? » fit-il d'une voix défaillante. À l'évidence, il n'avait pas tout compris.

« J'essaierai de t'en trouver », répondis-je. Je doutais fort d'y parvenir, mais je m'en serais voulu de le contrarier. Doucement, je repoussai des mèches de cheveux de son visage brûlant ; je les sentis raides et sèches. Je regardai Prilkop, qui acquiesça lentement de la tête à ma supplique muette. Avant de partir, je remontai les couvertures sur les épaules du fou, puis je me penchai et, bien qu'il eût les yeux clos, appuyai mon front contre le sien. « Je ne tarderai pas à revenir », promis-je. Il ne répondit pas ; peut-être s'était-il déjà rendormi. Je me redressai et m'écartai du lit.

Prilkop nous souhaita bon voyage à l'entrée de la grotte. « Prenez soin de lui, recommandai-je à l'Homme noir. Je serai de retour demain ; veillez à ce qu'il mange. »

Il secoua la tête. « Pas si tôt. Déjà, vous avez utilisé les portes trop de fois, trop rapprochées. » Il mima l'extraction de quelque chose de sa poitrine. « Ça prend de vous, et si vous n'avez plus assez de vous, ça peut vous garder. »

Il plongea son regard dans le mien, comme pour s'assurer que je comprenais. Ce n'était pas le cas, mais je hochai la tête et répondis : « Je ferai attention.

— Adieu, homme Lourd ; adieu, Changeur du fou. » Puis, en désignant mon ami endormi du menton, il ajouta : « Je veille sur lui. Plus que ça, personne ne peut. » Enfin, l'air gêné, il demanda : « Le petit homme a dit fromage ?

— Fromage ? Oui. Je vous en rapporterai ; et aussi des herbes à tisane, des épices et des fruits, autant que je pourrai en prendre.

— Quand vous pouvez revenir sans danger, j'aurai plaisir. » Il rayonnait de bonheur ; nous le remerciâmes encore de son aide, puis nous nous mîmes en route. Le vent nocturne s'était levé et il faisait froid. Lourd, s'accrochant à la moindre de ses affaires, avait obstinément refusé d'abandonner son paquetage, si bien que ce fut chargé de son sac qu'il me suivit le long du raidillon qui menait à la faille de la falaise. Le ruissellement l'avait de nouveau rétrécie, et je dus dégainer mon épée pour la dégager encore une fois. Lourd, apeuré par les rafales et l'obscurité, répétait en geignant qu'il voulait rentrer à la maison, sans paraître comprendre que je devais d'abord rouvrir le chemin.

Je pus enfin me faufiler dans l'anfractuosité ; je pris Lourd par le bras et lui fis franchir l'étroite brèche à son tour, bien qu'il y restât bloqué un moment. Il me suivit ensuite, d'un pas qui ralentissait à mesure que nous approchions de l'étrange éclat bleuté. « Je n'aime pas ça, dit-il. On ne rentrera pas chez nous par là ; on s'enfonce dans la terre. Il faut faire demi-tour.

— Non, Lourd, ne t'inquiète pas. C'est seulement une vieille magie ; tout ira bien. Suis-moi.

— Tu as intérêt à ne pas te tromper ! » fit-il d'un ton menaçant, puis il m'emboîta le pas en jetant sans cesse des regards circonspects autour de lui. Plus nous descendions, plus il avançait avec prudence. Quand nous passâmes devant les premiers bas-reliefs des Anciens, il eut un hoquet de surprise et recula. « Les rêves du dragon ! J'ai vu ça dans les rêves du dragon ! » s'exclama-t-il. Puis il se tourna brusquement vers moi, comme si je l'avais dupé. « Je suis déjà venu ici, j'en suis sûr maintenant. Mais pourquoi il fait si froid ? Il ne faisait pas si froid !

— Parce que nous sommes sous la glace ; le froid vient de là. Allons, viens ; cesse de marcher aussi lentement.

— Il ne faisait pas si froid. » Sur cette réponse énigmatique, il se remit en route, mais pas plus vite qu'avant. Je croyais avoir gravé le trajet dans ma mémoire, mais je me trompai deux fois d'embranchement et dus rebrousser chemin, ce qui accentua la méfiance de Lourd à mon égard. Néanmoins, malgré sa lenteur et mes souvenirs erronés, nous parvînmes à la salle de la carte.

« Ne touche à rien », lui dis-je. J'examinai la représentation du monde en relief et plus particulièrement la rune inscrite près des quatre petits éclats précieux près de Castelcerf, qui figuraient, j'en avais la conviction, les Pierres Témoins. Depuis des générations, on les considérait comme des symboles de pouvoir et de vérité, des portes d'accès aux dieux, et je pensais aujourd'hui connaître l'origine de cette croyance. Je fixai soigneusement le glyphe dans mon esprit. « Viens, Lourd ; il est temps de rentrer chez nous. »

Il ne répondit pas ; je lui touchai l'épaule et il leva lentement le visage vers moi. Il s'était assis par terre et, d'une main, avait frotté le carrelage poussiéreux, dégageant un fragment de scène pastorale. Il affichait une expression presque hébétée. « Ils aimaient bien vivre ici, murmura-t-il. Ils jouaient souvent de la musique.

— Dresse tes murailles, Lourd », ordonnai-je, mais je n'eus pas le sentiment qu'il obéît. D'une poigne ferme, je lui saisis la main et l'entraînai dans l'escalier qui menait à la salle du pilier ; j'ignorais s'il m'écoutait, mais je lui expliquai à plusieurs reprises que nous devions nous accrocher l'un à l'autre pour traverser la colonne et retourner chez nous. Sa respiration profonde et régulière donnait l'impression qu'il dormait à poings fermés, et, inquiet, je me demandai s'il réagissait à l'influence de la cité qui s'étendait sous nos pieds.

Les Pierres Témoins, anciennes et usées, opéreraient-elles encore comme piliers d'Art ? Je préférais ne pas me poser la question. Après tout, le fou en avait utilisé une, or il disposait d'une magie bien moindre que moi. Je respirai à fond, tirai Lourd par la main d'une légère saccade pour le ramener à la réalité, puis pénétrai résolument dans la pierre, le petit homme à la remorque.

Le souffle coupé, j'éprouvai à nouveau une sensation, désormais presque familière, de suspension de l'être ; des ténèbres constellées d'une durée indéterminée parurent s'écouler, puis je posai le pied sur l'herbe de la colline près de Castelcerf. Lourd se trouvait avec moi. Le vertige me saisit tandis que mon compagnon allait s'asseoir, chancelant, sur le gazon. La chaleur de l'été s'étendit sur notre peau et les parfums d'une nuit estivale emplirent mes narines. Sans bouger, je laissai le temps à mes yeux de s'habituer à l'obscurité. Les quatre Pierres Témoins se dressaient derrière moi, tendues vers le ciel. J'aspirai une longue goulée d'air tiède ; je sentis l'odeur de brebis qui paissaient à peu de distance et celle, plus lointaine, de la mer. Nous étions revenus chez nous.

Je m'approchai de Lourd et posai la main sur son épaule. « Tout va bien ; nous sommes arrivés. Tu vois, je te l'avais dit : c'est comme passer une porte. » La tête me tourna soudain et je m'effondrai à plat ventre ; pendant un moment, je restai allongé en m'efforçant de contenir ma nausée.

« Ah bon, tout va bien ? demanda Lourd d'un ton pitoyable.

— Attends quelques instants, fis-je, haletant. Attends quelques instants, ça va passer.

— C'était aussi affreux que le bateau, reprit-il, accusateur.

— Mais plus court, répondis-je. Beaucoup plus court. »

Malgré mes affirmations, il nous fallut du temps pour nous remettre et pouvoir nous relever. Il nous restait un bon trajet à parcourir des Pierres Témoins jusqu'aux portes du château de Castelcerf, et Lourd soufflait et se plaignait bien avant que nous n'arrivions. Apparemment, le passage dans la cité des Anciens prise dans les glaces et la traversée des piliers l'avaient désorienté et fatigué, et je me faisais l'effet d'un monstre sans cœur à le pousser à se hâter en l'alléchant par des promesses de plats succulents, de bière fraîche et de lit chaud et moelleux. Le soleil levant illuminait notre chemin et nous permettait d'en éviter la plupart des accidents ; nous n'avions guère progressé que je portais déjà le paquetage de Lourd, puis son manteau et son chapeau. Il aurait continué à se dévêtir si je ne l'en avais empêché ; quand nous parvînmes aux portes de la forteresse sous le ciel éclatant de l'été, nous transpirions dans nos tenues hivernales.

Je pense que les gardes reconnurent mon compagnon avant de m'identifier sous ma barbe et ma chevelure hirsutes. Je leur expliquai qu'on nous avait renvoyés au pays à bord d'un cabotier outrîlien mal entretenu, que nous avions fait un très mauvais voyage et que nous étions bien soulagés d'être enfin à destination ; Lourd ne se fit pas prier pour renchérir sur ma piètre opinion des bateaux. Les soldats nous pressèrent de questions, mais je leur répondis que le début de notre voyage de retour remontait à quelque temps, que le trajet n'avait que trop duré et que j'avais ordre de me présenter devant la reine avant de rien annoncer publiquement. Ils nous laissèrent passer.

À cette heure du jour, on rencontrait surtout des hommes d'armes et des domestiques dans le château. J'abandonnai Lourd aux cuisines : les occupants de la salle de garde avaient appris à tolérer la présence du compagnon du prince ; ils plaisanteraient avec lui, non sans rudesse, écouteraient ses histoires et les mesureraient à leur aune. S'il se vantait d'avoir vu des dragons, pénétré dans des piliers magiques ou rencontré des Hommes noirs, ils prendraient ces affirmations avec un solide grain de sel. Je ne pouvais pas l'emmener avec moi, et c'était là qu'il serait sans doute le plus en sécurité ; en outre, il aurait la bouche trop pleine pour pouvoir parler beaucoup. Je le laissai donc devant un repas chaud en lui recommandant, après s'être restauré, d'aller se coucher dans sa chambre ou de chercher Sada, de lui demander un bain et de bien insister sur le fait que nul n'avait succombé au mal de mer pendant l'expédition.

J'emportai un petit pain frais et le dévorai en me rendant aux baraquements. L'air tiède me paraissait chargé d'odeurs par contraste avec l'atmosphère froide et stérile dans laquelle j'avais passé les dernières semaines. Je trouvai la section des gardes de la longue caserne basse déserte et poussiéreuse. Je me débarrassai de mes épais lainages ; je mourais d'envie de prendre le temps de me laver et de me raser, mais je me bornai à enfiler un uniforme propre ; j'aspirais encore plus à m'affaler sur mon lit, mais il me fallait voir la reine le plus vite possible. Je savais aussi qu'elle ne m'attendait pas si tôt.

Je gagnai ensuite la salle qui donnait sur les dépenses et les garde-manger des cuisines. Je vérifiai que nul ne pouvait m'apercevoir puis m'introduisis dans l'office dont l'armoire était munie d'un faux fond ; on y rangeait les jambons et les saucisses fumées, et je chipai une de ces dernières avant de refermer la porte dérobée derrière moi et d'entamer la longue ascension des degrés. J'avançais à tâtons, les mains tendues devant moi, car il régnait une obscurité de poix dans les marches. J'avais terminé le produit de ma rapine quand j'arrivai à l'entrée de la salle d'Umbre, poussai la porte et franchis l'ouverture.

Je fus accueilli par des ténèbres empreintes d'une odeur de moisi. Je trouvai la table de travail aux dépens de ma hanche, sacrai, puis me dirigeai à l'aveuglette vers la cheminée, sur le manteau de laquelle je pris la boîte d'amadou. Quand je parvins enfin à obtenir une maigre flammèche dans l'âtre à l'abandon, je me hâtai d'y allumer les bougies à demi consumées du candélabre posé sur le linteau afin d'éclairer un peu la pièce, puis j'alimentai le feu, davantage pour sa lumière que pour sa chaleur. Les aîtres avaient pris un aspect lugubre, la poussière s'était déposée partout et l'air avait croupi ; la flambée assainirait l'atmosphère.

Je sentis la présence de Girofle un instant avant qu'il jaillît d'une de ses cachettes, tout excité à l'idée du retour de ceux qui apportaient des saucisses. Quand il constata qu'en fait de saucisses je n'en portais que le parfum et quelques traces de graisse sur les doigts, il me donna un petit coup de dents mécontent et tenta d'escalader ma jambe.

« Pas maintenant, mon petit ami ; j'irai te chercher des friandises plus tard. Je dois d'abord me rendre chez la reine. » Rapidement, je nouai mes cheveux en queue de guerrier ; j'aurais voulu avoir le temps de mieux m'apprêter, mais, je le savais, Sa Majesté préférerait me voir débraillé qu'attendre que je me pomponne. J'empruntai à nouveau les couloirs secrets, par lesquels je gagnai la porte qui donnait sur une pièce dissimulée des appartements de la reine, et, de là, dans son petit salon privé. J'y collai l'oreille, peu désireux de me présenter impromptu si elle avait de la visite, et je faillis m'effondrer quand Kettricken l'ouvrit brusquement.

« J'ai entendu vos pas. Ah, j'ai l'impression d'avoir passé la journée à vous attendre ! Que je suis heureuse de vous savoir revenu, Fitz ! De pouvoir enfin parler à quelqu'un sans contrainte ! »

Je ne reconnaissais pas la reine calme et posée dont j'avais l'habitude. Elle avait l'air hagarde et angoissée ; la pièce elle-même, qui respirait ordinairement la sérénité, frôlait le désordre : sur la table basse, la mèche des bougies blanches était trop longue et un verre de vin au quart plein traînait, abandonné ; une théière et des tasses, disposées à notre intention, trônaient au milieu d'un semis d'herbes à tisane, et sur un coin du meuble reposaient deux manuscrits traitant des îles d'Outremer et de leurs coutumes.

Je devais apprendre plus tard que les messages sporadiques et sibyllins envoyés par Umbre et Devoir par le biais d'Ortie n'étaient pas seuls responsables de son état de nerfs : un conflit ouvert s'était déclaré dans les Six-Duchés entre le Lignage et les Pie pendant notre absence, et, depuis trois semaines, elle affrontait des meurtres et des représailles qui entraînaient d'autres meurtres et représailles. Bien qu'on n'eût pas signalé d'assassinat au cours des six derniers jours, elle redoutait toujours qu'on frappât à sa porte et qu'on lui remît un bâton de messager. L'ironie du sort voulait qu'elle, qui avait imposé à ses nobles la tolérance envers les vifiers, dût voir à présent les mêmes vifiers s'entredéchirer.

Mais nous ne parlâmes pas de cela ce matin-là. Elle me demanda un compte rendu complet afin de mieux fonder les décisions que Devoir et Umbre exigeaient d'elle. Je m'exécutai docilement, mais elle m'interrompit presque aussitôt : en quoi ma première entrevue avec le Hetgurd se rattachait-elle avec les événements présents ? Pensais-je que la famille d'Elliania nous en voudrait de l'emmener chez nous pour la sacrer souveraine de notre royaume ? La jeune fille acceptait-elle de bonne grâce de s'unir à Devoir ?

À la cinquième interruption du même genre, elle se reprit. « Pardon. » Elle s'assit sur un banc bas près de la table. Je la sentais contrariée que je n'eusse pas assisté au retour de l'expédition d'Aslevjal à la maison maternelle d'Elliania : mon absence m'empêchait de lui donner mon opinion sur les réactions des Outrîliens devant l'apparition du dragon.

Comme elle s'apprêtait à poser une nouvelle question, je l'arrêtai de la main. « Pourquoi ne pas contacter le prince ou le conseiller Umbre ? C'est pour cela que je suis revenu. Qu'ils répondent à vos questions les plus pressantes, puis, si nécessaire, je vous rendrais compte en détail de tout mon périple. »

Elle sourit. « Vous parlez aujourd'hui de votre magie comme d'une chose naturelle ; moi, elle continue de me surprendre. Ortie opère de son mieux, et c'est une jeune femme charmante ; mais Umbre a l'obsession du secret et les messages de Devoir semblent contraints. Joignez mon fils, s'il vous plaît. »

S'ensuivit la séance d'Art la plus fatigante que j'eusse jamais endurée. Je m'étais préparé à une importante dépense d'énergie, mais, ce matin-là, je compris véritablement le rôle que jouaient les clans d'antan auprès de leur roi. Connaissant le cœur de mère de Kettricken, je contactai d'abord Devoir, qui m'exprima sa joie de me découvrir revenu sain et sauf à Castelcerf ; là-dessus, il se lança dans un épanchement plein d'émotion destiné à la reine, si abondant que j'eus du mal à suivre son débit, avec une familiarité qui convenait à la relation qui les unissait mais que j'avais du mal à rendre. Quand il passa à l'exposé de ses réflexions sur les événements qui avaient émaillé son voyage, j'eus là encore quelque peine à ne pas le corriger, car, inévitablement, son point de vue ne coïncidait pas parfaitement avec le mien.

Il expliqua qu'il avait proposé à Elliania de la libérer de leur promesse mutuelle, après qu'ils avaient frôlé la dispute : elle ne voyait nulle raison qui lui interdisait de se marier et de demeurer néanmoins narcheska des Narvals cependant que Devoir vaquait à ses occupations, allait et venait ainsi que les autres époux et amants. Par mon biais, il confia à sa mère qu'il l'avait profondément vexée en répondant qu'il ne pouvait renoncer à son trône pour devenir son époux. *Pourquoi pas ? m'a-t-elle alors demandé. N'exigeais-je pas d'elle le même sacrifice, l'abandon de son foyer, de sa famille et de son titre pour devenir mon épouse dans une terre étrangère ? Pis encore, ne dépouillais-je pas à l'avance son clan des enfants qui devraient lui revenir en toute légitimité ? Ça a été une scène pénible, mère, où elle m'a montré la situation sous un jour complètement nouveau. Aujourd'hui encore, quand j'y songe, je m'interroge sur la justesse de notre entreprise.*

« Mais elle serait reine chez nous ! Ces gens n'accordent-ils aucune valeur à l'honneur et à la puissance qui s'attachent à ce titre ? »

Quand j'eus transmis la question de Kettricken, je sentis du regret dans la réponse de son fils. *Elle ne serait plus du Narval. Tout d'abord, sa mère a refusé de la laisser partir, et Elliania s'est fâchée ; elle a menacé de quitter son clan sans la permis-*

sion maternelle. Il régnait une tension effrayante. Peottre s'est rangé de son côté, mais pratiquement toutes les femmes du clan s'opposaient à elle. Sa mère a déclaré que, si elle s'en allait, elle abandonnerait les siens pour devenir une... enfin, bref, le terme est intraduisible, mais il n'a rien d'honorant pour une femme ; il désigne une personne qui vole les siens pour donner à des étrangers. Nombre de leurs lois, y compris celles qui régissent l'hospitalité, soulignent qu'il faut subvenir avant tout aux besoins de la famille ; il s'agissait donc d'une grave insulte.

Je fis part au prince de l'inquiétude de Kettricken. *Mais la question est résolue, à présent ? Elle quittera son peuple avec son honneur intact ?*

Je pense. Sa mère et la Grande Mère ont donné leur consentement ; toutefois, vous savez comme moi que la parole ne reflète pas toujours la pensée, tout comme certains de nos nobles tolèrent le Lignage en s'en tenant à la lettre de la loi, mais sans réelle volonté de justice.

Je ne sais que trop ce que tu veux dire ; il s'est déroulé des événements tragiques ici, Devoir, depuis votre départ. J'y ai paré au mieux, mais j'attends avec impatience le retour de Trame. Il y a eu des effusions de sang épouvantables, et beaucoup de mes nobliaux murmurent qu'ils l'avaient prédit, que les vifiers ne valent pas mieux que les bêtes avec lesquelles ils s'unissent et que, libérés du frein de la sanction, ils s'entre-massacrent à cœur joie. L'ardeur des membres du Lignage à éliminer les Pie a noirci la réputation des vifiers plus qu'elle ne l'a blanchie.

Leur conversation se poursuivit ainsi, sautant d'un sujet à l'autre. Au bout d'un moment, j'eus l'impression qu'ils avaient oublié ma présence tandis que je m'enrouais la voix à répéter tout ce que

Devoir souhaitait dire à sa mère. Je perçus son soulagement que ni Umbre ni Ortie n'y participât. Il confia à Kettricken les doutes qui l'assaillaient, mais aussi les petites victoires qu'il remportait et savourait dans la cour qu'il faisait à sa fiancée ; elle aimait une certaine nuance de vert, et il s'efforça de la décrire du mieux possible, car il espérait qu'on pourrait l'intégrer à la décoration des appartements d'Elliania à Castelcerf. Il égrena aussi plusieurs griefs sans gravité à l'encontre d'Umbre, sur la façon dont il avait mené les dernières négociations, et plusieurs domaines dans lesquels il voulait que la reine serrât la bride au conseiller ; là-dessus, la souveraine et le prince se trouvèrent en désaccord, et je dus à nouveau me tenir à quatre pour rester strictement dans mon rôle d'intermédiaire et me garder d'ajouter mon grain de sel à leurs échanges.

Et, peu à peu, tandis qu'ils usaient de ma magie dans l'intérêt du trône Loinvoyant, je pris conscience de la présence du courant d'Art. L'attraction qu'il exerçait sur moi avait changé ; ce n'était plus l'impulsion tentatrice de me jeter dans le fleuve et de m'y perdre que je connaissais bien ; l'impression m'évoquait plutôt celle d'une mélodie provenant d'une pièce voisine, une ravissante mélodie qui détourne l'attention jusqu'à ce qu'on s'y immerge totalement. D'abord lointaine, comme un grondement de rapides qu'on perçoit alors qu'on navigue encore dans des méandres calmes, elle m'attira, mais doucement, et je crus y rester insensible. Les propos du prince et de la reine s'écoulaient à travers moi et je n'avais guère à prendre garde à ce que je disais ni aux pensées que j'envoyais à Devoir.

Progressivement, il me sembla que l'Art lui-même s'écoulait à travers moi, comme si je fusse devenu le fleuve de magie, et il fallut que la reine se penchât et me secouât rudement pour me réveiller brusquement.

« Fitz » cria-t-elle, et je transmis docilement à Devoir : *Fitz !*

Puis : *Sortez-le de sa transe par tous les moyens ! Jetez-lui de l'eau à la figure, pincez-le ! je crains de me retirer tout de suite ; il risque de sombrer tout à fait.*

Comme je répétais ces mots à Kettricken, elle prit sa tasse de tisane, désormais presque froide, et m'en éclaboussa le visage. Je crachai, toussai, puis repris conscience de mon environnement. « Pardonnez-moi, dis-je en m'essuyant avec ma manche. Ça ne m'était encore jamais arrivé – du moins, pas de cette façon. »

La reine me tendit un mouchoir. « Nous avons connu de petites difficultés du même genre avec Ortie ; c'est une des raisons pour lesquelles Umbre voulait que vous arriviez ici au plus vite.

— Il y a fait allusion, en effet. Dommage qu'il ne m'ait pas fourni plus de détails ; je me serais débrouillé pour revenir plus tôt.

— Il faut la former à l'Art, Fitz, et sans attendre. Il aurait d'ailleurs fallu commencer il y a bien longtemps.

— Je m'en rends compte à présent, avouai-je avec humilité. Bien des choses auraient dû commencer il y a longtemps ; mais, maintenant que je suis de retour, j'ai l'intention de m'y atteler bientôt.

— Pourquoi pas tout de suite ? demanda Kettricken tout uniment. Je puis appeler ma chambrière et l'envoyer chercher Ortie ; vous pouvez faire connaissance dès maintenant. »

Un effroi sans nom me saisit. « Non, pas tout de suite ! » Je me repris : « Pas ainsi, ma dame, je vous en prie. Permettez-moi d'abord de me laver, de me raser – et de me reposer. » J'inspirai profondément. « Et de me restaurer, ajoutai-je en m'efforçant d'effacer toute note de reproche de ma voix.

— Oh, Fitz, pardonnez-moi ! J'ai laissé mes besoins et mes désirs prendre le pas sur les vôtres. Quel égoïsme ! Je m'en excuse.

— Non, il le fallait, lui assurai-je. Voulez-vous que je joigne Devoir à nouveau ? Ou Umbre ? Vous ne savez pas encore tout de l'expédition, loin de là.

— Pas pour l'instant. J'estime préférable que vous vous absteniez d'artiser un moment. »

J'inclinai la tête. Seul dans mon esprit, j'éprouvais une sensation de vacuité, comme si j'étais incapable de former une pensée personnelle. Cela dut se voir sur mon visage, car Kettricken se pencha pour poser la main sur la mienne. « Un peu d'eau-de-vie, sire FitzChevalerie ?

— S'il vous plaît », répondis-je, et ma reine se leva pour aller quérir l'alcool.

Quelque temps plus tard, je rouvris brusquement les yeux. J'avais un châle sur les épaules, et mon menton reposait sur ma poitrine ; mon verre plein m'attendait sur la table devant moi. Kettricken se tenait assise, en silence, le regard baissé sur ses doigts croisés. Je compris qu'elle méditait et ne souhaitai pas la déranger ; mais elle parut s'apercevoir de mon réveil presque aussitôt que je relevai les paupières. Elle m'adressa un sourire las.

« Ma reine, je vous présente mes plus humbles excuses.

— Vous êtes debout depuis longtemps. » Elle étouffa un petit bâillement et poursuivit : « J'ai demandé un petit-déjeuner, et j'ai prévenu ma chambrière que j'avais une faim de loup ; elle voudra ranger cette pièce avant de disposer les affaires. Cachez-vous et attendez que je vous fasse signe. »

Je restai donc quelques moments assis dans le noir sur les marches derrière le panneau secret. Je fermai les yeux, mais sans m'endormir ; néanmoins, ce n'étaient pas les fardeaux des Six-Duchés qui pesaient sur mes pensées : je n'avais là-dedans qu'un rôle d'instrument. Je mangerais en compagnie de la reine, ferais un tour aux étuves, me raserais, prendrais un peu de sommeil puis trouverais un moyen de sortir discrètement du château pour regagner les Pierres Témoins. Mais d'abord je chaparderais des provisions dans les garde-manger, du fromage, des fruits et du vin pour le fou et l'Homme noir ; sans doute aussi du pain frais leur ferait-il plaisir. Je souris en songeant à leur joie devant ce changement de leur ordinaire. Peut-être le fou irait-il mieux et se trouverait-il en état de voyager ; dans ce cas, je les ramènerais tous deux à Castelcerf où mon ami recevrait les meilleurs soins. Et enfin je serais libre d'aller chez Molly pour combler l'abîme des ans. J'entendis la reine toquer au panneau.

Elle avait profité de l'interruption pour se peigner et changer de robe. Le petit-déjeuner qui trônait sur la table aurait amplement suffi à l'appétit de plusieurs personnes ; de la vapeur montait d'une tisanière à motif de fleurs, et je sentis l'odeur du pain frais et du beurre qui fondait dans le gruau bouillant, à côté d'un ramequin plein d'épaisse crème jaune.

« Venez vous restaurer, me dit-elle. Et, si vous pouvez encore parler, racontez-moi vos aventures et la façon dont vous avez réussi, Lourd et vous, à revenir aussi vite. »

Je mesurai alors toute la confiance que la reine plaçait en moi. On avait omis nombre d'informations dans les messages que lui transmettait Ortie afin de préserver les secrets d'Umbre, et on ne lui avait appris mon retour qu'à travers de subtiles indications ; néanmoins, elle avait eu la conviction que je retournerais auprès d'elle. Aussi, tandis que nous mangions, entrepris-je presque malgré moi de lui donner un nouveau compte rendu. Elle savait écouter et elle avait été ma confidente plus d'une fois au cours des ans ; peut-être cela explique-t-il que je lui dévoilai la vérité bien plus qu'à quiconque. Je lui relatai ma quête de la dépouille du fou dans la cité, et elle ne chercha pas à retenir ses larmes quand je lui décrivis dans quel état je l'avais découvert ; puis ses yeux clairs exprimèrent l'étonnement quand je lui narrai par quel moyen nous étions retournés à la place abandonnée, et à elle seule je confiai mon incursion dans la mort, à elle seule je narrai notre visite aux dragons et la restitution de la couronne aux coqs.

Une fois seulement, elle me coupa. Je venais de lui dire que j'avais débarrassé Vérité le dragon de la poussière et des feuilles mortes qui s'étaient déposées sur lui ; aussitôt, elle me saisit le bras dans une poigne fraîche mais dure.

« Par ces piliers, si vous me teniez par la main, vous pourriez me conduire à lui ? Ne fût-ce qu'une fois ? Je sais, je sais que je ne le retrouverais pas vraiment ; mais rien que toucher la pierre qui l'emprisonne... Oh, Fitz, vous n'avez pas idée de ce que cela représenterait pour moi !

— Faire traverser un pilier à quelqu'un qui ne possède pas l'Art... J'ignore comment votre esprit supporterait cela ; l'opération pourrait se révéler pénible, voire dangereuse, ma reine. » Je répugnais à lui faire courir de tels risques, mais plus encore à la décevoir.

« Et Devoir, poursuivit-elle comme si elle n'avait pas entendu ma mise en garde, Devoir doit voir une fois au moins le dragon de son père ; le sacrifice de Vérité prendrait un aspect plus concret et il verrait peut-être le sien sous un jour moins douloureux.

— Son sacrifice ?

— N'avez-vous donc pas entendu ce qu'il ne pouvait exprimer ? En tant qu'homme, il aurait pu rester dans les îles d'Outre-mer avec Elliania, devenir son époux et se voir accueillir par sa famille ; en tant que prince, cela lui est interdit. Il ne s'agit pas là d'un mince sacrifice, FitzChevalerie. Certes, Elliania l'accompagnera chez nous, mais un mur en restera toujours dressé entre eux. Vous-même savez par expérience à quel point il est cruel de trahir celle que vous aimez à cause de votre devoir envers votre peuple. »

Sans me demander si mon projet était raisonnable, je répondis : « Je vais la rejoindre ; ce sacrifice-là touche à son terme. Burrich mort, plus rien ne nous sépare ; je vais reprendre ma Molly. »

Au silence qui suivit ma déclaration, je compris que j'avais choqué ma reine. Pour finir, elle dit avec douceur : « Je me réjouis que vous ayez enfin pris cette décision. Mais entendez-moi en tant que femme et amie : ne vous précipitez pas pour retrouver Molly. Laissez d'abord son fils rentrer et laissez le temps à sa famille de se remettre de sa terrible blessure. Ensuite, approchez-la, mais soyez vous-même ; ne vous présentez pas comme un homme qui vient prendre la place de Burrich. »

J'avais reconnu la sagesse de ses paroles alors même qu'elle les prononçait ; mais mon cœur me hurlait de courir chez Molly sans attendre pour commencer, le plus tôt possible, de combler les années perdues. Je courbai le cou, soudain conscient de l'égoïsme de cet élan. Il me serait difficile de me tenir à l'écart et de refréner mon impatience, mais il le fallait pour le bien des enfants de Burrich.

« Cela vaut pour Ortie aussi, reprit Kettricken, implacable. Elle comprendra bientôt qu'un changement est intervenu quand elle constatera que je ne fais plus appel à elle pour me transmettre les messages de Devoir. Toutefois, si vous m'en croyez, ne hâtez rien, et surtout ne cherchez pas à remplacer son père – car Burrich était son père, Fitz, sans que vous y ayez quelque responsabilité, et il le restera. Vous devrez trouver un autre rôle à jouer dans sa vie et vous en satisfaire. »

Propos difficiles à entendre et plus encore à accepter. « Je sais. » Je soupirai. « Je lui enseignerai l'Art ; ce temps-là, au moins, n'appartiendra qu'à nous deux. »

Je repris le fil de mon récit, et, quand j'en atteignis le terme, la tisanière était vide. Je restai un peu confus devant les plats vides, auxquels Kettricken n'avait sans doute guère touché. Les yeux irrités, je battis des paupières, et je m'efforçai de dissimuler un grand bâillement. La reine me regarda d'un air fatigué.

« Allez dormir, Fitz.

— Merci, Votre Majesté. » Puis, sachant bien que je n'étais pas censé connaître l'identité de l'élève du vieux conseiller, je demandai : « Si vous aviez la bonté de parler à l'apprentie d'Umbre, cela me serait d'une grande aide. Il faisait déposer des fournitures dans la troisième resserre de la salle de l'est pour que Lourd les porte dans sa tour. Dès que le fou pourra voyager, j'ai l'intention de le ramener à Castelcerf, et il se trouverait peut-être le mieux dans la pièce secrète en attendant de pouvoir se défaire de son personnage de sire Doré. L'apprentie d'Umbre pourrait y reconstituer les réserves si elle... » Je me mordis la langue ; je m'étais coupé, trahi par l'épuisement.

La reine me regarda avec un sourire indulgent. « Je dirai à dame Romarin de prendre les dispositions nécessaires. Et si je dois vous voir ? »

Je réfléchis un instant, puis l'évidence me sauta aux yeux. « Priez Ortie de contacter Lourd. »

Elle secoua la tête. « Je compte la renvoyer parmi les siens quelque temps ; ils ont besoin d'elle. Dans les circonstances présentes, il est cruel de les tenir séparés. »

J'acquiesçai. « Lourd ne quittera pas le château, lui ; vous pourriez le garder à vos côtés ; cela l'occuperait et l'empêcherait de raconter à qui voudrait l'entendre comment il est rentré. »

Elle opina gravement. Je m'inclinai, saisi soudain d'une terrible fatigue.

« Allez, Fitz, et que mes remerciements vous accompagnent. Oh ! » Sa brusque exclamation m'alerta.

« Qu'y a-t-il ?

— On attend dame Patience. Elle m'a annoncé sa visite en même temps qu'elle m'a déclaré souhaiter donner Flétribois à dame Ortie ; elle m'a également prévenue qu'elle désirait me consulter sur “d'importantes questions concernant certains héritages à prévoir dès à présent”. »

Inutile de tourner autour du pot. « Elle sait sûrement qu'Ortie est ma fille. Eda ait pitié de la pauvre enfant si Patience a décidé de prendre en main son éducation ! » J'eus un sourire mi-figue, mi-raisin au souvenir des leçons dont m'avait abreuvé jadis l'épouse de Chevalerie.

La reine hocha la tête, puis demanda d'un ton solennel : « Quel est le dicton, déjà ? Tous vos poulets sont rentrés au poulailler ?

— Je crois, oui. Mais, curieusement, ma reine, je me réjouis de les voir.

— Je suis heureuse de vous l'entendre dire. » D'un signe de tête, elle me congédia.

Je sortis, et la remontée jusqu'à la tour d'Umbre me parut interminable. Quand j'arrivai enfin, je m'allongeai sur le lit, fermai les yeux et tentai de m'endormir, mais j'eus tout à coup le sentiment que le fleuve d'Art était tout proche ; peut-être cela tenait-il à ce que j'avais longuement artisé pendant la matinée. J'ouvris les paupières et m'aperçus que je dégageais une odeur peu agréable ; avec un soupir, je me résolus à me laver avant de me laisser aller au sommeil.

Une fois de plus, je traversai l'immense château, en évitant la salle de garde et l'inévitable barrage de questions qui m'y attendait. Je trouvai les étuves à peu près désertes à cette heure du jour ; les deux gardes que j'y rencontrai ne me connaissaient pas, et ils me saluèrent avec affabilité mais sans curiosité. J'en fus aussi soulagé que de me raser. Après un soigneux décrassage qui me laissa l'impression d'être un légume blanchi à l'eau bouillante, je ressortis propre comme un sou neuf et prêt à dormir.

Ortie m'attendait devant les étuves.

8
FAMILLE

Je devrai donc me rendre moi-même à Castelcerf, au plus fort de l'été, parce que je n'ose pas confier à un courrier les nouvelles que j'apporte ni les objets que je dois remettre. Ma vieille Brodette tient à m'accompagner malgré une peine à respirer qui l'a prise récemment ; je vous prierai donc, pour son bien-être, de nous fournir des appartements dont l'accès n'exige pas l'ascension de trop nombreux escaliers.

Je vous demanderai de m'accorder une audience privée, car le temps est venu pour moi de révéler un secret que je garde depuis de longues années. N'étant point sotte, vous l'avez, je gage, déjà deviné en partie, mais j'aimerais néanmoins discuter avec vous des mesures à engager pour le bien de la jeune femme concernée.

Missive de dame Patience à la reine Kettricken

*

Je l'identifiai aussitôt à ses cheveux courts ; pourtant, là s'arrêtait la ressemblance avec l'image d'elle que j'avais en rêve. Elle portait une robe de voyage verte, coupée pour la monte, et un manteau en laine marron, pratique et simple. À l'évidence, elle se voyait des traits communs avec sa mère, car elle se présentait ainsi dans mes songes ; à mes yeux, elle se rapprochait beaucoup plus du père de Molly, avec des caractéristiques Loinvoyant, et c'est un regard Loinvoyant qu'elle fixa sur moi quand j'apparus, anéantissant l'espoir que je nourrissais de passer en demeurant anonyme.

Je me pétrifiai sur place avec une impression d'hébétude, incapable de prendre la moindre initiative. Elle continua de me regarder dans les yeux, puis, au bout d'un moment, elle demanda calmement : « Crois-tu que je ne te verrai pas si tu restes parfaitement immobile, Fantôme-de-Loup ? »

J'eus un sourire benêt. Elle avait une voix grave, inattendue chez une adolescente, semblable à celle de Molly à son âge. « Je... Non, bien sûr ; je sais que tu me vois. Mais... comment m'as-tu reconnu ? »

Elle fit deux pas vers moi. Je parcourus de l'œil les alentours puis entrepris de m'éloigner des étuves ; le spectacle d'une jeune noble de Castelcerf en train de bavarder à bâtons rompus avec un garde plus vieux qu'elle risquait de susciter des commentaires. Elle m'accompagna sans poser de questions jusqu'à un banc en retrait du jardin des Femmes. « Oh, sans difficulté ! Tu avais promis de te montrer à moi, non ? J'ai appris que tu rentrais, grâce à Devoir avec qui j'ai parlé cette nuit et qui m'a annoncé qu'on allait me relever de mes services pendant quelque temps. Aussi, quand la reine m'a fait mander et m'a dit que j'allais peut-être retourner chez moi, j'ai compris ce que ça signifiait : tu étais revenu. Et puis, en sortant (un sourire de pur plaisir illumina son visage), j'ai croisé Lourd qui se rendait chez Sa Majesté. J'ai su à qui j'avais affaire grâce à sa musique autant qu'en entendant annoncer son nom, et lui aussi m'a reconnue tout de suite. Il s'est jeté dans mes bras comme un fou ! Dame Sydel en a été choquée, mais elle s'en remettra. Je lui ai demandé où se trouvait son compagnon de voyage ; il a fermé les yeux un moment et m'a répondu : "Aux étuves". Je suis donc venue t'attendre à la sortie. »

Je regrettai que Lourd ne m'eût pas prévenu. « Et tu as su qui j'étais rien qu'en me voyant ? »

Elle eut un petit grognement méprisant. « Non, à ton expression effondrée à te savoir percé à jour. Aucun des autres hommes qui sont sortis avant toi n'a fait cette tête-là devant moi. » Elle me lança un coup d'œil en coin, très contente d'elle-même ; néanmoins, je distinguai aussi de minuscules étincelles furieuses dans son regard. Montrais-je les mêmes quand j'étais en colère ? Elle s'exprimait d'un ton calme et raisonnable, comme Molly parfois quand elle commençait à bouillir. Je réfléchis un instant et jugeai qu'elle avait le droit de m'en vouloir : j'avais promis de me présenter à elle dès mon retour, or j'avais tenté de me défiler.

« Eh bien, voilà, tu m'as trouvé, dis-je avec un à-propos lamentable, et je compris aussitôt que c'était la phrase à ne pas dire.

— Mais pas grâce à toi ! » Et elle s'assit sur le banc d'un mouvement ferme. Je restai debout, conscient de notre apparente différence de rang. Elle devait lever les yeux pour me regarder, mais c'est d'un ton impérieux qu'elle demanda : « Comment vous nommez-vous, messire ? »

Je dus lui donner le nom que je portais quand j'endossais l'uniforme bleu de la garde de Castelcerf. « Tom Blaireau, ma dame, de la garde du prince. »

On eût cru soudain un chat qui tient une souris entre ses pattes. « Voilà qui m'arrange. La reine a dit qu'elle me fournirait un garde pour m'escorter chez moi ; je vous emmène. » Elle me lançait un défi.

« Je ne suis pas libre de vous accompagner, ma dame. » Ma réponse sonnait comme une mauvaise excuse, et j'ajoutai aussitôt : « C'est moi qui me charge désormais de vos devoirs, comme vous l'avez deviné. J'agis comme intermédiaire entre sire Umbre, le prince Devoir et notre gracieuse reine.

— Lourd pourrait sûrement remplir le même office.

— Sa puissance est grande, mais il a ses limites, ma dame.

— Ma dame ! répéta-t-elle dans un marmonnement dédaigneux. Comment dois-je vous appeler alors ? Sire Loup ? » Elle secoua la tête, exaspérée. « Je sais bien que tu me dis la vérité. Tant pis pour moi. » Ses épaules se voûtèrent soudain ; sa jeunesse et sa peine devinrent plus visibles. « C'est une histoire pénible que je dois rapporter à ma mère et mes frères ; mais ils ont le droit de savoir comment notre père est mort, et aussi que Leste ne l'a pas abandonné. » Par réflexe, elle se passa les mains dans les cheveux, laissant des pics et des épis dans son sillage. « Cette magie de l'Art me coûte fort ; elle m'a arrachée à ma famille et me retient ici au moment où ma mère a le plus besoin de moi. » Elle se tourna vers moi et demanda d'un ton accusateur : « Pourquoi m'avoir choisie, moi précisément, pour me la donner ? »

Je restai sidéré. « Mais je ne t'ai pas choisie ; tu l'avais, tu es née avec cette magie, et, pour une raison inconnue, nous sommes entrés en liaison.

Pendant très longtemps, je ne me suis même pas rendu compte que tu observais mon existence.

— Par moments, c'était évident, en effet. » Sans me laisser le temps de m'interroger sur ce que j'avais pu lui montrer sans le vouloir, elle poursuivit : « Et maintenant je l'ai, comme on a une maladie, et ça veut dire que je resterai désormais et pour toujours au service de ma reine – et à celui du prince Devoir quand il lui succédera. Je suppose que tu ne peux même pas imaginer quel fardeau cela représente pour moi.

— J'en ai une vague idée », répondis-je à mi-voix. Puis, comme elle ne faisait pas mine de quitter le banc, je lui demandai : « Ne faudrait-il pas que tu te mettes en route ? On voyage mieux de jour.

— Nous venons à peine de nous rencontrer et tu es déjà pressé que nous nous séparions. » Elle contemplait le sol à ses pieds. Soudain, je retrouvai l'Ortie de mes songes quand elle secoua la tête et dit : « Je ne me représentais pas du tout ainsi notre premier face-à-face ; je pensais que tu serais heureux de me voir, que nous ririons, que nous deviendrions des amis. » Elle toussota puis avoua d'un air timide : « Il y a longtemps, quand j'ai commencé à rêver du loup et de toi, je me figurais que nous ferions connaissance un jour ; je te voyais de mon âge, beau avec un côté sauvage, et tu me trouvais jolie. Quelle idiote, n'est-ce pas ?

— Je regrette de te décevoir, répondis-je avec circonspection. Mais je te trouve jolie, sans discussion possible. » Son regard m'avertit qu'un tel compliment de la part d'un garde vieillissant la mettait mal à l'aise ; ses illusions à mon sujet avaient dressé entre nous une barrière imprévue. Je m'approchai d'elle puis m'accroupis pour la regarder dans les yeux. « Peut-être pourrions-nous recommencer du début ? » Je lui tendis la main. « Je m'appelle Fantôme-de-Loup ; Ortie, j'attends de te rencontrer depuis plus longtemps que tu ne peux l'imaginer. » Sans prévenir, ma gorge se noua brutalement ; j'espérai que les larmes ne me monteraient pas aux yeux. Ma fille hésita puis plaça la main dans la mienne. Elle était fine, comme il sied à une dame, mais hâlée par le soleil, et sa paume calleuse. Le contact renforça notre lien d'Art, et j'eus l'impression qu'elle me serrait, non la main, mais le cœur ; eussé-je voulu lui cacher ce que j'éprouvais que j'en eusse été incapable, et mes émotions durent abattre un mur qu'elle maintenait dressé.

Elle leva les yeux, nos regards se croisèrent et, tout à coup, sa lèvre se mit à trembler comme celle d'un petit enfant. « Mon papa est mort, fit-elle en bégayant. Mon papa est mort et je ne sais pas quoi faire ! Comment allons-nous nous débrouiller ? Chevalerie n'est encore qu'un gamin, et maman ne connaît rien aux chevaux ; elle parle déjà de les vendre et de nous installer en ville parce qu'elle ne supporte plus de vivre dans une maison qui lui crie l'absence de papa ! » Sa voix s'étrangla, puis elle reprit son souffle. « Tout s'écroule autour de nous, et moi aussi je vais m'écrouler ! Je ne suis pas aussi solide qu'on le croit, mais je dois tenir le coup. » Elle redressa les épaules et planta ses yeux dans les miens. « Je dois tenir le coup », répéta-t-elle, comme une formule magique destinée à changer ses os en fer. Elle parut opérer : nulle larme ne coula sur ses joues. Elle avait le courage du désespoir. Je la pris dans mes bras et la serrai fort ; pour la première fois de ma vie, et de la sienne, je tenais ma fille contre moi. Ses cheveux ras me piquaient le menton, et je ne pensais qu'à tout l'amour que je ressentais pour elle ; je m'ouvris à elle pour l'en inonder. Je perçus son saisissement, à la fois devant l'intensité de mes sentiments et sous l'étreinte inattendue d'un relatif inconnu. Je tâchai de lui expliquer mon attitude.

« Je m'occuperai de vous, de vous tous. J'en ai fait la promesse... j'en ai fait la promesse à ton papa, et je la tiendrai.

— Tu n'y arriveras pas, répondit-elle ; pas comme lui. » Puis elle s'efforça d'adoucir ses propos : « Tu feras de ton mieux, je n'en doute pas, mais personne ne peut remplacer mon papa. Personne. »

Elle resta dans mes bras encore quelques instants, puis, délicatement, elle se dégagea et dit d'un ton accablé : « On a dû seller mon cheval, et le garde que m'a assigné la reine doit m'attendre. » Elle prit une grande inspiration qu'elle retint un instant puis relâcha lentement. « Il me faut partir. Il y a sûrement beaucoup à faire à la maison ; maman ne peut plus passer tout son temps avec les petits maintenant que papa n'est plus là ; elle a besoin de moi. » Elle tira un mouchoir de sa manche et s'en tapota le coin des yeux, bien qu'elle n'eût pas versé une larme.

« Oui, certainement. » J'hésitai, puis repris : « J'ai un message à te remettre de la part de ton père. Tu le trouveras peut-être bizarre ou futile, mais c'était important pour lui. »

Elle me regarda d'un air intrigué.

« Quand Malta entrera en chaleur, c'est Rousseau qui doit la saillir. »

Elle porta la main à ses lèvres et eut un petit rire étranglé ; puis, son souffle revenu, elle déclara : « Depuis l'arrivée de cette jument, Chevalerie et lui ne cessaient pas de se disputer à ce propos. Je le lui dirai. » Elle s'écarta de deux pas et répéta : « Je le lui dirai. » Puis elle tourna les talons en faisant tournoyer sa jupe et son manteau, et s'en alla.

Je demeurai un moment immobile avec le sentiment d'avoir été dépouillé ; puis un sourire triste étira mes lèvres. Je m'assis sur le banc et parcourus des yeux le jardin des Femmes. Sous la chaleur de l'été, l'air se chargeait de la fragrance des simples et des fleurs ; pourtant le parfum des cheveux de ma fille restait dans mes narines, et je le savourais. Mon regard se perdit au loin par-dessus le lilas pendant que je me plongeais dans mes réflexions. Il allait me falloir plus de temps que je ne l'imaginais pour apprendre à la connaître ; peut-être l'occasion ne se présenterait-elle jamais de lui révéler que j'étais son père. Mais cela ne me paraissait plus aussi important que naguère ; il comptait désormais bien plus que je trouve un moyen de m'introduire dans sa vie et celle de sa famille sans provoquer ni peine ni discorde. Cela n'irait pas sans difficulté, mais j'y parviendrais ; j'ignorais comment, mais j'y parviendrais.

Je dus m'endormir ; quand je me réveillai, l'après-midi touchait à sa fin. Je restai un moment désorienté, incapable de me rappeler où je me trouvais, et pourtant plein d'un sentiment de bonheur. C'était un état si rare chez moi que je demeurai sans bouger, étendu sur le banc, à contempler le ciel bleu à travers les feuillages ; puis je sentis mon dos ankylosé d'avoir dormi sur la pierre, et, aussitôt, je me rappelai que j'avais prévu de rapporter des vivres et du vin au fou dans la journée. Il n'était pas encore trop tard. Je me levai, m'étirai et fis jouer mes épaules et mon cou crispés.

Je traversai les jardins des simples pour regagner les cuisines. À la saison où nous étions, lavande, aneth et fenouil atteignent leur plein développement, et, cette année-là, ils paraissaient encore plus grands que d'habitude. J'entendis une femme s'exclamer d'un ton irrité : « Regarde-moi ces plates-bandes qui poussent à la diable ! C'est lamentable ! Arrache cette mauvaise herbe si tu peux la saisir. »

Comme je me rapprochais, je reconnus la voix de Brodette qui répondait : « Je ne crois pas qu'il s'agisse d'une mauvaise herbe, mon cœur, mais plutôt d'un souci... Ah, trop tard ! Bonne ou mauvaise, vous l'avez arrachée, racines comprises. Donnez-la-moi, je vais la jeter derrière les buissons ; personne ne la trouvera. »

Et je les vis alors, mes deux chères vieilles dames, Patience vêtue d'une robe d'été et d'un chapeau qui n'avaient pas dû revoir la lumière du jour depuis l'époque où mon père était roi-servant, et Brodette, comme toujours, d'une tenue de domestique. Patience tenait ses souliers dans une main et dans l'autre le souci déraciné ; elle porta sur moi un regard de myope et, ne distinguant peut-être que le bleu d'un uniforme de garde, elle déclara sèchement : « Cette plante n'était pas à sa place ! » Elle brandit la contrevenante. « Voilà la définition même d'une mauvaise herbe, jeune homme : une plante qui ne pousse pas là où il faut ; aussi, cessez de me faire les gros yeux ! Votre mère ne vous a-t-elle donc pas inculqué les bonnes manières ?

— Oh, sainte Eda des champs ! » s'écria sa compagne. Je pensais avoir encore le temps de m'éclipser, mais Brodette, la solide, l'inébranlable Brodette, pivota lentement sur elle-même et tomba évanouie, le nez dans la lavande.

« Que fais-tu donc, ma chère ? As-tu égaré quelque chose ? » demanda Patience en l'observant, les yeux plissés. Tout à coup, elle se rendit compte que sa chambrière ne bougeait plus, étendue par terre, et elle me lança d'un ton indigné : « Vous pouvez être fier de vous ! Vous avez tué cette pauvre femme, à lui faire peur ainsi ! Eh bien, ne restez pas les bras ballants, grand nigaud ! Relevez-la avant qu'elle n'écrase complètement ce parterre de lavande !

— Oui, madame », répondis-je, et j'obtempérai. Brodette avait toujours été bien en chair, et l'âge n'y avait rien changé ; je réussis néanmoins à la soulever et même à la transporter à l'ombre, où je la déposai sur l'herbe. Patience m'avait suivi en secouant la tête et en maugréant contre ma balourdise.

« Voilà qu'elle tourne de l'œil pour des riens, maintenant ! La pauvre vieille amie ! Te sens-tu mieux à présent ? » Elle s'assit prudemment près de sa compagne et lui tapota la main. Brodette battit des paupières.

« Voulez-vous que j'aille chercher de l'eau ? proposai-je.

— Oui, et dépêchez-vous. Et n'essayez pas de vous enfuir, jeune homme ; tout cela est votre faute, sachez-le. »

Je courus prendre une tasse aux cuisines et la remplis au puits au retour. En revenant, je trouvai Brodette assise et dame Patience en train de lui faire de l'air avec son éventail, tour à tour sévère et compatissante. « ... et tu sais comme moi les tours que nous jouent nos yeux à l'hiver de la vie. Tiens, la semaine dernière encore, j'ai essayé de chasser mon châle de la table en croyant qu'il s'agissait du chat, à cause de la façon dont il était enroulé.

— Ma dame, non. Regardez bien : c'est lui ou son fantôme. Il ressemble trait pour trait à son père au même âge. Observez-le donc. »

Je gardai les yeux baissés pour lui tendre la tasse. « Un peu d'eau, madame, et vous allez vous remettre ; vous avez dû prendre un coup de chaleur. » Puis, comme Brodette s'emparait du récipient, Patience tendit la main pour me saisir le menton. « Regardez-moi, jeune homme ! Regardez-moi, vous dis-je ! » Elle se pencha vers moi et s'exclama : « Mon Chevalerie n'a jamais eu un nez pareil ; en revanche, ses yeux, en effet... ils me rappellent... Oh ! Oh, mon fils, mon fils ! Non, ça ne se peut pas. Ça ne se peut pas ! »

Elle me lâcha et se rassit. Brodette lui offrit la tasse et elle l'accepta sans y prêter attention ; elle but et déclara d'un ton calme à sa compagne. « Il n'oserait pas ; il n'aurait pas eu cette audace. »

Brodette continuait de me dévisager fixement. « Vous avez entendu les rumeurs comme moi, ma dame ; et rappelez-vous ce ménestrel vifier qui nous a chanté cette ballade sur les dragons et le Bâtard au Vif qui avait ressuscité pour servir son roi.

— Il n'aurait pas osé », répéta Patience. Elle me scruta longuement ; ma langue me semblait collée à mon palais. Enfin elle dit : « Aidez-moi à me relever, jeune homme, et aidez Brodette aussi. Elle est sujette aux évanouissements, ces derniers temps. Elle mange trop de poisson, voilà la cause, à mon avis ; et du poisson de rivière, en plus ! Cela lui donne des étourdissements ; vous allez donc nous reconduire jusqu'à nos appartements, n'est-ce pas ?

— Oui, madame. Je m'en ferai un plaisir.

— Je n'en doute pas, mais attendez donc de vous trouver seul avec nous derrière les portes fermées. Allons, prenez-la par le bras et soutenez-la. » C'était plus facile à dire qu'à faire, car Patience, de son côté, se cramponnait à moi comme si un fleuve tumultueux allait l'emporter si elle me lâchait.

De fait, Brodette avançait d'une démarche vacillante, et je me sentais honteux de lui avoir causé pareil choc. Ni l'une ni l'autre ne m'adressa plus la parole, et Patience n'interrompit le silence qu'à deux reprises pour indiquer des chenilles sur des rosiers et déclarer qu'on ne tolérait pas une telle incurie autrefois. Une fois dans le château, nous dûmes encore affronter la longue traversée de la grand-salle puis l'ascension du large escalier. Je me réjouis qu'il n'y eût qu'une seule volée de marches à monter, car Patience marmonnait des propos malsonnants chaque fois qu'elle franchissait un degré, et les genoux de Brodette craquaient de façon alarmante. Au bout du couloir, ma mère adoptive me désigna une porte ; elle donnait sur un des meilleurs appartements de Castelcerf, et j'éprouvai un plaisir plus grand que je ne saurais dire à l'idée que la reine lui manifestât un tel respect. La malle de voyage de Patience trônait déjà au milieu du salon, ouverte, et un chapeau ornait le manteau de la cheminée. Kettricken s'était même rappelé que son invitée préférait prendre ses repas chez elle, car on avait placé une petite table et deux chaises dans un rai de soleil qui tombait de la fenêtre percée dans la muraille.

J'y menai les deux femmes, les fis asseoir puis leur demandai si je pouvais leur être encore utile.

« Seize ans, répondit sèchement Patience. Tu peux me rendre seize années de ma vie ! Ferme la porte ; il serait sans doute malavisé que l'affaire s'ébruite dans tout le château. Seize ans, et pas une visite, pas un mot. Tom, Tom, mais qu'avais-tu donc dans la tête ?

— Du vent, très probablement », dit Brodette en levant vers moi un regard de martyre ; j'en eus le cœur serré car, lorsque enfant je me faisais réprimander par Patience, elle prenait toujours ma défense. Elle paraissait remise de son évanouissement ; les couleurs réapparaissaient à ses pommettes. Elle se leva lourdement et se rendit dans la pièce voisine ; elle en revint peu après avec trois tasses et une bouteille d'eau-de-vie sur un petit plateau qu'elle posa sur la table. Je remarquai avec un tressaillement douloureux ses doigts déformés aux articulations enflées ; le temps avait estropié ces mains habiles qui jadis travaillaient toute la journée à fabriquer de la dentelle. « Je crois que nous avons tous besoin d'un reconstituant – même toi, me dit-elle d'un ton glacé, bien que tu ne le mérites pas. Quelle peur tu m'as faite dans le jardin ! Et je ne parle pas des années de chagrin que j'ai vécues à cause de toi.

— Seize », précisa Patience, au cas où j'aurais oublié le chiffre. Puis elle poursuivit à l'adresse de Brodette : « Je t'avais bien dit qu'il n'était pas mort ! Alors même que nous le préparions pour l'enterrement, que nous lavions ses jambes glacées, je te disais qu'il ne pouvait pas être mort. J'ignore d'où je tenais cette certitude, mais elle restait inébranlable ; et j'avais raison !

— Non, il était mort, rétorqua Brodette. Ma dame, nul souffle de ses poumons n'embuait le miroir, nul battement n'agitait son cœur. Il était mort. » Elle pointa vers moi un index légèrement tremblant. « Et voici que nous te retrouvons vivant ; mieux vaudrait que tu aies une explication convaincante à nous fournir, mon petit !

— Eh bien, à l'origine, l'idée vient de Burrich... » fis-je, mais, avant que je pusse poursuivre, Patience leva les bras au ciel.

« Ah ! s'écria-t-elle. J'aurais dû me douter qu'il était à la base de cette affaire ! C'est ta fille qu'il avait adoptée, n'est-ce pas ? Trois ans après t'avoir mis en terre, nous avons eu vent d'une rumeur. L'étameur ambulant, Cotelbie, celui qui vend des aiguilles de si bonne qualité, nous a confié avoir vu Molly à... enfin, dans une ville quelconque, accompagnée d'une petite fille ; je me suis alors demandé quel âge avait cette enfant, car, je l'avais fait remarquer à Brodette, lorsque Molly a brusquement quitté mon service, elle vomissait et paraissait somnolente comme une femme enceinte. Mais elle a disparu avant que j'aie le temps de lui proposer mon aide pour son rejeton – ta fille, ma petite-fille ! Puis, plus tard, j'ai appris que Burrich l'avait emmenée, et, en réponse à mes questions, on m'a assuré qu'il se disait le père de tous leurs enfants. Ah, j'aurais dû le deviner, j'aurais dû le deviner ! »

Je ne m'attendais pas à trouver Patience si bien informée – et pourtant j'aurais dû le prévoir : pendant la période qui avait suivi ma mort, elle avait administré seule le château de Castelcerf et tissé un considérable réseau de gens qui la renseignaient. « Je crois qu'un peu d'eau-de-vie ne me ferait pas de mal », dis-je d'une voix défaillante. Je voulus prendre la bouteille, mais Patience écarta ma main d'une tape.

« Je m'en charge ! s'exclama-t-elle avec irritation. Quoi, tu te ferais passer pour mort, tu disparaîtrais de mon existence pendant seize ans, et tu ressurgirais soudain, la bouche en cœur, pour te servir de ma bonne eau-de-vie ? Quelle insolence ! »

Elle ôta le bouchon mais, quand elle voulut verser l'alcool, sa main se mit à trembler tant qu'elle menaça d'asperger toute la table. Je m'emparai de la bouteille, tandis que Patience commençait de suffoquer, et nous servis tous les trois. Quand j'eus fini, ma mère adoptive sanglotait ; son chignon, qui ne restait jamais longtemps en place, s'était effondré à demi. Depuis quand tant de mèches grises s'étaient-elles glissées dans sa chevelure ? Je m'agenouillai devant elle et, avec un effort, levai le regard vers ses yeux éteints. Elle se cacha le visage dans les mains et sanglota de plus belle. D'un geste circonspect, je lui pris les poignets et les écartai. « Croyez-moi, je vous en prie, je n'ai jamais voulu cela, mère. Si j'avais pu retourner auprès de vous sans danger pour ceux que j'aimais, je l'aurais fait, vous le savez bien. Et la façon dont vous avez préparé ma dépouille pour l'inhumation m'a peut-être sauvé la vie. Merci.

— Il est bien temps de m'appeler "mère", après toutes ces années ! » Elle renifla puis ajouta : « Quant à Burrich, il ne connaissait rien à rien, sauf si ça avait quatre pattes et des sabots ! » Mais elle prit mon visage entre ses mains mouillées de larmes et m'attira vers elle pour déposer un baiser sur mon front ; puis elle se radossa et me regarda d'un air sévère, le bout du nez très rouge. « Maintenant, me voici obligée de te pardonner. Eda le sait, je puis mourir demain ; or, bien que je t'en veuille affreusement, je ne tiens pas à ce que tu passes le restant de tes jours à te lamenter parce que je serais morte sans t'avoir pardonné. Mais, pour autant, je ne vais pas cesser de t'en vouloir, et Brodette non plus. Tu mérites notre colère. » De nouveau, elle renifla, bruyamment ; sa compagne lui tendit un mouchoir et se rassit en me lançant un regard lourd de reproches. Je constatai, plus clairement que jamais auparavant, combien les années de vie commune avaient estompé les frontières entre l'aristocrate et la domestique.

« Oui, c'est vrai, dis-je.

— Allons, relève-toi. Je n'ai pas envie d'attraper un torticolis à force de me pencher pour te voir. Que fais-tu donc habillé en garde ? Et quelle folie t'a pris de revenir au château de Castelcerf ? Ignores-tu que certains seraient ravis de t'occire ? Tu n'es pas en sécurité ici, Tom ; quand je retournerai à Gué-de-Négoce, tu me suivras. Je parviendrai peut-être à te faire passer pour le fils fugueur d'un cousin ou pour un jardinier. Mais pas question que tu touches à mes plantes ! Tu ne connais rien aux jardins ni aux fleurs. »

Je me redressai lentement et ne pus m'empêcher de répondre : « Je pourrais toujours vous aider à désherber ; je sais à quoi ressemble un souci même s'il n'est pas en pleine floraison.

— Là ! Tu vois, Brodette ? Je lui pardonne, et lui ne trouve rien d'autre à faire que se moquer de moi ! » Elle se plaqua la paume sur la bouche comme pour réprimer un sanglot. Des tendons et des veines bleuâtres saillaient sur le dos de sa main. Elle prit une brusque inspiration et dit : « Je crois que je vais boire mon eau-de-vie. » Elle approcha la tasse de ses lèvres et but une gorgée d'alcool ; par-dessus le bord, elle me regarda, et de nouvelles larmes jaillirent soudain de ses yeux. Elle reposa vivement le récipient en secouant la tête. « Tu es revenu et tu es vivant ; je ne sais pas pourquoi je pleure – à part seize années de ma vie et une petite-fille que j'ai perdues à jamais. Comment as-tu pu me faire ça, misérable ? Explique-toi ! Et explique-moi quelle raison pouvait être assez importante pour te retenir loin de nous. »

Et tout à coup tous les motifs, jusque-là excellents, qui m'avaient empêché de retourner chez elle me parurent insignifiants ; je m'entendis répondre : « Si je n'avais pas déversé ma douleur dans le dragon de pierre, j'aurais trouvé un moyen de revenir, quel qu'en soit le risque. Il faut peut-être conserver en soi toutes ses peines et ses chagrins pour avoir la conviction de pouvoir survivre aux coups que porte la vie ; peut-être, si l'on ne sait pas donner sa place à la souffrance dans son existence, se transforme-t-on en lâche. »

Elle abattit violemment la main sur la table, puis poussa un cri de douleur. « Je ne te demande pas un sermon moralisateur ! Je veux un récit détaillé, et sans excuses !

— Je n'ai jamais oublié les pommes que vous m'avez envoyées à travers les barreaux de ma cellule ; Brodette et vous avez fait preuve d'un courage extraordinaire en venant me voir dans les cachots et en prenant mon parti contre la majorité.

— Cesse, mais cesse donc ! s'exclama-t-elle d'un ton indigné, les yeux de nouveau emplis de larmes. Est-ce ainsi que tu t'amuses aujourd'hui ? En faisant pleurer les vieilles dames ?

— Pas exprès, je vous l'assure.

— Dans ce cas, raconte-moi ce qui t'est arrivé depuis la dernière fois que je t'ai vu.

— Ma dame, j'en serais ravi, et je m'exécuterai, je vous le promets ; mais, quand je vous ai croisée, je partais pour une mission urgente que je dois achever avant la tombée du jour. Permettez-moi de prendre congé, et je vous jure que je reviendrai demain vous faire un récit complet.

— Non, certainement pas. De quelle mission s'agit-il ?

— Vous rappelez-vous mon ami le fou ? Il est malade. Je dois lui apporter des herbes pour le soigner, ainsi que des provisions et du vin.

— Ce garçon au teint de papier mâché ? Il n'a jamais été bien robuste. Il devait manger trop de poisson, si tu veux mon avis ; c'est mauvais pour la santé.

— Je lui en ferai part ; mais je dois me rendre auprès de lui.

— À quand remonte ta dernière visite à son chevet ?

— À hier.

— Eh bien, il y a seize ans que tu ne m'as pas vue, moi ; il attendra son tour.

— Mais il se porte mal. »

Elle reposa bruyamment sa tasse sur sa soucoupe. « Moi aussi ! » s'exclama-t-elle, et des larmes brillèrent dans ses yeux.

Brodette passa derrière elle pour lui tapoter doucement les épaules. Par-dessus sa tête, elle me dit : « Elle ne se montre pas toujours raisonnable, surtout en cas de fatigue ; or nous arrivons ce matin. J'ai préconisé que nous nous reposions, mais elle a tenu à prendre l'air dans les jardins.

— Et qu'y a-t-il de déraisonnable à cela, je te prie ? demanda sèchement Patience.

— Rien, fis-je précipitamment, rien du tout. Venez, j'ai une idée ; allongez-vous sur votre lit, bien à votre aise. Je vais m'installer à côté de vous et commencer mon récit ; si vous vous assoupissez, je m'en irai discrètement et reviendrai poursuivre demain – car on ne raconte pas seize années en une heure, ni même en une journée.

— Il faudra seize années pour raconter seize années, déclara-t-elle d'un ton sévère. Très bien, aide-moi à me lever, dans ce cas ; le voyage m'a laissée toute courbatue. »

Je lui donnai mon bras et elle s'y appuya pour gagner le lit. Elle s'assit avec un grognement de douleur, puis, comme le matelas de plume s'enfonçait sous son poids, elle maugréa : « C'est bien trop mou ; je n'arriverai jamais à dormir là-dessus. Me prend-on pour une poule au milieu de son duvet ? » Comme elle s'allongeait et que je lui soulevais les jambes, elle reprit : « Tu as complètement gâché ma surprise, sais-tu ? J'avais prévu de faire venir ma petite-fille, de lui révéler qu'elle était de sang noble et de lui remettre quelques souvenirs de son père. Tiens, aide-moi à ôter mes souliers ; mes bras ne vont plus jusqu'à mes pieds.

— Vous n'avez pas vos chaussures ; je crois que vous les avez oubliées au jardin.

— Et à qui la faute ? Nous faire ainsi mourir de peur ! C'est un miracle que je n'aie pas oublié ma tête ! »

J'acquiesçai sans relever qu'elle portait des bas dépareillés. Patience n'avait jamais prêté grande attention à ces détails. « De quel genre de souvenirs s'agit-il ? demandai-je.

— Cela n'a plus guère d'importance à présent. Je vais les garder, puisque tu es vivant. »

J'insistai, dévoré de curiosité. « Quels sont-ils ?

— Bah, un tableau que tu m'as donné, et aussi une mèche de tes cheveux que j'avais coupée après ta mort. Je la porte dans un médaillon et je ne m'en suis jamais séparée. » Pendant que je restais incapable de prononcer un mot, elle se dressa sur un coude. « Brodette, viens donc t'étendre un moment. Je n'aime pas te savoir trop loin de moi si jamais j'ai besoin de toi, tu le sais ; tu n'entends plus aussi bien qu'autrefois. » Elle me glissa à l'oreille : « On lui a fourni un petit lit étroit dans une chambre pas plus grande qu'un placard ; c'est parfait pour une chambrière jeune et mince, mais tout à fait inapproprié à une femme mûre. Brodette !

— Je suis tout à côté, ma chère ; inutile de crier. » La vieille domestique fit le tour du lit. La perspective de s'allonger devant moi paraissait la gêner, comme si je risquais de juger inconvenant qu'elle partageât la couche de sa maîtresse ; pour ma part, je n'y voyais rien que de très logique. « La fatigue me gagne », reconnut-elle en s'asseyant. Elle avait apporté son châle, qu'elle étendit sur les jambes de Patience.

J'approchai une chaise, la retournai et m'y installai à califourchon, accoudé au dossier. « Par où voulez-vous que je commence ?

— Commence par t'asseoir comme il faut ! » Quand je me fus exécuté, elle dit : « Passe sur les moyens qu'a employés l'ignoble usurpateur pour te tuer ; j'en ai vu le résultat sur ton cadavre et je n'ai pas pu le supporter. Raconte-moi plutôt comment tu as ressuscité. »

Je réfléchis rapidement. « Vous savez que j'ai le Vif...

— Je le soupçonnais, oui. » Elle bâilla. « Et ? »

J'entamai alors mon récit. Je lui expliquai que j'avais trouvé refuge dans le loup et que Burrich et Umbre m'avaient réintroduit dans mon corps ; je lui narrai ma lente convalescence et la visite d'Umbre. Arrivé à ce point, je crus qu'elle s'était endormie, mais, quand je voulus me lever, elle ouvrit les yeux. « Rassieds-toi ! » fit-elle d'un ton autoritaire. J'obéis et elle me prit la main comme pour m'empêcher de m'en aller sournoisement. « J'écoute ; continue. »

Je lui relatai le départ de Burrich et l'incident avec les forgisés, qui avait conduit le maître des écuries à me croire mort et à se rendre auprès de Molly afin de la protéger, elle et l'enfant qu'elle portait. Je lui décrivis mon long trajet de Cerf jusqu'à Gué-de-Négoce, et le cirque du Roi que Royal y avait fait bâtir. Elle entrouvrit un œil. « C'est un parc aujourd'hui ; j'y ai planté des fleurs et des arbres venus des Six-Duchés et d'ailleurs : des queues-de-singe de Jamaillia et des aiguilles-bleues des îles aux Épices – et un magnifique massif d'herbes médicinales en plein milieu de l'ancien cirque. Ça te plairait, Tom ; ça te plaira quand tu viendras vivre avec moi.

— Je n'en doute pas, répondis-je en évitant soigneusement de m'attarder sur la question de mon futur lieu de résidence. Désirez-vous que je poursuive ou préférez-vous faire la sieste ? » Un ronflement léger montait du côté de Brodette.

« Continue ; je n'ai pas du tout envie de dormir. Continue. »

Mais, alors que je lui racontais ma tentative d'assassinat contre Royal, elle s'assoupit. Je restai assis jusqu'à ce que sa main qui tenait la mienne se décrispe, et je quittai discrètement ma chaise.

Sans bruit, je gagnai la porte. Comme je soulevais le loquet, Brodette se dressa sur un coude ; elle entendait parfaitement, et sans doute, malgré ses doigts déformés, trouvait-on encore un poignard dissimulé dans sa manche. Je lui adressai un hochement de tête et sortis, laissant Patience se reposer.

Je descendis à la salle de garde où je me restaurai copieusement ; rien ne vaut un long régime à base de poisson en saumure pour apprécier la volaille rôtie, même froide, accompagnée de pain et de beurre. Toutefois, le soir approchait, ce qui m'empêcha de savourer pleinement mon repas. Les gardes ont une réputation d'éternels affamés, si bien que nul ne s'étonna de me voir emporter une demi-miche de pain et une généreuse portion de fromage. Je me rendis aussitôt dans une dépense où je me munis d'un panier dans lequel je déposai mes provisions, accompagnées de deux saucisses, après quoi je remontai dans la tour d'Umbre. Lourd m'y avait précédé : il avait grossièrement épousseté le manteau de la cheminée et la table, sur laquelle il avait déposé un saladier de fruits ; un petit feu flambait dans l'âtre, il y avait du bois dans la huche, un tas de chandelles sur la table et de l'eau dans la barrique. Je restai sidéré : après les épreuves qu'il avait subies, il suffisait au petit bonhomme d'une journée chez lui pour se rappeler tous ses devoirs. Je fourrai une demi-douzaine de prunes jaunes et violettes dans mon panier et coinçai une bouteille de vin d'Umbre entre le pain et le fromage. Je faisais une papillote de matricaire et d'écorce de saule séchée quand je sentis l'Art du vieil assassin effleurer le mien.

Qu'y a-t-il ?

Je dois parler à la reine, Fitz.

Ne pouvez-vous pas passer par Lourd ? Je pars à l'instant pour les Pierres Témoins.

Je n'en ai pas pour longtemps.

Il faudra que je trouve un moyen d'obtenir une audience privée avec Sa Majesté.

Je l'ai déjà contactée par le biais de Lourd ; elle m'a répondu ; « Oui, tout de suite ». Si tu te rends sans attendre dans son salon particulier, elle te rejoindra aussitôt.

Très bien.

Je te sens contrarié.

Je m'inquiète pour le fou. J'ai des produits que j'aimerais lui rapporter ; des fruits frais et des herbes contre la fièvre.

Je comprends, Fitz ; mais ça ne devrait pas prendre longtemps. Ensuite, tu pourras te reposer cette nuit et aller le rejoindre demain matin.

D'accord. J'interrompis notre communication. D'accord ; que répondre d'autre ? Il avait raison. Lourd aurait du mal à comprendre, et encore plus à transmettre, les concepts que Devoir avait à partager avec sa mère ; aussi m'efforçai-je de repousser l'impression qu'on me dépouillait de mon temps et de me convaincre que le fou ne craignait rien. Il avait déjà vécu de semblables périodes de mue, et qui mieux que l'Homme noir pouvait s'occuper de lui ? Il m'avait même déclaré avoir besoin de se séparer de moi un moment afin de réfléchir, de se livrer à l'introspection sans avoir toujours devant lui le visage de celui qui avait vu sa déchéance. Une autre pensée me vint, qui abondait dans ce sens : mieux valait que je me charge de ce service plutôt qu'Ortie ; elle devait rentrer chez elle, dans sa famille, à qui sa présence était sans doute nécessaire. Je couvris le pain d'un tissu propre, puis descendis les longs escaliers obscurs pour attendre la reine. L'entretien ne fut pas aussi bref que prévu : Umbre et Devoir se querellaient, et le conseiller avait tenté de couper l'herbe sous le pied du prince en contactant le premier la reine. Ils devaient prendre le lendemain après-midi le bateau qui les ramènerait aux Six-Duchés, et la narcheska aurait dû les accompagner ; mais, un peu plus tôt, elle avait rendu visite à Devoir pour le supplier de lui accorder encore trois mois parmi les siens avant qu'elle ne les quitte pour se rendre à Castelcerf. Le prince avait accepté, de façon privée, sans consulter Umbre.

De façon très privée, précisa le vieux conseiller, visiblement furieux, et je me demandai s'il voulait que je fasse part à la reine de l'intimité dans laquelle la demande et l'acquiescement consécutif s'étaient déroulés, intimité qu'il réprouvait à l'évidence.

« Le prince et la narcheska ont discuté de cette question de manière très discrète, dis-je.

— Je comprends », répondit-elle ; mais comprenait-elle vraiment ?

Jusqu'à présent, aucune déclaration publique n'a été faite ; il n'est donc pas trop tard pour que Devoir retire son autorisation. Je crains que tous nos projets ne tombent à l'eau si l'on permet à cette enfant de demeurer ici ; tout d'abord, elle arrivera chez nous, pour autant qu'elle tienne sa promesse de venir aux Six-Duchés, à l'époque des tempêtes d'hiver, et non à l'automne où le mariage pourrait coïncider avec les fêtes des Moissons. Ensuite, le prince reviendra parmi ses nobles sans épouse, ni rien de concret d'ailleurs pour justifier le temps et le coût de l'expédition ; si, comme nous l'espérions, vous avez l'intention de presser les ducs de le déclarer roi-servant, vous n'aurez qu'un événement bien terne sur quoi fonder votre demande. Le récit d'un dragon délivré de la glace et qui dépose sa tête sur les pierres d'un âtre outrîlien n'aura guère de sens pour des aristocrates qui n'ont jamais vu la plus petite écaille d'un de ces monstres, et qui ne concevront guère qu'un tel étalage de bravoure vaille au prince une future reine et une alliance avec les îles d'Outre-mer. Enfin, je crains que plus la narcheska demeurera parmi les femmes de sa maison natale, plus celles-ci ne cherchent à la décourager de les quitter. Leur répugnance à se séparer d'elle grandit d'heure en heure ; elles la pleurent déjà comme si elle allait à la mort, comme si elle disparaissait complètement de leur monde.

Quand j'eus achevé de transmettre ce discours à Kettricken, elle répondit : « Peut-être alors serait-il plus avisé de lui laisser plus de temps pour faire ses adieux à son peuple. Insistez, je vous prie, sur le fait que les visiteurs seront toujours les bienvenus, et aussi qu'elle retournera régulièrement voir sa famille. Avez-vous étendu notre invitation aux membres de son clan qui souhaiteraient l'accompagner, non seulement pour assister à son mariage, mais également pour demeurer auprès d'elle afin qu'elle ne se sente pas trop seule chez nous ?

Tandis que je répétais ces mots à Umbre, je me rappelai vivement la solitude dont avait souffert Kettricken en arrivant des Montagnes, sans même une femme de chambre pour l'escorter. Se remémorait-elle les premiers temps de son séjour dans une cour étrangère où nul ne parlait sa langue maternelle ni ne reconnaissait ses coutumes ?

Une partie de la difficulté provient de là : si je comprends bien, le lien qui unit une femme à sa terre est sacré ; celles qui appartiennent à la succession à la tête de la maison maternelle quittent rarement leur fief natal. Elles y vivent, elles y meurent et elles s'y font inhumer. Tout ce qu'elles reçoivent ou produisent doit y rester. Par conséquent, aucune femme en position de pouvoir ne voyagera avec la narcheska ; Peottre l'accompagnera, ainsi que quelques cousins, peut-être. Arkon Sangrépée sera de la traversée, avec bon nombre de chefs d'autres clans, afin de confirmer les alliances commerciales qu'ils ont conclues avec nos nobles. Mais elle n'aura aucune suite de dames ni de domestiques.

« Je vois », fit Kettricken d'une voix lente. Nous nous trouvions seuls dans son salon ; elle avait servi du vin mais les verres restaient intacts sur la table basse. On avait redécoré la pièce depuis ma dernière visite, et, comme toujours, la reine cherchait la sérénité dans la simplicité : une fleur flottait dans l'eau d'une large coupe en terre cuite et des abat-jour tamisaient la lumière des bougies qui dégageaient un parfum apaisant. Pourtant, elle paraissait tendue comme un chat acculé. Elle vit que je regardais ses mains crispées sur le bord de la table et elle relâcha les muscles raidis de ses doigts. « Umbre entend-il tout ce que je vous dis ? me demanda-t-elle à mi-voix.

— Non ; il n'est pas présent en moi comme l'était Vérité. Cela exige une grande concentration et impose d'exposer ses pensées les plus secrètes ; je ne l'y ai pas invité, si bien qu'il perçoit seulement ce que vous m'ordonnez de lui transmettre. »

Ses épaules se détendirent imperceptiblement. « Parfois, mon conseiller et moi divergeons sur certains sujets. Quand nous communiquions par le biais d'Ortie... disons que cela n'allait pas sans difficultés, car Umbre et moi prenions les plus grandes précautions pour éviter de l'entraîner dans des affaires qui dépassaient ses possibilités de compréhension et dont elle n'avait pas besoin de connaître les détails. Mais vous êtes là à présent. » Elle leva légèrement le menton et faillit sourire. « Je puise de la force en vous, FitzChevalerie ; étrangement, quand vous artisez pour moi, vous jouez à mes yeux le rôle de servant de la reine. » Elle redressa le dos. « Répondez à Umbre qu'en l'occurrence nous ne reviendrons pas sur la promesse du prince à sa fiancée ; s'il estime l'hiver peu propice au mariage, proposons de le repousser jusqu'au printemps, où la traversée présentera sans doute moins de risques et sera plus agréable pour la narcheska. En ce qui concerne la décision de déclarer le prince roi-servant, elle ne dépend que de ses ducs ; s'il doit ramener une femme en guise de trophée pour qu'ils le jugent digne de cet honneur, ce titre ne vaut guère à mes yeux. Il finira par devenir leur souverain quoi qu'il arrive ; à mon sens, la bienveillance et la considération avec lesquelles il traite sa future épouse pourraient bien consolider leur union plutôt qu'être regardées comme des signes de faiblesse. » Elle s'interrompit comme pour réfléchir, les lèvres serrées, puis conclut : « Transmettez-lui mes paroles, je vous prie. » Elle prit son verre et but une gorgée de vin.

C'est imprudent, Fitz ; ne peux-tu la raisonner ? Le prince s'est entiché d'Elliania, mais il doit comprendre que, pour leur avenir à tous les deux, la satisfaction des désirs de ses ducs compte plus que celle de sa future belle-mère. Plus vite ce mariage se concrétisera, plus vite ils verront en lui un homme prêt à s'asseoir sur le trône et non plus un petit prince à peine sorti de l'enfance. Son impétuosité excessive le pousse à suivre les élans de son cœur alors que le bien des Six-Duchés exige que seule sa tête participe à la décision. Explique à Sa Majesté, Fitz, que nous avons passé tout l'été à nous plier à la volonté de la narcheska, qu'il doit maintenant montrer à ses ducs qu'il leur reste fidèle et que leur considération lui importe plus que tous les souhaits de bonheur des îles d'Outre-mer.

Je pesai quelque temps ces paroles puis, quand je rouvris les yeux, croisai le regard impatient de la reine. Je lui exposai l'esprit du message avec ce préambule : « Voici ce que pense Umbre. »

La subtilité n'échappa pas à Kettricken. « Et vous, FitzChevalerie, que pensez-vous ? »

Je courbai le cou. « Que vous êtes la reine, et que le prince Devoir montera un jour sur le trône.

— Vous me recommandez donc de ne pas tenir compte de l'avis de mon conseiller et d'accorder mon soutien à mon fils ?

— Ma reine, je me réjouis fort de n'avoir pas à vous éclairer dans ce domaine. »

L'ombre d'un sourire passa sur ses lèvres. « Si, pour peu que je vous le demande. »

Je gardai le silence un long moment et réfléchis furieusement.

« Seriez-vous mal assis ? fit-elle avec sollicitude. Vous vous agitez comme sur une fourmilière. »

Je m'adossai aussitôt et cessai résolument de bouger. « Je m'efforcerais de trouver une voie moyenne, ma dame. Il plairait aux ducs que le prince se marie et donne un héritier, mais il est très jeune encore et n'a même pas l'âge de devenir roi-servant ; les épousailles et le titre pourraient attendre. Que la narcheska prenne le temps de profiter de sa mère et de sa sœur ; j'ai séjourné dans les îles d'Outre-mer et vu comment le pouvoir y est exercé. Oerttre reste narcheska, puisqu'elle est vivante, mais le départ d'Elliania représentera pour son clan une abdication aussi grave que lorsque mon père a transmis la couronne à Vérité, et certaines ne manqueront pas de remettre en cause sa succession. Tant qu'elle demeure sur ses terres, elle peut appuyer la revendication de sa sœur, or je crois qu'il serait dans l'intérêt des Six-Duchés de veiller à ce que sa branche familiale conserve le pouvoir sans contestation. On peut toujours apaiser nos ducs par d'autres biais : c'est par le négoce qu'ils rempliront leurs coffres, et les clans du Narval et du Sanglier ne sont pas les seuls intéressés par ce que nous avons à vendre. Ouvrez grand les portes, invitez leurs kaempras, leurs chefs de guerre ; en tant qu'hommes, ils n'auront aucun scrupule à quitter leurs maisons maternelles s'ils peuvent ainsi acquérir un avantage commercial. Faites-en le point central des festivités de cet automne ; prévoyez dès maintenant une fête des Moissons qui servira d'éventaire aux richesses des Six-Duchés ; encouragez les ducs à y participer avec leur famille et leurs nobles. Célébrez les contrats commerciaux avant l'hiver, et que le mariage, lorsqu'il se produira, en soit le couronnement. »

Kettricken se laissa aller contre son dossier en me regardant avec attention. « Et depuis quand vous montrez-vous si sagace, FitzChevalerie ?

— Un vieil homme avisé m'a enseigné que la diplomatie est le gant de velours qui dissimule la poigne ferme. La persuasion, et non la force, parvient aux résultats les meilleurs et les plus durables. Concluez cette alliance pour le plus grand profit des ducs, et ils accueilleront avec empressement et leurs plus profonds hommages la narcheska lorsqu'elle arrivera. »

Je tus qu'Umbre m'avait inculqué ces préceptes à l'époque où il vivait en secret dans les murs de Castelcerf, tirait les ficelles du pouvoir dans l'ombre et n'imaginait pas qu'il pût en aller autrement.

« J'aimerais qu'il se le rappelle lui-même. Exposez-lui votre plan, mais de façon à ce qu'il paraisse venir de moi. »

J'eusse voulu ne pas prendre part aux marchandages entre Umbre et la reine, mais je n'avais aucun moyen d'y échapper, et je vis, plus clairement que je ne le souhaitais, par quelles méthodes subtiles ils s'efforçaient de s'arracher mutuellement le pouvoir. Umbre avait pour lui l'âge et la connaissance des Six-Duchés, et j'éprouvai à plusieurs reprises un élancement douloureux quand il affirma que son éducation montagnarde rendait Kettricken aveugle à la nécessité politique d'opposer aux îles d'Outre-mer une volonté d'airain. Je savais qu'il avait amassé de l'influence pour son compte, sans visées malveillantes, je pense : il était convaincu d'agir dans l'intérêt du royaume ; si j'avais manié le pouvoir de façon occulte aussi longtemps que lui, sans doute l'eussé-je également considéré comme ma propriété. Simultanément, je me rendais compte que, si Kettricken ne résistait pas, Devoir risquait d'hériter d'une couronne vide.

C'est ainsi que, à mon corps défendant, je soufflai à Kettricken des suggestions pour déborder son conseiller et pris position pour elle. Umbre s'en aperçut sans tarder, j'en suis sûr, pourtant le renard rusé parut seulement s'amuser davantage du jeu et ne fit qu'accumuler les objections et les contre-propositions. La nuit s'avançait et l'aube approchait ; le vieil homme restait apparemment insensible à la fatigue, mais pas moi, et ma reine devenait de plus en plus pâle.

Pour finir, lors d'une pause au milieu d'un débat tortueux où Umbre avait trié ducs et kaempras par affinités et prédit de quel côté chacun pencherait, ma lassitude l'emporta.

« Refusez, tout simplement, dis-je à la reine. Répondez-lui que le prince a donné sa parole à sa fiancée et que ni lui ni vous ne la reprendrez ; expliquez-lui que, si c'est une erreur, elle relève du prince, et qu'il n'y a pas meilleur moyen d'apprentissage pour un jeune souverain que d'examiner les conséquences de ses erreurs. »

J'avais la bouche sèche et la voix enrouée à force de parler ; ma tête me paraissait trop grosse et trop lourde pour mon cou, et j'avais l'impression qu'on m'avait jeté de pleines poignées de sable sous les paupières. Je voulus prendre la bouteille de vin pour nous resservir, mais Kettricken saisit ma main entre les siennes ; je me tournai vers elle, surpris. Jamais je n'avais vu ses yeux bleus flamboyer ainsi ; son regard en paraissait noir et un peu égaré.

« Répétez-le-lui vous-même, Oblat. Cachez-lui qu'il s'agit de ma décision ; dites-lui qu'elle vient de vous, que tel est votre jugement de roi légitime, bien que sans couronne. »

Je clignai les yeux, abasourdi. « Mais... je ne peux pas.

— Pourquoi ? »

Avec un sentiment de lâcheté, je répondis : « Si j'adopte cette attitude, plus jamais je ne pourrai m'en écarter. Si je m'affirme tel que vous le voulez devant Umbre, je devrai garder à jamais ce droit face à lui, le droit d'avoir le dernier mot.

— Oui, jusqu'à ce que Devoir coiffe la couronne.

— Plus jamais je ne serai maître de mon existence.

— C'est celle qui vous attend depuis toujours, la vôtre, que vous n'avez jamais acceptée. Acceptez-la aujourd'hui.

— En avez-vous parlé avec Devoir ?

— Il sait que je vous considère comme l'Oblat des Six-Duchés ; quand je le lui ai dit, il n'a pas protesté.

— Ma reine, je... » Je pressai mes paumes sur mes tempes douloureuses. J'aurais aimé répondre que je ne m'étais jamais vu dans ce rôle, mais j'eusse menti. J'avais failli l'endosser la nuit de la mort de Subtil ; j'étais tout prêt à m'emparer du pouvoir – non pour moi, mais pour la reine, pour m'en faire le protecteur en attendant le retour de Vérité. Aujourd'hui, je subissais l'attraction de la couronne fantôme qu'elle m'offrait ; mais avait-elle le droit de me la donner ?

Umbre fit irruption dans mes pensées. *Il se fait tard et je ne suis plus jeune. Assez de discussions ; dis-lui...*

Non. Elle n'avait pas le droit de me la donner : j'avais le droit de la prendre. *Non, Umbre. Notre prince a engagé sa parole, et nul ne la révoquera à sa place. S'il a commis une erreur, il en est seul responsable, et il n'y a pas meilleur moyen d'apprentissage pour un jeune souverain que de tirer la conclusion de ses erreurs.*

Ce n'est pas la reine qui parle.

Non ; c'est moi.

Un long silence s'ensuivit. Je sentais Umbre présent, il me semblait l'entendre respirer pendant qu'il examinait mes paroles sur toutes les coutures. Quand il reprit contact avec mon esprit, je perçus son sourire et, à mon grand étonnement, sa fierté.

Eh bien, au bout de quinze ans, aurions-nous enfin de nouveau un vrai Loinvoyant sur le trône ?

Je me tus en attendant la moquerie, le défi ou la méfiance.

Je rapporterai au prince que sa décision est confirmée, et je ferai part de notre aimable invitation à tous les kaempras outrîliens. Je dois obéissance au roi Fitz.

9

ENGAGEMENTS

Nous avons subi une grande perte, et cela à cause d'un pari stupide entre des novices aussi peu raisonnables que des enfants. Par ordre du maître d'Art Boiscoudé, toutes marques devront être effacées des Pierres Témoins ; par ordre du maître d'Art Boiscoudé, il sera désormais interdit aux candidats ou aux novices d'approcher des Pierres Témoins sauf si le maître d'Art les accompagne ; par ordre du maître d'Art Boiscoudé, tout savoir concernant l'usage des Pierres Témoins sera désormais réservé aux seuls candidats au statut de maître.

Extrait d'un manuscrit d'Art

*

Quand, à l'aube ce matin-là, je gravis les escaliers secrets qui me ramenaient à la tour d'Umbre, je me trouvais au bord de l'épuisement complet et je n'arrivais plus à aligner deux pensées cohérentes. Le prince et le conseiller devaient prendre la mer l'après-midi même pour rentrer, après avoir convié les kaempras de tous les clans à la fête des Moissons. Kettricken devrait organiser les préparatifs des plus grandes festivités qu'eût jamais connues le château de Castelcerf. Les invitations à envoyer aux ducs et à leurs nobles, les victuailles à prévoir, l'aménagement des chambres et appartements, les ménestrels jongleurs et marionnettistes à engager, tout cela me donnait le tournis, et je n'avais qu'une envie : m'allonger et dormir. Au lieu de cela, une fois arrivé, je ravivai de quelques morceaux de bois sec les braises mourantes de l'âtre. Je remplis un broc à la barrique d'eau et le vidai dans la vieille cuvette de toilette où je me plongeai le visage. Je me redressai, me frottai les yeux jusqu'à ce que l'impression d'avoir du sable sur la cornée disparût, puis me séchai. Je me tournai vers le petit miroir que j'avais toujours vu là et ne reconnus pas celui qui me rendit mon regard.

Le sens des paroles qu'avait prononcées le fou s'éclaircit soudain : je me trouvais désormais dans un temps que je n'avais pas prévu, situé au-delà de ma mort ; des avenirs que je n'avais jamais imaginés s'étendaient devant moi, dont j'ignorais lequel je devais préférer. Je m'étais rapproché du trône, dans les faits sinon par volonté propre ; avais-je ainsi oblitéré de ma vie toute possibilité d'existence future avec Molly ?

L'épée de Chevalerie n'avait pas bougé du mur où je l'avais accrochée. Je la pris ; elle allait à ma main comme si on l'avait forgée pour moi. Je la brandis à bout de bras et demandai dans le silence de la chambre vide : « Que penseriez-vous aujourd'hui de votre bâtard, roi Chevalerie ? Ah, mais j'oubliais : vous non plus n'avez jamais porté la couronne. Nul ne vous a jamais appelé roi Chevalerie. » Je baissai la pointe de l'arme jusqu'au sol en signe de soumission au destin. « Et nul ne ploiera jamais non plus le genou devant moi. Mais j'ai tout de même envie de laisser une trace de mon passage. »

Un tremblement étrange me saisit, suivi d'une impression de calme. En hâte, je remis l'épée à sa place puis frottai mes paumes moites sur le devant de ma chemise. Le beau souverain que voilà, me dis-je, qui s'essuie sur son uniforme de garde quand il transpire ! J'avais besoin de dormir, mais cela devait attendre. Sire Fitz, le monarque bâtard... Je pris ma décision et refusai d'y revenir. J'ajoutai une bouteille de bonne eau-de-vie à mon panier que je couvris d'une serviette, jetai par-dessus un manteau épais et m'enfuis.

Je quittai les couloirs secrets et sortis par la porte des gardes. Comme je traversais les cuisines, je faillis m'arrêter pour m'attabler et me restaurer, mais je me contentai de prélever une petite miche de pain frais du matin dans le réfectoire et de la manger en poursuivant mon chemin. À l'entrée du château, le jeune soldat de faction, à demi assoupi, m'adressa un vague signe de tête, et je passai sans encombre ; je songeai que je pourrais mettre bon ordre à cette incurie, puis j'écartai cette pensée et m'éloignai à grandes enjambées. Je bifurquai de la route qui conduisait à Bourg-de-Castelcerf pour m'engager sur la piste qui traversait les bois avant de gravir le doux épaulement d'un piémont. Dans la lumière de l'aube, les Pierres Témoins m'attendaient, tranchant sur le bleu du ciel. Des moutons paissaient à leur pied ; à mon approche, ils me regardèrent avec cette absence de curiosité que l'on prend parfois pour de la stupidité, puis ils s'écartèrent lentement.

Arrivé près des blocs érigés, je décrivis à pas lents un cercle autour d'eux. Quatre pierres, quatre faces par pierre : seize destinations possibles. Avaient-elles souvent servi par le passé ? Du sommet de la colline, je parcourus des yeux le paysage alentour. De l'herbe, des arbres, et là, discernable seulement si on le savait présent, le creux d'une ancienne route. Si des maisons s'étaient dressées sur ses bords, leurs ruines avaient disparu depuis longtemps, avalées par la terre, ou, plus vraisemblablement, récupérées pour bâtir ailleurs d'autres chaumines.

Les mains dans le dos, j'étudiai les piliers et acquis la conviction qu'à une époque lointaine on avait délibérément effacé les runes qui les marquaient. Pourquoi ? Sans doute ne le saurais-je jamais, et je m'en sentis comme rassuré.

Le panier pesait de plus en plus à mon bras et le soleil commençait à chauffer. Je jetai le manteau sur mes épaules – il ferait froid là où j'allais – puis m'avançai vers la face du bloc d'où j'avais émergé lors de mon dernier trajet, appliquai ma paume sur la pierre et m'y enfonçai.

Je trébuchai légèrement en débouchant dans la salle du pilier, puis la tête me tourna et je dus m'asseoir sur le carrelage poussiéreux en attendant que passe le malaise. « Pas assez de sommeil et deux passages par les pierres à intervalle trop court, c'est mauvais, me dis-je ; ce n'est pas raisonnable. » Je voulus me relever puis décidai de rester tranquille encore un moment, en attendant que la pièce cesse de tournoyer autour de moi. Il me fallut demeurer quelque temps à terre avant de m'apercevoir de ce qui aurait dû me sauter aux yeux : le sol n'était plus glacé. Je posai les deux mains à plat sur les carreaux comme pour m'en convaincre ; je les perçus, non pas tièdes, mais plutôt d'une température neutre, ni chaude ni froide. Alors que je me redressais, j'observai que les vitres se dégageaient de leur brume de givre épais. Je crus entendre murmurer derrière moi et me retournai vivement ; il n'y avait personne. Peut-être était-ce le souffle d'une brise d'été vagabonde, d'un vent doux venu du sud qui balayait l'île. Malgré l'insolite de cette hypothèse, je n'avais pas le temps de m'appesantir sur elle.

Je quittai la salle et, mon panier au bras, m'efforçai de traverser le labyrinthe le plus vite possible ; la migraine me martelait le crâne. Le changement de température me prenait au dépourvu ; dans un couloir, un mince filet d'eau courait sur les dalles du sol. Toutefois, le réchauffement insensible s'atténuait à mesure que je me rapprochais du point de jonction entre les murs de pierre et ceux de glace, où il cessait tout à fait. De petits points noirs dansaient devant mes yeux ; je fis halte et appuyai mon front contre la paroi gelée. Les mouchetures s'effacèrent de ma vision et je me sentis redevenir moi-même grâce à la fraîcheur de la glace. Quand je franchis la brèche qui donnait sur l'étroit sentier menant à la caverne de l'Homme noir, je m'étais emmitouflé dans mon manteau, un pan rabattu sur mon panier.

Je descendis le raidillon et frappai à la porte de l'abri. Personne ne répondit. Je frappai à nouveau puis, après un moment d'hésitation, soulevai le loquet. Le battant s'ouvrit, et j'entrai.

Il me fallut quelques instants pour m'habituer à la pénombre. Le feu mourait ; le fou dormait d'un sommeil lourd sur une paillasse installée près de l'âtre ; je ne vis nulle trace de Prilkop. Sans bruit, je fermai la porte, posai mon panier sur la table basse et ôtai mon manteau, puis je m'approchai du fou et m'accroupis pour examiner son visage. L'assombrissement de son teint devenait déjà visible. J'avais envie de le réveiller pour lui demander comment il allait ; repoussant résolument cette impulsion, je déballai les vivres que j'avais apportés, disposai le pain et le fromage sur une assiette de bois et les fruits dans une corbeille. La barrique d'eau était presque vide ; je mis ce qu'il en restait à chauffer pour la tisane, puis, muni des seaux de l'Homme noir, je sortis et descendis là où le ruisselet qui coulait le long de la falaise franchissait un léger surplomb et dégouttait dans le vide. J'attendis que les récipients se remplissent, puis je les rapportai dans la caverne. Dans la cheminée, l'eau bouillait, et je préparai une tisane odorante aux épices.

Je pense que ce fut cet arôme qui tira le fou de son assoupissement. Il ouvrit les yeux et, sans bouger, contempla le feu ravivé. Il resta immobile jusqu'au moment où je demandai : « Fou ? Te sens-tu mieux ? »

Alors il sursauta, tourna vivement la tête vers moi puis se roula brusquement en boule. Je compris l'origine de ce réflexe et regrettai de lui avoir fait peur ; sans m'étendre sur le sujet, je me bornai à déclarer : « Je suis revenu, et j'ai rapporté des provisions. As-tu faim ? »

Il repoussa légèrement ses couvertures, se redressa à demi puis se laissa retomber sur sa paillasse. « Je me rétablis. La tisane sent bon.

— Il n'y avait pas d'abricots, mais je t'ai pris des prunes.

— Des abricots ?

— Je pensais bien que ton esprit battait un peu la campagne quand tu m'en as demandé, sans doute sous l'effet de la fièvre ; néanmoins, si j'en avais trouvé, j'en aurais chapardé quelques-uns pour toi.

— Merci », dit-il. Puis il me dévisagea. « Tu as quelque chose de changé – et ce n'est pas seulement parce que tu t'es lavé.

— Je me sens différent, en effet ; mais la toilette y contribue quand même. J'aurais aimé pouvoir t'apporter aussi les étuves de Castelcerf ; ça t'aurait fait du bien. Mais, dès que tu pourras te déplacer, je te ramènerai ; j'ai prévenu Kettricken que nous t'installerions dans la vieille salle d'Umbre, dans la tour, le temps que tu te remettes complètement et que tu décides de ta prochaine incarnation.

— Ma prochaine incarnation... » Il eut un petit gloussement amusé. Comme je ne trouvais pas de couteau approprié pour couper le pain, j'arrachai un quignon de la miche à la main ; je le lui apportai, accompagné de fromage et d'une prune, puis je lui remplis une tasse de tisane quand elle eut fini d'infuser. « Où est Prilkop ? » demandai-je tandis qu'il en buvait une gorgée. Je jugeais un peu cavalier de sa part d'avoir laissé le fou seul.

« Oh, dehors, quelque part. Il examine la place forte des Anciens pour se rendre compte des dégâts qu'elle a subis. Nous avons pu bavarder pendant ton absence, du moins pendant les périodes où je restais éveillé ; il n'y en a pas eu beaucoup, je crois. Il m'a parlé de la vieille cité, mais ses anecdotes se mélangent à mes rêves. À mon avis, il doit être en train de fureter dans ces couloirs glacés ; il m'a dit vouloir constater les dégradations qu'elle leur a infligées et déterminer ce qu'il pouvait réparer. J'ai l'impression qu'il s'est débrouillé pour rendre la cité la moins accueillante possible dans l'espoir d'en chasser l'intruse, et qu'il veut désormais la remettre en état. “Pour qui ?”, lui ai-je demandé. “Peut-être pour le simple plaisir de la remettre en état”, a-t-il répondu. Il y a vécu seul d'innombrables années après la mort de ses compagnons, des générations, peut-être. Il n'a pas tenu le compte du temps passé, mais je suis convaincu qu'il est là depuis très longtemps ; à l'arrivée de la

Femme pâle, il l'a accueillie à bras ouverts car il croyait qu'elle venait avec son Catalyseur l'aider à remplir sa mission. »

Il reprit son souffle et but un peu de tisane. « Restaure-toi, tu me raconteras tout ça plus tard, lui suggérai-je.

— Dans ce cas, parle, toi, pendant que je mange. Il t'est arrivé quelque chose de très important ; ça se lit dans ton maintien et dans ton regard. »

Alors je lui narrai, comme je ne l'eusse fait à nul autre, tout ce que j'avais vécu. Il sourit, mais d'un sourire teinté de tristesse, et hocha la tête, comme si je ne faisais que confirmer ce qu'il savait déjà. Quand je me tus enfin, il jeta son noyau de prune dans le feu et dit à mi-voix : « Eh bien, je me réjouis d'apprendre que ma dernière vision, ma dernière prédiction, était juste.

— C'est donc une longue et heureuse existence qui m'attend désormais, comme le chantent les ménestrels ? »

Un pli amer tordit sa bouche et il secoua la tête. « Tu vivras au milieu de gens qui t'aimeront et attendront beaucoup de toi ; ça te compliquera épouvantablement l'existence et tu passeras une moitié de ton temps à te ronger les sangs pour eux, l'autre à t'en agacer – et à en savourer le bonheur. » Il se détourna, prit sa tasse et y plongea le regard, comme une sorcière des haies en train de lire dans les feuilles de thé. « Le destin a renoncé à s'en prendre à toi, FitzChevalerie Loin-voyant ; tu as gagné. Dans l'avenir où tu as pénétré, il est probable que tu atteindras un âge avancé au lieu de risquer à tout instant de te faire éjecter de la partie. »

Je m'efforçai de prendre un ton badin en contrepoint de la gravité de ses propos. « Tant mieux : je commençais à en avoir un peu assez qu'on m'arrache à la mort toutes les cinq minutes.

— C'est horrible, je le sais à présent ; tu me l'as montré. » Et l'ombre de son sourire d'autrefois joua sur ses lèvres quand il me demanda : « Disons que nous sommes quittes et n'en parlons plus, d'accord ? La dernière dette efface toutes les autres ? »

J'acquiesçai. Il reprit aussitôt, comme s'il devait parler avant que je ne l'interrompe : « Prilkop et moi avons discuté de la suite des événements. »

Je souris. « Un nouveau plan pour sauver le monde ? J'espère que je ne serai pas obligé de mourir trop souvent, cette fois.

— Tu n'y as aucune part, répondit-il à mi-voix. Il s'agit pour nous de rentrer chez nous, d'une certaine manière, de revenir là où notre personnalité s'est façonnée.

— Mais tu disais que personne ne se souviendrait de toi là-bas, qu'y retourner ne présentait aucun intérêt. » L'inquiétude me gagnait.

« Là où j'ai vu le jour, non, en effet ; nul ne me reconnaîtrait, j'en suis sûr. Mais je pense au lieu qui nous a préparés, Prilkop et moi, à faire face à notre destin ; on pourrait le décrire comme une espèce d'école. Je t'en ai parlé, et je t'ai raconté aussi que je m'en étais enfui parce que mes maîtres refusaient d'admettre la réalité de ce que je leur disais. Là-bas, on ne m'aura pas oublié, et Prilkop non plus. On s'y rappelle tous les Prophètes blancs qui y sont passés.

— Eh bien, qu'ils les gardent, leurs souvenirs ! Il me semble qu'ils ne t'ont pas trop bien traité ; pourquoi y retourner ?

— Afin qu'aucun autre enfant ne subisse ce que j'ai subi ; afin de faire ce qui n'a jamais été fait : interpréter à l'intention des maîtres les anciennes prophéties à la lumière de ce que nous savons désormais, extirper de leurs bibliothèques tout ce que la Femme pâle y a implanté, ou, tout au moins, y jeter un jour différent, bref, leur rapporter notre expérience du monde. »

Je me tus un long moment. « Comment vous y rendrez-vous ?

— Prilkop dit savoir utiliser les piliers. Ensemble, nous pourrons descendre très loin dans le Sud avant de devoir trouver un autre moyen de transport. Nous finirons par arriver à destination.

— Il sait utiliser les piliers ? » Je demeurai abasourdi. « Mais alors, pourquoi est-il resté ici tant d'années à souffrir du froid et des privations ? »

À l'expression du fou, la réponse était évidente. « Il connaît la technique pour les employer mais il en a peur. Même dans notre langue natale, il y a des concepts des Anciens qu'il a du mal à m'expliquer ; la magie qui permet aux piliers d'opérer prélève chaque fois quelque chose à celui qui les traverse. Les Anciens eux-mêmes s'en servaient avec précaution ; un courrier chargé d'un objet important en empruntait un, voire deux, mais il confiait ensuite sa mission à un autre. Toutefois, ce n'est pas seulement pour cela qu'il est demeuré ici : il voulait protéger le dragon, et aussi attendre l'arrivée du Prophète blanc et du Catalyseur, dont il avait vu qu'ils parviendraient peut-être à mener sa mission à bien – car il s'agissait, finalement, du but ultime de son existence.

— J'ai peine à concevoir qu'on se consacre si totalement à une tâche.

— Vraiment ? Pas moi, je crois. »

J'entendis la porte frotter le sol, et Prilkop entra. Il parut surpris de ma présence, comme je pouvais m'y attendre, et lança une question au fou, qui traduisit : « Il est stupéfait de te trouver si vite revenu, et demande quelle urgence t'a poussé à braver à nouveau les piliers. »

Je fis un geste désinvolte et m'adressai à l'Homme noir. « Je voulais vous rapporter des vivres ; tenez, voici du pain et du fromage, comme vous le souhaitiez, et aussi du vin et des prunes. J'espérais vous voir prêts à me suivre chez moi, mais le fou paraît encore faible.

— Vous suivre chez vous ? » fit-il, et j'acquiesçai de la tête en souriant.

Il se tourna vers le fou et lui tint un long discours à mi-voix dans leur langue. Mon compagnon répondit plus brièvement, puis me regarda et déclara d'un ton réticent : « Fitz, mon ami, s'il te plaît, viens t'asseoir près du feu. Il faut que je te parle. »

Avec raideur, il se leva, jeta une couverture sur ses épaules et se dirigea lentement vers un coussin bourré d'herbes près de la cheminée. Il s'y installa avec précaution, et j'en fis autant sur un autre à côté de lui. Prilkop, pendant ce temps, examinait les victuailles ; il rompit un morceau de fromage, le plaça dans sa bouche et ferma les yeux d'un air extatique. Quand il les rouvrit, il me remercia d'une inclination de la tête ; je la lui rendis, heureux de lui avoir fait plaisir, puis je me tournai vers le fou qui prit son souffle avant de parler.

« Prilkop n'a pas l'intention de t'accompagner à Castelcerf ; et moi non plus. »

Je le regardai, bouche bée ; je me répétai ses mots sans parvenir à leur trouver un sens. « Mais pourquoi ? Son travail est terminé ici, tout comme le tien. Pourquoi rester sur une île aussi inhospitalière ? Il fait un froid de chien alors que c'est le plein été ! La vie est dure et les ressources maigres ; quand l'hiver viendra... Non, je ne puis même pas imaginer un hivernage dans ces conditions. Rien ne te retient ici, rien du tout, et tout t'appelle à revenir à Castelcerf. Pourquoi voudrais-tu demeurer ici ? Je sais, tu souhaites retourner à ton « école », mais rien ne t'empêche de passer d'abord par Castelcerf ; tu pourras te reposer, prendre le temps de te rétablir, et ensuite embarquer pour la destination de ton choix. »

Il baissa les yeux sur ses longues mains croisées sur ses jambes. « J'en ai beaucoup discuté avec Prilkop ; nous sommes très ignorants de la situation que nous vivons, de cette existence par-delà le temps où nous jouions notre rôle de Prophètes blancs. Lui la connaît depuis plus longtemps que moi ; il est resté sur l'île parce que c'est le dernier lieu où il s'est vu. Il espérait que son ultime vision d'un autre Prophète et de son Catalyseur venant achever sa tâche se réaliserait – et il n'a pas été déçu : elle s'est réalisée. » Son regard se perdit dans les flammes, puis il se pencha pour enfoncer dans le feu un morceau de bois qui dépassait. « Moi aussi j'ai eu une dernière vision, de ce qui se passerait après ma mort. »

J'attendis qu'il poursuive.

« Je t'ai vu, Fitz ; je t'ai vu au milieu de ce que tu es en train de devenir. Je n'ai pas eu l'impression que tu nageais toujours dans le bonheur, mais tu m'as paru plus complet qu'avant.

— Quel rapport avec aujourd'hui ?

— Ce que je n'ai pas vu : voilà le rapport. Aujourd'hui, je ne devrais plus être de ce monde, tu le sais ; dans mes visions, il apparaissait clairement que ma mort faisait partie de ton avenir. Non, décrit ainsi, on dirait que tu as ourdi mon trépas ; présentons plutôt les choses ainsi : ma mort constituait un jalon du trajet que tu suivais. Tu l'avais franchi et tu continuais ta route vers l'existence qui t'attendait au-delà.

— J'ai franchi ce jalon, en effet ; mais, comme tu me l'as souvent répété, je suis un Catalyseur. Je t'ai ressuscité.

— Oui ; jamais je n'avais prévu pareil événement, et Prilkop non plus. D'ailleurs, dans aucun texte, aucune archive que nous avons étudiée et apprise par cœur au cours de notre formation, on ne trouve, à notre souvenir, le plus petit élément qui laisse augurer d'une telle possibilité. » L'ombre d'un sourire flotta sur ses lèvres. « J'aurais dû me douter que toi seul pouvais opérer un tel renversement, un renversement qui nous a peut-être écartés de tout avenir prédit par les Prophètes blancs de tous les temps.

— Mais... »

Il me fit taire en dressant un long index. « Prilkop et moi en avons parlé, et il vaut mieux, pensons-nous, que je ne reste pas trop près de toi ; je risquerais de commettre une grave bévue. Ne pas repartir avec toi permet de minimiser ce risque.

— Je ne comprends pas. Une bévue ? Quelle bévue ? Tu as de nouveau de la fièvre et tu ne sais plus ce que tu dis. » L'inquiétude et l'agacement s'empoignaient en moi. Je m'agitai sur mon coussin avec irritation, et il posa la main sur mon bras. Sa peau avait retrouvé sa fraîcheur ; sa mue l'avait laissé affaibli, mais la fièvre ne dictait pas ses paroles.

« Si, tu comprends, dit-il d'un ton presque sévère, comme un vieillard s'adressant à un jeune garçon buté. Tu restes le Changeur, le Catalyseur. Malgré le peu de temps que tu as passé à Castelcerf, tu l'as prouvé ; le changement tournoie autour de toi comme l'eau dans un tourbillon. Redevenu toi-même, tu ne le fuis plus mais parais au contraire l'attirer ; quant à moi, je suis aveugle, je ne vois rien des bouleversements que mon influence sur toi pourrait causer. Aussi... » Il s'interrompit ; j'attendis qu'il reprît. « Aussi ne t'accompagnerai-je pas. Non, ne dis rien ; laisse-moi parler. »

Mais il se tut. Assis sur mon coussin, je le regardais en songeant combien il avait lui-même évolué. L'enfant pâle et lunaire, l'adolescent souple et mince était devenu un jeune homme. Les épreuves et les privations qu'il avait endurées avaient durci les angles de son visage, et l'on distinguait encore autour de ses yeux des traces d'hématomes, vestiges de son supplice. Cependant, s'il avait changé physiquement, son regard aussi s'était assombri, et son expression solennelle paraissait due non à une humeur passagère mais à un tempérament nouveau, plus grave. Je lui laissai le temps de peser ses mots ; il avait manifestement une décision à prendre et, si résolu qu'il se voulût, son cœur balançait encore.

« Fitz, j'ai affronté ma mort, sans grand courage peut-être, mais avec une volonté inébranlable, parce que j'avais vu ce qui pouvait se produire ensuite et jugé qu'il valait la peine d'en payer le prix. J'ai choisi de venir sur l'île où nous nous trouvons et de déclencher les événements qui devaient mener à l'émergence du dragon. Je savais que je mourrais de façon atroce, perclus de souffrance et de froid ; mais je voyais aussi l'occasion de permettre au monde de connaître à nouveau les dragons, de redonner vie à des créatures aussi orgueilleuses et séduisantes que les hommes afin qu'ils s'équilibrent mutuellement. Je rêvais d'un univers où les humains ne pourraient plus dominer la nature ni lui imposer leur ordre ; la paix n'y régnera pas, et peut-être me maudira-t-on pour le rôle que j'ai tenu dans son avènement ; mais ce sera un monde où les hommes et les dragons auront tant à faire les uns avec les autres qu'ils n'auront plus le temps de soumettre la nature à leur loi. Voilà la vision globale que j'ai eue.

— Très bien ! » J'en avais assez de l'entendre discourir sur ces créatures, et je restais inquiet de ce que nous avions lâché sur notre monde. « Il y aura donc des dragons dans le ciel – et beaucoup, d'après ce que j'ai observé au-dessus du champ de bataille ; mais qu'est-ce qui t'empêche de revenir à...

— Chut ! fit-il sèchement. Crois-tu que ce soit facile pour moi ? Crois-tu que je n'obéisse qu'à des motifs élevés ? Crois-tu que je me sépare de toi de bon cœur ? Non ; mon chemin doit s'écarter du tien à cause d'un élément plus personnel, d'une vision à beaucoup plus petite échelle que j'ai eue. Je t'ai vu, après ma mort, prendre plaisir à des activités, des fréquentations que tu t'es refusées depuis toujours, vivre l'existence à laquelle tu avais droit. Tu m'as donné une rallonge de vie ; voudrais-tu que je m'en serve pour te dépouiller de la tienne ? » D'un ton moins véhément, il ajouta : « Je puis t'aimer, Fitz, mais jamais je n'accepterai que cet amour te détruise. » Il se passa les mains sur le visage d'un air las puis poussa une exclamation exaspérée en voyant des lambeaux de peau accrochés au bout de ses doigts. Il les secoua pour les faire tomber, se frotta vigoureusement la figure, puis croisa les mains sur ses jambes et se perdit dans la contemplation du feu. J'attendis qu'il reprît la parole, furieux et désemparé à la fois.

Derrière nous, Prilkop s'affairait discrètement. J'entendis un cliquetis et jetai un coup d'œil pardessus mon épaule : il avait ouvert un sac et en tirait de petits blocs de pierre. Je les reconnus aussitôt : de la pierre de mémoire taillée en cubes uniformes semblables à ceux que j'avais entrevus dans la salle des Anciens. Il en porta un à sa tempe, sourit puis le posa de côté. Répétant ce geste, il forma ainsi plusieurs tas de cubes, et il m'apparut bientôt qu'il les triait. Il leva soudain les yeux et s'aperçut que le fou et moi l'observions ; alors il sourit et brandit un bloc de pierre. « Musique. » Un autre : « Un peu poésie. » Un troisième : « Histoire ; musique aussi. » Il m'en tendit un, mais je refusai de le toucher, mal à l'aise ; le fou, en revanche, avança la main et l'effleura d'un doigt enduit d'Art. Il l'écarta aussitôt comme sous l'effet d'une brûlure, mais se tourna ensuite vers moi en souriant. « C'est de la musique, en effet ; un véritable déluge. Tu devrais essayer, Fitz.

— Nous étions en train de discuter, lui rappelai-je à mi-voix, de ton retour avec moi à Castelcerf.

— Non : nous discutions du fait que je ne retournerais pas à Castelcerf avec toi. »

Je le regardai sans rien dire. Au bout d'un moment, il s'adressa à Prilkop pour lui demander quelque chose dans leur langue ; au même instant, je sentis Umbre attirer mon attention. *Je voudrais parler à la reine.*

Impossible actuellement ; essayez avec Lourd.

Je ne peux pas et tu sais très bien pourquoi. Je t'en prie, Fitz ; ça ne prendra pas longtemps.

C'est ce que vous avez prétendu la dernière fois. De toute façon, la reine n'est pas dans les parages : j'ai traversé le pilier et je me trouve auprès du fou.

Quoi ? Sans prévenir personne, sans nous consulter ?

Ma vie m'appartient encore, que je sache.

Non. Le démenti était catégorique. *Non, Majesté. Hier soir, tu m'as opposé ta volonté, et j'ai senti que tu avais l'approbation de la reine ; tu ne peux pas revendiquer ce pouvoir un jour et t'en défiler le lendemain. Une fois qu'on l'a coiffée, on n'ôte pas si facilement la couronne.*

Je ne suis pas vraiment le roi, vous le savez aussi bien que moi.

Trop tard pour adopter cette attitude, Fitz ! Umbre paraissait hors de lui. *Trop tard ! La reine t'a offert l'autorité et tu l'as acceptée.*

Je refusai de capituler : j'ignorais si je partageais son avis ou non. *Laissez-moi un peu de temps. Vous devez être en mer en ce moment ; maintenant que vous avez embarqué, je ne vois pas quel sujet vital vous presse à ce point.*

En effet, cela peut attendre. Mais dorénavant, Fitz, il n'est plus question que tu t'absentes sans nous avertir.

Suis-je donc un domestique pour qu'on ne me laisse pas un instant à moi ?

Pire : tu es roi, et l'Oblat de tous.

Son esprit se détacha du mien sans que j'eusse le temps de répondre. Je battis des paupières et me rendis compte que je venais d'entendre la porte se fermer : Prilkop était sorti. Le fou me regardait, conscient, je ne sais comment, que j'artisais, et il attendait que je reporte mon attention sur lui. « Excuse-moi. Umbre, pressé comme toujours, exigeait un contact immédiat avec la reine. D'après lui, du fait qu'elle m'a désigné – l'espace d'un instant – comme Oblat, tous les devoirs et les responsabilités d'un souverain couronné m'incombent désormais. C'est ridicule !

— Vraiment ?

— Bien sûr ! Tu le sais bien ! »

Mes protestations parurent ouvrir en lui des vannes derrière lesquelles, pendant que j'artisais, les mots s'étaient accumulés comme l'eau derrière un barrage.

« Fitz, retourne à l'existence qui aurait dû être la tienne, et aime-la sans réserve. C'est ce que je t'ai vu faire. » Il eut un petit rire mal maîtrisé. « J'ai même puisé du réconfort, pendant mon agonie, à savoir que tu retrouverais cette vie après ma mort. Lorsque la souffrance touchait à son paroxysme, je fixais mes pensées sur mes visions de ton avenir et je m'en imprégnais.

— Mais... elle a dit que tu m'appelais au secours pendant qu'elle te torturait. » Je regrettai aussitôt d'avoir prononcé ces paroles ; le fou eut soudain l'air d'un vieillard malade.

« C'est sans doute vrai, reconnut-il. Je n'ai jamais prétendu être courageux. Mais le fait qu'elle a réussi à m'arracher ces suppliques ne change rien, mon ami. Rien. » Il se mit à observer le feu comme s'il y avait perdu un objet précieux, et je me sentis honteux de l'avoir ramené au souvenir de son martyre. Il est inhumain de rappeler à quelqu'un qu'il a hurlé de douleur devant des gens qui se régalaient de ses cris. « Je dois sans doute en tirer comme leçon que, par bien des aspects, je ne suis pas aussi fort que je le voudrais – et qu'il me faut éviter de me placer dans une position où ma faiblesse risquerait de nous faire du mal à tous les deux. »

Il me prit tout à coup la main. Saisi, je le regardai, et nous restâmes les yeux dans les yeux. « Fitz, je t'en prie, ne me soumets pas à la tentation de t'accompagner et de m'immiscer dans l'avenir que j'ai vu pour toi ; ne me soumets pas à la tentation d'outrepasser les limites de ma vie pour essayer de m'emparer de ce qui ne m'appartient pas. » Il frissonna soudain, comme sous l'effet d'un froid brutal. Il me lâcha et se pencha, les mains tendues vers les flammes ; ses ongles commençaient à peine à repousser. Il les frotta l'une contre l'autre, et une fine pellicule, blanche comme de la cendre, s'en détacha ; la nouvelle peau ainsi révélée m'évoqua du bois poli. D'une voix très basse, il me demanda : « Aurais-tu supporté de vivre avec Œil-de-Nuit parmi les loups ?

— En tout cas, je n'aurais pas hésité à essayer, répondis-je, buté.

— Même si sa femelle n'acceptait jamais complètement ta présence ?

— Pour une fois, pourrais-tu énoncer simplement ce que tu cherches à me dire ? »

Sans me quitter des yeux, il se massa le menton comme s'il réfléchissait sérieusement à la question ; enfin, il eut un sourire triste. « Non, je ne peux pas, sauf à risquer d'abîmer ce à quoi je tiens pardessus tout. » Puis, dans le même souffle, comme s'il poursuivait le même sujet, il ajouta : « Comptes-tu révéler un jour à Devoir que tu l'as engendré physiquement ? »

L'entendre évoquer tout haut cette question me plongea dans l'inquiétude, bien que nous fussions seuls : le puissant lien d'Art que je partageais avec Devoir me faisait sentir l'adolescent tout proche. « Non, répondis-je laconiquement. Trop de situations, de relations lui apparaîtraient sous un jour différent ; il en souffrirait inutilement. L'image qu'il se fait de son père s'en trouverait gâchée, comme ses sentiments envers sa mère, et même ses sentiments envers moi. À quoi bon ?

— Précisément : tu l'aimeras donc toujours comme un fils, mais tu le traiteras comme ton prince, à un pas de distance de là où tu voudrais te trouver, parce que, même si tu lui apprenais la vérité, jamais tu ne pourrais être son père. »

La colère me gagnait à nouveau. « Tu n'es pas mon père.

— Non. » Il plongea son regard dans les flammes. « Et je ne suis pas non plus ton amant. »

Une aigreur teintée de lassitude s'empara de moi. « Alors, c'est ça, la pierre d'achoppement ? Le fait que nous ne couchions pas ensemble ? Tu refuses de revenir à Castelcerf parce que je ne veux pas coucher avec toi ?

— Non ! » Il n'avait pas crié, mais le ton qu'il avait pris me réduisit au silence ; il poursuivit d'une voix basse, presque gutturale : « Tu ramènes toujours tout à ça, comme s'il s'agissait du seul aboutissement possible de l'amour. »

Il poussa un soupir et se radossa brusquement contre le mur. Après m'avoir observé d'un air pensif, il me demanda : « Dis-moi, aimais-tu Œil-de-Nuit ?

— Naturellement.

— Sans réserve ?

— Oui.

— Dans ce cas, selon ta logique, tu désirais être avec lui ?

— Si je désirais... Non !

— Ah ! Mais uniquement parce qu'il était mâle ? Vos autres différences n'avaient rien à y voir ? »

Je restai bouche bée, incapable de prononcer un mot. Il réussit à garder encore quelques instants son sérieux, les traits empreints d'une expression de curiosité non feinte, puis il éclata de rire avec une spontanéité que je ne lui avais plus connue depuis longtemps. J'aurais voulu me sentir vexé, mais j'éprouvais un tel soulagement à le voir si gai, même à mes dépens, que j'en fus incapable.

Il reprit son souffle et déclara : « Et voilà, Fitz, en toute simplicité : je t'ai dit que je n'imposais aucune limite à mon amour pour toi, et c'est vrai ; toutefois jamais je n'ai espéré que tu t'offrirais physiquement à moi. C'était ton cœur tout entier que je voulais, pour moi seul, alors que je n'y avais aucun droit, car tu l'avais donné avant même de me connaître. » Il secoua la tête. « Il y a longtemps, tu m'as expliqué que Molly n'accepterait jamais ton lien avec le loup, qu'elle t'obligerait à choisir entre elle et lui. Le crois-tu toujours ?

— Ça reste probable, répondis-je dans un murmure.

— Et, à ton avis, comment réagirait-elle à ma présence ? » Il s'interrompit le temps d'un battement de cœur. « Qui de nous deux choisirais-tu ? Et, dans ce choix, quel qu'il soit, que perdrais-tu ? Voilà les questions que j'ai dû me poser. Et celles-ci encore : en admettant que je revienne avec toi et que j'intègre cette décision à ton avenir, qu'est-ce que mon Catalyseur changera d'autre en faisant ce choix ? Si tu quittes les Six-Duchés pour m'accompagner, quel avenir risquons-nous de déclencher sans même nous en rendre compte ? »

Je secouai la tête et détournai le visage ; mais ses paroles coulaient en un flot implacable et je ne pouvais m'empêcher de les entendre.

« Œil-de-Nuit avait choisi, lui, entre la meute de loups prête à l'accepter et son attachement à toi. J'ignore si vous avez jamais parlé entre vous de ce que cette décision lui avait coûté ; ça m'étonnerait. Le peu que je savais de lui me porte à penser qu'il a fait son choix et qu'il n'est jamais revenu dessus. Je ne cherche pas à te mortifier, mais n'est-il pas vrai qu'Œil-de-Nuit a payé d'un prix plus élevé que toi votre lien, l'amour que vous partagiez ? Qu'a-t-il sacrifié pour rester lié avec toi ? Réponds sincèrement. »

Je dus baisser les yeux, car la honte m'étouffait. « Il a renoncé à vivre au sein d'une meute, à devenir un véritable loup ; il a renoncé à prendre une femelle, à élever des petits, ainsi que Rolf nous en a prévenus plus tard. Parce que nous n'imposions aucune limite à notre lien.

— Tu as ainsi connu la joie de partager sa nature avec lui, d'approcher autant de l'humain qu'il est possible à un loup ; cependant... pardonne-moi... je ne pense pas qu'il ait jamais cherché l'homme en lui avec autant d'ardeur que tu t'efforçais de devenir loup.

— Non. »

Il me reprit la main et la serra entre les siennes, puis il la retourna et observa l'ombre de l'empreinte de ses doigts qui marquait mon poignet depuis des années. « Fitz, j'ai longuement réfléchi ; je refuse de te dépouiller de ta femelle et de tes petits. De longues années m'attendent ; par comparaison, tu n'en as plus guère, et je ne veux pas vous priver, Molly et toi, de celles qui vous restent – car j'ai la conviction que vous vous retrouverez, tous les deux. Tu sais ce que je suis, tu as habité mon corps, et moi le tien ; et j'ai senti alors – ah, dieux, gardez-moi de ce souvenir ! – j'ai senti ce que c'est d'être humain, purement humain, pendant les quelques instants où j'ai abrité en moi ton amour, ta souffrance et ta peine. Tu m'as permis de m'approcher de l'homme autant qu'il m'est possible ; ce que mes précepteurs m'avaient arraché, tu me l'as rendu au décuple. Tu m'as connu enfant ; auprès de toi, j'ai grandi et suis devenu adulte ; avec toi, je... Enfin, de la même façon qu'Œil-de-Nuit t'a laissé partager sa nature de loup. » Sa voix mourut et nous demeurâmes assis en silence, comme à bout de mots. Il n'avait pas lâché ma main, et ce contact renforçait le lien d'Art qui nous unissait. Devoir s'agitait aux limites de ma perception pour attirer mon attention, mais je n'y prêtais pas garde ; j'avais plus important à faire. Je tâchai de comprendre précisément ce que craignait le fou.

« Tu crois que tu me porterais préjudice en revenant à Castelcerf avec moi, que ta présence m'empêcherait d'accéder à l'existence que tu as vue ?

— Oui.

— Tu as peur que je ne vieillisse et finisse par mourir pendant que tu resterais jeune ?

— Oui.

— Et si ça m'était égal ? Si je me moquais du prix à payer ?

— Je refuserais encore. »

Alors je demandai, le cœur serré, redoutant sa réponse quelle qu'elle soit : « Et si je te suivais ? Si je renonçais à mon autre vie pour partir avec toi ? »

Il parut abasourdi ; il ouvrit la bouche et reprit son souffle à deux reprises avant de déclarer dans un murmure rauque : « Je ne te laisserais pas faire ; je ne pourrais pas. »

Nous nous tûmes alors un long moment. Le feu se consumait peu à peu. Enfin, je posai l'ultime question, la plus terrible : « Quand je partirai d'ici, te reverrai-je un jour ?

— Probablement pas. Ce ne serait pas raisonnable. » Il leva ma main, déposa dans ma paume rendue calleuse par l'épée un tendre baiser, puis la tint entre les siennes. Il me disait adieu, je le savais, et je savais aussi que je ne pouvais rien pour l'empêcher. Figé, je sentis un néant glacé m'envahir, comme si Œil-de-Nuit mourait une seconde fois. Le fou se retirait de mon existence et j'avais l'impression de me vider de mon sang, que la vie me quittait goutte à goutte. Je compris brusquement que cette image reflétait la réalité.

« Arrête ! » m'écriai-je, mais il était trop tard. Il lâcha ma main avant que j'eusse le temps de la lui arracher. Mon poignet ne portait plus aucune trace ; l'empreinte de ses doigts avait disparu. J'ignore comment, il l'avait reprise, et le fil d'Art qui nous reliait flottait au vent, rompu.

« Je dois te rendre ta liberté, murmura-t-il d'une voix brisée, tant que j'en ai encore la force. Laisse-moi au moins ça, Fitz : le fait que j'ai tranché moi-même notre lien, que je n'ai pas gardé ce qui ne m'appartenait pas. »

Je tentai de percevoir sa présence. Je le voyais mais ne le sentais plus, ni par le Vif, ni par l'Art, ni par l'odorat. Plus de fou. Mon ami d'enfance, mon compagnon d'adolescence avait disparu. Il avait détourné de moi cette facette de lui-même. Un homme à la peau brune et aux yeux noisette me regardait d'un air compatissant.

« Tu ne peux pas m'infliger ça, dis-je.

— C'est fait, répondit-il. C'est fait. » Sur ces derniers mots, toute vigueur parut l'abandonner. Il détourna le visage comme s'il pouvait m'empêcher ainsi de remarquer qu'il pleurait. Je restai immobile avec une impression d'insensibilité semblable à celle que provoque une terrible blessure.

« Je suis fatigué, fit-il d'une petite voix tremblante. Je suis encore fatigué, c'est tout ; je crois que je vais me rallonger. »

Fitz, la reine a besoin de toi. Lourd s'était introduit sans effort dans mes pensées.

Bientôt. Je me trouve avec le fou pour l'instant.

C'est à propos du Lignage. Vite, s'il te plaît, elle dit.

Oui, vite, répondis-je, accablé.

Et à peine Lourd se fut-il effacé de mon esprit qu'Umbre me tapa sur l'épaule. Je lui accordai mon attention. *Puisque tu te trouves sur place, songe à rapporter au moins quelques-uns des manuscrits d'Art que tu as découverts ; ils nous seront utiles, je pense.*

D'accord, Umbre. Mais j'ai besoin de rester un peu seul, je vous en prie.

Très bien, fit-il de mauvais gré. Puis il s'adoucit. *Que se passe-t-il ? Est-il mal à ce point ?*

Non, il semble même plutôt se rétablir ; mais je dois prendre du temps pour réfléchir.

Très bien.

Je me retournai vers le fou, mais il avait sombré dans le sommeil, ou bien il feignait si bien de dormir que je n'eus pas le courage de chercher à le réveiller. Il me fallait mettre de l'ordre dans mes pensées ; il y avait sûrement un moyen de l'obliger à revenir sur sa décision ; ne me restait qu'à le trouver.

« Je reviens », lui dis-je, puis je jetai mon manteau sur mes épaules et sortis. Autant me rendre dans le labyrinthe des Anciens pour y récupérer quelques manuscrits d'Art : cela m'occuperait tandis que je réfléchissais ; demeurer assis à ne rien faire n'aboutissait pas chez moi aux cogitations les plus fructueuses. Je gravis le raidillon et constatai que la brèche dans la glace se révélait moins étroite qu'auparavant : sans doute mes allées et venues l'avaient-elles élargie. Toutefois, j'avais à peine pénétré dans la zone baignée par l'éclat artificiel des globes des Anciens que je vis une silhouette se diriger vers moi. J'éprouvai un instant d'effroi avant de reconnaître l'Homme noir. Il portait un quartier de viande fumée sur l'épaule, et, comme nous nous rapprochions, il m'adressa un hochement de tête puis, avec précaution, déposa son fardeau par terre.

« Ses provisions je volais, beaucoup de fois ; mais pas comme ça : un peu ici, un peu là. Maintenant, ce que je veux, je prends. » Il me regarda d'un air interrogateur. « Et vous ?

— Comme vous, à peu près : il y a des années, on a dérobé à mon roi des manuscrits, des écrits d'une valeur particulière. Elle les conservait ici, dans une pièce voisine de sa chambre. Je dois les reprendre.

— Ah, les rouleaux ! J'ai vu eux il y a longtemps.

— Oui.

— J'aide vous. »

Je me serais bien passé de son assistance, mais je ne voyais pas comment la refuser poliment ; aussi le remerciai-je, et nous nous mîmes en route de conserve. Chaque fois que nous passions devant une sculpture abîmée ou une niche vide, il secouait la tête ; il me parla des gens qui habitaient la cité à l'époque où il y était arrivé. Lourd avait vu juste : à une époque, les salles de pierre avaient été chauffées, et les Anciens venaient y séjourner pour admirer le spectacle étonnant de la glace et de la neige, inconnu dans leurs régions au climat chaud. Je tentai d'imaginer qu'on pût prendre plaisir à visiter un pays froid, mais cette idée me demeura étrangère.

Prilkop, j'ignore comment, avait bloqué la magie qui infusait de la chaleur aux pierres ; il avait aussi essayé de priver la Femme pâle de la lumière des Anciens, mais en vain, et, malgré le froid, elle était restée ; elle avait obligé l'Homme noir à vivre caché et manifesté son mépris pour lui et les Anciens associés aux dragons en encourageant la destruction de leurs œuvres d'art.

« Pourtant, elle n'a pas touché à la salle de la carte, fis-je observer.

— Elle ne va pas là-bas, peut-être, ou ne comprend pas l'usage et s'en moque. Des portes de voyage, elle ne sait rien. Une fois, une seule fois, pour échapper à elle j'ai traversé une. » Il secoua la tête à ce souvenir. « Tout faible, tout malade, tout... » Il porta ses poings à ses tempes et feignit de se donner des coups. « Je ne pouvais pas retourner pendant beaucoup de jours. Quand je réussis... (il haussa les épaules) elle avait pris ma ville. Mais maintenant je la reprends. »

Il connaissait bien sa cité ; il me fit emprunter un trajet nouveau pour moi, aux couloirs plus étroits, peut-être réservés aux domestiques ou aux marchands, et, en moins de temps que je ne l'eusse cru possible, nous débouchâmes sur un corridor qui passait devant la chambre de la Femme pâle. J'y jetai un coup d'œil : quelqu'un y avait pénétré après moi. Je m'arrêtai pour contempler la pièce : on avait déplacé, poussé, tiré tous les objets mobiles. D'un coffret à bijoux au sol se déversait un flot de perles, de chaînettes d'argent et de pierres blanches scintillantes, dont certaines avaient commencé à s'enfoncer dans la glace. Prilkop remarqua mon expression étonnée et pénétra calmement dans la chambre. « Ça marchera », dit-il, et il tira du lit une courtepointe de satin qu'il noua par les coins afin de fabriquer un grand sac. Comprenant soudain ce qu'il avait en tête, je me munis d'une autre couverture et l'imitai. Puis, nos baluchons sur l'épaule, nous nous rendîmes dans la petite salle où étaient rangés les manuscrits.

Rien ne m'avait préparé au spectacle qui m'attendait. On avait renversé les étagères en les tirant des murs, si bien que leur contenu formait un tas au milieu de la pièce ; non loin de là, les fragments d'un pichet brisé jonchaient le sol, et de nombreux rouleaux étaient imbibés d'huile. La Femme pâle gisait sur la glace, manifestement morte. Les moignons desséchés et noircis de ses bras me firent songer à des pattes d'insecte ; sous l'effet du froid et de la disparition de son énergie vitale, son teint avait foncé. La tête rejetée en arrière, elle avait péri, la bouche ouverte comme un félin en train de rugir. Un globe lumineux, arraché à sa fixation, se trouvait près des manuscrits imprégnés d'huile ; il paraissait cabossé, comme si on l'avait roué de coups de pied et de coups de poing. Prilkop et moi restâmes quelque temps silencieux à contempler la scène.

Enfin, j'émis une hypothèse : « Elle a dû vouloir faire du feu pour se réchauffer ; elle pensait pouvoir enflammer les manuscrits en cassant le globe. »

Il secoua la tête d'un air de profonde répugnance. « Non : pour détruire. Son seul désir c'était ; les dragons détruire, les autres prophètes détruire, la beauté, le savoir. » Du pied, il poussa un rouleau près du cadavre. « Ce qu'elle ne pouvait pas posséder ou commander, elle détruit. » Il me regarda et ajouta : « Elle ne pouvait pas commander votre fou. »

Il se mit à la tâche à mes côtés. Nous plaçâmes dans un des sacs les documents intacts, avec un luxe de précaution car certains, très anciens, se révélèrent extrêmement fragiles ; j'entreposai à part ceux que l'huile avait touchés. J'observai que l'Homme noir et moi-même évitions la Femme pâle ; quand je dus tirer son corps pour accéder aux manuscrits qu'il recouvrait, Prilkop s'écarta et détourna le visage. Quand nous eûmes ramassé tous les documents, je la regardai. « Voulez-vous que je m'occupe de son cadavre ? » demandai-je à mi-voix.

Il me dévisagea sans comprendre, puis il hocha lentement la tête.

Alors j'empaquetai la Femme pâle dans un de ses somptueux dessus-de-lit en fourrure et sortis dans le couloir en la traînant derrière moi. Mon compagnon m'indiqua une trappe de taille si réduite que je ne l'eusse sans doute jamais remarquée seul ; elle ouvrait sur un pan incliné le long duquel montait le grondement lointain des vagues. Prilkop me fit signe d'y introduire la dépouille ; elle disparut dans la glissière, à la grande satisfaction, apparemment, de l'Homme noir.

Nous retournâmes dans la salle prendre les manuscrits, puis nous engageâmes à nouveau dans les corridors de glace en tirant derrière nous les sacs plus qu'en les portant : le parchemin pèse étonnamment lourd. Dans les escaliers, je fis la grimace à chaque heurt sur les marches en songeant à la réprimande qu'allait m'infliger Umbre pour les avoir traités ainsi ; mais, après tout, il ignorerait dans quel état je les avais trouvés. Avec l'aide de Prilkop, j'amenai les deux sacs jusqu'à la salle au pilier ; là, nous nous arrêtâmes pour reprendre notre souffle. Malgré son âge, le vieillard possédait l'allant d'un jeune homme, et je me pris à me demander pour la première fois quelle durée de vie le fou pouvait espérer ; puis une question plus étrange encore me vint : où en était-il de son existence ? Venait-il seulement d'entamer sa jeunesse ? Cette façon de calculer avait-elle un sens pour lui ? Un jour, il m'avait dit compter plus d'années qu'Œil-de-Nuit et moi réunis... Troublé, je chassai ces interrogations de mon esprit ; je n'avais nulle envie de songer à nos différences, bien qu'elles eussent toujours existé. Notre amitié avait aboli cette frontière pour nous fondre en un seul être.

Comme le lien entre Œil-de-Nuit et moi avais fait de nous deux un seul être. Et pourtant... Je soupirai en suivant l'Homme noir qui descendait l'escalier pour se rendre à la salle de la carte. Et pourtant nous n'en étions pas devenus identiques pour autant. Je restais un homme, avec des préoccupations d'homme, incapable de vivre pleinement dans le présent à l'instar d'Œil-de-Nuit ou de prolonger sa vie au-delà de sa durée naturelle.

Était-ce ainsi que me voyait le fou ?

Ma gorge se noua et je toussotai. Prilkop me jeta un regard par-dessus son épaule mais garda le silence. Arrivé à destination, il s'arrêta devant la maquette ; il la parcourut des yeux en se frottant les mains, puis, les sourcils levés d'un air interrogateur, il me la désigna d'un geste large.

Je touchai de l'index les pierres groupées près de la citadelle des Six-Duchés. « Castelcerf, fis-je. Chez moi. »

Il acquiesça d'un air entendu, puis, comme le fou avant lui, il indiqua un territoire loin au sud. « Chez moi », dit-il. Il montra ensuite une anse sur la côte et ajouta : « Clerres. »

Je compris. « Votre école, où vous souhaitez retourner. »

Il se tut, réfléchit puis hocha la tête. « Oui, notre école. » Une soudaine tristesse envahit son visage. « Où nous devons retourner. Pour faire écrire ce que nous avons appris. Pour les autres à venir. Très important, c'est.

— Je comprends. »

L'Homme noir posa sur moi un regard empreint de bonté. « Non, vous ne comprenez pas. » Il se remit à étudier la carte, puis reprit, comme s'il se parlait à lui-même : « Le lâcher est difficile, mais vous doit le faire. Tous les deux. Lâcher. Sinon, vous fait encore des changements, sans savoir. Si, à cause lui, les choses que vous fait font des changements, quoi se passe ? Personne peut dire. Même petite chose : vous apportez lui du pain, il mange ; si vous apportez pas lui, le pain, quelqu'un autre le mange. Voyez ? Changement. Petit changement. À lui, vous donne votre temps, votre parler, votre amitié ; qui reçoit pas votre temps alors ? Hmm ? Un grand changement, peut-être, je pense. Lâchez, Changeur du fou. Votre temps ensemble terminé est. Achevé. »

Cela ne le regardait nullement et je faillis le lui faire remarquer ; mais il affichait une expression si bienveillante et compatissante que ma colère mourut aussitôt que née.

« Repartons », proposa-t-il. Comme j'allais acquiescer, Lourd s'imposa dans mes pensées.

Fitz ? Tu as fini ? La reine attend toujours.

Je poussai un soupir de lassitude. Mieux valait répondre à la demande d'Umbre puis essayer d'obtenir ensuite un peu de temps libre. *Oui, j'ai fini. j'ai réuni les manuscrits d'Art ; retrouve-moi aux Pierres Témoins pour m'aider à les transporter.*

Non ! je mange de la tarte à la framboise ! Avec de la crème.

Après la tarte alors. J'éprouvai un brusque élan de compréhension pour le petit homme qui refusait d'interrompre son repas pour me rejoindre. Prilkop avait atteint le bas des marches ; il leva vers moi un regard interrogateur. « Je dois retourner chez moi un moment, expliquai-je. Dites au fou que je reviendrai au plus vite ; je rapporterai encore des vivres, des fruits et du pain frais. »

Il prit l'air effrayé. « Par les portails de pierre ? Si tôt ? Pas sage, c'est ; stupide, même. » Il me fit un signe d'invite. « Venir chez Prilkop. Une nuit, un jour, une nuit, un jour et puis repartir par les pierres – si vous obligez.

— Hélas, je dois y aller tout de suite. » Je ne voulais revoir le fou et lui parler qu'après avoir trouvé un moyen de contrecarrer ses arguments.

« Changeur, vous peut faire ça ? Vous l'a fait déjà ?

— Plusieurs fois. »

Il remonta quelques marches, le front plissé d'inquiétude. « Jamais je ne vois faire ça si souvent, si rapproché. Prudence alors ; ne pas revenir trop vite. Reposer.

— Je l'ai déjà fait », répétai-je. Je me remémorai mes passages successifs par les piliers d'Art, en compagnie de Devoir, en ce jour d'il y avait bien longtemps où nous avions fui la plage des Autres. « N'ayez pas peur pour moi. »

Malgré mes airs intrépides, je me demandai si je ne commettais pas une bêtise en traversant à nouveau les pierres ; chaque fois que je me rappelle ce moment, je ne parviens pas à comprendre ce qui me prit alors. La rupture de notre lien par le fou et la peine que cela me causait me poussaient-elles à m'éloigner en hâte ? Franchement, je ne le crois pas ; je pense plutôt que je n'avais pas assez dormi depuis plusieurs jours.

Je repris l'escalier qui conduisait à la salle du pilier. L'Homme noir me suivit, anxieux. « Sûr vous est ? Sûr de ça ? »

Je me baissai pour saisir les sacs par les nœuds. « Ça ira, répondis-je avec assurance. Dites au fou que je reviendrai. » D'une main, je pris les deux baluchons, ouvris grand l'autre et l'appliquai sur le pilier. J'émergeai dans une nuit constellée.

10

RÉAPPROPRIATION

En cette ultime danse où se joue le hasard.
Plus jamais ne serai ton cavalier de bal.
C'en est un autre qui, sous mon triste regard,
Te fera parcourir en tournoyant la salle.

En cette ultime danse où se joue le hasard.
Quand il me faudra dire à ta vie adieu,
Je voudrais que pour toi elle ait tous les égards,
Que tu saches un jour t'envoler dans les cieux.

En cette ultime danse où se joue le hasard
Quand je serai certain de te perdre à jamais
Te laisserai aller, regrettant ton départ,
Souhaitant que devant toi s'enfuient
les vents mauvais.

En cette ultime danse où se joue le hasard
Nous verrons nos esprits l'un à l'autre avoués.
Nous nous séparerons, endeuillés et hagards,
Quand le nœud qui nous lie se sera dénoué.

*

Le destin me porta un dernier coup, du moins le vois-je ainsi aujourd'hui. Peut-être les dieux voulaient-ils appuyer la mise en garde de Prilkop.

Avec une surprise à peine perceptible, je vis une obscurité éternelle saupoudrée de points lumineux d'intensité variée, comme si, allongé en haut d'une tour, je contemplais un ciel d'été nocturne. Mais, sur le moment, je ne considérais pas la situation ainsi ; je flottais parmi les étoiles, sans tomber toutefois. Je ne pensais pas, je ne m'étonnais pas ; je me trouvais là, simplement. Il y avait un astre plus brillant que les autres, et j'étais attiré vers lui. Je n'aurais su affirmer si je me dirigeais vers lui ou s'il se rapprochait de moi ; je n'aurais rien su affirmer car, bien que j'eusse conscience de ces événements, il ne s'y attachait aucun sens. Je me sentais comme en suspens, toute vie, toute curiosité, toute émotion à l'arrêt. Quand j'arrivai près de l'étoile, j'essayai de m'y fixer ; cet acte ne parut exiger nulle volonté, nulle intention de ma part ; on eût plutôt dit la fusion naturelle d'une goutte d'eau dans une autre, plus grosse. Mais elle m'écarta d'elle, et, en cet instant où elle m'observa, je repris la conscience de mon individualité.

Quoi ? Toi, de nouveau ? Tiens-tu donc tant à demeurer ici ? Tu es beaucoup trop petit, tu sais, et encore incomplet ; il n'y a pas assez de toi pour subsister seul ici. Le sais-tu ?

Sais-tu ? Comme un enfant qui apprend à parler, je répétai les derniers mots en m'efforçant d'y plaquer une signification. La bienveillance de l'entité à mon endroit me fascinait et je n'aspirais qu'à m'y immerger ; elle me semblait pétrie d'amour, prête à m'accepter tel que j'étais. Je n'avais qu'à renoncer à mes limites, si elle me laissait faire, pour me fondre en elle. Toute connaissance, toute pensée, toute peur disparaîtraient alors.

Elle parut me comprendre sans que j'eusse à parler. *Est-ce cela que tu souhaites vraiment, petite créature ? Cesser d'être toi-même avant ton achèvement ? Pourtant, tu peux encore tellement grandir !*

Grandir, fis-je en écho ; tout à coup, ce simple mot prit force et j'existai à nouveau. Soudain, pendant une fraction de seconde, je connus une lucidité totale, comme si je remontais d'une plongée à très grande profondeur et venais de remplir à fond mes poumons d'air frais. Molly et Ortie, Devoir et Heur, Patience et Lourd, Umbre et Kettricken, tous me revinrent en une vague de possibilités. La peur et l'espoir s'empoignèrent violemment en moi quant à ce que je pouvais devenir à travers eux.

Ah ! Je pensais bien que tu tenais encore à quelque chose. Tu désires donc t'en retourner ?

Retourner.

Où ?

Castelcerf. Molly, Ortie, amis.

Ces mots n'avaient sans doute aucune signification pour elle ; elle était au-delà de cela, de cette attribution de l'amour à quelques individus, à quelques endroits. Mais je crois qu'elle perçut ma nostalgie.

D'accord, retourne-t'en. La prochaine fois, fais plus attention – ou mieux : tâche qu'il n'y ait pas de prochaine fois, tant que tu n'es pas prêt à rester.

Brutalement, j'eus un corps. J'étais couché face contre terre sur le versant d'une colline ; il faisait froid. Par miracle, je n'avais pas lâché les deux sacs que j'avais jetés sur mon épaule, et ils pesaient sur mon dos. Je fermai les yeux. L'herbe me chatouillait le visage et j'avais de la poussière dans les narines. Je respirai le mélange intime d'odeur de terre, d'herbe, de mouton et de fumier, et la stupéfaction qui s'empara de moi devant ce réseau complexe effaça toutes mes pensées. Je dus m'endormir.

L'aube se levait quand je me réveillai ; je tremblais de froid malgré la protection des sacs de parchemins étalés sur mon dos, j'avais les articulations raides et j'étais couvert de rosée. Je me redressai avec un grognement d'effort ; le monde se mit à danser lentement devant mes yeux, et je dus me rallonger. Des moutons couverts d'une épaisse toison avaient levé la tête, surpris de me voir bouger. Je me mis à quatre pattes, me relevai en chancelant puis jetai des coups d'œil égarés autour de moi comme un poulain nouveau-né tout en m'efforçant de rassembler les pièces disjointes de mon existence. J'aspirai l'air à longues goulées, sans amélioration notable de mon état ; un bon repas et un vrai lit me remettraient sans doute d'aplomb, et je trouverais cela au château de Castelcerf.

Un sac sur mon épaule, l'autre traînant derrière moi, je me mis en marche – du moins, telle fut mon intention ; mais, au bout de trois pas, je m'effondrai, encore plus mal, si cela est possible, qu'à ma sortie des piliers. À contrecœur, je dus reconnaître que Prilkop avait raison, et je me demandai avec anxiété combien de temps je devrais attendre avant de risquer un nouveau trajet par les pierres. Toutefois, j'avais des problèmes plus immédiats à résoudre.

Je tendis mon Art tant bien que mal ; j'avais à peine la force de me concentrer, et, quand je perçus d'abord la musique de Lourd puis le petit homme lui-même, il était déjà occupé à communiquer avec Devoir et Umbre. Je voulus m'introduire dans leur contact mais n'y parvins pas : leurs pensées repoussaient les miennes comme une grêle de pierres. Ils ne paraissaient pas échanger d'informations ; on eût dit plutôt qu'ils travaillaient à un exercice d'Art. Je sentis la présence d'Ortie comme une trace de parfum dans l'air ; elle s'agrippa au lien entre Umbre et Lourd, réussit à y rester accrochée un instant puis lâcha prise et s'éloigna doucement. Dans le silence déçu qui suivit son échec, malgré ma faiblesse, je parvins à m'immiscer.

Lourd, je ne suis pas bien. Peux-tu venir me retrouver aux Pierres Témoins ? Amène un poney ou même une carriole attelée ; je ne sais pas si je tiendrai en selle. j'ai deux gros sacs de parchemins.

Une explosion de stupéfaction muette accueillit mon intervention, à laquelle succéda aussitôt une pluie de questions : *Où es-tu ?*

Où étiez-vous ?

Tu es blessé ? On t'a attaqué ?

Retenu prisonnier ?

J'ai seulement traversé les pierres. Je n'ai plus de force ; envie de vomir. Prilkop m'avait prévenu : ne pas utiliser les piliers trop souvent. Puis je me tus, malade à en mourir, en proie au vertige et à la nausée ; je me laissai aller sur le flanc. Il faisait froid ; je tirai un sac sur moi et restai allongé, tremblant de tous mes membres.

Ils vinrent tous. J'entendis des bruits, ouvris les yeux et découvris les chaussures et la jupe de monte d'Ortie. Un guérisseur me palpait en quête de fractures et examinait mes yeux ; ces attouchements m'agaçaient. Il voulut savoir si l'on m'avait agressé ; je réussis à secouer la tête négativement. Umbre dit : « Demandez-lui où il avait disparu tout ce mois dernier. Nous attendions ces manuscrits bien avant notre arrivée à Castelcerf. » Je fermai les paupières et me tus. Alors le guérisseur et son assistant me soulevèrent et me déposèrent à l'arrière d'un chariot ; on plaça les sacs de parchemins à côté de moi, puis la voiture se mit en route en brinquebalant sur les mottes d'herbe de la colline. À cheval, Umbre et Devoir la flanquaient d'un côté, l'air grave ; Lourd venait derrière sur un poney trapu dont il se débrouillait assez bien. Ortie chevauchait une jument manifestement issue de l'écurie de Burrich. Plusieurs gardes montés nous suivaient avec le regard vigilant de soldats qui s'attendaient à devoir affronter un ennemi, même peu dangereux, et qui nourrissent encore le vague espoir d'une escarmouche. J'avais parlé le moins possible, de crainte d'en révéler trop à des oreilles qui ne devaient rien savoir.

Mes pensées tournaient sans fin et, à force de piétiner comme un attelage embourbé, mon esprit fit remonter de ma mémoire de vieilles légendes sur les pierres dressées : des amants s'y réfugiaient pour échapper au courroux de leurs parents et, quand ils revenaient un an ou dix ans plus tard, toutes les aigreurs avaient été oubliées. On les tenait pour les portes qui permettaient d'entrer au pays des fées, où une année pouvait passer en un jour – ou un jour en un an. Je gardais un souvenir brumeux de mon séjour dans les ténèbres étoilées ; quelle avait été sa durée ? Quelques semaines ? Umbre avait parlé d'un mois. À l'évidence, il s'était écoulé assez de temps pour que les bateaux de retour de Mayle eussent regagné Castelcerf, puisque le prince et son conseiller se trouvaient près de moi. Je souris légèrement, fier de ma logique et de mon « agilité » intellectuelle.

Quand nous parvînmes au château, Umbre emmena les gardes et prit les sacs de manuscrits. Le prince me serra la main et me remercia d'avoir mené à bien ma tâche, comme il l'eût fait à un homme d'armes qui aurait accompli une mission au péril de sa vie ; mais, profitant de notre contact physique, il m'artisa, si discrètement que je l'entendis à peine : *Je passerai bientôt vous voir. Reposez-vous pour le moment.*

Il s'éloigna à grands pas, Ortie et Lourd sur les talons, et l'on me conduisit à l'infirmerie, où, à ma vive satisfaction, je pus m'étendre et ne plus penser à rien. Plusieurs jours s'écoulèrent, me semble-t-il – j'avais du mal à me concentrer sur des détails comme le passage du temps. Migraines et vertiges finirent par cesser, mais mon esprit resta flou. J'avais été quelque part, rencontré quelque chose d'immense, je le savais, mais je ne trouvais pas les mots pour l'expliquer, fût-ce à moi-même. C'était un événement si grand et si incompréhensible qu'il bouleversait la signification et l'ordre du reste de ma vie ; je me laissais distraire par de petits riens : la danse des moucherons dans un rai de soleil, le tissage de la laine filée qui formait ma couverture, le grain du bois de mon châlit. Je restais parfaitement en mesure d'artiser, mais je n'en voyais plus l'intérêt et je n'avais plus l'énergie ni la capacité d'attention nécessaires pour y parvenir.

On m'apportait de copieux repas et on me laissait me reposer. Les visiteurs allaient, venaient, et je n'en gardais quasiment aucun souvenir. Une fois, j'ouvris les yeux et vis Brodette qui me regardait avec une expression sévère et réprobatrice ; je les refermai. Le guérisseur ne pouvait rien pour moi et répétait souvent, en parlant bien fort non loin de mon chevet, qu'il me considérait comme un simulateur et un tire-au-flanc. On fit venir une très vieille femme ; quand elle eut croisé mon regard, elle hocha vigoureusement la tête et déclara : « Oh oui, il a la tête d'un que les fées ont mordu. Elles l'ont entraîné sous la terre et se sont nourries de lui ; elles ont un trou là-haut, près des Pierres Témoins, c'est bien connu. Elles enlèvent des agnelets, des enfants, et des fois même des hommes faits, s'ils vont se promener par là ivres morts. » Elle prit un air doctoral. « Donnez-lui du thé à la menthe et des plats aillés jusqu'à ce que l'odeur lui en sorte par les pores ; les fées ne la supportent pas et elles le lâcheront sans tarder. Quand il aura les ongles assez longs pour qu'on les coupe et qu'il les coupera lui-même, laissez-le sortir. »

On me fit donc manger un repas de mouton à l'ail accompagné de thé à la menthe, on me déclara guéri et on me mit à la porte. Crible m'attendait et me dit que j'avais l'air d'un simple d'esprit ; il m'emmena aux étuves, encombrées de soldats bruyants qui riaient beaucoup trop fort, puis, suprême purification pour un garde, au réfectoire, parmi les tables réparties dans le plus grand désordre, où il n'eut aucun mal à me persuader de boire avec lui tant de bière que je finis par sortir d'un pas titubant pour vomir dehors. Le brouhaha assourdissant des conversations et des éclats de rire me donnait une singulière impression de complet isolement. À six reprises, un jeune garde me demanda où j'avais disparu pendant le mois écoulé, et je finis par répondre simplement : « Je me suis perdu en revenant », ce qui me valut pendant près d'une heure une solide réputation d'humoriste autour de la table. Si le gamin avait espéré m'arracher ainsi le récit de mon escapade, il échoua ; en revanche, à mon propre étonnement, je me sentais mieux, comme si la violente protestation de mon corps contre le traitement que je lui faisais subir m'avait convaincu que j'étais bel et bien humain et que je devais en tenir compte. Je me réveillai le lendemain matin dans les casernements, poisseux de sueur, fronçai le nez en sentant l'odeur aigre que je dégageais, et retournai aux étuves ; je rasai la barbe collante qui me mangeait les joues, me frottai de la tête aux pieds avec du sel puis me rinçai à l'eau froide. J'enfilai un uniforme propre, car mon coffre était revenu avec le reste du matériel de l'expédition, et allai prendre un petit-déjeuner simple et frugal de gruau dans une salle des gardes bondée et bruyante. Par la porte, un vacarme d'instruments métalliques entrechoqués donnait l'impression qu'une bataille rangée se déroulait dans les cuisines et que des compagnies entières de marmitons s'attaquaient à leurs tâches.

Ayant un peu repris du poil de la bête, j'empruntai la porte dérobée de la cour des lavandières pour entrer dans le labyrinthe d'Umbre, et je montai à la salle de travail.

Je trouvai la grande table couverte de manuscrits imprégnés d'huile, maintenus ouverts pour les nettoyer et les recopier ; près des fauteuils de la cheminée, on avait déposé un panier rempli de pommes fraîches. Elles n'étaient même pas assez mûres pour qu'on les cueillît la dernière fois que j'avais pénétré dans la salle. Ce petit fait sans importance m'ébranla plus que je ne m'y attendais. Je m'assis, me concentrai et artisai Umbre. *Où êtes-vous ? je dois vous présenter mon compte rendu ; j'ai besoin qu'on m'aide à comprendre ce qui m'est arrivé.*

Ah ! Je me réjouis de t'entendre. J'écouterai ton rapport avec le plus grand intérêt. Nous sommes dans la tour de Vérité ; peux-tu monter nous y rejoindre ?

Je pense, oui, mais pas vite ; il faudra m'attendre un peu.

Je réussis à monter, mais ils durent effectivement prendre patience. Quand je sortis par le panneau latéral de la cheminée, j'éprouvai un choc, car je découvris dame Ortie – « dame » Ortie, irréfutablement, au vu de sa robe verte et de son col de dentelle – assise à la grande table en compagnie d'Umbre, Devoir et Lourd. Elle ne parut, de son côté, que modérément surprise de mon apparition. J'écartai une toile d'araignée de mes yeux puis secouai la main au-dessus de l'âtre pour m'en débarrasser. Enfin, ne sachant quel rôle endosser, je m'inclinai poliment devant l'assemblée à la manière d'un garde puis demeurai immobile, comme prêt à recevoir mes ordres.

« Comment allez-vous ? » me demanda Devoir en m'offrant son bras pour m'aider à gagner ma place. Mon orgueil m'empêcha de l'accepter, et, une fois assis, je restai incertain quant à l'attitude que je devais adopter. Umbre remarqua les coups d'œil furtifs que je lançais à Ortie et il éclata de rire. « Fitz, elle fait partie désormais du clan ; tu devais bien te douter que ça arriverait. »

Je me tournai vers ma fille. Le regard qu'elle me rendit valait un coup de poignard et sa voix avait la froideur et le tranchant de l'acier. « Je sais votre nom, FitzChevalerie Loinvoyant ; je sais même que je suis votre fille bâtarde. Ma mère m'a dit qu'elle ne connaissait aucun Tom Blaireau, voyez-vous ; aussi, pendant votre séjour à l'infirmerie, elle a rendu visite à celui qui se prétendait lié à elle par une vieille amitié, puis elle est ressortie et m'a tout avoué. Tout.

— Elle ne sait pas “tout” », répondis-je d'un ton défaillant, et tout à coup je me trouvai à court de mots. Umbre se leva promptement, remplit un verre d'eau-de-vie et me l'apporta. Je tremblais si fort que j'eus peine à le porter à mes lèvres.

« On peut dire que votre mère a choisi pour vous le prénom qui convenait, dit Devoir d'un ton acide à l'intention d'Ortie.

— Comme la vôtre, rétorqua-t-elle, suave.

— Assez, vous deux ! Remisez vos querelles pendant que Fitz nous raconte où il se cachait tandis que les gardes passaient le royaume entier au peigne fin pour le retrouver. » Umbre s'exprimait avec fermeté.

« Molly est ici ? À Castelcerf ?

— Tout le monde est là ; tout le monde est venu pour la fête des Moissons, ce soir, répondit Lourd avec un accent de grande satisfaction. Moi, j'aide au pressoir à pommes.

— Oui, ma mère se trouve ici ; mes frères aussi, qui ignorent tout de notre affaire ; elle et moi jugeons préférable que cela ne change pas. Ils doivent leur présence au château à l'hommage qui sera rendu à mon père pour le rôle qu'il a joué dans la mort du dragon, ainsi qu'à Leste et au reste du clan d'Art.

— Tant mieux ; ça me fait plaisir », dis-je avec sincérité, et pourtant mes paroles sonnèrent creux. Apprendre que la fête des Moissons avait lieu le lendemain m'avait certes choqué, mais surtout j'avais l'impression qu'on m'avait dépouillé de ma dignité, que je n'étais plus maître de mon existence – et je m'en sentais bizarrement libéré : on m'avait retiré la responsabilité de décider quand et comment révéler à Molly que j'étais vivant. Elle m'avait vu, elle le savait ; peut-être le coup suivant lui revenait-il. La pensée qui me vint alors me plongea dans un abîme de désespoir : ce coup, peut-être l'avait-elle déjà effectué ; elle m'avait tourné le dos.

« Fitz ? » Je me rendis compte qu'Umbre m'appelait depuis quelque temps quand il me toucha le bras. Je sursautai et repris conscience des gens autour de la table ; Devoir avait une expression compatissante, Ortie distante, et Lourd avait l'air de s'ennuyer. Umbre posa la main sur mon épaule et la pressa doucement. « Veux-tu expliquer au clan où tu étais et ce qui t'est arrivé ? J'ai quelques idées là-dessus, mais j'aimerais les voir confirmées. »

Par habitude, j'entamai mon récit à la dernière fois que nous avions été en contact, lui et moi. J'en étais au moment où le fou et moi allions pénétrer dans la grotte de l'Homme noir quand j'éprouvai une soudaine répugnance à révéler tout ce que mon ami avait dit ; je baissai les yeux vers mes mains posées sur la table et résumai ses propos, en omettant autant de détails intimes que possible. De ceux qui m'entouraient, seul Umbre, peut-être, eut une vague idée de la souffrance que représentait pour moi de me séparer du fou. Sans réfléchir, je dis tout haut : « Mais je ne suis pas retourné sur l'île, et, d'après ce que vous m'avez appris, mon absence a duré plus d'un mois. Je voudrais repartir, mais j'éprouve maintenant à l'endroit des piliers une peur nouvelle.

— Et à juste titre, si j'en crois les manuscrits d'Art que tu as rapportés. Toutefois, nous en parlerons plus tard ; d'abord, la fin de ton histoire. »

Je narrai donc mon départ de la grotte, la récupération des parchemins et la mise au rebut du cadavre de la Femme pâle. Umbre manifesta un vif intérêt pour la magie qui permettait aux Anciens de générer de la lumière et de la chaleur, et me posa sur les cubes de pierre de mémoire d'innombrables questions auxquelles je fus incapable de répondre ; déjà, je le vis bien, l'envie le démangeait de tenter le voyage pour explorer lui-même ce royaume enchanté. Je relatai l'adieu de Prilkop puis mon interminable traversée des piliers ; quand je parlai de l'entité qui m'avait secouru, Devoir se redressa sur son siège. « C'est la même que nous avons rencontrée en fuyant la plage des Autres !

— La même... oui et non. Je crois que, cette fois-là, seul notre esprit se trouvait dans son univers ; dans les piliers, j'étais présent physiquement. Depuis mon retour, je me sens... bizarre ; plus vivant par certains aspects, plus en relation avec le reste du monde, jusqu'à ses plus infimes éléments, et pourtant plus isolé aussi. » Je me tus ; je ne voyais pas quoi ajouter à mon compte rendu. Je lançai un coup d'œil à Ortie ; elle me retourna mon regard avec une expression impavide qui me disait que je n'avais pas et n'avais jamais eu la moindre importance à ses yeux.

Apparemment, Umbre estimait avoir suffisamment matière à réflexion, car il écarta sa chaise de la table comme un homme qui vient d'achever un repas copieux. « Eh bien, il va nous falloir de longues ruminations pour y voir clair dans ce récit ! Assez d'exercices pour aujourd'hui ; la fête des Moissons est pour demain et nous avons tous des préparatifs à faire. Un rassemblement est prévu ce soir dans la grand-salle, avec des musiciens, des jongleurs, un bal et des conteurs. Nombre de nos amis outrîliens y participeront, ainsi que tous nos ducs ; je vous y retrouverai tous, je n'en doute pas. »

Comme tous le regardaient sans faire mine de bouger, il ajouta : « Et j'aimerais m'entretenir à présent seul à seul avec Fitz. »

Lourd se leva, Ortie aussi. « Après que je lui aurai parlé en privé », dit Devoir d'un ton posé.

Lourd parut perplexe mais déclara aussitôt : « Moi aussi.

— Pas moi, fit Ortie d'un ton froid en se dirigeant vers la porte. Je ne vois vraiment pas ce que je pourrais avoir à dire à cet individu. »

Le simple d'esprit resta sur place, regardant tour à tour la jeune fille et le prince, visiblement en proie à l'indécision. Non sans mal, je parvins à lui sourire. « Nous aurons tout le temps de nous voir après, Lourd, je te le promets.

— D'accord », fit-il brusquement ; il rattrapa la porte avant qu'elle ne se fût complètement refermée derrière Ortie et sortit à son tour. Sur un coup d'œil de Devoir, Umbre se retira près de la fenêtre qui donnait sur la mer, mais, à l'évidence, ce n'était pas ce que désirait le prince ; il était clair aussi que la lutte pour le pouvoir se poursuivait entre le conseiller et l'héritier de la Couronne. Je me tournai vers Devoir ; il prit place sur la chaise à côté de la mienne, puis la rapprocha de moi. Il se pencha et je m'attendis à l'entendre évoquer ses inquiétudes concernant la narcheska et leurs fiançailles. « J'ai beaucoup parlé de vous avec elle. Elle vous en veut pour le moment, mais je pense que, si vous lui laissez un peu de temps, elle finira par se calmer assez pour vous écouter. »

Il me fallut quelques secondes pour comprendre. « Ortie ?

— Naturellement.

— Vous avez beaucoup parlé de moi avec elle ? » De mieux en mieux, me dis-je aigrement. Devoir perçut mon désarroi.

« Je ne pouvais pas faire autrement, répondit-il, sur la défensive. Elle tenait sans cesse des propos comme : “Il a abandonné ma mère enceinte et il n'est jamais venu me voir.” Je ne voulais pas qu'elle répande de pareilles affirmations, ni surtout qu'elle les croie elle-même ; je lui ai donc révélé la vérité, comme vous me l'avez exposée à moi.

« Fitz ? reprit-il quelques instants plus tard.

— Oh, pardon ! Merci. » Je ne me rappelais même plus dans quelles cogitations mon esprit s'était égaré.

« Ses frères vous plairont, vous verrez, autant qu'à moi. Chevalerie joue un peu les importants, mais je pense que c'est une façade pour cacher sa peur devant les bouleversements de sa vie. Agile est on ne peut plus différent de Leste ; je n'ai jamais vu des jumeaux aussi dissemblables. Calme porte bien son nom, tandis que Juste bavarde sans arrêt comme une pie ; quant à Atre, le plus jeune, il passe son temps à courir partout, à rire et à essayer de se battre avec ses frères et Ortie ; il n'a peur de rien ni de personne.

— Et ils sont tous au château pour la fête des Moissons.

— Sur l'invitation de la reine, pour la distinction à laquelle aura droit Leste et l'hommage qu'on rendra à Burrich.

— Oui, évidemment. » Je regardai la table entre mes mains. Avais-je ma place dans cette famille ?

« Ma foi, je crois vous avoir dit ce que je voulais. Je suis heureux de vous voir en voie de rétablissement ; je pense qu'Ortie finira par mettre de l'eau dans son vin si vous lui laissez du temps. Elle a le sentiment d'avoir été flouée, comme je vous en avais prévenu. Ça vous semblera peut-être étrange, mais j'ai l'impression que c'est votre brusque disparition qui l'a fâchée le plus ; elle s'est sentie visée, ne me demandez pas pourquoi. Mais, le temps aidant, je suis convaincu qu'elle reverra son opinion sur vous.

— Je crains de n'avoir guère le choix, de toute façon.

— En effet ; mais je ne voulais pas que vous désespériez, baissiez les bras et alliez vous terrer Eda sait où pour éviter de la croiser. Votre place est à Castelcerf désormais, et la sienne aussi.

— Merci. »

Il détourna le regard. « Je ne saurais exprimer l'importance qu'a pour moi sa présence à la cour ; j'aime sa brutale franchise. Je n'ai jamais eu d'amie comme elle ; je suppose que ça tient à notre lien de parenté. »

J'acquiesçai ; j'ignorais jusqu'à quel point ses propos reflétaient la réalité, mais je m'en réjouissais tout de même : si Ortie bénéficiait de l'amitié du prince, elle avait un puissant protecteur à la cour.

« Je dois vous laisser ; j'ai manqué les deux dernières séances d'essayage pour les vêtements que je dois porter à la fête, et les domestiques s'en prennent à Lourd, ils le piquent avec leurs aiguilles "par accident" si je ne suis pas là pour le défendre. Mieux vaut donc que j'y aille. »

J'acquiesçai encore une fois de la tête. Tout à coup, le silence tomba dans la pièce : Devoir était sorti et avait refermé la porte derrière lui sans même que j'y prête attention. Umbre posa d'un geste ferme une timbale d'eau-de-vie devant moi ; je la regardai un instant, puis levai les yeux vers lui. « Tu risques d'en avoir besoin », fit-il avec douceur. Puis vint la révélation : « Le fou était ici il y a deux semaines. Je donnerais cher pour apprendre comment il se débrouille pour entrer dans le château et en sortir sans se faire voir, mais, quoi qu'il en soit, il y arrive. J'ai entendu frapper à la porte de mon salon privé, un soir très tard, et, quand j'ai ouvert, je me suis trouvé nez à nez avec lui ; il avait changé, naturellement, comme tu l'avais dit : brun de la tête aux pieds comme un pépin de pomme. Il avait l'air fatigué et un peu malade, mais seulement, je pense, à cause de son trajet par les piliers. Il n'a pas parlé de l'Homme noir, ni de rien, d'ailleurs, à part toi. À l'évidence, il s'attendait à te trouver ici, et je t'avoue que j'ai eu peur. »

Je replaçai le gobelet d'alcool sur la table. Sans même me le proposer au préalable, Umbre le remplit. « Quand je lui ai appris que nous ne t'avions pas vu, il a paru abasourdi. Je lui ai expliqué que nous avions mené des recherches minutieuses, et que j'avais formulé à part moi l'hypothèse que tu étais parti avec lui. Il m'a demandé si nous avions essayé de te contacter par l'Art ; j'ai répondu que nous avions naturellement tenté cette approche, mais qu'elle n'avait rien donné. Il m'a fourni le nom d'une auberge où il comptait séjourner pendant les jours à venir et prié d'envoyer un coursier le prévenir aussitôt si j'avais des nouvelles de toi. À la fin de la semaine, il est revenu ; il avait vieilli de dix ans ; il m'a révélé qu'il avait mené son enquête de son côté, sans aucun résultat ; ensuite, il m'a dit qu'il devait partir, mais souhaitait d'abord me confier un dépôt à ton intention. Nous ne pensions ni l'un ni l'autre que je te le remettrais un jour. »

Sans que j'eusse à l'en prier, il apporta un manuscrit scellé à peine plus gros que le poing d'un enfant et un petit sac en tissu des Anciens ; je le reconnus : il avait été découpé dans la robe cuivrée. Je les regardai mais ne les touchai pas. « A-t-il dit quelque chose ? À titre de message à mon adresse ?

— Je pense que c'est la fonction de ces objets. »

J'acquiesçai de la tête.

« Heur est venu te voir pendant ton séjour à l'infirmerie ; le savais-tu ?

— Non. Comment avait-il appris ma présence ?

— Je crois qu'il passe de longues heures à la taverne des ménestrels ces derniers temps. Pendant que nous te cherchions, nous avions naturellement prévenu les gens de cette profession ; nous étions à l'affût de la plus petite rumeur te concernant, aussi n'ignorait-il pas que Tom Blaireau aurait dû se trouver à Castelcerf mais ne s'y trouvait pas. Puis, lorsque tu es réapparu, les ménestrels en ont eu vent aussitôt ; c'est donc par eux qu'il l'a appris. Tu devrais aller le voir sans tarder pour le rassurer.

— Il fréquente souvent cette taverne ?

— À ce qu'il paraît, oui. »

Sans lui demander par quels moyens ni pour quel motif le conseiller de la reine se tenait au courant des habitudes d'un apprenti menuisier, je dis simplement : « Merci d'avoir veillé sur lui.

— Je te l'avais promis. Hélas, je ne m'en suis pas très bien acquitté. Fitz, je regrette d'avoir à te le dire, mais, à ce que j'ai compris – j'ignore les détails –, il a eu des ennuis en ville et perdu son apprentissage. Il vit avec les ménestrels depuis. »

Je secouai la tête, accablé. J'aurais dû me soucier davantage de lui. Manifestement, il fallait le reprendre en main ; je décidai de quérir auprès d'Astérie les renseignements qui me permettraient de savoir où le trouver. Je me reprochais ma négligence : je ne m'étais pas occupé de lui comme il le fallait quand j'en avais l'occasion.

« Vous avez d'autres nouvelles à m'annoncer ?

— Dame Patience m'a donné un solide coup d'éventail quand elle a découvert que tu avais passé plusieurs jours à l'infirmerie sans que nul l'en prévienne. »

Je ne pus m'empêcher d'éclater de rire. « En public ?

— Non. Elle a acquis un certain sens de la discrétion avec l'âge. Elle m'a convoqué dans ses appartements privés ; Brodette m'a ouvert, fait entrer et offert une tasse de thé ; puis Patience est arrivée et m'a flanqué un grand coup d'éventail. » Il se frotta le crâne au-dessus de l'oreille et ajouta d'un ton lugubre : « Tu aurais pu me prévenir qu'elle te savait vivant et dans la peau d'un garde

– ce qu'elle juge du plus extrême mauvais goût, à propos.

— Je n'en ai pas eu le loisir. Dites-moi, m'en veut-elle ?

— Évidemment – mais pas autant qu'à moi. Elle m'a traité de "vieille araignée" et menacé de me faire donner le fouet si je ne cessais pas de me mêler des affaires de son fils. Comment a-t-elle pu établir un rapport entre toi et moi ? »

Je secouai lentement la tête. « Elle en a toujours su davantage qu'elle n'en laissait paraître.

— En effet ; c'était déjà le cas du vivant de ton père.

— Eh bien, j'irai la voir elle aussi ; apparemment, mon existence reste aussi compliquée qu'avant. Et, d'un point de vue plus large, comment se présente la situation à Castelcerf ?

— Ton plan a réussi dans l'ensemble : les ducs qui n'avaient pas accompagné le prince lors de son voyage dans les îles d'Outre-mer sautent sur l'occasion de passer des marchés commerciaux avec les kaempras qui arrivent chez nous. Certains pensent que les profits éventuels suffiront à persuader le Hetgurd de mettre un terme aux attaques des pirates ; j'ignore si cette assemblée détient l'autorité nécessaire pour cela, mais, si tous les ducs déclarent avec fermeté que les traités de négoce sont soumis à la cessation des hostilités, ils peuvent obtenir gain de cause. On parle même, ça t'étonnera peut-être, de propositions de mariage entre aristocratie des Six-Duchés et clans outrîliens ; jusqu'ici, il s'agit uniquement de kaempras qui offrent de se joindre à nos « maisons maternelles », et nous avons dû prévenir nos compatriotes que le mariage, chez nos amis, n'est parfois pas conçu comme aussi définitif que chez nous. Mais certaines unions resteront peut-être stables ; plusieurs de nos nobles ont des fils cadets à proposer aux clans outrîliens. »

Il se laissa aller contre son dossier et se versa une rasade d'eau-de-vie. « Avec de la chance, nous aurons une paix durable, Fitz. La paix avec les îles d'Outre-mer ! Franchement, je n'aurais pas cru voir ça de mon vivant. » Il but une gorgée d'alcool et reprit : « D'un autre côté, je ne veux pas vendre la peau de l'ours avant qu'il soit tué ; il reste du chemin à parcourir. J'aimerais que Devoir soit proclamé roi-servant avant la fin de l'hiver, mais ça risque de demander un peu de travail. Ce garçon est impulsif et impétueux ; je lui répète sur tous les tons que la couronne repose sur la tête du roi, non sur son cœur – ni plus bas. Il doit montrer devant ses ducs la pensée mesurée d'un homme, l'avis réfléchi d'un souverain, non les passions d'un adolescent ; Labour et Bauge ont déclaré tous deux préférer attendre qu'il se marie ou qu'il prenne le temps de mûrir encore quelques années avant de le reconnaître comme roi-servant. »

Je poussai ma timbale vers lui et il la remplit de nouveau. « Vous ne dites rien des dragons ; ils n'ont donc causé aucun problème ? »

Il eut un sourire mi-figue, mi-raisin. « Je crois que nos compatriotes des Six-Duchés sont un peu déçus de n'en avoir même pas aperçu la plus petite écaille ; ils auraient été ravis de voir Glasfeu défoncer nos portes pour offrir sa tête à notre reine – du moins le croient-ils. En ce qui me concerne, la situation me convient parfaitement. De loin, les dragons font de merveilleuses et nobles créatures de légende ; de près, mon expérience personnelle m'incite à penser qu'ils laisseraient échapper un merveilleux et noble rot après m'avoir avalé tout rond.

— Selon vous, ils auraient donc repris la route de Terrilville ?

— Assurément pas ; la semaine dernière, nous avons reçu un message des Marchands qui s'enquéraient de Tintaglia. Au ton de la missive, je ne saurais dire s'ils s'inquiétaient de son bien-être ou du fait qu'ils se retrouvaient seuls pour alimenter plusieurs dragons cloués au sol. J'allais leur répondre que nous ignorions tout de leur sort après le passage de Glasfeu à la maison maternelle du Narval quand Ortie est intervenue : Tintaglia et Glasfeu étaient occupés à manger et à s'accoupler, et passaient tout leur temps à ces deux activités. Elle n'a pas pu nous indiquer où ils batifolaient ; son contact avec Tintaglia reste intermittent, et la géographie telle que la conçoit un dragon n'a guère de rapport avec la nôtre. Mais ils chassaient des ours de mer ; ils doivent donc se trouver au nord de chez nous. Ils risquent même de nous survoler s'ils décident de retourner à Terrilville.

— J'ai le pressentiment que nous entendrons encore parler d'eux. Mais, pour revenir à l'intérieur de nos frontières, a-t-on réussi à régler tout ou partie de la question du Lignage ?

— Ses membres ont fait couler beaucoup de sang pendant notre absence. Plusieurs duchés ont subi un choc quand on a découvert que le Vif existait dans la noblesse de façon beaucoup plus fréquente qu'on ne le reconnaissait jusque-là ; une rumeur a même couru sur Célérité de Béarns, selon laquelle elle partageait l'esprit de son faucon. Quel scandale ! Ces révélations éclatent au plus fort des hostilités, où chaque vengeance mène à de nouvelles tueries ; Kettricken a le plus grand mal à maintenir l'ordre. Mais, pour résumer, le Lignage semble avoir fait le ménage à fond et débarrassé sa maison de « l'infection » des Pie. Trame était horrifié des nouvelles qu'il a reçues à notre retour, et il presse plus que jamais le Lignage de se montrer au grand jour et d'adopter une attitude respectable. Dans un certain sens, les effusions de sang de ces derniers mois constituent un échec pour lui, et, tu goûteras l'ironie, il suggère l'établissement d'une commune réservée aux vifiers, où ils pourront faire la démonstration de leur industrie et de leur civilité ; ce qu'ils refusaient naguère par crainte d'un massacre général, ils le proposent aujourd'hui comme moyen de faire la preuve qu'ils sont inoffensifs – si on ne les provoque pas. La reine y réfléchit en ce moment même ; le lieu d'implantation exigera de longues négociations : beaucoup redoutent le Vif bien plus qu'avant, désormais.

— Ma foi, il faut bien s'attendre à quelques anicroches ; mais, au moins, tout se passera au grand jour. » Je restai un instant songeur : Célérité de Béarns, douée du Vif ? Je n'y croyais pas ; pourtant, rétrospectivement, je ne pouvais avoir aucune certitude.

« Et le seigneur FitzChevalerie Loinvoyant ? Apparaîtra-t-il enfin au grand jour lui aussi ?

— Seulement "seigneur" ? Il me semblait que je devais devenir roi ? » Puis j'éclatai de rire, car jamais je n'avais vu Umbre l'air aussi effaré. « Non, repris-je. Non, je pense que je laisserai le seigneur FitzChevalerie Loinvoyant reposer en paix ; ceux à qui je tiens savent qui je suis ; c'est tout ce qui compte. »

Le vieux conseiller hocha la tête. « Je pourrais te souhaiter un dénouement à la mode des ménestrels, "entouré d'amour et de nombreux enfants", mais je n'y crois guère.

— Vous n'y avez pas eu droit non plus. »

Il me dévisagea puis détourna les yeux. « Je t'avais, toi. Sans toi, peut-être aurais-je fini comme une “vieille araignée”, sans être jamais sorti de derrière mes murs. Y avais-tu songé ?

— Non, jamais.

— J’ai du travail », dit-il brusquement. Puis, en se levant, il posa la main sur mon épaule et demanda : « Ça ira ?

— Aussi bien qu’on peut l’espérer, répondis-je.

— Alors je te laisse. » Il me regarda et ajouta : « Tâche de te montrer plus prudent, veux-tu ? J’ai passé de mauvais moments pendant ton absence ; j’ai d’abord imaginé que tu avais fui Castelcerf et les devoirs de ton sang, puis, après le passage du fou, je t’ai cru mort – encore une fois.

— Je prendrai soin de moi-même comme vous de vous-même », promis-je. Il leva les sourcils puis hocha la tête.

Après son départ, je restai un moment sans bouger, les yeux fixés sur le petit paquet et le parchemin. Puis j’ouvris ce dernier et reconnus aussitôt l’écriture soigneuse du fou. Je le lus à deux reprises ; c’était un poème sur la danse, un poème d’adieu aussi. À l’évidence, il l’avait écrit avant d’apprendre ma disparition ; il n’avait donc pas changé d’avis par la suite. Prilkop et lui n’avaient fait halte à Castelcerf que pour me revoir une dernière fois, non à cause d’un revirement de cœur.

Des bosses déformaient le sachet, qui pesait relativement lourd. Quand je dénouai le tissu glissant, un morceau de pierre de mémoire de la taille de mon poing roula sur la table ; j’aurais juré que le fou l’avait taillé de ses doigts nus enduits d’Art. Je le touchai prudemment du bout de l’index mais ne sentis rien d’autre que le contact avec un bloc froid. Je le levai afin de l’examiner : il possédait trois faces qui se fondaient chacune dans sa voisine. Œil-de-Nuit était là, moi aussi, ainsi que le fou. Le loup me regardait, les oreilles dressées et le museau baissé ; sur la facette d'à côté, je me vis jeune homme, sans balafre sur le visage, les yeux agrandis et la bouche entrouverte. Avais-je vraiment eu un jour l'air aussi juvénile ? Enfin, le fou s'était représenté sous les traits d'un bouffon, coiffé d'un bonnet à pointe, un long doigt posé sur ses lèvres tendues par une légère moue, les sourcils haussés comme à la chute d'une plaisanterie.

C'est seulement quand je pris la sculpture au creux de ma main qu'elle s'éveilla et me révéla les souvenirs dont le fou l'avait imprégnée ; elle renfermait trois petits moments tout simples. Si mes doigts se posaient à la fois sur le loup et sur moi, je nous voyais, Œil-de-Nuit et moi, en train de dormir, pelotonnés l'un contre l'autre, dans mon lit au fond de ma chaumine ; Œil-de-Nuit sommeillait, étalé devant l'âtre du fou dans les Montagnes, lorsque je touchais leurs images respectives. La dernière configuration me laissa d'abord désorienté ; les doigts sur le fou et moi-même, je cillai devant l'image qui se présenta et l'observai un moment avant de comprendre qu'il s'agissait d'un souvenir de mon ami : c'était ainsi qu'il me voyait quand il appuyait son front contre le mien et plongeait ses yeux dans les miens. Je reposai la pierre sur la table, et le portrait du fou me regarda avec un sourire moqueur ; je lui rendis son sourire et, d'un mouvement spontané, touchai son front de l'index. Alors j'entendis sa voix presque comme s'il se trouvait avec moi dans la pièce : « Je n'ai jamais été raisonnable. » Je secouai la tête. Pour son dernier message, il fallait qu'il me laisse une de ses devinettes !

Je me glissai derrière la cheminée et refermai le panneau derrière moi après avoir ramassé mes trésors, puis je me rendis à ma salle de travail où je les cachai en lieu sûr. Girofle apparut et me posa d'innombrables questions sur la pénurie de saucisses ; je lui promis de mener mon enquête. Il me répondit que je faisais bien, et me mordit un doigt afin que je ne l'oublie pas.

Je repris les passages secrets et regagnai discrètement les couloirs de Castelcerf. Je savais qu'Astérie devait traîner avec les ménestrels invités pour se renseigner sur leur valeur, aussi descendis-je à la salle basse où ils se réunissaient en général pour répéter et profiter des viandes et de la boisson qu'on leur servait généreusement. Je la trouvai pleine de saltimbanques et plongée dans l'ambiance bruyante d'entraide et de rivalité particulière à cette profession, mais je ne vis nulle trace d'Astérie ; j'allai la chercher alors dans la grand-salle, puis dans celle d'à côté, en vain là encore. Baissant les bras, je quittais le château pour Bourg-de-Castelcerf quand je l'aperçus dans le jardin des Femmes ; elle se promenait lentement en compagnie de plusieurs autres dames. J'attendis qu'elle remarquât ma présence puis allai m'asseoir sur un des bancs les plus retirés, certain qu'elle saurait me retrouver, et, de fait, je n'eus pas longtemps à patienter. Mais, comme elle s'asseyait près de moi, ses premiers mots furent : « Ce n'est pas prudent ; si on nous voit, on va jaser. »

Je ne l'avais jamais entendue exprimer la moindre inquiétude à ce sujet jusque-là, et j'en restai interdit en même temps que vexé. « Dans ce cas, je vais poser ma question puis je m'en irai. Je descends en ville chercher Heur ; il paraît qu'il fréquente une taverne à ménestrels et j'ai pensé que tu saurais laquelle. »

Elle eut l'air interloquée. « Moi ? Non ! Je n'ai pas mis les pieds dans un tel établissement depuis des mois – quatre au moins. » Elle se laissa aller contre le dossier du banc, croisa les bras et me regarda, attendant que je poursuive.

« Aurais-tu une idée de celle où je pourrais le trouver ? »

Elle réfléchit. « La Poche du Pélican ; les débutants s'y réunissent pour chanter des chansons paillardes dont ils ont changé les paroles. Ils mènent grand tapage. » Elle s'exprimait d'un ton réprobateur ; je haussai les sourcils et elle expliqua : « C'est parfait pour les jeunes qui s'essaient à la chanson et au conte, mais pas convenable du tout pour quelqu'un comme moi.

— Convenable ? fis-je en m'efforçant de réprimer un sourire. Depuis quand te soucies-tu des conventions ? »

Elle détourna le visage en secouant la tête, puis répondit sans croiser mon regard : « Il ne faut plus t'adresser à moi de façon aussi familière, Tom ; nous ne devons plus non plus nous voir ainsi seul à seul. Cette époque est révolue pour moi.

— Mais enfin, qu'est-ce qui te prend ? m'exclamai-je, abasourdi et un peu blessé.

— Ce qui me prend ? Es-tu donc aveugle ? Observe-moi bien. » Elle se leva fièrement, les mains posées sur son ventre. J'avais vu des femmes mûres plus petites affligées d'une panse plus proéminente, et ce fut son attitude plus que son tour de taille qui m'éclaira. « Tu es enceinte ? » demandai-je, ahuri.

Un sourire tremblant joua sur ses lèvres ; soudain les mots jaillirent d'elle comme un torrent et je retrouvai l'Astérie que je connaissais. « C'est quasiment un miracle. La guérisseuse que sire Pêcheur a embauchée pour s'occuper de moi dit que parfois, quand une femme arrive à la période où elle n'a presque plus aucune chance d'avoir d'enfant, elle peut concevoir ; et voici que ça m'arrive ! Oh, Fitz, je vais avoir un bébé, un petit à moi ! Je l'aime déjà tant que je pense sans cesse à lui, jour et nuit ! »

Elle rayonnait d'un tel bonheur que je cillai. Elle avait parfois évoqué son infécondité avec amertume, car, selon elle, elle lui interdisait d'espérer un jour bénéficier d'un foyer sûr ou d'un mari fidèle ; mais elle n'avait jamais rien dit de la profonde envie d'enfanter qui avait dû la tenailler toute sa vie, et j'en restai sidéré. Du fond du cœur, je répondis : « Je suis très heureux pour toi, très heureux.

— Je n'en doute pas. » Elle m'effleura la main d'un contact bref et léger ; l'époque des grandes embrassades était révolue. « Et je savais que tu comprendrais pourquoi je devais changer d'habitudes : rien ne doit ternir l'avenir de mon enfant, pas le moindre parfum de scandale, pas la plus petite trace d'inconvenance de ma part. Je dois devenir une mère et une épouse modèles, et ne plus m'intéresser qu'à ce qui touche aux miens. »

Le terrible sentiment de jalousie qui me saisit alors me laissa décontenancé.

« Je te souhaite toutes les joies d'une vie de famille, fis-je à mi-voix.

— Merci. Tu comprends la nécessité de notre séparation, n'est-ce pas ?

— Oui. Adieu, Astérie ; porte-toi bien. »

Je demeurai sur le banc pendant qu'elle s'éloignait. Elle ne marchait pas, elle flottait, les bras croisés sur son ventre comme si elle tenait déjà son enfant à naître. Mon coucou affamé et criard avait trouvé son nid et s'apprêtait à y installer son petit ; j'éprouvai un pincement au cœur en la regardant s'en aller. À sa façon, elle avait toujours été là pour me réconforter quand je traversais de mauvaises passes ; ce point d'ancrage de ma vie avait désormais disparu.

En descendant à Bourg-de-Castelcerf, je songeai au temps où nous étions amants ; si je n'avais pas déversé ma peine dans le dragon, aurais-je donné davantage de moi-même à Astérie ? Mais, de toute manière, je ne lui avais pas concédé grand-chose ; je me remémorai les circonstances de notre rapprochement, et je m'étonnai de mon attitude.

La Poche du Pélican, soutenue pour moitié par des piliers, se situait dans un nouveau quartier de la ville, au bout d'une rue escarpée qu'il fallait gravir avant de redescendre le long d'une pente raide. La taverne était récente, c'est-à-dire qu'elle n'existait pas dans mon enfance ; pourtant ses poutres paraissaient bien noircies par la fumée, et ses tables présentaient les éraflures et les marques de coups de la plupart des établissements fréquentés par les ménestrels, où les gens ont l'habitude de sauter sur les meubles pour chanter ou déclamer une épopée.

Étant donné l'heure trop peu avancée pour que les saltimbanques fussent réveillés, je trouvai les lieux quasiment déserts. Le propriétaire contemplait la mer, assis sur un tabouret haut près de la fenêtre givrée de sel. Une fois que mes yeux se furent accommodés à la pénombre perpétuelle, j'aperçus Heur installé seul à une table devant plusieurs petits morceaux de bois qu'il déplaçait les uns après les autres, comme les pions d'un jeu inconnu auquel il jouait. Il s'était laissé pousser la barbe, mince ligne de poils bouclés qui suivait celle de sa mâchoire, et qui me déplut aussitôt. Je me dirigeai vers lui et restai debout devant la table jusqu'à ce qu'il remarquât ma présence et levât les yeux ; alors il se dressa d'un bond avec une exclamation qui fit sursauter le tavernier à demi assoupi, et vint me prendre dans ses bras avec effusion. « Tom ! Enfin te voici ! Quel soulagement de te voir ! On disait que tu avais disparu ; je suis passé te rendre visite quand j'ai appris que tu étais revenu, mais tu dormais comme une souche. Le guérisseur t'a-t-il remis le message que je t'avais laissé ?

— Non. »

Le ton sur lequel j'avais répondu l'alerta ; ses épaules tombèrent un peu. « Ah ! Si je comprends bien, tu es au courant de toutes les mauvaises nouvelles à mon sujet, mais pas des bonnes, je parie. Assieds-toi ; j'espérais que tu aurais lu mon billet et que je n'aurais pas à tout te raconter. J'en ai assez de répéter sans arrêt les mêmes explications, d'autant que je ne fais pratiquement plus que ça, en ce moment. » Il cria : « Marn ? On pourrait avoir deux chopes de bière ? Et aussi du pain, s'il a fini de cuire ? » Il revint à moi. « Assieds-toi. » Il reprit sa place à la table et je m'installai en face de lui. Il me regarda et dit : « Je vais te résumer ce qui s'est passé. Svanja m'a pris mon argent et s'en est servie pour acheter des fanfreluches et tirer l'œil d'un autre homme ; elle s'appelle désormais maîtresse Épingles. Elle a épousé le drapier, qui a au moins le double de mon âge – et une situation, et de la fortune ; bref, un personnage considérable. Voilà ; c'est terminé.

— Et ton apprentissage ? demandai-je à mi-voix.

— Je l'ai perdu, répondit-il sur le même ton. Le père de Svanja est allé se plaindre de moi à l'atelier, et maître Gindast m'a sommé de choisir entre changer d'attitude et quitter ma place ; j'ai été stupide : j'ai quitté ma place. J'ai tenté de convaincre Svanja de s'enfuir avec moi pour aller habiter dans notre ancienne chaumine ; je lui ai dit que ce serait dur, mais que notre amour remplacerait toutes les richesses du monde. Elle s'est mise dans une fureur noire ; elle m'a reproché d'avoir lâché mon apprentissage et m'a déclaré que j'avais perdu la tête si je m'imaginais qu'elle avait envie de passer sa vie au fond des bois à nourrir des poulets. Quatre jours plus tard, elle se pavanait au bras de maître Épingles. Tu l'avais bien jugée, Tom ; j'aurais dû t'écouter. »

Je me mordis la langue pour éviter de répondre par l'affirmative. Le regard fixé sur la table, je me demandai ce qu'allait devenir mon garçon ; je l'avais abandonné au moment où il avait le plus besoin d'un père. Je réfléchis puis dis : « J'irai avec toi chez Gindast pour voir s'il accepte de reconsidérer sa décision ; je le supplierai si nécessaire.

— Non ! » Heur avait l'air épouvanté. Soudain il éclata de rire. « Tu ne m'as pas laissé le temps de te raconter la suite. Comme toujours, tu t'attaches au pire et tu crois que c'est le tout. Tom, je me trouve ici, parmi les ménestrels, et je m'y trouve bien. Tiens, jette un coup d'œil à ça. »

Il poussa vers moi les morceaux de bois. Je vis, malgré leur aspect encore grossier, qu'une fois chevillés ensemble ils formeraient une harpe. J'avais fréquenté Astérie assez longtemps pour savoir que la fabrication d'une harpe rudimentaire faisait partie des premiers pas de l'apprentissage du métier de ménestrel. « J'ignorais que je savais chanter – enfin, si, je le savais, mais pas que j'en étais capable au point d'y faire carrière. Depuis mon enfance, j'entends Astérie et je l'accompagne au chant, et je ne m'étais jamais rendu compte du nombre incroyable de ses ballades et de ses contes que j'ai appris par cœur en l'écoutant le soir à la veillée. Certes, elle et moi ne partageons pas le même point de vue, et elle ne m'approuve pas d'emprunter cette voie ; elle dit que tu vas l'en rendre responsable et le lui reprocher. Néanmoins, elle s'est portée garante pour moi et elle a annoncé publiquement qu'elle m'autorisait à chanter ses œuvres en attendant que je produise les miennes. »

On nous apporta la bière et le pain frais, croustillant et encore fumant ; à la main, Heur en coupa deux morceaux et mordit dans l'un à belles dents pendant que j'essayais de remettre de l'ordre dans mes idées. « Tu comptes devenir ménestrel ?

— Oui ! Astérie m'a présenté à un gars du nom de Grincegorge ; il a une voix épouvantable, mais il joue divinement de tous les instruments à cordes. Comme il prend de l'âge, il aura bien besoin d'un jeune pour porter ses affaires et préparer le feu les soirs où nous coucherons à la belle étoile pendant nos tournées. Nous resterons en ville le temps de la fête des Moissons, naturellement ; il jouera ce soir à la cheminée basse, et je chanterai peut-être une ou deux ballades pour la petite fête des enfants, en début de soirée. Tom, je ne me doutais pas que la vie pouvait être aussi agréable ! J'adore mon métier ! Avec tout ce qu'Astérie m'a enseigné sans le savoir, je possède déjà le répertoire d'un compagnon. Je suis en retard pour la fabrication de ma harpe et je n'ai pas encore écrit grand-chose de personnel, évidemment, mais ça viendra. Grincegorge dit que je dois me montrer patient et ne pas me forcer à composer : il faut que les chansons viennent d'elles-mêmes.

— Je n'aurais jamais imaginé te voir embrasser la carrière de ménestrel, Heur.

— Moi non plus. » Il haussa les épaules puis m'adressa un sourire radieux. « Ça me va comme un gant, Tom : tout le monde se moque de savoir qui sont mes parents, nul ne se soucie que j'aie les yeux vairons ou non, je n'ai plus à supporter la monotonie du travail d'apprenti menuisier. Ah, bien sûr, je pourrais me plaindre des récitations que m'impose Grincegorge à l'infini jusqu'à ce que je prononce chaque mot exactement comme il le désire, mais en réalité ça n'a rien de difficile. Je ne m'étais jamais aperçu que j'avais une mémoire aussi fidèle !

— Et après la fête des Moissons ?

— Ah ! C'est la seule ombre au tableau : je m'en vais avec Grincegorge. Il passe toujours l'hiver en Béarns ; nous nous y rendrons donc, en jouant et en chantant pour nous payer le gîte et le couvert pendant le trajet, puis nous nous installerons chez son protecteur pour attendre la fin de la saison froide, bien au chaud près d'une bonne cheminée.

— Et sans regret ?

— Seulement du fait que je te verrai encore moins que cet été.

— Mais tu es heureux ?

— Oui, autant qu'on peut l'être. D'après Grincegorge, quand on se laisse aller, qu'on s'en remet à son destin au lieu de forcer l'existence et d'essayer de lui imposer sa volonté, on s'aperçoit alors que le bonheur marche toujours derrière soi.

— C'est tout ce que je te souhaite, Heur. C'est tout ce que je te souhaite. »

Nous bavardâmes ensuite de choses et d'autres en buvant notre bière. À part moi, je m'émerveillais de la capacité de mon garçon à se relever malgré tous les coups qu'il avait reçus ; je m'étonnais aussi qu'Astérie fût intervenue pour lui mettre le pied à l'étrier sans m'en rien dire. Si elle lui avait donné l'autorisation d'emprunter son répertoire, c'était qu'elle avait vraiment l'intention de tirer un trait sur sa vie passée.

J'aurais volontiers passé la journée à parler avec Heur, mais, après avoir jeté un coup d'œil par la fenêtre, il m'annonça qu'il devait aller réveiller son maître et lui apporter son petit-déjeuner. Il me demanda si je participerais aux réjouissances de la veille des Moissons, le soir même, et je répondis que je n'en savais rien, mais que j'espérais que lui s'amuserait bien. Il m'assura qu'il comptait en profiter, et là-dessus nous nous fîmes nos adieux.

Je passai par la place du marché pour regagner le château ; j'achetai des fleurs à un étal, des douceurs à un autre, puis me creusai désespérément la cervelle en quête d'autres idées de présents propres à me permettre de regagner les faveurs de Patience. Mais rien ne me vint et je restai épouvanté du temps que j'avais perdu à déambuler en vain d'une échoppe à l'autre. Quand je décidai de remonter à Castelcerf, je me trouvai pris dans la foule qui s'y rendait elle aussi, derrière un chariot plein de barriques de bière et devant une troupe de jongleurs qui répétaient leurs tours tout en marchant. Une des jeunes filles du groupe me demanda si je destinais mon bouquet à l'élue de mon cœur, et quand je répondis que non, qu'il était pour ma mère, tous éclatèrent d'un rire apitoyé.

Patience se reposait dans ses appartements, un coussin sous les pieds. Elle m'accabla de reproches puis se mit à pleurer sur mon manque de cœur : comment avais-je pu la laisser ainsi se ronger les sangs sans rien faire pour la rassurer ? Pendant ce temps, Brodette plaça les fleurs dans un vase puis nous servit le thé accompagné des friandises que j'avais achetées. Le récit de mes aventures me fit rentrer dans les bonnes grâces de ma mère adoptive, qui se plaignit néanmoins qu'il y manquât plus d'une décennie de ma vie.

J'essayais de me rappeler où j'avais laissé des lacunes dans ma relation quand Brodette déclara d'une voix douce : « Molly nous a rendu visite il y a quelques jours ; nous avons eu plaisir à la revoir, après tant d'années. » Comme je m'asseyais, stupéfait, incapable de prononcer une parole, elle poursuivit : « Même en tenue de deuil, elle a gardé toute sa beauté.

— Je lui ai dit qu'elle n'aurait pas dû m'empêcher de connaître ma petite-fille ! intervint Patience. Oh, elle m'a exposé cent bonnes raisons qui l'avaient poussée à agir ainsi, mais aucune de satisfaisante à mes yeux.

— Vous vous êtes disputée avec elle ? » demandai-je, atterré. Quelle nouvelle catastrophe allais-je apprendre ?

« Non, bien sûr que non ; d'ailleurs, elle m'a envoyé la petite dès le lendemain. Ortie ! Quel prénom pour un enfant ! Mais elle a son franc-parler, et c'est un trait que j'apprécie chez une jeune fille. Elle m'a déclaré tout de go qu'elle ne voulait pas de Flétribois ni de rien qui pût lui revenir parce que tu étais son père ; j'ai répondu que ça n'avait rien à voir avec toi, mais bien avec le fait qu'en tant qu'unique descendante de Chevalerie elle restait la seule à qui je pusse transmettre cette propriété. Et voilà ; elle finira par comprendre, je pense, que je puis lui en remontrer en matière d'entêtement.

— Mais guère », observa Brodette avec un petit air satisfait. Ses doigts déformés tambourinaient sur le bord de la table ; la voir travailler à son éternel ouvrage de dentelle me manquait.

« Molly a-t-elle parlé de moi ? demandai-je tout en redoutant la réponse.

— Oui, mais je préfère ne pas te répéter les termes qu'elle a employés. Elle te savait vivant, sans que j'y fusse pour rien : avec moi, un secret reste un secret ; ce n'est pas ton cas, apparemment ! Elle venait prête à se quereller avec moi, je pense, mais, quand elle s'est aperçue que j'avais souffert moi aussi pendant toutes ces années où je t'avais cru mort, nous nous sommes découvert un point commun et nous en avons parlé. Nous avons évoqué ce cher Burrich aussi, naturellement, cette chère tête de mule de Burrich, et nous avons pleuré sa mort ensemble. C'était mon premier amour, sais-tu, et je ne crois pas qu'on reprenne jamais le petit bout de cœur qu'on donne à un premier amour. Elle n'a pas eu l'air gênée quand je lui ai avoué qu'au fond de moi j'aimais toujours cet épouvantable entêté ; ainsi que je le lui ai dit, aussi mal élevé que soit son premier amour, on lui garde toujours une place dans son cœur. Elle a reconnu que c'était exact. »

Je ne bougeais pas plus qu'une statue.

« En effet, elle l'a admis », appuya Brodette en me jetant un coup d'œil en coin, comme pour se rendre compte du degré de niaiserie dont j'étais capable.

Patience enchaîna sur d'autres sujets, mais j'eus du mal à me concentrer sur ses propos : l'esprit ailleurs, je me promenais sur des falaises venteuses avec une jeune fille dont la jupe rouge battait sous les rafales. Au bout d'un moment, je m'aperçus que mon hôtesse me disait que je devais m'en aller, car elle devait commencer à s'habiller pour les festivités du soir et que cela lui prenait plus de temps qu'autrefois. Elle me demanda si j'y assisterais, à quoi je répondis que je m'en abstiendrais sans doute, que j'hésitais à me montrer parmi les nobles assemblés, de crainte que mes traits ne réveillent chez l'un d'eux de vieux souvenirs. Elle en convint, mais ajouta : « Tu as plus changé que tu ne le penses, Fitz. Sans Brodette, j'aurais pu te croiser dans un couloir sans même te reconnaître. »

J'ignorais si je devais prendre cela comme une consolation. Tout en me raccompagnant à la porte, Brodette me confia : « Nous avons tous changé, sans doute, et je ne suis plus celle que j'étais. En revanche, Molly, je l'aurais reconnue n'importe où ; pourtant, elle aussi connaît son lot de changements. Elle m'a dit : “Figurez-vous, Brodette, qu'on m'a installée dans l'appartement des Violettes, dans l'aile sud ! Moi qui logeais comme simple servante dans les étages supérieurs, voici que j'occupe l'appartement des Violettes, où habitaient autrefois dame et sire Tremblot. Vous imaginez-vous ça ?” » Et, encore une fois, elle me lança un rapide coup d'œil entre ses paupières ridées.

Je hochai lentement la tête.

11

LA FÊTE DES MOISSONS

Comme vous nous en avez priés, je vous envoie un messager afin de vous informer qu'on a repéré la reine dragon bleue Tintaglia et son compagnon noir Glasfeu. Ils paraissent en bonne santé et ne pas manquer d'appétit ; nous nous sommes efforcés de leur faire entendre que nous nous inquiétions de leur bien-être et de celui des dragonnets laissés à vos bons soins, mais il nous a été impossible d'avoir la certitude qu'ils percevaient toute la gravité et l'urgence de votre désir de renseignements sur eux, comme vous le comprendrez peut-être. Ils semblaient préoccupés uniquement l'un de l'autre et peu disposés à engager ou à faciliter une conversation avec des humains.

Missive de la reine Kettricken
au conseil des Marchands de Terrilville

*

Le soir, je me trouvais à mon ancien poste d'observation habituel, derrière le mur de la grand-salle. Pour une fois, j'espionnais afin de satisfaire ma curiosité personnelle et non à la demande d'Umbre ; j'avais près de moi un panier contenant une bouteille de vin, du pain, des pommes, du fromage, des saucisses et un furet, et j'étais assis sur un coussin. Le dos courbé, l'œil collé à l'interstice entre les pierres, j'observais la foule tournoyante où se rencontraient et se mêlaient les Six-Duchés et les îles d'Outre-mer.

La soirée se déroulait dans une atmosphère informelle ; les solennités n'interviendraient que le lendemain. Pour le présent, les tables, qui croulaient sous les victuailles, avaient été poussées contre les murs pour laisser place aux danseurs ; ménestrels, jongleurs et marionnettistes mineurs ou débutants auraient l'occasion d'exhiber leurs talents. Il régnait une ambiance de joyeux désordre et de réjouissance à la perspective des moissons, et gens du peuple et nobles se côtoyaient dans toutes les salles et cours du château. J'eusse sans doute pu me mêler à eux sans danger, mais je n'en avais pas le courage ; aussi, dissimulé, je scrutais la salle et prenais plaisir au plaisir des autres.

J'avais gagné ma cachette assez tôt, et je pus ainsi entendre Heur chanter. Il donna sa prestation devant les enfants, amenés à la fête en début de soirée afin qu'on pût les coucher à une heure pas trop tardive, et enchaîna deux chansons aux histoires farfelues, l'une sur un homme qui chassait la lune, l'autre à propos d'une femme qui plantait un gobelet pour récolter du vin, une fourchette pour faire pousser de la viande, et ainsi de suite ; il riait toujours à perdre haleine quand Astérie les lui chantait jadis, et son public réagissait de même aujourd'hui. Heur paraissait rayonner de bonheur, et son maître avait l'air tout à fait satisfait de lui. Je poussai un petit soupir : mon garçon parmi les ménestrels ! Jamais je n'aurais imaginé cela.

J'aperçus aussi Leste, les cheveux coupés ras en signe de deuil, qui déambulait en compagnie de Trame ; il semblait avoir vieilli depuis la dernière fois que je l'avais vu, non par les traits mais dans son maintien. Il ne quittait pas le maître de Vif et je me réjouissais qu'il l'eût choisi comme mentor. Je continuai à parcourir la foule des yeux et, parmi les danseurs, je remarquai le seigneur Civil ; il tenait une jeune fille entre les bras, et j'éprouvai un choc en reconnaissant Ortie ; pétrifié, je m'efforçais de digérer cette situation quand la musique s'acheva et que Devoir ramena dame Sydel à son cavalier, avant de se lancer dans la nouvelle danse avec Ortie. Le prince, me sembla-t-il, faisait un peu triste mine malgré la contenance amène que lui imposait la fête ; sans doute n'était-ce pas avec la partenaire de son ami ni avec sa cousine qu'il aurait vraiment souhaité virevolter dans la salle. Quant à Ortie, elle dansait bien, mais avec quelque raideur ; craignait-elle de ne pas se rappeler les pas ou bien le rang de son cavalier l'intimidait-il ? Elle portait une robe d'une grande simplicité, semblable en cela au costume du prince, et j'y reconnus la main de Kettricken.

Songeant à la reine, je la cherchai des yeux et la trouvai sur un fauteuil surélevé d'où elle dominait les festivités. Elle paraissait fatiguée mais satisfaite ; je ne vis pas Umbre à ses côtés, ce qui me surprit jusqu'au moment où je le remarquai en train de danser lui aussi, avec une rousse flamboyante qui n'avait sûrement pas plus du tiers de son âge.

L'un après l'autre, je repérai tous ceux avec qui j'avais tissé les parties les plus importantes de ma vie. Astérie, désormais dame Pêcheur, trônait sur un fauteuil garni de coussins ; son époux se tenait près d'elle, plein de sollicitude, et se chargeait lui-même d'aller lui quérir à boire et à manger, comme s'il eût été imprudent de confier une tâche aussi essentielle à de simples domestiques. Dame Patience fit son entrée, flanquée de Brodette et parée de plus de dentelles que toutes les femmes présentes réunies ; elles découvrirent un bout de banc libre près de l'estrade d'un marionnettiste, y prirent place et se mirent à observer la salle en se donnant des coups de coude, en désignant du doigt les uns et les autres et en échangeant des propos à mi-voix comme deux gamines. J'aperçus dame Romarin en grande conversation avec deux kaempras outrîliens ; avec son charmant sourire et son ample poitrine, elle devait faire bonne récolte d'informations sur lesquelles sire Umbre cogiterait tout à loisir le lendemain matin.

Arkon Sangrépée était là, vêtu d'une cape bordée de renard roux, et entretenait la duchesse de Béarns d'un sujet apparemment sérieux ; elle l'écoutait poliment, mais je doutais qu'aucun traité commercial pût jamais lui faire voir les Outrîliens sous un jour complètement favorable. Trois représentants du Hetgurd, que je me rappelai avoir vus à l'assemblée des kaempras, se tenaient ensemble près des tables, tandis que plusieurs autres, debout, regardaient un spectacle de marionnettes d'un air perplexe. Mes yeux s'arrêtèrent de nouveau sur Ortie qui traversait seule la foule en liesse ; un jeune homme râblé s'approcha d'elle. À ses cheveux coupés ras, je supposai qu'il s'agissait de Chevalerie, le fils aîné de Burrich ; ils se lancèrent dans une conversation au milieu du brouhaha et des éclats de rire. Peu après, une femme vêtue d'une robe bleu nuit sans le moindre ornement les rejoignit, tenant par la main un petit garçon qui s'efforçait de lui échapper. J'eus un tressaillement attristé devant le crâne rasé de Molly, et j'eus aussitôt la conviction que la disparition de ses tresses n'aurait pas plu à Burrich. Sa tête nue lui donnait un air curieusement juvénile ; elle agrippait fermement la main d'Atre et désignait du doigt un autre petit garçon, demandant manifestement à Chevalerie de l'aider à réunir ses enfants pour la nuit ; mais Ortie prit brusquement son dernier frère dans ses bras et l'emporta en tournoyant sur la piste de danse, où ses glapissements de joie à l'idée d'avoir échappé à sa mère firent sourire plus d'un couple. D'un geste apaisant, Chevalerie posa la main sur l'épaule de sa mère tout en acquiesçant à ses propos. À cet instant, une troupe d'acrobates vint boucher ma vue ; quand ils eurent terminé leurs tours, je ne pus retrouver Molly nulle part.

Dans l'obscurité, je me laissai aller contre le mur derrière moi. Près de moi, Girofle demanda : *Saucisses ?*

Je tâtonnai dans le panier mais n'y découvris que des bouts de viande déchiquetés : il les avait mis en pièces dans une pantomime de curée. Je sentis sous mes doigts un morceau plus gros que les autres ; je le lui offris et il me l'arracha avec enthousiasme.

Je passai toute la soirée ainsi. Dans la salle, je vis les personnes les plus proches de mon cœur danser et virevolter au son d'une musique qui me parvenait à peine à travers l'épaisseur des murs ; à un moment, je m'écartai de mon trou d'observation pour soulager mon dos douloureux et je remarquai un faible rai lumineux qui tombait sur moi. Je pris la petite tache brillante au creux de ma paume et l'observai quelque temps sans bouger en y voyant une métaphore de mon existence. Enfin, cessant de pleurer sur mon sort, je me penchai à nouveau vers l'interstice.

Lourd s'éloignait d'une table, un empilement de tartelettes entre les mains. Sa musique était forte et joyeuse, et il se déplaçait à son rythme, complètement décalé de celui que le reste de l'assistance entendait ; mais, au moins, il participait à la fête, lui ; au moins, il se frottait aux autres. L'envie me saisit tout à coup de rejeter toute prudence et de le rejoindre, mais elle s'éteignit aussitôt que née. Non.

Les enfants de Molly s'étaient arrêtés devant un jongleur à leur goût et formaient un demi-cercle autour de lui. Ortie tenait Atre et Calme par la main, Chevalerie avait pris Juste dans ses bras ; Agile et Leste regardaient le spectacle côte à côte. Je remarquai Trame derrière eux, à distance mais présent. Je balayai le reste de la foule de l'œil sans trouver personne d'autre qui retînt mon attention. Je laissai mon panier et mon coussin au furet et m'éloignai dans l'étroit passage.

Je savais qu'un autre trou d'observation donnait sur les appartements des Violettes ; je m'abstins de m'en approcher. Je débouchai de mon dédale secret dans un placard, où je pris quelques instants pour m'épousseter et me débarrasser des toiles d'araignées, après quoi je m'engageai, à pas pressés et les yeux baissés, dans la cohue des couloirs de Castelcerf. Nul ne fit attention à moi, nul ne m'interpella ni ne m'arrêta pour me demander de mes nouvelles ; j'aurais pu aussi bien être invisible. Dans les escaliers, la foule devint moins compacte, et, quand j'arrivai aux logements de la noblesse, je ne croisai plus âme qui vive : tout le monde participait aux réjouissances au rez-de-chaussée – tout le monde sauf moi, et peut-être Molly.

Trois fois je passai devant la porte des appartements des Violettes sans m'arrêter. La quatrième, je m'imposai de frapper, ce que je fis plus fort que je ne le voulais. Mon cœur cognait dans ma poitrine et je tremblais comme une feuille. Seul le silence me répondit ; puis, comme je songeais que j'avais rassemblé mon courage pour rien, que nul n'ouvrirait, j'entendis Molly demander à mi-voix : « Qui est là ?

— Moi », fis-je bêtement. Et, alors que je cherchais par quel nom m'identifier, elle m'annonça sans ambiguïté qu'elle m'avait reconnu.

« Va-t'en.

— S'il te plaît...

— Va-t'en !

— Je t'en prie...

— Non.

— J'ai promis à Burrich de veiller sur toi et les enfants. Je le lui ai juré. »

La porte s'entrebâilla et un de ses yeux apparut par l'ouverture. « Quelle ironie ! C'est précisément ce qu'il m'a déclaré quand il a commencé à subvenir à mes besoins : qu'il t'avait promis, avant ta mort, de veiller sur moi. »

Je ne sus que dire, et la porte se referma peu à peu. Je glissai mon pied dans l'interstice. « Je t'en prie, laisse-moi entrer, rien qu'un instant.

— Enlève ton pied ou je te l'écrase. » Elle ne plaisantait pas.

Je décidai de courir le risque. « Je t'en supplie, Molly ! Après toutes ces années, tu ne veux pas me laisser une chance de m'expliquer ? Une seule ?

— C'était il y a seize ans qu'il fallait t'expliquer ; à l'époque, ça aurait pu tout changer.

— Je t'en prie, fais-moi entrer. »

Elle ouvrit brusquement, les yeux flamboyants. « Je ne veux entendre qu'une chose de toi : raconte-moi les dernières heures de mon époux.

— D'accord, murmurai-je. Je te le dois bien, sans doute.

— En effet. » Elle recula en me laissant tout juste la place de me faufiler à l'intérieur. « Tu me le dois bien, et beaucoup plus encore. »

Elle portait une chemise de nuit et une robe de chambre. Ses formes, plus pleines que dans mes souvenirs, étaient celles d'une femme et non plus d'une jeune fille ; elles ne manquaient pas de séduction. Je reconnus dans l'air son odeur, celle de son parfum mais aussi celle de son corps, de la cire d'abeille et des bougies. Sa robe reposait, pliée avec soin, sur le coffre au pied de son lit ; un second lit, bas et à roulettes, à côté du sien annonçait que ses garçons dormiraient dans la même pièce qu'elle. Elle avait déballé sa brosse et son peigne et les avait posés sur une table, par habitude plus que par nécessité.

Sans réfléchir, je proférai une ânerie en préambule. « Il n'aurait pas voulu que tu te coupes les cheveux. »

Elle porta la main à sa tête, l'air gêné. « Et que peux-tu en savoir ? rétorqua-t-elle, outrée.

— La première fois qu'il t'a vue, bien avant de t'enlever à moi, il a eu cette remarque sur ta chevelure : "Une touche de roux dans la robe."

— Ça ne m'étonne pas de lui », dit-elle. Puis elle enchaîna : « Il ne m'a pas "enlevée" à toi ; nous te pensions mort. Tu nous as fait croire que tu étais mort, et j'ai sombré dans le désespoir : il ne me restait rien, rien qu'une enfant entièrement dépendante de moi ; si quelqu'un a enlevé l'autre, c'est moi. Je l'ai choisi parce que je l'aimais, parce qu'il me traitait bien et qu'il traitait bien Ortie.

— Je sais.

— Tant mieux. Assieds-toi là et raconte-moi comment il est mort. »

Je m'installai sur une chaise, elle se jucha sur le coffre à vêtements, et j'évoquai pour elle les jours qui avaient précédé la disparition de Burrich. C'était la dernière conversation que j'eusse imaginé avoir avec elle en ces circonstances, et je la trouvais des plus pénibles ; pourtant, au fur et à mesure, j'éprouvais un effrayant sentiment de soulagement. J'avais besoin de lui relater ces souvenirs autant qu'elle avait besoin de les entendre. Elle m'écoutait d'un air avide, comme si chacun de mes mots contenait un instant de la vie de son époux qu'elle devait se réapproprier. J'hésitai à lui parler du Vif de Burrich, mais ne vis pas comment l'omettre de mon histoire ; toutefois, elle devait avoir appris qu'il possédait cette magie, car elle ne manifesta ni surprise ni répugnance. Je lui expliquai l'enchaînement des faits mieux, sans doute, que Leste n'en aurait été capable, car je pus lui assurer qu'à la fin j'avais constaté l'évidence de l'amour de Burrich pour son fils, et l'absence de tout fossé entre eux à l'instant de sa mort. Je n'aurais pas pu m'expliquer ainsi à Ortie ; Molly percevait toute l'importance que Burrich attachait au fait de me demander de veiller sur elle et ses jeunes enfants. Je lui répétai ce qu'il m'avait dit, qu'il était celui qu'il lui fallait, et j'ajoutai que je partageais cet avis.

Elle redressa le dos et déclara d'un ton mordant : « Vous vous êtes donc entendus sur ce point ; bravo ! Mais l'un d'entre vous a-t-il seulement songé à me demander mon opinion ? L'un d'entre vous a-t-il seulement songé que la décision m'appartenait peut-être ? »

Et ces mots ouvrirent les portes qui me permirent de remonter les années, de lui révéler mes activités d'alors, de lui apprendre où et comment j'avais découvert qu'elle s'était donnée à Burrich. Tandis que je parlais, elle se détourna en se mordant l'ongle du pouce ; quand je me tus enfin, elle dit : « Je te croyais mort ; si j'avais connu la vérité, s'il avait connu la vérité...

— Je sais. Mais il n'existait aucun moyen de vous prévenir sans danger ; et ensuite, une fois que vous... il était trop tard. »

Elle se pencha en avant, le menton dans les paumes, les doigts sur la bouche ; elle avait les yeux clos, mais des larmes perlaient entre ses cils. « Quelle pagaille tu as mise ! Quel gâchis nous avons fait de nos vies ! »

J'entrevis cent réponses à ces reproches ; j'aurais pu protester que je ne portais pas la responsabilité de ce gâchis, que nous en étions tous victimes – mais je n'en eus plus la force, tout à coup, et je baissai les bras. « Et maintenant plus rien ne peut se passer entre nous ; il est trop tard.

— Oh, Fitz ! » Malgré le ton de réprimande, l'entendre prononcer mon nom me fut comme une caresse. « Avec toi, il était toujours trop tard ou trop tôt, un jour, demain, ou après que tu aurais rempli tel ou tel dernier devoir pour ton roi. Pour une femme, il faut quelquefois que ce soit maintenant ; moi, en tout cas, j'en avais besoin. Je regrette que ça se soit produit si rarement entre nous. »

Nous nous tûmes un moment, plongés l'un et l'autre dans une nostalgie accablée. Enfin elle reprit à mi-voix : « Chevalerie ne va pas tarder à m'amener les petits ; je leur avais promis qu'ils pourraient demeurer à la fête jusqu'à la fin du dernier spectacle de marionnettes. Il ne faut pas qu'ils te trouvent ici ; ils ne comprendraient pas et je ne saurais pas leur expliquer. »

Je la quittai donc et m'inclinai devant elle à la porte ; je ne l'avais pas touchée, je ne lui avais même pas effleuré la main. J'éprouvais un sentiment de désespoir encore plus profond qu'avant de frapper à sa porte : il restait alors une possibilité, si ténue fût-elle ; à présent, je devais faire face à la réalité. Il était trop tard.

Je redescendis les escaliers et me replongeai dans la foule et le bruit ; soudain le vacarme s'amplifia, des voix excitées montèrent, des questions fusèrent, des rumeurs se répandirent. « Un navire ! Un navire en provenance des îles d'Outre-mer !

— Il est bien tard pour entrer au port !

— Une bannière frappée du Narval ?

— Le coursier vient d'arriver ! J'ai vu son bâton de messager ! »

Je me trouvai alors emporté vers la grand-salle par la cohue. Je tentai de me frayer un passage jusqu'au mur du couloir mais ne réussis qu'à recevoir des coups de coude dans les côtes, à me faire injurier et marcher sur les pieds. J'abandonnai et me laissai entraîner par le flot des badauds.

Un coursier s'était bel et bien présenté devant la reine. Il fallut quelque temps pour que l'écho s'en impose à tous ; les premiers, les musiciens firent taire leurs instruments, sur quoi les marionnettistes interrompirent leurs représentations et les jongleurs cessèrent de faire tournoyer leurs massues. La foule curieuse bourdonnait comme une ruche et s'enflait constamment de nouveaux venus. Le messager se tenait devant la reine, haletant encore, brandissant le bâton qui le désignait comme envoyé royal qu'il ne fallait retarder sous aucun prétexte. En un clin d'œil, Umbre vint se placer au côté de Kettricken, puis Devoir monta sur l'estrade pour la flanquer à son tour. Elle tendit à bout de bras le manuscrit déroulé afin qu'ils pussent le lire en même temps qu'elle, puis, quand elle le leva bien haut, les murmures interrogateurs des spectateurs s'éteignirent.

« Bonne nouvelle ! Un navire à l'emblème du Narval vient d'accoster dans le port, lança-t-elle.

Apparemment, le kaempra Peottre du clan du Narval des îles d'Outre-mer participera peut-être à notre fête des Moissons demain. »

À cette annonce étonnante, Arkon Sangrépée poussa une exclamation d'enthousiasme qui couvrit sans mal les marmottements polis des nobles, et un Outrîlien assena une grande claque dans le dos du duc de Labour. D'un hochement de tête, le prince exprima son plaisir à l'assemblée, puis il fit un signe aux musiciens, qui se lancèrent dans un air festif et enlevé. L'espace manquait pour danser, mais les gens se mirent à sautiller et à se trémousser sur place, l'air ravi. Enfin, la presse se clairsema légèrement quand certains sortirent en quête d'air frais, d'un peu de solitude, ou pour aller répandre ce qu'ils avaient appris. Le spectacle de marionnettes s'acheva, et je vis Chevalerie et Ortie rassembler leurs cadets puis les emmener ; d'autres en faisaient autant avec leurs enfants. À l'instant où j'estimais la foule assez dispersée pour me permettre de m'éclipser sans devoir jouer des coudes pour parvenir à la porte, des voix excitées montèrent à nouveau au-dehors, et, presque aussitôt, les gens commencèrent à refluer dans la salle. Je sentis qu'on me tirait par la manche ; je me retournai et vis Brodette debout près de moi. « Viens t'asseoir avec nous, mon garçon ; nous te cacherons. »

Et je me retrouvai peu après installé sur un banc entre Patience et Brodette, aussi discret qu'un renard au milieu d'un poulailler. Je courbai le dos, dissimulai mon visage derrière une chope de cidre et attendis de découvrir l'origine de ce nouveau tumulte.

Je crus d'abord qu'il s'agissait de l'arrivée de Peottre lorsque je le vis apparaître dans l'encadrement de la porte et s'y arrêter. Toutefois, le brouhaha qui nous parvenait de l'extérieur paraissait excessif même pour sa présence ; en outre, le kaempra affichait une expression résolue qui laissait supposer un événement d'importance. Il leva les bras et cria d'une voix forte : « Dégagez un chemin, s'il vous plaît ! Ouvrez un passage ! »

C'était plus facile à dire qu'à faire dans la presse qui l'entourait ; néanmoins, les gens tâchèrent de s'écarter, et il s'avança dans l'espace libre d'un pas lent et mesuré. Derrière lui surgit alors une vision telle que peu en ont jamais vu. Elliania portait un manteau bleu, dont la capuche bordée de fourrure blanche mettait en valeur ses yeux et ses cheveux noirs et brillants ; le vêtement, qui tombait jusqu'au sol et s'achevait en une longue traîne, avait une couleur uniforme bleu de Cerf et s'ornait de cerfs et de narvals bondissant côte à côte. De minuscules pierres scintillantes figuraient leurs yeux, si bien qu'on l'eût dite habillée du firmament d'un soir d'été lorsqu'elle pénétra dans la salle.

Le prince Devoir n'avait pas quitté l'estrade où trônait sa mère. Il regardait la narcheska et nul ne pouvait douter que le spectacle l'emplissait de ravissement. Tout à coup, sans un mot à Umbre ni à la reine, sans même prendre la peine de descendre les deux marches, il sauta sur le pavage ; à sa vue, Elliania rejeta sa capuche en arrière et se précipita à sa rencontre. Au centre de la grand-salle, leurs mains se joignirent, et l'on entendit clairement la voix limpide et joyeuse de la jeune fille. « Je n'ai pas pu attendre ! Je n'ai pas pu attendre l'hiver ni le printemps ! Je viens t'épouser, et je ferai de mon mieux pour vivre selon vos coutumes, aussi étranges qu'elles soient. »

Devoir la contemplait ; je vis son visage s'illuminer de bonheur, puis je perçus qu'il hésitait, qu'il cherchait ses mots, les propos corrects à tenir devant tous ses sujets assemblés. Elliania leva les yeux vers lui, et la lumière de ses yeux commença de pâlir tandis que le prince s'efforçait de formuler une réponse soigneusement pesée.

J'artisai violemment : *Dites-lui que vous ne pouvez pas attendre non plus ! Dites-lui que vous l'aimez et que vous voulez l'épouser sans plus tarder ! On ne remet pas au lendemain un amour qui vient de si loin et à un prix aussi élevé ! Quand on aime une femme, on l'aime maintenant !*

Les traits d'Umbre se figèrent en un sourire horrifié. La reine se leva, et je devinai qu'elle retenait son souffle. Peottre ne bougea pas, le visage pétrifié ; sans aucun doute, il formait le vœu fervent que le prince ne blesse ni n'humilie la jeune fille.

D'une voix forte et claire, Devoir déclara : « Alors nous nous marierons dans la semaine, non seulement devant mes ducs, mais devant tous ceux qui sont assemblés ici. Nous nous marierons puis nous rentrerons la moisson comme mari et femme. Cela te plairait-il ?

— El et Eda, la mer et la terre ! s'exclama Sangrépée. Le Cerf et le Narval, au tournant de l'année ! Bonne fortune pour nous tous !

— Qu'il en soit ainsi ! s'écria Peottre à son tour, et une expression stupéfaite envahit ses traits.

— Oui, cela me plairait. » Je lus les mots sur les lèvres de la narcheska, mais ne les entendis pas, submergé par le bruit assourdissant de cent bouches se mettant brusquement à parler toutes ensemble autour de moi. Umbre ferma les paupières un instant, puis plaqua un sourire sur ses lèvres et posa un feint regard d'affection sur son fougueux prince ; mais le bonheur qui brillait dans les yeux d'Elliania anéantissait l'aigreur qui se dissimulait au fond des siens. Si elle avait eu besoin d'une confirmation de sa décision, Devoir la lui avait fournie. Qu'en avait-il coûté à son clan et à elle-même de venir chez nous ? On voyait sur son manteau des narvals et des cerfs qu'elle n'avait certainement pas brodés toute seule ; j'en déduisais qu'elle avait reçu un certain soutien maternel.

« Ils se marient cette semaine ? demanda Patience, et j'acquiesçai de la tête. Eh bien, cette fête des Moissons sera mémorable. Il faudra envoyer des messagers partout dans le pays : nul ne voudra manquer pareil événement. Il n'y a pas eu d'épousailles dignes de ce nom à Castelcerf depuis notre mariage, à Chevalerie et moi.

— À mon avis, il faudra encore attendre, intervint Brodette : tout est prêt pour une fête des Moissons, pas pour un mariage. Mijote va être dans tous ses états ! »

Elle avait raison, à l'évidence. Je parvins à m'esquiver de la joyeuse pagaille que j'avais créée, et même à trouver quelques heures pour dormir, terré dans la salle de travail. Peu d'autres eurent cette chance, je le crains, entre autres les domestiques qui durent œuvrer toute la nuit. Par chance, la fête des Moissons était déjà commencée et le château paré de guirlandes automnales ; par bonheur aussi, tous les ducs et duchesses se trouvaient réunis au château pour l'occasion, car c'eût été un énorme scandale si l'un des principaux nobles du royaume n'avait pu assister à la célébration à cause de la hâte du prince à se marier.

Je regrettai presque ma cachette exiguë et mon trou d'observation le lendemain : je restai debout au dernier rang de la garde princière pendant l'interminable cérémonie des moissons. Longuemèche avait regarni notre contingent écorné, néanmoins je ressentis douloureusement l'absence de ceux qui nous avaient accompagnés à la chasse au dragon, et je pense que Crible, à côté de moi, partagea mon émotion. Malgré tout, nous éprouvâmes une grande satisfaction à voir notre prince et sa fiancée ensemble.

Ils étaient costumés en roi et reine des moissons, selon une vieille coutume tombée depuis longtemps en désuétude par manque d'un couple royal à Castelcerf. Les couturières avaient dû travailler toute la nuit : Elliania portait son manteau à motif de cerfs et de narvals, et, par un miracle de célérité, on avait créé pour le prince un pourpoint exactement assorti. On avait remplacé le simple bandeau qui coiffait ordinairement Devoir par un cercle beaucoup plus ouvragé, digne de son rang dans la fête, et j'y reconnus l'intervention subtile d'Umbre, qui lui permettait de présenter son prince comme un roi couronné devant ses ducs ; l'attribut n'avait qu'un usage cérémoniel, mais il ferait assurément impression. Elliania aussi portait une coiffe, mais là où celle de Devoir se parait d'andouillers argentés, la sienne arborait une défense de narval en émail bleu à fil d'argent. Quand ils dansèrent ensemble, seuls au milieu de la piste sablée, ils évoquèrent un couple de légende redevenu réalité.

« On dirait Eda et El eux-mêmes », murmura Crible, et j'acquiesçai de la tête.

Aristocrates et gens du peuple ont en commun une grande sensibilité à la pompe et à l'apparat. Au cours des jours suivants, le château et la ville virent leur population s'accroître dans des proportions qu'on n'avait plus connues depuis plusieurs décennies. La cérémonie d'hommage au clan de Vif du prince attira une nombreuse assistance, bien plus nombreuse qu'en temps ordinaire ; Nielle se chargea de narrer l'aventure, et il s'en acquitta avec une exactitude de détail à laquelle je ne m'attendais plus de la part d'un ménestrel. Vifier lui-même, peut-être ne voulait-il pas qu'on le soupçonne d'enjoliver la vérité à l'excès ; aussi raconta-t-il notre expédition avec une émouvante simplicité, en atténuant le rôle qu'y avaient joué la magie de Burrich et celle de son clan, et en rehaussant au contraire leur volonté de tout sacrifier pour leur prince.

Nielle, Leste, Trame et Civil se virent solennellement reconnus comme formant le clan de Vif du prince. Cela suscita quelques murmures mécontents chez les doyens de la noblesse qui n'avaient pas oublié que le terme s'appliquait autrefois aux cercles d'artiseurs aux ordres du roi. Umbre leur assura qu'un clan d'Art verrait aussi le jour, dès qu'on aurait trouvé, éprouvé et sélectionné des candidats convenables.

La reine donna Flétribois à Molly de préférence à Ortie, afin de laisser penser qu'on remettait la propriété à la famille de Burrich en récompense de ses services. Molly l'accepta gravement, et je songeai avec soulagement que les revenus subviendraient aisément à ses besoins et à ceux de ses enfants. Ortie fut présentée comme la nouvelle dame de compagnie de la reine, et Leste devint officiellement l'apprenti du maître de Vif Trame ; ce dernier évoqua brièvement mais avec force la puissance de la magie de Burrich, et, regrettant qu'il eût dû la cacher au lieu d'y instruire son fils, il exprima l'espoir que plus jamais un tel talent ne serait ainsi gaspillé. Enfin, il résolut l'énigme qu'il m'avait soumise au début de notre voyage : il déclara que, peu avant son décès, Burrich avait assez repris connaissance pour dire adieu à son fils et partir avec sur les lèvres la Prière du guerrier : « Oui », avait-il murmuré dans son dernier soupir ; or chacun savait qu'il s'agissait là de la prière suprême qu'on pût adresser à la vie : l'acceptation.

Je réfléchis à cela le soir suivant dans ma salle de travail. J'avais les doigts luisants d'huile à lampe ; elle avait imbibé les manuscrits d'Art et rendu flous et baveux les caractères anciens que je m'efforçais de décrypter, les yeux fatigués – tâche épuisante et décourageante. Je repoussai les parchemins, m'essuyai les mains avec un chiffon et me versai une nouvelle rasade d'eau-de-vie.

Je n'étais pas sûr de partager la conviction de Trame ; néanmoins, il me semblait reconnaître Burrich dans ce « oui » à la vie. De fait, il n'y avait guère de gloire ni de satisfaction à espérer en lui disant « non » : je lui avais opposé cette réponse assez souvent pour en être pleinement persuadé.

J'avais cherché en vain d'autres occasions de parler à Molly en privé : elle ne quittait apparemment jamais ses enfants. Assis solitaire près de mon feu, je compris peu à peu qu'ils faisaient partie d'elle et que je n'aurais guère de chance de la trouver seule, loin d'eux ; la possibilité de rencontre que je m'étais refusée si longtemps pouvait se réaliser à tout instant, mais elle s'éloignait rapidement de moi.

Le lendemain, veille du mariage, je me rendis aux étuves tôt le matin ; j'apportai à ma toilette et à mon rasage un soin que je ne leur avais pas prêté depuis des années. Revenu à la salle de la tour, je nouai mes cheveux en queue de guerrier, puis sortis la garde-robe que le fou m'avait infligée. Lentement, j'enfilai une chemise blanche, puis un pourpoint bleu, et finis par des chausses bleu de Cerf ; j'avais désormais l'aspect d'un parfait Cervien, mais plus du tout celle d'un domestique ni d'un garde. Je me regardai dans le miroir, et un sourire lugubre naquit sur mes lèvres. Patience eût été ravie : je ressemblais dangereusement au fils de mon père. J'hésitai, puis pris mon courage à deux mains et tirai le renard en argent épinglé à l'intérieur de mon pourpoint pour le fixer sur le devant. Le petit animal me fit un clin d'œil, et je souris en retour.

Je quittai le labyrinthe secret et m'engageai dans les couloirs de Castelcerf. À plusieurs reprises je sentis des regards me suivre, et, une fois, un homme s'arrêta net devant moi pour me dévisager, les yeux plissés, en fronçant les sourcils comme s'il essayait de se rappeler un souvenir. Je l'évitai et continuai mon chemin. Le château grouillait de serviteurs pressés et d'aristocrates en grande conversation. Je parvins devant la porte des appartements des Violettes et frappai fermement.

Ce fut Ortie qui vint m'ouvrir. Je restai un instant désemparé : je m'attendais à me trouver devant son puîné, Chevalerie. Elle étudia fixement mes traits, perplexe, puis sursauta en me reconnaissant soudain, mais elle garda le silence, et je demandai : « Puis-je entrer ? J'aimerais parler à ta mère et à tes frères.

— Ça ne me paraît pas avisé. Va-t'en », dit-elle. Elle commençait à refermer l'huis quand Chevalerie, bloquant son mouvement, intervint. « Qui est-ce ? » Puis il s'adressa à moi en aparté : « Ne faites pas attention à elle, messire ; elle a les atours d'une dame mais les manières d'une harengère. »

Les enfants semblaient pulluler dans la pièce derrière eux ; je ne me rendais pas compte jusque-là du nombre que représentaient sept petits. Leste et Agile, assis par terre près de la cheminée, faisaient une partie de Cailloux tandis que Calme les observait. Leste leva les yeux, me vit, et ses lèvres s'arrondirent en un O de surprise ; son jumeau lui enfonça un doigt dans les côtes : « Qu'est-ce qu'il y a ? C'est à toi de jouer ! » Atre et Juste se bagarraient sur le lit et ne me prêtèrent aucune attention. Je pris tout à coup la mesure de la promesse que Burrich avait exigée de moi ; elle équivalait au moins à sept fois ce que mon père lui avait demandé en lui confiant ma garde. Les deux jeunes excités avaient mis la literie sens dessus dessous, et le candélabre posé sur la table de nuit risquait la chute à tout instant. Et puis, avant qu'Ortie eût le temps de me claquer la porte au nez ou Chevalerie de m'inviter à entrer, Molly sortit de la pièce voisine. Elle pila net en me voyant.

Elle m'aurait sans doute jeté dehors si elle en avait eu le temps ; mais Atre se dressa sur le lit et se jeta sur son frère, qui l'évita en roulant sur le côté ; en deux pas, je le rattrapai avant qu'il ne heurtât le sol. Malgré ses six ans, il réussit à m'échapper aussitôt en se tortillant comme un ver et repartit à l'assaut de Juste. L'image d'une portée de chiots me vint à l'esprit et je souris en déclarant : « J'ai promis à Burrich de veiller sur ses fils, or, pour cela, je dois les connaître. Je viens donc me présenter. »

Leste se leva lentement, face à moi, avec dans les yeux une question que je déchiffrai sans mal. Je rassemblai mon courage ; je connaissais la réponse. Oui. « Je m'appelle FitzChevalerie Loinvoyant. J'ai grandi dans les écuries de Castelcerf ; votre père m'a appris tout ce que, selon lui, un homme devait savoir ; je souhaite transmettre ce qu'il m'a enseigné à ses fils. »

Chevalerie avait remarqué la contrariété d'Ortie, et mon nom le troubla encore davantage ; il se déplaça pour s'interposer entre ses cadets les plus petits et moi. Il avait effectué son mouvement de manière si instinctive que je ne pus m'empêcher de sourire, même quand il dit : « Je me crois capable de transmettre moi-même l'enseignement de mon père à mes frères, messire.

— Je n'en doute pas, mais tu auras aussi d'autres responsabilités. Qui se charge du bétail et des écuries chez vous en ce moment ?

— Bupreux, un du village qui nous aide de temps en temps pour les gros travaux. Il peut se débrouiller, en tout cas l'espace de quelques jours ; mais je devrai rentrer à la ferme tout de suite après le mariage du prince.

— Ça ne le regarde pas ! » intervint Ortie, suffoquée.

Je compris que je devais l'affronter et m'imposer si je ne voulais pas qu'elle me chasse. « J'ai donné ma parole, Ortie ; Leste peut en témoigner. Je ne pense pas que ton père m'aurait demandé d'élever ses derniers fils s'il jugeait que cela ne me regardait pas ; dès lors, la décision ne te revient pas.

— Mais à moi, si, déclara Molly d'un ton catégorique ; et, pour de multiples raisons, je la juge malavisée. »

Je rassemblai tout mon courage puis me tournai vers Chevalerie. « J'aime votre mère. Je l'aime depuis longtemps, des années avant qu'elle ne choisisse votre père. Mais je vous promets que je ne tenterai pas de prendre la place de Burrich auprès d'aucun de vous ; je m'efforcerai seulement de faire ce qu'il attendait de moi : veiller sur vous tous. » Je regardai Molly. Elle était si pâle qu'on l'eût crue au bord de l'évanouissement. « Pas de secrets, lui dis-je ; plus de secrets entre nous. »

Elle s'assit lourdement sur le lit. Aussitôt, ses deux petits derniers la rejoignirent et Atre grimpa sur ses genoux ; par pur réflexe, elle le serra contre elle. « Il vaudrait mieux que tu sortes, je crois », fit-elle d'une voix défaillante. Calme s'approcha d'elle et, d'un geste protecteur, lui passa un bras autour des épaules.

Leste se leva brusquement. « Plus de secrets ? Vous allez leur révéler que vous avez le Vif, alors ? » Il me jetait un défi.

Je lui souris. « J'ai l'impression que tu viens de le faire à ma place. » Je me rappelai ma résolution et me tournai vers Ortie. « J'enseignerai aussi l'Art à votre sœur. » Devant le masque d'incompréhension de Chevalerie, je repris : « La magie royale, l'ancienne magie ; elle la possède. Elle parle avec les dragons. Demande-lui quelques explications un de ces jours. C'est la raison pour laquelle on l'a convoquée à Castelcerf, afin de servir le prince ; je crois que votre père avait aussi quelque disposition pour l'Art, car il œuvrait autrefois en tant que servant du roi Chevalerie – celui-là même à qui votre frère aîné doit son prénom. »

Leste me regardait fixement, l'air hésitant. « Trame nous a dit qu'il ne fallait jamais évoquer votre vraie identité, qu'il restait des gens qui souhaitaient votre mort et que nous tenions votre vie entre nos mains. »

Je m'inclinai devant lui. « En effet, je remets ma vie entre vos mains. » Je me tournai vers Ortie et ajoutai : « Si tu désirais réellement te débarrasser de moi, ça te serait très facile.

— Par pitié, Fitz... » Molly paraissait au bout de son rouleau. « Va-t'en ; je dois m'entretenir en privé avec mes enfants. Tu n'aurais jamais dû dévoiler un secret aussi lourd devant les plus petits ; je leur fais déjà à peine confiance pour se laver seuls derrière les oreilles le matin, alors garder pour eux pareille confidence... »

Je me sentis alors un peu penaud, et je m'inclinai en répondant : « Comme tu veux, Molly », sur quoi je sortis. Je n'avais pas fait cinq pas dans le couloir que mes genoux se mirent à trembler si violemment que je dus m'appuyer un moment contre le mur. Une servante me demanda si j'étais malade, mais je l'assurai que j'allais me remettre et que tout irait bien. Toutefois, comme je recouvrais quelque énergie et reprenais mon chemin, je me demandai si tout irait aussi bien que je l'affirmais.

L'Art d'Ortie me frappa avec la puissance d'un coup de marteau. *Les dragons arrivent ! Tintaglia ordonne qu'on apprête de la viande sur pied à l'endroit « habituel » !*

Nous dûmes à la bonne fortune la survenue de créatures légendaires au mariage du prince, mais à l'inspiration d'Ortie la désignation du tribut qu'avait exigé impérieusement Tintaglia par l'expression « banquet des dragons ». Des bœufs entravés, parés de banderoles bleues, furent placés dans un enclos non loin des Pierres Témoins où ils attendirent leur sort sans bouger. Tintaglia et Glasfeu ne furent pas présents lors de la cérémonie proprement dite, ce dont nul ne se plaignit. La foule de ceux qui vinrent assister à l'échange des vœux entre le prince et la narcheska, au milieu des Pierres Témoins, s'étendait sur toute la colline. Les deux jeunes gens, magnifiques en bleu et blanc, se tinrent au centre du carré des piliers, sous un ciel d'une limpidité miraculeuse à cette saison, et déclamèrent leurs serments d'une voix forte et claire.

Je faisais partie des gardes alignés près des enclos afin de dégager l'espace pour les dragons. Les deux créatures apparurent tels de petits joyaux à l'horizon à l'instant où le prince achevait de prononcer ses promesses à son épouse et à ses ducs. Elles se rapprochèrent, et la foule poussa des « ooh ! » et des « aah ! » comme s'il s'agissait d'une troupe d'acrobates venue exprès pour son plaisir. Elles grandirent et grandirent encore, les gens commencèrent à se rendre compte de leurs dimensions, et nous n'eûmes bientôt plus de problème pour maintenir déserte la zone prévue pour leur atterrissage. Soudain, un grand silence tomba sur l'assemblée : à l'évidence, Tintaglia s'efforçait d'échapper à la poursuite ardente de Glasfeu. Au-dessus des Pierres Témoins, ils se mirent à tournoyer et à cabrioler dans un simulacre de combat qui les amenait parfois si près du sol que le vent de leurs ailes ébouriffait les cheveux et faisait battre les écharpes des spectateurs. Ils s'élevèrent ensemble, masse scintillante noire et bleue, en une ascension brusque, presque verticale, puis Glasfeu plongea et s'empara de sa femelle ; ils s'accouplèrent avec avidité et impudeur, au grand ravissement des témoins assemblés qui y virent un excellent augure pour leur prince et leur nouvelle princesse. Il eût fallu être dépourvu de la plus petite trace d'Art pour rester insensible à la passion de ces gigantesques animaux ; elle fit courir dans la foule une onde de sentiment et de désir amoureux qui marqua pour beaucoup cette soirée de festivités du souvenir d'une longue et mémorable nuit.

Les dragons, eux, n'en avaient cure. Ils s'unirent à plusieurs reprises, avec force barrissements et feintes menaces, puis ils se jetèrent sur les bouvillons avec un appétit effrayant à voir. Les clôtures ne purent contenir les bêtes affolées ; un garde tomba sous leurs sabots et des dizaines de spectateurs ne durent leur survie qu'à leur vélocité à se mettre en sécurité avant que Tintaglia et Glasfeu n'eussent achevé leur massacre et commencé à se restaurer. Devant ce carnage, même ceux qui étaient restés pour regarder les dragons abattre le bétail décidèrent de regagner le château, ou au moins d'observer la scène à distance plus prudente.

Cependant, bien que les deux invités inattendus ne prêtassent guère d'attention à la circonstance, leur présence constitua un triomphe pour notre prince. Avant de s'en retourner dans leurs fiefs respectifs, les ducs se réunirent et convinrent de reconnaître Devoir comme roi-servant, ponctuant ainsi sa quête d'une fin digne d'une ballade épique ; il s'en écrivit d'ailleurs de nombreuses sur ce dénouement, que l'on chanta souvent les mois et les années suivantes. Les réjouissances se poursuivirent vingt jours pleins à Castelcerf, jusqu'à ce que l'arrivée d'un temps hivernal convainquît les nobles de repartir dans leurs demeures et propriétés avant que les conditions de voyage ne devinssent par trop inconfortables. Peu à peu, la vie au château reprit ses habitudes ; néanmoins, tout l'hiver durant, il y régna une atmosphère enjouée qu'on n'y connaissait plus depuis bien des années. Par leur jeunesse, le roi-servant et son épouse attirèrent non seulement la noblesse des Six-Duchés mais aussi les kaempras outrîliens de leur âge ; des alliances se conclurent qui n'avaient rien de commercial, et l'on dressa des plans de mariage entre les deux pays. Parmi ceux qui annoncèrent ainsi leurs intentions se trouvaient le seigneur Civil et dame Sydel.

Toutefois, ce fut aussi une période de séparations. Je fis mes adieux à Heur et à son maître, qui allaient suivre leur seigneur jusqu'à son château pour y séjourner l'hiver ; mon garçon semblait nager dans le bonheur, et, si son départ me pesait, je me réjouissais en revanche qu'il eût choisi une voie d'où il tirait si grande satisfaction. Trame emmena Leste : il était temps, selon lui, qu'il mît le nez dehors et fît la connaissance d'autres semblables à lui, afin de mieux saisir les nuances du Vif et la nécessité de l'employer avec maîtrise. Ma déclaration d'amour à sa mère avait dressé un nouveau mur entre l'enfant et moi ; j'ignorais si je parviendrais à l'abattre rapidement, mais, quoi qu'il en fût, je me sentais mieux d'avoir pu m'exprimer avec sincérité devant Leste. Trame tenta de me convaincre de les accompagner, sous prétexte que je profiterais moi aussi des rencontres qu'ils feraient, mais je refusai encore une fois en lui promettant de trouver du temps un jour, juré craché. Il sourit et me rappela qu'on ne trouvait jamais le temps : on ne pouvait qu'employer avec discernement celui qui nous était imparti. Je l'assurai que je m'y efforcerais, puis les saluai de la main tandis qu'ils s'éloignaient des portes de Castelcerf.

Les dragons nous quittèrent aux premiers frimas, et nous n'en fûmes pas fâchés : ils se montraient capables de dévorer un couple de bœufs par jour. Ortie nous avait avertis que, si nous ne subvenions pas à leurs besoins de notre plein gré, ils se serviraient sans doute eux-mêmes ; notre cheptel avait donc vu ses membres les plus mal portants et les plus chétifs amplement décimés avant que le froid de l'hiver ne chasse les deux créatures vers le sud. Une nuit, je surpris avec un certain amusement Ortie en train de parler en rêve avec Tintaglia ; elle volait avec la reine dragon, légèrement en retrait de Glasfeu, dans le ciel nocturne en direction de contrées plus chaudes. Le vent frais, les étoiles qui brillaient aux firmaments et les puissantes odeurs de la terre assoupie, tout cela formait un mélange enivrant.

Et, passé ce désert, vous trouverez certains des troupeaux parmi les plus charnus et les plus gras de notre partie du monde – enfin, à ce qu'il paraît. Ortie s'exprimait d'un ton détaché, l'air de ne pas y toucher.

Un désert ? Du sable sec ? je meurs d'envie d'un bon bain de poussière ! Humide, elle s'incruste sous mes écailles, et l'eau ne nettoie pas le sang séché aussi bien que le sable.

Je crois que cette région vous plaira beaucoup ; on prétend que le bétail de Chalcède est deux fois plus gros que le nôtre, et si dodu que la chair s'enflamme si on essaie de la faire cuire au-dessus du feu.

Le rêve d'Ortie sentait la viande en train de rôtir, dégoulinante de graisse ; j'en eus presque l'eau à la bouche. *Je n'ai jamais entendu mentionner la taille ni la corpulence des bêtes des élevages chalcédiens comme particulièrement exceptionnelle,* intervins-je.

Nous parlions entre nous, répliqua Ortie avec sévérité. *Et, ce que je sais de Chalcède, je le tiens des histoires que m'en racontait mon père. La visite de deux dragons affamés ferait le plus grand bien à ce pays.* Là-dessus, elle me jeta hors de son rêve, et je me réveillai par terre, à côté de mon lit.

Devoir, Umbre, Ortie, Lourd et moi continuions à nous réunir tôt le matin pour étudier l'Art et en approfondir notre connaissance. Ma fille se montrait polie mais ne m'adressait pas la parole plus que nécessaire. Sans chercher à ébrécher ce mur-là non plus, je me contentais d'enseigner ce que je savais au groupe tout entier ; bientôt ma maigre avance sur les autres se réduisit jusqu'au moment où nous décidâmes d'apprendre ensemble, en tant que clan. Loin d'accélérer notre apprentissage, ce que nous découvrîmes dans les manuscrits nous ralentit, car il nous apparut très vite que nous maniions notre magie comme des enfants une épée, sans guère nous rendre compte ni de son danger ni de ses capacités. Umbre rêvait d'essayer les Pierres-portes, comme nous prenions peu à peu l'habitude de les appeler : les cités des Anciens, les trésors et les secrets qu'elles recelaient l'affriandaient irrésistiblement, et seule l'extrême aversion que Lourd et moi leur manifestions le convainquait d'attendre de mieux maîtriser sa magie avant de tenter aucune expérience dans ce domaine. Le résultat le plus positif de ces rencontres fut peut-être qu'il accepta d'organiser au printemps un Appel selon l'ancienne tradition, afin que nous choisissions, parmi ceux qui y répondraient, les candidats à former suivant les procédures prudentes décrites dans les parchemins d'Art.

Malgré mes nombreuses occupations, j'avais l'impression que je ne verrais jamais la fin de l'hiver. Le lendemain du mariage, Molly avait quitté Castelcerf avec cinq de ses fils, sans m'avoir adressé le moindre adieu. J'en restai accablé trois jours durant, puis, à défaut d'autres conseillers dans les affaires du cœur, je fis le récit navré de ma stupidité à Patience et Brodette. Elles m'écoutèrent attentivement, louèrent mon courage et ma franchise, stigmatisèrent ma bêtise, et enfin me révélèrent que Molly leur avait déjà rapporté toute l'histoire. Après m'avoir réprimandé d'avoir foncé tête baissée sans tenir compte de leurs mises en garde, Patience me conseilla de l'accompagner à Gué-de-Négoce pour l'hiver, afin de ne pas rester les bras croisés et de laisser du temps à Molly ; je ne réussis à la détourner de ce projet que d'extrême justesse. Néanmoins, il me fut pénible de les voir partir, et je promis de leur rendre visite avant la fin de l'année.

« Si nous sommes encore vivantes », répondit Patience d'un ton guilleret. Elles s'engagèrent à me faire parvenir une lettre en même temps que le rapport mensuel qu'elles envoyaient à la reine sur leur fief, et je les assurai de leur rendre la pareille. J'assistai à leur départ, montées sur des chevaux au milieu de l'escorte que Kettricken avait insisté pour leur fournir, car, malgré leur âge, elles dédaignaient toujours le confort des litières. Au milieu de la route, je les suivis du regard jusqu'à ce qu'un tournant les dérobât à ma vue.

12

ET ILS VÉCURENT...

Il faut annoncer l'Appel longtemps à l'avance, car les gens doivent être prévenus avant que la magie de l'Art ne les touche pour la première fois. En effet, un Appel lancé sans avertissement peut provoquer de grandes angoisses, et ceux qui présentent des dispositions à l'Art ignorer à quel phénomène ils ont affaire et craindre d'avoir sombré dans la folie ou pire. Aussi, qu'on envoie préalablement des cavaliers partout porter la nouvelle ; toutefois, qu'ils taisent la date exacte où sera lancé l'Appel : par le passé, on a perdu beaucoup de temps à tenter d'éveiller l'Art chez certains qui venaient à Castelcerf en prétendant avoir entendu l'Appel, alors qu'en réalité ils ne cherchaient qu'à échapper à une vie de fermier, de boulanger ou de nautonier.

On confiera l'émission au clan le plus puissant du château afin qu'elle s'étende le plus loin possible. On ne lancera pas d'Appel plus d'une fois tous les quinze ans.

De l'appel des candidats, Boiscoudé

*

Malgré tous mes efforts, je n'y tins plus.

Un mois après le départ de Patience, je cédai à un élan et envoyai à Molly un grand bocal de baies de palommier en conserve. Je demandai à Crible s'il n'était pas trop occupé pour me servir de messager ; il parut surpris de ma question, car il m'apprit qu'on lui avait ordonné plusieurs semaines auparavant de se considérer comme à mes ordres. Umbre avait entrepris d'opérer un certain nombre d'ajustements quant à ma position depuis que je prenais une part plus active aux affaires des Loinvoyant ; ma façade de membre ordinaire de la garde princière s'effaçait pour laisser la place à un rôle de serviteur officieux de la famille royale dans des domaines plus confidentiels. Je conservais mon identité de Tom Blaireau mais ne portais plus que rarement l'uniforme, et j'arborais désormais toujours sur ma poitrine l'épingle au renard.

La mission sembla étonner Crible, mais il emporta le présent et le livra.

« Qu'a-t-elle dit ? » J'avais attendu son retour en tremblant.

Il me regarda sans avoir l'air de comprendre. « À moi, rien. J'ai remis le bocal au jeune gars qui m'a ouvert la porte ; mais je lui ai bien indiqué qu'il était pour sa mère. Ce n'est pas ce que tu voulais ? »

J'hésitai un instant puis répondis : « Si, si. Tu as très bien fait. »

Le mois suivant, j'envoyai une lettre où je louais Ortie de ses études et la décrivais comme plus à l'aise à la cour ; j'appris aussi à la famille que Trame nous avait informés par oiseau messager que Leste et lui passeraient sans doute l'hiver chez le duc et la duchesse de Béarns. Il paraissait très satisfait de l'enfant ; je pensais que Molly se réjouirait de savoir son fils en bonne compagnie et d'être tenue au courant de ses progrès. Je ne parlai que de ses enfants, et joignis à la missive deux pantins, un ours sculpté et un sachet de bonbons au marrube.

Crible me fit de la livraison un compte rendu un peu plus encourageant : « Un des gamins a dit qu'il aimait bien le marrube, mais pas autant que la menthe poivrée. »

Un mois plus tard, deux sachets de bonbons, les uns au marrube, les autres à la menthe poivrée, ainsi que des noisettes et des raisins secs, accompagnèrent mon rapport sur Ortie, ce qui me valut une réponse laconique de Molly, au dos de ma missive : elle appréciait de recevoir des nouvelles de sa fille, mais me priait de bien vouloir cesser d'essayer de rendre ses enfants malades à force de sucreries.

Ma lettre suivante donnait comme il se devait des nouvelles d'Ortie, ainsi que de Leste, qui avait attrapé la fièvre marbrée en même temps que tous les enfants de Castellonde en Béarns, mais avait bien guéri et se portait désormais comme un charme. La duchesse en personne s'était prise d'intérêt pour lui et lui apprenait la fauconnerie ; à part moi, je me demandais en quoi consistait son enseignement, mais je gardai pour moi ces interrogations. Au lieu de friandises, je joignis deux poches de billes en terre cuite, un cure-pied de maréchal-ferrant d'une facture exceptionnelle, dans un étui en cuir, et deux épées d'entraînement en bois.

Crible me rapporta d'un air amusé qu'Aire avait flanqué un coup d'épée sur la tête de Juste avant que lui-même eût le temps de mettre pied à terre, et qu'il avait refusé à Agile d'échanger son arme contre le sac de billes que j'avais prévu pour lui. Je vis comme un signe de bon augure que le jeune garde connût désormais les enfants par leur prénom et qu'ils fussent tous sortis pour l'accueillir.

La réponse de Molly me refroidit un peu. Juste avait souffert d'une bosse considérable, dont elle me rendait responsable ; les petits avaient aussi été déçus que la lettre ne s'accompagnât pas de bonbons, ce qu'elle me reprochait également. Elle recevait mes lettres avec plaisir, mais me priait de cesser de semer le trouble dans sa famille par mes cadeaux inopportuns. Il y avait aussi un mot de Chevalerie, qui me remerciait dans un style guindé pour le cure-pied ; il me demandait si je savais où me procurer de l'huile de cartème, car une des juments présentait une infection tenace à un sabot, et il lui semblait se rappeler que son père employait ce produit dans ce genre de cas.

Je n'attendis pas un mois. Je trouvai tout de suite la substance en question et la fis parvenir à Chevalerie, avec instruction de laver soigneusement au vinaigre les quatre sabots de la jument, de l'installer dans un autre box puis de lui appliquer l'huile sur tous les sabots, à l'extérieur et à l'intérieur ; je lui suggérai encore de répandre une bonne épaisseur de cendres de cheminée dans son ancien box, de l'y laisser trois jours puis de la balayer, de laver le sol au vinaigre et de n'y reloger un cheval qu'après séchage complet. Dans un élan de bravade, je joignis à la lettre et au flacon des sucres d'orge, en le priant de les rationner afin que nul ne souffrît de maux de ventre.

Dans sa réponse, il me remercia pour l'huile, en avouant avoir oublié qu'il fallait du vinaigre pour le traitement ; il souhaitait savoir si je connaissais les proportions exactes de certain liniment que concoctait Burrich, car celui qu'il avait lui-même fabriqué était trop liquide ; et il m'assurait qu'il distribuerait les friandises en fonction du mérite de chacun. Une note de Molly accompagnait son billet, mais clairement intitulée *Pour Ortie*.

« Calme m'a dit qu'en réalité ils préféraient tous la menthe poivrée, m'annonça Crible en me remettant la lettre de Chevalerie. J'ai l'impression que c'est le gamin de la famille qu'on n'entend jamais, tu sais, le gosse doux et gentil qui passe inaperçu au milieu des chahuteurs. » Avec un sourire espiègle, il ajouta : « J'étais comme ça, petit.

— Je n'en doute pas, fis-je, sceptique.

— Il y a une réponse ? » me demanda-t-il ; je lui dis qu'il me fallait un peu de temps pour y réfléchir.

Je dus œuvrer plusieurs jours avant de parvenir à la composition correcte du liniment, et je pris alors conscience de tout ce que j'avais oublié. J'en préparai plusieurs pots que je bouchai avec soin. Ce jour-là, Umbre fit une de ses rares visites à la vieille salle de travail que nous partagions autrefois ; il huma l'air d'un air pensif puis s'enquit de ce que je concoctais.

« Des pots-de-vin, déclarai-je avec franchise.

— Ah ! » Comme il ne cherchait pas à en savoir davantage, je compris que Crible continuait à l'informer lui aussi. « Tu as apporté quelques modifications ici, à ce que je vois, reprit-il en parcourant la pièce des yeux.

— À l'aide d'un balai et d'un seau d'eau, principalement. Je donnerais beaucoup pour avoir une fenêtre. »

Il me lança un regard étrange. « La pièce voisine n'est jamais occupée ; elle appartenait jadis à dame Thym. On raconte que son fantôme la hante encore, paraît-il, que des odeurs bizarres s'en échappent et qu'on y entend des bruits la nuit. » Il eut un sourire malicieux. « Elle m'a bien servi, cette vieille sorcière. J'ai bouché la porte de communication il y a de longues années ; elle se trouvait derrière cette tenture, là. Tu pourrais sans doute démolir le mur de briques que j'ai monté, à condition de t'y prendre discrètement.

— Démolir un mur discrètement ?

— Ça risque d'être un peu difficile, en effet.

— Un peu. J'essaierai peut-être ; je vous tiendrai au courant.

— Une autre solution consisterait à déménager Ortie de ta chambre d'autrefois ; tu pourrais te la réapproprier. »

Je secouai la tête. « Je garde l'espoir qu'un temps viendra où elle aura envie d'emprunter le passage secret pour monter bavarder avec moi le soir.

— Mais tu ne progresses guère de ce côté-là.

— Hélas non.

— Ah, elle a la tête aussi dure que toi au même âge ! Méfie-toi d'elle si elle s'approche du linteau de la cheminée avec un couteau à fruits. »

Je regardai celui qui dépassait du bois de l'âtre, planté aussi profondément que ma colère d'enfant avait pu l'enfoncer. « J'y songerai.

— Rappelle-toi aussi que tu as fini par me pardonner. »

Je décidai d'envoyer Crible porter le liniment, accompagné d'un sac de pastilles de menthe, d'un peu de thé épicé et d'un petit daim articulé. « Non, ça ne va pas, me dit le jeune garde. Ajoute au moins quelques toupies, qu'il y ait quelque chose pour chacun. » Ainsi fut fait. D'un air innocent, il me proposa d'adjoindre au colis quelques mirlitons, mais je lui répondis que je m'efforçais de glisser un pied dans la porte de Molly, non de l'inciter à m'assassiner. Avec un grand sourire, il acquiesça de la tête, puis il se mit en route et resta absent deux jours à cause d'une tempête de neige.

Il rapporta des lettres, une pour moi, une pour

Ortie, et m'apprit qu'il avait partagé les repas de la famille et dormi dans les écuries après cinq ou six parties de Cailloux avec Calme chaque soir. « Je t'ai dépeint sous le meilleur jour quand Chevalerie m'a prié de lui parler de toi ; j'ai dit que tu passais tes nuits à travailler sur tes manuscrits et que tu n'allais pas tarder à te transformer en scribe si tu ne faisais pas attention. Du coup, Atre a demandé : "Il devient gros alors ?", parce que, si j'ai bien compris, leur scribe local se porte plutôt bien. J'ai répondu non, qu'au contraire il me semblait que tu maigrissais et que tu devenais de plus en plus taciturne – et aussi que tu restais plus seul qu'il n'est bon pour la santé. »

Je lui fis les gros yeux. « Tu n'as rien trouvé d'autre pour noircir encore le tableau ? »

Il me rendit ma mimique. « Y a-t-il quoi que ce soit de faux dans ce que j'ai décrit ? »

La lettre venait de Chevalerie ; il me remerciait pour le liniment et sa recette.

J'ignore ce que contenait celle de Molly à Ortie. Le lendemain matin, celle-ci tarda à sortir à la fin de la leçon d'Art ; Devoir lui demanda si elle avait envie de les accompagner, Civil, Sydel, Elliania et lui-même, pour une promenade à cheval. Elle lui répondit qu'ils n'avaient qu'à se mettre en route sans l'attendre et qu'elle les rattraperait facilement, car elle ne passait pas des heures, elle, à se pomponner avant une balade.

Elle se retourna vers moi et surprit mon sourire. « En public, je lui parle de façon plus protocolaire ; il n'y a qu'ici que je m'adresse à lui de cette façon.

— Ça lui plaît. Il était ravi quand il a appris qu'il avait une cousine, et, par la suite, il s'est déclaré enchanté de connaître enfin quelqu'un qui lui disait le fond de sa pensée. »

Son expression se figea, et je regrettai ma dernière remarque, car il me semblait qu'elle voulait s'entretenir avec moi et je craignais de l'avoir coupée dans son élan. Mais elle planta ses yeux dans les miens, leva le menton et posa les poings sur les hanches. « Tiens donc ! Et tu voudrais que je te le dise, à toi, le fond de ma pensée ? »

Je n'en savais trop rien. « Pourquoi pas ?

— Ma mère m'écrit qu'elle va bien et que mes petits frères apprécient les visites de Crible. Elle se demande si c'est parce qu'ils te font peur que tu ne viens pas en personne. »

Je m'affaissai dans mon fauteuil et regardai le dessus de la table. « J'aurais plutôt peur d'elle, je crois. Autrefois, elle avait le caractère emporté.

— Autrefois, à ce que j'ai compris, tu avais un talent certain pour l'attiser.

— Sans doute, oui. Alors... tu penses qu'elle verrait d'un bon œil une visite de ma part ? »

Elle se tut un long moment ; enfin, elle demanda : « Et mon caractère à moi, il te fait peur aussi ?

— Un peu, avouai-je. Pourquoi cette question ? »

Elle se dirigea vers la fenêtre de Vérité, d'où, comme lui, elle contempla l'océan. Ainsi campée, elle avait l'air aussi Loinvoyant que moi. Distraitement, elle se passa les mains dans les cheveux ; en toute franchise, elle eût pu passer un peu plus de temps à se « pomponner » : sa chevelure rase se dressait comme la fourrure d'un chat en colère. « Avant, je m'imaginais que nous allions devenir des amis ; et puis j'ai appris que tu étais mon père. De ce jour, tu n'as même plus essayé de m'adresser la parole.

— Je croyais que tu n'en avais pas envie.

— Et si j'avais envie de voir quels efforts tu étais prêt à faire ? » Elle se retourna pour poser sur moi un regard accusateur. « Mais tu n'en as fait aucun. »

Je me tus, et le silence s'éternisa. Elle commença de se diriger vers la porte.

Je me levai. « Tu sais, Ortie, j'ai grandi dans un milieu presque exclusivement masculin. Parfois, j'ai le sentiment qu'il n'y a pas pire désavantage, quand on est un homme, dont on puisse souffrir dans les relations avec les femmes. »

Elle s'arrêta et me jeta un coup d'œil par-dessus son épaule. Je lui ouvris mon cœur. « Je ne sais pas quoi faire. Je voudrais que tu me connaisses au moins en tant que personne. Burrich était ton père et il jouait ce rôle à la perfection ; peut-être est-il trop tard pour que je tienne cette place dans ton existence. Je n'en trouve pas non plus dans celle de ta mère. Je l'aime toujours, autant qu'à l'époque où elle m'a quitté. Je croyais alors qu'une fois mon travail achevé je la rejoindrais et que nous nous débrouillerions pour découvrir le bonheur ensemble ; mais nous voici seize ans plus tard, et je ne parviens toujours pas à revenir auprès d'elle. »

Elle resta immobile, la main crispée sur la porte, l'air mal à l'aise ; enfin elle répondit : « Peut-être n'adresses-tu pas ces propos à la bonne interlocutrice. » Et elle sortit sans bruit en laissant le battant se refermer derrière elle.

Quelques jours après, Crible entra dans le réfectoire des gardes où je prenais mon petit-déjeuner. Il se glissa sur le banc en face du mien. « Ortie m'a remis une lettre pour sa mère et ses frères, en me priant de l'emporter lors de mon prochain trajet. » Il tendit la main et s'empara d'un bout de pain dans mon assiette ; il y mordit à belles dents puis me demanda, la bouche pleine : « C'est pour bientôt ? »

Je réfléchis. « Demain matin. »

Il hocha la tête. « Je m'en doutais. »

Je descendis au marché d'hiver de Bourg-de-Castelcerf, monté sur Manoire avec laquelle je dus me battre tout le long du chemin pour qu'elle accepte de m'obéir. Elle avait passé six mois avec un palefrenier qui, en guise d'exercice, la menait dehors, la laissait courir autant qu'elle le souhaitait puis la ramenait aux écuries. Rétive et brusque, elle tirait sur son mors, ne répondait pas aux rênes, et j'avais honte de l'avoir ainsi négligée. Mes emplettes faites, je remontai au château avec du gingembre sucré et deux longueurs de bras de dentelle rouge, que je plaçai dans un panier en compagnie d'une bouteille de vin de pissenlit chipée aux cuisines, puis je restai toute la nuit devant une feuille de papier fin et finis par écrire trois phrases : « Je te revois avec ta jupe rouge. Tu gravissais la falaise de la plage devant moi, et je voyais tes chevilles nues, couvertes de grains de sable ; j'avais l'impression que mon cœur allait bondir de ma poitrine. » Se rappellerait-elle seulement ce déjeuner sur la grève d'il y avait si longtemps, où je n'avais même pas osé l'embrasser ? Je scellai la lettre d'une goutte de cire. Quatre fois, je la rouvris et tentai d'améliorer ma formulation. Finalement, je la remis telle quelle à Crible, puis passai les quatre jours suivants à tourner comme un ours en cage, rongé d'inquiétude.

Le quatrième soir, je baissai le levier qui ouvrait la porte secrète dans la chambre d'Ortie. À la différence d'Umbre qui descendait me chercher, je ne fis que la moitié du trajet et déposai une chandelle au milieu des marches, après quoi je remontai et pris patience.

L'attente parut durer une éternité. J'ignore ce qui la réveilla, de la lueur ou du courant d'air, mais j'entendis enfin son pas hésitant dans les degrés.

J'avais allumé une belle flambée dans la partie la plus accueillante de la salle.

Elle jeta un coup d'œil par le panneau dérobé, m'aperçut, mais n'en entra pas moins avec la prudence d'un chat. À pas lents, elle passa devant la table où s'étalaient toujours des manuscrits tachés d'huile, puis plus lentement encore devant le foyer de travail avec ses pinces, ses mesures et ses bacs piqués de rouille, tous proprement rangés. Enfin elle arriva aux fauteuils près de l'âtre. Elle portait une chemise de nuit et un châle en laine sur les épaules, mais cela ne l'empêchait pas de frissonner.

« Assieds-toi, lui dis-je, et elle obéit, toujours avec un luxe de précautions. C'est ici que je travaille », ajoutai-je. L'eau de la bouilloire commençait à frémir, et je lui demandai : « As-tu envie d'une tasse de tisane ?

— En pleine nuit ?

— Une grande partie de mes activités se passe en pleine nuit.

— Alors que la plupart des gens dorment.

— Je ne suis pas comme la plupart des gens.

— En effet. » Elle se leva pour aller examiner les objets posés sur le manteau de la cheminée : la sculpture de loup que le fou avait exécutée, et, à côté, la pierre de mémoire avec une gravure similaire sur la facette tournée vers elle. Elle effleura le manche du couteau à fruits enfoncé dans le bois et me jeta un regard intrigué ; puis elle tendit le bras et toucha la garde de l'épée de Chevalerie.

« Tu peux la décrocher si tu veux. C'était celle de ton grand-père ; fais attention, elle pèse. »

Elle écarta sa main. « Parle-moi de lui.

— Je ne peux pas, hélas.

— Ah ! Encore un secret ?

— Non : je ne peux pas parce que je ne l'ai pas connu. Il m'a confié à Burrich quand j'avais cinq ou six ans, et je ne l'ai jamais vu, autant que je m'en souvienne. Je crois qu'il se servait de l'Art pour jeter un coup d'œil sur moi de temps en temps, par le biais de Vérité, mais je n'en savais rien à l'époque.

— Un peu comme toi et moi, fit-elle d'une voix lente.

— Oui, c'est exact, reconnus-je. À cette différence que j'ai désormais l'occasion de te connaître – à condition que nous ayons le courage de la saisir, l'un et l'autre.

— Je suis là », répondit-elle en s'installant plus confortablement dans son fauteuil. Elle se tut et je ne trouvai rien pour meubler le silence ; brusquement, elle désigna du doigt la sculpture du fou. « C'est ton loup ? Œil-de-Nuit ?

— Oui. »

Elle sourit. « Il ressemble tout à fait à l'image que je me faisais de toi. Dis-m'en davantage sur lui. »

Je m'exécutai.

Crible revint trois jours plus tard en se plaignant de l'état des routes, du froid et de la tempête qui l'avait accompagné jusqu'au château. Sans l'écouter ou presque, je pris avec précaution le petit rouleau de papier d'écorce qu'il me tendit et l'emportai dans ma tanière avant de l'ouvrir. Je crus d'abord avoir un dessin devant les yeux, puis je compris qu'il s'agissait d'une carte grossièrement ébauchée ; quelques mots l'accompagnaient en bas de page : « D'après Ortie, tu ne sais pas quelle voie emprunter pour me retrouver ; ce croquis t'aidera peut-être. »

Une neige lourde et humide tombait sur Castelcerf sous un plafond de nuages bas ; elle ne s'arrêterait pas de sitôt. Je me rendis dans ma salle de travail et fourrai des vêtements de rechange dans une fonte, puis j'artisai Umbre. *Je m'en vais quelque temps.*

Très bien ; la traduction du manuscrit attendra ce soir.

Vous m'avez mal compris : je pars pour plusieurs jours au moins. Je vais voir Molly.

Je sentis une hésitation, puis une opposition difficilement réprimée. Il y avait trop de travail pour me laisser partir : les traductions, le raffinement de sa poudre auquel je collaborais, et enfin l'Appel à préparer ; les manuscrits d'Art indiquaient clairement qu'il fallait prévenir les habitants du royaume avant de le lancer, afin d'éviter que les parents ou les amis ne croient fous ceux qui se mettraient à entendre des voix. Cependant, ils recommandaient aussi de garder secrète la date exacte de l'Appel, pour que les maîtres d'Art ne perdent pas leur temps avec des fabulateurs.

Avec agacement, j'écartai ces considérations et j'attendis qu'il répondît.

Eh bien, va, dans ce cas – et bonne chance. As-tu averti Ortie ?

Ce fut mon tour d'hésiter. *Non, vous seulement. Pensez-vous que je doive la mettre au courant ?*

Quels conseils tu me demandes ! Jamais sur les sujets que j'espère, mais toujours sur ceux que... Enfin, peu importe. Oui, avertis-la, sinon tu auras l'air de chercher à la tromper.

Je contactai donc ma fille. *Ortie, j'ai reçu un mot de Molly, et je vais lui rendre visite.* Soudain, l'évidence me sauta aux yeux. *Veux-tu m'accompagner ?*

Il fait un temps de chien, et le pire reste à venir, apparemment. Quand comptes-tu te mettre en route ?

Tout de suite.

Ce n'est pas raisonnable.

Je n'ai jamais été raisonnable. Ces mots éveillèrent un singulier écho chez moi, et je souris.

Alors vas-y. Habille-toi chaudement.

Promis. Au revoir.

Et je partis. Manoire n'apprécia pas de quitter son box au chaud et au sec pour affronter la tempête ; le trajet monotone se fit dans le froid et l'humidité. L'unique auberge où je m'arrêtai se révéla complète, envahie de voyageurs bloqués par le mauvais temps, et je dus dormir par terre, près de la cheminée, emmitouflé dans mon manteau ; le lendemain soir, un fermier me laissa m'abriter dans sa grange pour la nuit. La neige continua de tomber dru et mon expédition n'en devint que plus inconfortable, mais je m'obstinai.

Par bonheur, la tourmente cessa et le ciel s'éclaircit une vallée avant que j'arrive à la propriété de Burrich. Comme je pressais Manoire sur le chemin enseveli sous la neige, la ferme m'apparut comme l'illustration d'un conte pour enfants : un manteau blanc couvrait le toit de la maison et des écuries, un ruban de fumée montait de la cheminée dans l'azur, et un sentier avait déjà été tracé entre le logis et les granges. Je tirai les rênes et restai un moment à contempler ce tableau ; soudain Chevalerie ouvrit la porte d'une grange et sortit en poussant une brouette pleine de paille sale. Je l'avertis de ma présence d'un sifflement, puis engageai Manoire dans la descente. Il me regarda approcher sans bouger. Je fis halte dans la cour puis restai sur ma selle à me demander quelle formule de salutation employer ; pendant ce temps, ma monture tira deux fois sur son mors, puis encensa brutalement avec irritation.

« Ce cheval manque de dressage », fit Chevalerie d'un ton réprobateur. Il vint plus près puis s'arrêta. « Ah, c'est vous !

— Oui. » Et maintenant, le passage difficile. « Puis-je entrer ? » Malgré ses quinze ans à peine, il n'en était pas moins l'homme de la famille désormais.

« Naturellement. » Mais nul sourire n'accompagnait la réponse. « Je vais m'occuper de votre jument.

— Je préférerais m'en charger moi-même, si ça ne te dérange pas ; je l'ai négligée et ça se sent. Je vais devoir la reprendre longuement en main pour y remédier.

— Comme vous voudrez ; par ici. »

Je mis pied à terre et jetai un coup d'œil au bâtiment d'habitation ; mais, si quelqu'un à l'intérieur avait remarqué ma présence, je n'en vis rien. Je pris Manoire par les rênes, et Chevalerie nous conduisit dans une écurie impeccablement rangée. Armés de pelles, Agile et Juste vidaient le fumier des boxes ; Calme entrait, un seau d'eau à chaque main. À ma vue, tous s'interrompirent ; je me sentis soudain comme cerné, et l'ombre d'un souvenir remonta à la surface de ma mémoire : Œil-de-Nuit à la périphérie d'un rassemblement de la meute, n'aspirant qu'à s'y joindre mais sachant que, s'il s'y prenait mal, on le chasserait aussitôt.

« Je vois partout la marque de votre père ici », dis-je, et je ne mentais pas. J'avais compris au premier regard que Burrich avait construit le bâtiment en fonction de ses exigences : les boxes étaient plus grands que ceux de Castelcerf, et, les volets ouverts, l'air et la lumière devaient entrer à flots. Je le reconnaissais aussi à la façon de ranger les balais et de suspendre la sellerie. J'avais l'impression de sentir sa présence. Je battis des paupières et revins à la réalité : Chevalerie ne me quittait pas des yeux.

« Vous pouvez l'installer ici », me dit-il en m'indiquant un emplacement, et chacun reprit ses activités pendant que je bouchonnais Manoire ; je lui donnai à boire, un peu à manger, et la quittai propre et sèche. L'adolescent passa la tête par-dessus la porte pour observer ma monture, et je me demandai si j'allais réussir l'examen d'inspection ; mais il déclara seulement : « Belle bête.

— Oui ; c'est un ami qui m'en a fait cadeau – le même qui a envoyé Malta à ton père quand il n'a plus eu besoin d'elle.

— Ah, ça, c'est une jument ! » s'exclama-t-il, et il me conduisit vers son box. En chemin, je fis la connaissance de Bourru, étalon de quatre ans, descendant de Rousseau, que Chevalerie voulait faire saillir Malta, et je retrouvai Rousseau lui-même. Je crois que le vieil étalon avait gardé un vague souvenir de moi, car il s'approcha pour poser un moment sa tête sur mon épaule ; l'âge et la fatigue le gagnaient.

« Son prochain poulain sera sans doute le dernier, murmurai-je. Voilà pourquoi, je pense, Burrich tenait à lui pour cette monte : pour un ultime croisement entre ces deux lignées. C'était un splendide reproducteur en son temps.

— Je me rappelle le jour de son arrivée chez nous – enfin, plus ou moins. Une femme a descendu la colline avec deux chevaux et les a donnés à mon père. Nous n'avions même pas de grange à l'époque, et encore moins d'écurie. Ce soir-là, papa a sorti tout le bois du bûcher pour que les bêtes ne passent pas la nuit dehors.

— Rousseau devait être content de le revoir, je parie. »

Chevalerie me regarda sans comprendre.

« Tu ne savais pas que c'était le cheval de ton père, longtemps auparavant ? Vérité lui avait donné à choisir une monture parmi les jeunes de deux ans, et il avait pris Rousseau ; il le connaissait depuis sa naissance. La nuit où la reine, en danger de mort, a dû s'enfuir de Castelcerf, Burrich le lui a laissé, et l'étalon l'a conduite jusqu'aux Montagnes sans une égratignure. »

L'adolescent avait l'air proprement ahuri. « Je l'ignorais. Papa ne parlait guère de l'époque où il vivait à Castelcerf. »

Pour finir, je me retrouvai à aider au nettoyage du fumier et à nourrir les chevaux avant même d'avoir pu voir Molly. Je racontai des anecdotes sur les chevaux que j'avais connus, et Chevalerie me fit faire le tour des granges avec une fierté bien pardonnable ; il se débrouillait parfaitement pour mener la ferme et je lui en fis compliment. Il me montra la jument au sabot naguère infecté et désormais guéri, puis la tournée s'acheva par la vache laitière et la dizaine de poulets logés au bout du hangar.

Quand Chevalerie me ramena devant la maison, alors que ses petits frères s'ameutaient derrière nous, il me sembla que je ne m'en étais pas mal tiré avec eux. « Maman, tu as un visiteur ! » annonça-t-il en ouvrant la porte. Je tapai des pieds pour débarrasser mes bottes de la neige et du fumier collés sur elles, puis j'entrai à sa suite.

Elle m'avait vu arriver ; ses joues avaient une teinte rose vif et elle avait lissé ses cheveux ras. Elle vit mon regard posé sur eux et, gênée, y porta la main ; à cet instant, nous nous rappelâmes tous deux pourquoi elle les avait coupés, et l'ombre de Burrich s'interposa entre nous.

« Bon, eh bien, le travail est fini ; je m'en vais chez Jalonnier, dit Chevalerie avant que j'eusse le temps de la saluer.

— Moi aussi je veux y aller ! Je veux voir Kip et jouer avec les petits chiens ! » s'exclama Atre.

Molly se pencha vers lui. « Tu ne peux pas toujours accompagner Chevalerie quand il va retrouver sa belle, l'admonesta-t-elle.

— Aujourd'hui, si », intervint brusquement l'adolescent. Il me lança un regard en biais, comme pour s'assurer que je me rendais compte de la faveur insigne qu'il me faisait. « Je le prendrai en croupe ; son poney ne passera jamais avec autant de neige. Allez, prépare-toi vite !

— Veux-tu une tasse de tisane, Fitz ? Tu dois avoir froid.

— À vrai dire, rien ne vaut les corvées des écuries pour se réchauffer après une longue chevauchée ; mais oui, j'accepte avec plaisir.

— Les garçons t'ont embauché à l'écurie ? Oh, Chev, un invité !

— N'empêche qu'il sait manier une pelle. » Dans la bouche de l'intéressé, c'était un compliment. Il se tourna vers son petit frère. « Presse-toi, Atre, je ne vais pas t'attendre toute la journée ! »

S'ensuivirent quelques instants de bruyante confusion, apparemment nécessaires pour préparer un enfant de six ans à sortir, et qui parurent n'étonner personne à part moi. En comparaison, le réfectoire des gardes paraissait d'un calme absolu. Quand les deux garçons quittèrent la maison, Calme avait déjà fait retraite dans la soupente tandis que Juste et Agile s'étaient assis à table ; le second feignait de se curer les ongles alors que le premier me dévisageait sans se cacher.

« Je t'en prie, Fitz, assieds-toi. Agile, pousse ta chaise, fais de la place ; Juste, il faudrait encore du petit bois.

— Tu m'envoies dehors rien que pour te débarrasser de moi !

— Quelle perspicacité ! Allons, va. Agile, je t'autorise à l'aider ; dégagez un peu de neige de la réserve de bois et mettez quelques bûches à sécher sous l'appentis. »

Ils obéirent, mais ni discrètement ni de bon cœur. Quand la porte se fut refermée sur eux, Molly poussa un profond soupir ; elle ôta la bouilloire du feu et versa l'eau brûlante sur des herbes épicées au fond d'une grande tisanière qu'elle déposa sur la table. Elle sortit ensuite deux tasses et un pot de miel ; enfin elle s'assit en face de moi.

« Bonjour », dis-je.

Elle sourit. « Bonjour.

— J'ai demandé à Ortie si elle voulait m'accompagner, mais elle ne tenait pas à voyager sous les bourrasques de neige.

— Je ne le lui reproche pas ; en outre, je crois que revenir chez nous lui est parfois pénible. Notre confort n'a rien à voir avec celui du château de Castelcerf.

— Tu pourrais déménager à Flétribois ; le domaine t'appartient, après tout.

— Je sais. » Une ombre s'étendit sur son visage, et je regrettai d'avoir parlé de la propriété. « Mais cela ferait trop de bouleversements en trop peu de temps ; les petits doivent encore s'habituer à l'idée que leur père ne reviendra pas, et, comme tu l'as constaté, Chevalerie courtise une voisine.

— Il me paraît un peu jeune pour ça, fis-je non sans hésitation.

— C'est un jeune homme à la tête d'une grande ferme ; une autre femme à la maison nous faciliterait beaucoup la vie. Que devrait-il attendre de plus s'il a trouvé quelqu'un qui l'aime ? » Comme je ne voyais rien à répondre, elle poursuivit : « S'ils se marient, je pense qu'Armérie ne voudra pas trop s'éloigner de chez ses parents ; elle et sa sœur sont très proches.

— Je comprends. » Je comprenais, en effet : je ne pouvais plus considérer Molly comme la fille d'un autre que je pouvais enlever de chez elle pour l'avoir toute à moi ; elle était devenue le centre d'un monde, elle avait planté des racines et noué des liens.

« La vie est compliquée, n'est-ce pas ? » demanda-t-elle comme je gardais le silence.

Je la regardai dans sa robe simple de couleur sombre. Elle n'avait plus les mains fines et douces, des rides avaient creusé son visage qui n'existaient pas du temps où nous nous aimions, sa silhouette s'était arrondie et empâtée avec les années. Elle n'était plus la jeune fille à la jupe rouge qui courait sur la plage devant moi.

« Je n'ai jamais rien désiré de toute mon existence autant que je t'ai toujours désirée.

— Fitz ! » s'exclama-t-elle en levant le regard vers la soupente, et je me rendis compte que j'avais parlé tout haut. Les joues empourprées, elle se couvrit les lèvres des deux mains.

« Pardon, dis-je. C'est trop tôt, je sais, tu m'as prévenu – et j'attendrai ; j'attendrai autant que tu le voudras. Je tiens seulement à ce que tu saches que j'attends. »

Elle avala sa salive puis répondit d'une voix rauque : « J'ignore combien de temps il faudra.

— Peu importe. » Je tendis la main en travers de la table, la paume vers le haut. Elle hésita puis y posa la sienne. Nous demeurâmes ainsi, sans parler, jusqu'au moment où les garçons rentrèrent avec un chargement de petit bois dégouttant de neige et se firent gronder par leur mère parce qu'ils ne s'étaient pas essuyé les pieds.

Je restai jusqu'à l'après-midi ; une tasse de tisane à la main, je parlai de la vie d'Ortie à la cour et je racontai aux enfants des anecdotes sur Burrich à l'époque de sa jeunesse. Enfin, je sellai Manoire et leur fis mes adieux sans attendre le retour de Chevalerie et d'Atre ; Molly sortit me dire au revoir et m'embrassa – sur la joue. Après un trajet de trois jours, je regagnai Castelcerf.

Crible continua de faire le courrier entre la ferme et le château. Toute la famille vint pour la fête du Printemps, et je réussis à obtenir une danse avec Molly ; c'était la première fois que je dansais avec elle, et la première fois depuis des années que je dansais tout court. Par la suite, j'eus Ortie pour cavalière, qui me conseilla d'éviter d'infliger le même sort à une autre dorénavant ; mais elle sourit en disant cela.

Je vis Heur au début du printemps ; Grincegorge et lui traversaient Cerf en préalable à leur tournée d'été. Il avait grandi, maigri, et paraissait satisfait de son existence. Il avait sillonné Béarns en tous sens et s'apprêtait à visiter Rippon et Haurfond ; deux chansons qu'il avait composées lui-même dans la veine humoristique parurent recevoir un excellent accueil à la cheminée basse. Trame et Leste revinrent le même mois ; l'enfant avait gagné en carrure et acquis un tempérament plus introspectif que je ne me le rappelais. Le marin s'installa au château pendant que son apprenti passait une semaine avec sa famille, d'où il nous rapporta la nouvelle que Chevalerie allait se marier trois mois plus tard.

J'assistai à la cérémonie. À voir le jeune homme se tenir devant Armérie et prononcer son engagement, tandis qu'elle souriait en rougissant, osant à peine lever les yeux vers lui, je sentis la jalousie bouillir en moi ; tout était si simple pour eux ! Ils se rencontraient, s'aimaient, se mariaient, et sans doute y aurait-il un bébé dans leur berceau avant la fin de l'année, alors que mon intimité avec Molly s'arrêtait à un contact entre nos mains et un baiser sur la joue.

Le temps devint chaud ; ce fut un bel été. Elliania tomba enceinte et on ne parla plus que de cela dans tous les six duchés. J'avais l'impression de voir pousser les récoltes à l'œil nu. Manoire finit par connaître par cœur la route entre Castelcerf et la ferme de Molly ; j'aidai Chevalerie à poser les poutres des pièces supplémentaires qu'il bâtissait et regardai sa mère préparer la cuisine avec son épouse dans une atmosphère de bonne entente. Je ne la quittais pas des yeux pendant qu'elle vaquait à ses tâches domestiques, riait, touillait la soupe, écartait de son visage ses mèches qui s'allongeaient. Je n'avais pas brûlé d'un désir aussi ardent depuis mes quinze ans ; je perdais le sommeil, et, quand il m'arrivait de m'assoupir, je devais surveiller mes rêves. Je voyais Molly, je pouvais lui parler, mais toujours dans la maison de Burrich, avec les enfants de Burrich accrochés à ses basques ; il n'y avait apparemment aucune place pour moi dans son univers, et je devenais irascible avec tout le monde.

Je rendis visite à Patience et Brodette, comme je l'avais promis, au bout d'un long trajet dans la chaleur et la poussière du plein été ; Umbre m'assura qu'il se réjouissait de mon départ tant j'avais un caractère insupportable. Je ne pus lui en vouloir. La santé de Brodette devenant délicate, Patience avait embauché deux femmes pour l'aider à s'occuper de sa vieille servante. Je me promenai dans ses jardins, sa main usée sur le bras, et, en voyant la façon dont elle avait transformé la terre gorgée de sang du cirque du Roi créé par Royal en un havre de verdure, de paix et de beauté, j'éprouvai un sentiment de sérénité que je n'avais plus connu depuis longtemps. Elle me remit quelques affaires de mon père qu'elle tira de son bric-à-brac : une ceinture d'épée toute simple qu'il avait toujours préférée, des lettres où Burrich parlait de moi, et une chevalière en jade. Le bijou m'allait à la perfection et je le laissai à mon doigt une fois revenu à Castelcerf.

Le lendemain de mon retour, après notre leçon d'Art du matin, Ortie resta pendant que les autres sortaient – sauf Umbre, mais, sur un regard de ma part, il poussa un soupir et me laissa seul avec ma fille. « Tu es parti longtemps ; plusieurs semaines, fit-elle.

— Je n'avais pas vu Patience depuis des mois, et elle ne rajeunit pas. »

Elle hocha la tête. « Armérie attend un enfant.

— Voilà une excellente nouvelle !

— Oui ; la maison est sens dessus dessous. Mais ma mère se sent brusquement vieillie à l'idée de devenir bientôt grand-mère. »

Je dressai soudain l'oreille.

« Elle m'a dit : “Le temps passe plus vite avec l'âge, Ortie.” Drôle d'idée, non ?

— Je la partage depuis quelques mois.

— Vraiment ? Il me semble pourtant que les femmes y sont peut-être plus sensibles. »

Je la regardai dans les yeux sans répondre. « Peut-être pas, finalement », reprit-elle alors, et elle sortit.

Quatre jours plus tard, je sellai à nouveau Manoire et me mis en route pour la propriété de Molly. D'un ton sévère, Umbre me prévint que je devais être de retour pour l'Appel, et je le lui promis. Il faisait beau, et la jument, désormais bien dressée, était en forme pour le trajet. Grâce aux longs crépuscules de l'été, je pus effectuer le voyage en deux jours au lieu de trois. On m'accueillit à bras ouverts à la ferme, car Chevalerie avait entrepris de remplacer les poteaux de la clôture du pré des chevaux ; Leste et Calme arrachaient les anciens pieux pourris, Juste et Atre élargissaient les trous, puis Chevalerie et moi plantions les nouveaux piquets bien droit. Il me parla de son futur rôle de père et de l'enthousiasme que cette perspective soulevait chez lui jusqu'au moment où il se rendit compte que les silences s'allongeaient entre mes réponses ; alors il déclara qu'il allait emmener les petits au ruisseau et les y laisser barboter quelque temps, car il avait eu assez chaud et transpiré suffisamment pour la journée. Il me demanda si je voulais les accompagner, mais je refusai.

Je me versais sur la tête un seau d'eau tiré du puits quand Molly sortit de la maison, un panier au bras. « Armérie fait la sieste : elle supporte mal la chaleur ; c'est classique pendant une grossesse. Je pensais que nous pourrions la laisser au calme et aller voir si nous trouverions des mûres déjà bonnes à cueillir. »

Nous gravîmes le versant peu escarpé qui s'élevait derrière la ferme, et les cris des enfants qui s'éclaboussaient dans le ruisseau en contrebas s'éloignèrent puis s'éteignirent. Nous passâmes devant les impeccables ruches en paille qui bourdonnaient doucement dans la tiédeur du jour et parvînmes au roncier ; Molly me conduisit de l'autre côté, jusqu'à son extrémité sud, où, me dit-elle, les fruits arrivaient toujours à maturité en premier. Ses abeilles s'activaient là aussi, certaines à récolter le pollen des dernières fleurs, d'autres le jus des mûres qui avaient éclaté sous le soleil. Nous remplîmes le panier à moitié, et puis, comme je tirais à moi une branche hérissée d'épines afin que Molly pût en prélever les fruits de la pointe, une des butineuses se fâcha ; elle se précipita sur moi, s'empêtra dans mes cheveux puis dégringola dans mon col. Je lui assenai une claque et jurai en sentant une vive piqûre ; je me reculai du roncier en battant des mains pour chasser deux autres abeilles qui s'étaient mises à tournoyer autour de moi en bourdonnant furieusement.

« Éloigne-toi vite ! » me lança Molly avant de m'attraper par la main et de m'entraîner en courant dans la pente.

Un des insectes me piqua encore derrière l'oreille avant qu'ils ne décident d'abandonner la poursuite. « Et nous avons oublié le panier là-haut, avec toutes les mûres. Veux-tu que j'essaie d'aller le chercher ?

— Pas tout de suite ; attends un moment qu'elles se calment. Non, ne frotte pas, l'aiguillon a dû rester dans la plaie. Laisse-moi voir. »

Je m'assis à l'ombre d'un aulne, et elle me fit pencher la tête pour examiner la piqûre. « Holà, ça enfle ! Et tu as bien enfoncé l'aiguillon. Bon, ne bouge plus. » Elle tenta de le saisir entre ses doigts ; je tressaillis de douleur et elle éclata de rire. « Ne bouge donc pas ! Je n'arrive pas à le prendre avec les ongles. » Elle s'inclina sur moi et posa sa bouche sur la blessure. Je sentis sa langue chercher le dard sur ma peau ; elle le trouva, le pinça entre les dents et l'arracha. Elle le récupéra sur ses lèvres entre le pouce et l'index. « Là ! Il dépassait à peine. Il y en a un autre ?

— En bas du dos », répondis-je, et ma voix trembla malgré moi. Elle se figea et me regarda, puis elle se tourna complètement vers moi et me dévisagea comme si elle ne m'avait pas vu depuis longtemps. D'une voix soudain altérée, elle dit : « Enlève ta chemise ; je vais voir si je peux l'extraire. »

Je fus pris d'une sorte d'étourdissement quand sa bouche toucha de nouveau ma peau. Elle me montra le second aiguillon ; puis elle posa les doigts sur une cicatrice dans mon dos et demanda : « Qu'est-ce qui t'a fait ça ?

— Une flèche, il y a longtemps.

— Et celle-là ?

— Elle est plus récente ; une épée.

— Mon pauvre Fitz... » Elle effleura la trace de morsure entre mon épaule et mon cou. « Je me rappelle quand tu as reçu celle-ci ; tu avais encore tes pansements quand tu es venu dans mon lit.

— C'est vrai. »

Je me tournai vers elle ; je savais qu'elle m'attendait, pourtant je dus faire appel à tout mon courage. Très délicatement, je l'embrassai ; je l'embrassai sur les joues, sur la gorge et enfin sur la bouche. Ses lèvres avaient le goût des mûres. Je l'embrassai et l'embrassai encore, aussi lentement que possible, tâchant d'effacer par mes baisers les années que j'avais manquées. Je délaçai son corsage et le passai par-dessus sa tête, l'offrant nue au ciel azuré de l'été. Ses seins étaient doux et lourds dans mes mains, et je les tenais comme deux trésors inestimables. Sa jupe glissa sur la prairie où elle se déploya comme une fleur épanouie. J'allongeai mon aimée dans l'herbe dense et sauvage, et je la pris doucement.

Je rentrais chez moi, je me sentais enfin entier, et c'était un émerveillement qu'il valait la peine de répéter. Nous restâmes quelque temps à demi assoupis, puis nous nous réveillâmes alors que les ombres s'étiraient. « Il faut rentrer ! » s'exclama-t-elle. « Pas tout de suite », répondis-je. Je l'investis à nouveau, avec toute la lenteur que je pus supporter, et je n'avais jamais rien entendu de plus doux que mon nom lorsqu'elle le murmura à mon oreille au milieu de ses soubresauts.

Nous redevînmes tout à coup des adolescents pris en faute quand les cris de « Maman ? Fitz ? » nous parvinrent. Nous renfilâmes précipitamment nos vêtements, et Molly alla seule chercher notre panier de mûres. Nous nous débarrassâmes des feuilles mortes et des brins d'herbe collés à nos habits et piqués dans nos cheveux, tout en riant à perdre haleine. Je l'embrassai encore une fois.

« Il faut arrêter maintenant ! » me dit-elle d'un ton d'avertissement. Elle me rendit mon baiser avec fougue, puis lança : « Je suis là ! J'arrive ! »

Je lui pris la main tandis que nous faisions le tour du roncier et ne la lâchai pas pendant que nous descendions la colline à la rencontre de ses enfants.

ÉPILOGUE

Flétribois s'étend sur une vallée au climat doux au milieu de laquelle coule une rivière paresseuse, dont les méandres dégagent une large plaine nichée entre des piémonts aux ondulations peu escarpées. C'est un domaine idéal pour le vin, les céréales, les ruches et les jeunes garçons ; pour la résidence principale, on a préféré le bois à la pierre, et, aujourd'hui encore, je reste parfois perplexe devant ce choix. Je couche désormais dans une chambre et un lit qui appartenaient jadis à mon père, et la femme que j'aime depuis mon adolescence dort à côté de moi la nuit.

Trois années durant, nous fûmes amants en secret. Cette situation pénible se révéla pourtant d'autant plus délicieuse : je chérissais nos rendez-vous à la mesure de leur rareté et de l'incertitude qui les accompagnait. Quand Molly vint à la fête des Moissons suivante avec ses enfants, je la ravis à la musique et à la danse pour l'emmener dans mon lit. Je n'avais jamais osé espérer l'y déposer un jour, et, pendant de nombreuses nuits, son parfum sur mon oreiller adoucit mes rêves. Je ne repartais quelquefois de sa ferme qu'un bref baiser volé sur les lèvres, mais chacun valait le long trajet que j'effectuais. Je ne pense pas que nous abusâmes longtemps Chevalerie ; en tout cas, certaines remarques d'Ortie me firent vite comprendre qu'elle, assurément, n'était pas dupe. Néanmoins, nous demeurâmes prudents pour le bien de leurs cadets, et je ne regrette pas d'avoir pris le temps de gagner leur estime.

Nul plus que moi ne fut plus surpris quand Calme répondit à l'Appel. Il ne parut pas posséder un Art très puissant tout d'abord, mais nous découvrîmes bientôt chez lui des réserves d'énergie et d'équanimité qui le désignaient indubitablement pour le rôle de servant du roi. À cette nouvelle, Ortie manifesta une grande fierté et prit son frère sous son aile, tandis que j'éprouvais pour ma part un profond bonheur, car l'installation de son jeune fils à Castelcerf donnait à Molly un excellent prétexte pour s'y rendre plus souvent. Calme et Ortie devinrent le noyau central du clan d'Art royal, car un lien très fort les unissait. Douze autres candidats se présentèrent, quatre avec un niveau de magie assez élevé pour les intégrer au groupe de ma fille et huit avec un talent moindre ; nous n'exclûmes personne de ce premier Appel, car, ainsi qu'Umbre le souligna, il faut parfois du temps avant que l'Art émerge complètement chez quelqu'un. Lourd et moi continuons à tenir notre rôle de Solitaires ; Umbre, comme toujours, reste informé sur nous tous grâce à son réseau de renseignements et s'aventure aux limites de la magie afin de les éprouver, au prix de risques pour lui-même qu'il qualifierait d'outrancièrement téméraires s'il s'agissait d'un autre que lui.

À la naissance du second fils de Chevalerie, Molly déclara soudain qu'il était temps qu'Armérie eût son propre foyer, et elle décida d'aller vivre à Flétribois avec Juste et Atre. Agile choisit de rester chez son frère aîné, au prétexte qu'un homme seul ne pouvait se charger de tous les travaux de la ferme et qu'il avait toujours adoré les chevaux ; en privé, Molly me dit soupçonner plutôt un rapport avec certaine rouquine, fille d'un charron de la ville voisine.

Nous nous mariâmes discrètement et échangeâmes nos vœux devant mon roi, en présence des enfants de Molly, de Kettricken, d'Elliania, d'Umbre, de Heur et de Crible. Mon vieux mentor pleura, puis me prit brusquement dans ses bras et m'adjura d'être heureux. Heur demanda à Ortie s'il pouvait embrasser sa nouvelle sœur, et Atre, se faisant pour l'occasion le protecteur de sa sœur, lui décocha une solide bourrade pour son impertinence. Lourd et le petit prince Fortuné dormirent pendant la plus grande partie de la cérémonie.

Nous allâmes rendre visite à Patience, qui n'avait pu se déplacer, et déposer une fleur sur la tombe de Brodette. Notre séjour dura un mois, et je crus bien qu'Atre et Juste allaient épuiser notre hôtesse par leurs mauvais tours et leur curiosité insatiable. Mais, deux jours avant notre départ, elle nous annonça tout à trac que, lasse de Guéde-Négoce, trop âgée pour gérer la propriété, elle comptait venir vivre avec nous à Flétribois. À mon grand soulagement, Molly accueillit cette nouvelle avec plaisir.

Apparemment, Atre et Juste apprécient la présence de cette grand-mère à la fois plaisante et excentrique ; le premier a promis de demander à Molly sa permission avant tout nouveau tatouage, et le second s'est pris pour les plantes et les simples d'un intérêt tel qu'il pousse Patience aux ultimes limites de son savoir. Crible s'est présenté à Flétribois alors que nous venions à peine de nous installer, en déclarant qu'Umbre lui avait ordonné de se mettre à mon service ; à mon avis, il continue de m'espionner pour le compte de la vieille araignée, mais cela ne me dérange pas, et je me prêterai volontiers à tout ce qu'il faudra pour donner à Umbre l'impression qu'il conserve la maîtrise de son univers. Je lui ai arraché la plus grande partie de son pouvoir, petit bout par petit bout, pour le remettre à Devoir au fur et à mesure qu'il se révélait apte à le manier. Si je n'ai jamais coiffé la couronne des Six-Duchés, j'ai la conviction d'avoir fait beaucoup pour la transmettre intacte.

Crible manifeste une compétence à choisir les domestiques et à gérer un domaine que je ne lui soupçonnais pas ; tant mieux, car ni Molly ni moi ne nous étions jamais attendus à devoir nous charger de pareille tâche, et Patience se dit beaucoup trop âgée pour s'y intéresser encore. C'est un homme sur qui on peut compter. Lors de la dernière visite d'Ortie, je l'ai semoncé pour la familiarité excessive dont il faisait preuve avec elle, jusqu'à ce que Molly me prenne à part pour m'enjoindre de me mêler de ce qui me regardait.

On m'appelle souvent à Castelcerf, et Devoir et Elliania sont venus par deux fois chez nous pour chasser au faucon, car nos champs regorgent d'oiseaux qui font d'excellentes proies. Je n'ai jamais aimé ce divertissement, et j'ai passé ces deux visites à jouer avec leur fils pendant qu'ils caracolaient par monts et par vaux ; Fortuné est un enfant robuste et plein de santé.

Umbre a pratiqué avec assiduité les exercices préconisés dans les manuscrits d'Art puis s'est risqué à traverser les pierres. Il a choisi de se rendre sur Aslevjal pour y explorer lui-même les ruines des Anciens ; il y est resté dix jours et en est revenu les yeux émerveillés, un sac plein de cubes de mémoire sur l'épaule. Il n'a pas réussi à trouver la grotte de Prilkop, et, dans le cas contraire, il l'eut sans doute découverte abandonnée depuis longtemps. Je crois que, quand le fou est passé le voir pour la dernière fois, il avait déjà entamé son périple vers le sud et son école afin d'y rapporter tout ce que l'Homme noir et lui avaient appris. Je ne pense pas qu'il reviendra un jour chez nous.

Notre séparation demeure comme tronquée, inachevée. Chacun comptait revoir l'autre, chacun avait d'ultimes paroles à prononcer. Mes jours avec le fou ont pris fin à la façon d'une partie de Cailloux arrêtée en plein milieu, dont l'issue reste en suspens, incertaine, encore grosse de possibilités. Parfois, il me semble cruel que tant de choses demeurent irrésolues entre nous, d'autres fois je m'estime heureux de pouvoir conserver un espoir de réunion, semblable à l'anticipation du plaisir qu'évoque le ménestrel subtil quand il s'interrompt et laisse le silence se dilater avant de se lancer dans le refrain final de son chant. Quelquefois un vide peut apparaître comme une promesse qui ne demande qu'à être remplie.

Il me manque souvent, mais à la manière dont Œil-de-Nuit me manque : je sais que je ne connaîtrai nul autre semblable à eux, et je mesure le bonheur dont j'ai été gratifié par leur présence. Je ne pense pas que je me lierai à nouveau par le Vif, ni que je vivrai une nouvelle amitié aussi profonde que celle qui m'unissait au fou. Comme Burrich l'a dit un jour à Patience, un cheval ne peut porter deux selles. J'ai Molly, et elle me suffit plus qu'amplement.

Je n'en demande pas davantage.

TABLE

8472

Composition PCA à Rezé
Achevé d'imprimer en Slovaquie
par Novoprint SLK
le 26 avril 2016
EAN 9782290002964
1er dépôt légal dans la collection : août 2007
L21EPGN000133C009

Éditions J'ai lu
87, quai Panhard-et-Levassor, 75013 Paris
Diffusion France et étranger : Flammarion